SCHWABENTOD

Sybille Baecker ist gebürtige Niedersächsin und Wahlschwäbin. Sie studierte BWL, arbeitete als IT-Prozessingenieurin, später als Pressereferentin und lebt heute als Schriftstellerin in der Nähe von Tübingen. Durch ihre Krimiserie mit Kommissar und Whiskyfreund Andreas Brander wurde sie zur Fachfrau für »Whisky & Crime«, sodass auch ihre Veranstaltungen häufig von einem Whisky-Tasting begleitet werden.
www.sybille-baecker.de

SYBILLE BAECKER

SCHWABENTOD

Kriminalroman

emons:

Lust auf mehr? Laden Sie sich die »LChoice«-App runter, scannen Sie den QR-Code und bestellen Sie weitere Bücher direkt in Ihrer Buchhandlung.

Bibliografische Information der Deutschen Nationalbibliothek
Die Deutsche Nationalbibliothek verzeichnet diese Publikation in der Deutschen Nationalbibliografie; detaillierte bibliografische Daten sind im Internet über http://dnb.d-nb.de abrufbar.

MIX
Papier aus verantwortungsvollen Quellen
FSC® C083411

Umschlagmotiv: Montage aus mauritius images/robertharding/Markus Lange, shutterstock.com/Den Rozhnovsky
Umschlaggestaltung: Nina Schäfer, nach einem Konzept von Leonardo Magrelli und Nina Schäfer
Umsetzung: Tobias Doetsch
Gestaltung Innenteil: César Satz & Grafik GmbH, Köln
Lektorat: Hilla Czinczoll
Druck und Bindung: CPI – Clausen & Bosse, Leck
Printed in Germany 2020
ISBN 978-3-7408-0927-0
Originalausgabe

Für Frank

Ein Computer würde es verdienen,
als intelligent bezeichnet zu werden,
wenn er Menschen so täuscht,
dass sie ihn für menschlich halten.

Alan Turing

Montag

Die Haustür schlug zu. Andreas Brander schreckte aus dem Tiefschlaf. Sein Herz schlug schneller, und er blinzelte benommen. Hinter den Vorhängen dämmerte mattes Licht. Der Tag hatte noch nicht richtig begonnen. Er drehte sich zu seinem Nachttisch, warf einen Blick auf den Wecker: Kurz nach fünf.

»Das war Nathalie.« Cecilia war anscheinend ebenfalls aufgewacht. »Ich hatte gehofft, dass es bis zu ihrem ersten offiziellen Einsatz noch ein bisschen dauert.«

Er hörte deutlich die Sorge aus der Stimme seiner Frau. »Wir werden ihr wohl eine Entschuldigung für die Arbeit schreiben müssen«, murmelte er.

»Sie ist achtzehn. Sie kann sich ihre Entschuldigungen selbst schreiben.«

»Ganz genau, Ceci.« Brander drehte sich zu ihr. Sie lag auf dem Rücken, die dunkelbraunen Haare vom Schlaf zerzaust. Selbst im Dämmerlicht konnte er die sorgenvollen Falten auf ihrer Stirn erkennen. »Sie ist achtzehn, und sie weiß, worauf sie sich eingelassen hat.«

Im August war ihre Pflegetochter volljährig geworden und hatte beschlossen, aktives Mitglied der Freiwilligen Feuerwehr Ammerbuch zu werden. Sie war schon in den Jahren davor Mitglied der Jugendfeuerwehr gewesen, hatte zahlreiche Kurse absolviert und den Brandschutz im Hause Brander erheblich verbessert. Sie besaßen inzwischen sogar eine Strickleiter, um zur Not aus dem Fenster klettern zu können, wenn das Treppenhaus ihrer Doppelhaushälfte in Flammen stehen sollte. Als sie das Mädchen vor gut drei Jahren bei sich aufgenommen hatten, hätte Brander nicht gedacht, dass aus dem Wildfang jemals so eine verantwortungsvolle junge Frau werden würde.

»Kannst du dich erinnern, wie oft wir sie aus dem Bett zerren mussten, damit sie zur Schule geht?«, erinnerte er sich. »Wir hätten ihr schon damals so einen Piepser geben sollen.«

»Ja, das hätte sicher geholfen.« Cecilia kuschelte sich an ihn. »Hoffentlich passiert ihr nichts.«

»Sie ist ein Greenhorn. Ihre Kollegen werden gut auf sie aufpassen.« Er zog seine Frau an sich und schloss die Augen. Eine knappe Stunde Schlaf blieb ihm noch.

Als Branders Kollegin Persephone Pachatourides um halb acht vor der Tür stand, war Nathalie noch nicht von ihrem Einsatz zurück. Brander rief ihren Ausbildungsbetrieb an, um ihr Fehlen zu entschuldigen, bevor er in den in die Jahre gekommenen PT Cruiser seiner Kollegin stieg.

»Morgen, Peppi, du bist spät dran.«

»Stand ewig im Stau. Am Schopfloch hat es gekracht. Ein Kleinwagen ist mit einem Lkw zusammengestoßen.«

Brander stöhnte auf. Er dachte an Nathalie, die in aller Herrgottsfrühe aus dem Haus geeilt war. War das der Einsatz, zu dem man sie gerufen hatte?

»Und?«

»Keine Ahnung. Ich gehöre nicht zu den Gaffern. Und Kollegen waren bereits vor Ort.«

Der späte Start verschaffte ihnen das Vergnügen, im stärksten Berufsverkehr auf der A 81 bis zum Stuttgarter Kreuz im Stau zu stehen. Die morgendliche Teamsitzung hatte bereits begonnen, als sie um kurz nach neun die Polizeidienststelle in Esslingen erreichten.

Kriminaloberrat Hans Ulrich Clewer, Leiter der Kriminalinspektion 1, begrüßte sie erfreut. »Sie beide kommen gerade recht. Wir haben einen Leichenfund –«

»Sagen Sie bitte nicht, in Tübingen«, unterbrach Peppi ihren Vorgesetzten. »Ich habe geschlagene zwei Stunden gebraucht, um hierherzukommen. Ich fahre jetzt nicht wieder zurück.«

Clewer erwiderte Peppis Blick mit seinen nüchternen grauen Augen gelassen. »Frau Pachatourides, lassen Sie mich doch bitte aussprechen.«

»Persephone, setz dich zu mir, kriegst auch 'nen Kaffee.«

Stephan Klein zog einladend den Stuhl zu seiner Linken zurück. »Hans, jetzt lass die Kollegen doch erst mal ankommen.«

Diese Vertraulichkeit konnte sich nur Kriminalhauptkommissar Stephan Klein mit Clewer vor versammelter Mannschaft erlauben. Den einen Meter fünfundneunzig großen Hünen verband eine jahrelange private Freundschaft mit dem Inspektionsleiter.

Peppi nahm den angebotenen Platz an, Brander suchte sich einen Stuhl ihr gegenüber.

»Na, Persephone, schönes Wochenende gehabt?«

»Stephan, kannst du deinen Small Talk bitte auf die Pause verschieben?«, versuchte Clewer, sich wieder Gehör zu verschaffen.

Brander fragte sich, ob sein Chef es manchmal bereute, den Mann in sein Team geholt zu haben. Stephan hatte viele Jahre als verdeckter Ermittler im Bereich Organisierte Kriminalität gearbeitet und nicht nur sein Äußeres, sondern auch sein Benehmen entsprechend angepasst. Vielleicht war er aber schon immer so unverfroren gewesen. Dennoch durfte man sich von seinem losen Mundwerk nicht täuschen lassen. Hinter der faltigen Stirn arbeitete ein verdammt kluges Hirn. Und trotz seiner zweiundfünfzig Jahre und gut einhundert Kilo Körpergewicht war seine Fitness besser als die mancher Teenager.

Unwillkürlich wanderten Branders Gedanken wieder zu Nathalie. Sie hatte auch das Talent, ihre sensible Seite unter einer sehr rauen Schale und hinter einer oft äußerst ruppigen Sprache zu verstecken. Und jetzt hatte sie ihren ersten Einsatz bei der freiwilligen Feuerwehr. Ein Kleinwagen, der mit einem Lkw kollidiert war. Ein simpler Wasserrohrbruch oder ein kleiner Zimmerbrand wäre für den Anfang ein ausreichender Start gewesen, fand Brander. Er hoffte, dass es keine Todesopfer gegeben hatte, und nahm sich vor, am Abend mit ihr über ihren Einsatz zu sprechen.

Fabio Esposito schob ihm eine Tasse über den Tisch zu. Der junge Kollege mit italienischen Wurzeln zwinkerte ihm zu. Er hielt Branders abwesenden Blick wohl für Müdigkeit.

Montagmorgens blickte manch ein Kollege noch recht verschlafen aus der Wäsche. Nichtsdestotrotz nahm Brander den Kaffee dankbar entgegen.

»… auf einem Aussiedlerhof bei Wolfschlugen. Eine junge Frau hat ihren Lebensgefährten heute Morgen tot im gemeinsamen Haus aufgefunden. Die Kriminaltechniker sind vor Ort.« Clewer sah in die Runde. »Herr Brander, Frau Pachatourides, ich möchte, dass Sie das übernehmen.«

»Okay.« Der Kaffee hatte Peppi wieder milder gestimmt.

Brander sah verwundert zu seiner Kollegin. »Hast du nicht heute einen Gerichtstermin?«

»Geri… Oh, nee, den hab ich total vergessen.« Sie sah an sich herunter.

Sie trug Jeans, dazu eine rot-blau gemusterte Bluse. Die langen lockigen Haare waren etwas zerzaust, aber da konnte ein Kamm Abhilfe schaffen. Brander strich sich über die Glatze. In Sachen Frisur hatte er es eindeutig leichter.

Stephan Klein hob die Hand. »Ich kann mit rausfahren.«

***

»Ewig her, dass ich hier war«, stellte Stephan fest, als sie über die Filderebene das Ortsschild Wolfschlugen erreichten. »War mit meiner Süßen wandern.«

Stephans Süße war eine zierliche Opernsängerin gewesen, die so gar nicht zu dem von den Waden bis zu den Handgelenken tätowierten Koloss mit dem faltigen Gesicht einer Bulldogge passte. Für sie hatte er seine Arbeit in Sachsen, wo er als verdeckter Ermittler gearbeitet hatte, aufgegeben und war nach Esslingen gezogen. Dann war sie gestorben.

»Durch die Föllbachschlucht zum Ulrichstein«, fuhr Stephan fort. »Kennste den?«

»Der einzige Ulrich, den ich kenne, ist Käpten Huc.« Womit Brander seinen Inspektionsleiter Hans Ulrich Clewer meinte.

Stephan grinste. »Ist ’n Felsen hier in der Gegend, da hat sich Herzog Ulrich von Württemberg angeblich mal vor seinem Bruder versteckt. Nette Tour.« Sein Blick glitt zu einem Straßenschild. »Wo müssen wir eigentlich hin?«

»Einmal durch den Ort.«

Sie ließen die Häuser hinter sich und bogen wenig später in einen Landwirtschaftsweg ab. Eine schmale Straße schlängelte sich zwischen Feldern und einem Waldstück und endete auf einem gepflasterten Hof vor einem in die Jahre gekommenen Bauernhaus. Fassade und Fenster hätten eine Modernisierung gut vertragen können. Eine Kletterrose hangelte sich neben dem Hauseingang am bröckelnden Putz hinauf. Rechts des Hauses stand eine betagte Scheune, deren Tor schief in den Angeln hing.

Auf der Zufahrt zum Hof parkten die Wagen der Kollegen von der Kriminaltechnik und Schutzpolizei. Hinter der Absperrung auf dem Hof stand eine Ambulanz des Roten Kreuzes neben einem Kleinwagen in knalligem Pink. Ein Werbeschriftzug am Heckfenster wies auf ein mobiles Kosmetikstudio hin. Unbeeindruckt vom Trubel spazierte ein Huhn zwischen den Autos umher und pickte im Boden herum.

Der Kriminaltechniker Manfred Tropper stand an einem der Einsatzwagen. Er hatte die Kapuze seines Schutzanzuges in den Nacken geschoben und hielt die Tasse einer Thermoskanne in der Hand. Das dünne graue Haar stand in alle Himmelsrichtungen ab. »Da kommt ja unser Spurenvernichtungskommando.« Er sah ihnen mit gerunzelter Stirn entgegen.

»Das habt ihr doch schon erledigt, oder?«, flachste Brander zurück.

»Noch nicht ganz.« Tropper leerte seine Tasse.

Stephan mühte sich, seinen Körper in die Schutzkleidung zu zwängen. »Und jetzt stören wir deine gemütliche Kaffeepause in diesem morbiden Cottage-Charme. Was habt ihr denn Hübsches für uns?«

»›Hübsch‹ ist gut.« Tropper zog die Kapuze wieder über die Haare und deutete mit einem Kopfnicken an, ihm ins Haus zu folgen. Die Kriminaltechniker hatten einen Pfad im geräumigen Flur markiert. Eine Garderobe aus dunklem Eichenholz erstreckte sich über eine Wandseite, den Boden zierten dunkelgrüne Fliesen, die grün-beige gemusterte Tapete aus einem anderen Jahrzehnt, wenn nicht Jahrhundert, bedeckte den Rest der Wände. Über einem Ölbild, das eine Waldlandschaft mit Reh darstellte, hing ein Hirschgeweih. Ein seltsamer Geruch, den Brander nicht einordnen konnte, hing in der Luft, vermischte sich mit dem Verwesungsgeruch des Toten.

Vor einer Tür blieb Tropper stehen und gab die Sicht in das Wohnzimmer frei. Es war wesentlich freundlicher und moderner eingerichtet, als der Eingangsbereich vermuten ließ. Ein schwarzes Ledersofa war mit zwei ausladenden Sesseln um einen niedrigen Couchtisch aus hellem Buchenholz arrangiert, ein riesiger Flachbildschirmfernseher zierte eine Wand, der Boden war mit hellem Parkett ausgelegt. Und genau da blieb Branders Blick hängen.

»Bizarr« war das erste Wort, das ihm beim Anblick des Toten in den Sinn kam. Nicht nur ungewöhnlich, sondern unwirklich, geradezu grotesk. Der Tote lag auf dem Rücken, die Oberarme zur Seite ausgebreitet, die Unterarme waren nach unten angewinkelt. Die Beine hatte er gerade von sich gestreckt, leicht gespreizt. Es erinnerte Brander an die von Künstlern oder Designern verwendeten Holzgelenkpuppen oder schlicht an eine Marionette. Der Mann hatte sich garantiert nicht so zum Sterben bereitgelegt. Jemand hatte sich die Mühe gemacht, die Lage sorgfältig zu arrangieren.

Und noch etwas sprach dafür, dass es keine vom Opfer freiwillig gewählte Position war. Der Leichnam war mit hellrosa Farbe bedeckt: der nackte Oberkörper, die Arme und Hände, die bloßen Füße und der gesamte Kopf. Die Jeans hatte man dem Opfer belassen; ob die Beine darunter ebenfalls gefärbt waren, war nicht zu erkennen.

»Levin Goldmann«, gab Tropper ihnen den Namen des Toten. »Höchstwahrscheinlich.«

»›Pink Lady‹ wäre treffender.«

Brander warf Stephan einen tadelnden Blick zu. Es gab Grenzen, und die waren eindeutig überschritten bei respektlosen Bemerkungen über einen Toten. Auch wenn Stephans Äußerung den Kern berührte – wenn man davon absah, dass der Farbton eher Rosa war und es sich nicht um eine Lady, sondern um einen recht zart gebauten jungen Mann handelte.

»Wie habt ihr ihn identifiziert?«, fragte Brander in Anbetracht der Lackierung.

»Es sind keine anderen männlichen Bewohner hier gemeldet. Papiere und Smartphone waren im Haus. Angaben zu Größe und Haarfarbe im Personalausweis stimmen überein. Ich hab mir erlaubt, ein wenig Farbe von den Haaren zu kratzen. Seine Freundin hat zwar nur einen kurzen Blick auf ihn geworfen, aber sie sagt, dass er es ist. Der Todeszeitpunkt liegt mindestens zehn Stunden zurück, vermutlich länger, vielleicht ein bis zwei Tage, die Leichenstarre ist voll ausgeprägt. Ich bin mir nicht sicher, welchen Einfluss die Lackierung auf Leichenstarre und Körperkerntemperatur hat. Das muss Maggie uns verraten. Na ja, und Livores … Siehste ja selbst.«

Es gab nichts zu sehen. Die Totenflecken waren unter der Farbe verborgen.

»Wie wurde er getötet?«, fragte Brander.

»Totlackiert, siehste doch.«

»Stephan, kannst du dich bitte etwas zurückhalten?«

»Ich denke nicht, dass der Lack die Todesursache war«, erwiderte Tropper. »Es legt sich ja niemand einfach so hin und lässt sich mal eben rundum mit Lack besprühen und wartet auf den Tod.«

»Sprühlack?«

»Pinselstriche haben wir bisher nicht entdeckt. Man stirbt übrigens nicht gleich daran, wenn man mit Farbe besprüht wird«, kam Tropper auf Stephans Bemerkung zurück.

»Aber durch den Lack kann die Haut nicht atmen«, widersprach Stephan. »Da gab es mal diesen Bond …«

»Du meinst ›Goldfinger‹, wo eine Dame golden lackiert wurde«, wusste Tropper. »Ganz so einfach ist das nicht. Natürlich sollte die Haut atmen können, aber in der Hauptsache führt der Mensch seinem Körper den Sauerstoff über Mund und Nase zu.«

Brander ging neben dem Toten in die Hocke, um ihn genauer zu betrachten. »Die Gesichtspartien hat unser Täter nicht ausgespart. Also könnte das Opfer den Lack eingeatmet haben.«

»Durchaus möglich.«

»Andere Verletzungen?«

»Schuss- oder Stichverletzungen konnten wir auf den ersten Blick nicht feststellen. Er könnte stranguliert worden –«

»Machst du jetzt meine Arbeit?«, erkundigte sich eine weibliche Stimme aus dem Hintergrund. Kurz darauf stand die Rechtsmedizinerin Margarete Sailer bei ihnen. »Oh, was ist das?«

»Deine nächste Herausforderung«, erwiderte Tropper.

»So was hatte ich jetzt auch noch nicht.« Der Blick von Sailers blaugrauen Augen wanderte über den Leichnam. »Wolltest du deswegen, dass ich vor Ort komme?«

»Wir haben unseren Etat dieses Jahr noch nicht ausgereizt, und bevor er verfällt …«

»Ist die Farbe schon trocken?«

»Ja.«

Maggie verzog das Gesicht. »Klebt er am Boden?«

»Klebte, ja.«

Sie wandte sich an Brander, der noch neben der Leiche hockte. »Andi, bevor du fragst: Ich kann dir auf die Schnelle gar nichts sagen. Gewaltsamer Tod, ich denke, da sind wir uns einig. Alles Weitere nach der Obduktion.«

»Die ist wann?«

»Wann krieg ich ihn?«, gab die Rechtsmedizinerin den Ball an Tropper weiter.

»Wir werden hier noch eine Weile beschäftigt sein. Mit ein bisschen Glück hat der Täter uns einen Fingerabdruck auf dem Lack hinterlassen.«

»Na, der wird doch wohl Schutzkleidung getragen haben«, bemerkte Stephan. »In geschlossenen Räumen sollte er auch Atemschutz verwendet haben, um nicht zu viel von den Dämpfen einzuatmen.«

Brander erhob sich aus der Hocke. »Clewer sagte, seine Lebensgefährtin hat ihn gefunden?«

»Ja, ein junges Mädle, Chantal Birk.«

»Und wo ist Frau Birk jetzt?«

»Draußen. Eine Notfallsanitäterin kümmert sich um sie. Die Sanis waren übrigens als Erstes vor Ort. Eine der Damen hat das Opfer auf Vitalzeichen untersucht«, informierte Tropper die Rechtsmedizinerin.

»Echt jetzt?« Maggie sah stirnrunzelnd auf den Leichnam. »Rettungskräfte sind doch wahre Optimisten. Ich plane die Obduktion mal für morgen früh ein. Wer kommt und hilft beim Lackabkratzen?«

»Freddy und Stephan«, delegierte Brander. »Können wir uns ein bisschen im Haus umsehen?«

»Nur die abgesteckten Pfade«, erwiderte Tropper. »Wir stecken noch mitten in der Arbeit.«

Die Spurensicherung würde noch einige Stunden beschäftigt sein. »War außer Frau Birk sonst jemand hier?«

»Nicht dass ich wüsste. Allerdings …« Tropper zögerte. »Eine Sache haben wir entdeckt, die zeig ich dir gleich mal.«

Der Kriminaltechniker schritt ihnen wieder voran durch den Flur, bog in einen kurzen Seitengang ab und öffnete die Tür am Ende.

Brander hob erstaunt die Augenbrauen.

»In was für 'nem Club sind wir denn hier gelandet?«, kam es baff von Stephan.

Zu ihrer Linken war eine Badewanne inklusive Dusche mit Hebevorrichtung eingebaut worden. In der Mitte des Zimmers stand eine Massagebank, daneben ein geschlossener Rollcontainer. An der Längsseite des Raumes befanden sich zwei Sofas. Auf ihnen saßen sechs lebensgroße und unverkennbar weibliche Puppen, eingehüllt in weiße Bademäntel, als warteten sie auf ihre nächste Wellness-Behandlung.

»Sind das Schaufensterpuppen?«

»Andreas, mach die Augen auf, das sind Real Dolls«, antwortete Stephan.

»Und?«

»Sexpuppen, mein Freund.«

Brander bedachte seinen Kollegen mit einem süffisanten Grinsen. »Und das hast du gleich auf den ersten Blick erkannt?«

»Seh ich heut nicht zum ersten Mal, du Dörfler.«

»Dies nur als kleine Denkanregung«, erklärte Tropper. »Könnte ja sein, dass diese Damen etwas mit dem Tod unseres Opfers zu tun haben. In Anbetracht der Auffindesituation.«

Die Wolkendecke war aufgerissen, gab ein Stück blauen Spätsommerhimmel frei. Sonnenstrahlen erwärmten den zugeparkten Hof. Brander hatte sich seines Schutzanzugs entledigt und ging zum Heck des Rettungswagens, in dem die beiden Rettungskräfte sich um die Lebensgefährtin des Toten kümmerten.

»Darf ich kurz stören?«

Die Notfallsanitäterin, die ihm am nächsten war, drehte sich zu ihm um. »Wer sind Sie?«

»Andreas Brander, Kriminalpolizei Esslingen. Ich hätte ein paar Fragen an Frau Birk.«

Die Sanitäterin kletterte aus dem Wagen und erklärte mit gesenkter Stimme: »Sie steht unter Schock.«

»Das habe ich mir schon gedacht. Ich muss dennoch kurz mit ihr sprechen.«

Die Frau zögerte. »Seien Sie bitte behutsam.« Sie wandte sich ins Wageninnere. »Karin, kommst du kurz mit mir?«

Brander wartete, bis die Kollegin den Wagen verlassen hatte, und stieg dann selbst hinein. Die junge Frau, die auf der Trage lag, war blass. Auf der hellen Haut waren Reste der Schminke erkennbar, die durch ihr Weinen verwischt war. Die Augen waren rot geädert, die Lider geschwollen. Brander suchte eine Ecke, auf die er sich einigermaßen bequem setzen konnte, um nicht von oben auf sie herabzublicken.

»Frau Birk, mein Name ist Brander, ich bin von der Kriminalpolizei Esslingen.«

Ihr Blick wanderte langsam zu ihm. Sie reagierte. Er wertete das als gutes Zeichen.

»Sie sind die Lebensgefährtin von Herrn Goldmann?«

Sie blinzelte, als hätte sie Mühe, Branders Gesicht zu fokussieren. »Ja.«

»Ich muss Ihnen leider ein paar Fragen stellen.«

»Okay«, erwiderte sie unsicher.

»Sie wohnen hier zusammen mit Herrn Goldmann?«

»Ja.«

»Können Sie mir sagen, was passiert ist?«

»Nein ... Ich war am Wochenende nicht hier.«

Die Antworten kamen kurz und klar über ihre Lippen, und dennoch hörte er den Aufruhr heraus, der in ihrem Inneren herrschte.

»Sind Sie sicher, dass der Mann im Haus Ihr Lebensgefährte ist?«

»Wer sonst?«

»Wann haben Sie ihn gefunden?«

»Heute Morgen. Ich ... Er ist tot, oder?«

»Ich befürchte, ja.« Er konnte noch nicht hundertprozentig sicher sein, dass der Tote tatsächlich Levin Goldmann war. »Haben Sie eine Ahnung, wer das getan haben könnte?«

Sie deutete ein Kopfschütteln an.

»Hatte Ihr Lebensgefährte mit jemandem Ärger oder Probleme?«

»Nein ...«

»Sie sagten, Sie waren über das Wochenende nicht hier. Wann haben Sie Herrn Goldmann zuletzt gesehen?«

»Am Freitag.«

»Wann genau? Freitagvormittag? Oder -nachmittag?«

»Am Vormittag.«

»Und heute früh sind Sie zurückgekommen?«

»Ja.«

»Haben Sie zwischendurch mit Ihrem Freund gesprochen?«

»Nee, ich … ich habe ihn angerufen, aber er ist nicht ans Telefon gegangen.«

»Wann war das?«

Sie starrte an die Decke, als versuche sie, sich zu erinnern. »Am Sonntag … irgendwann …«

»Und er hat sie nicht zurückgerufen?«

»Nein.«

»Hat Sie das nicht gewundert?«

»Es … war nicht wichtig.«

»Wo waren Sie am Wochenende?«

»Bei meiner Mutter.«

»Wo lebt Ihre Mutter?«

»In der Stadt.«

Brander lächelte nachsichtig. »In welcher Stadt?«

»In Esslingen.«

Das war nicht weit entfernt. »Hatten Sie Streit mit Ihrem Freund?«

»Nein.« Sie richtete den Oberkörper mühsam auf, musste sich dazu mit den Armen abstützen. »Wie spät ist es?«

Brander sah auf seine Armbanduhr. »Gleich zwölf.«

»Ich muss zur Arbeit.«

»Nein, das müssen Sie heute ganz sicher nicht.«

»Um eins fängt meine Schicht an.«

»Wo arbeiten Sie? Wir informieren Ihren Arbeitgeber, dass Sie heute nicht kommen können.«

Sie nannte ihm den Namen eines Esslinger Drogeriemarktes. »Aber die mögen es nicht, wenn man kurzfristig absagt.«

»Unter den gegebenen Umständen wird man es verstehen. Sollen wir Ihre Eltern informieren? Oder gibt es eine Freundin? Einen Freund?«

Ihr Blick schweifte kurz ab. Sie schien zu überlegen. »Nee«, erwiderte sie schließlich.

»Frau Birk, erlauben Sie mir noch ein paar Fragen«, bat Brander. »Wissen Sie, ob Ihr Freund am Wochenende Besuch hatte? War er mit jemandem verabredet?«

»Glaub nicht … Ich weiß es nicht.«

»Und um wie viel Uhr kamen Sie heute Morgen hier an?«

»So gegen sieben.«

»Das ist aber früh.«

Sie zuckte die Achseln. »Ich hatte Brötchen geholt.«

Ein Frühstück zur Versöhnung? »Ist Ihnen etwas aufgefallen, als Sie ankamen? War irgendetwas anders als sonst?«

»Nee.«

»Sie haben also geparkt und sind ins Haus gegangen.«

»Ja … da hab ich ihn gefunden …« Bei der Erinnerung presste sie die Lippen zusammen.

Brander gab ihr einen Moment, sich wieder zu fassen. »Sie haben Ihren Freund gefunden. Was haben Sie dann gemacht?«

»Ich hab Panik bekommen, bin aus dem Haus gerannt. Ich … ich hab den Notruf gewählt.« Sie presste die Hände auf ihre Wangen, sah wieder ratlos zu Brander. »Ich weiß gar nicht, was ich jetzt machen soll.«

»Sie sollten nicht allein bleiben. Entweder Sie fahren mit ins Krankenhaus, oder wir informieren jemanden, der Sie abholt. Und wenn es morgen Vormittag einigermaßen geht, kommen Sie bitte zu mir ins Büro.« Er suchte in den Taschen seiner Lederjacke nach einer Visitenkarte und notierte ihr den Termin auf der Rückseite.

Stephan Klein stand mit dem Rücken gegen den Dienstwagen gelehnt und war in das Display seines Smartphones vertieft, als Brander sich zu ihm gesellte.

»Levin Goldmann betreibt einen Puppenhandel.« Stephan hob sein Smartphone und zeigte ihm die Website eines Internetshops: »Dollies – Partner fürs Leben«, prangte ihm entgegen.

»Also waren das in dem Zimmer tatsächlich moderne Gummipuppen.«

»Mein Reden.« Stephan sah wieder auf das Display. »Laut dem, was Levin auf seiner Website so schreibt, geht es um mehr. Puppen als Beziehungsersatz. Sie ist da, wenn du nach Hause kommst, ist geübt in leichtem Small Talk, erzählt dir, was in der Welt los war, und spielt deine Lieblingsmusik, hört zu, stellt keine lästigen Fragen … Interaktive Silikonpuppen, so was wie Alexa oder Siri, nur hübscher und um einiges teurer.«

»Was kostet so ein Ding?«

»Willste eine kaufen?«

»Seh ich so aus?«

Stephan lachte spöttisch auf. »Ich vergaß, bei Bruce Willis aus dem Ammertal stehen die Ladys Schlange.«

»Ich bin einige Jahre jünger als Bruce.« Brander strich sich über den kahlen Schädel. Mit seinen achtundvierzig Jahren war der Altersunterschied zwischen ihm und dem 1955 geborenen US-Schauspieler doch recht erheblich.

»Ab zweitausend Euro aufwärts. Je nachdem, welche Ausstattung du haben willst, sind's gleich ein paar tausend Euro mehr.«

Auf Goldmanns Sofa saß offensichtlich eine kleine Kapitalanlage. Ob eine Puppe fehlte? Aber dafür einen aufwendigen Mord inszenieren? Und warum dann nicht gleich alle Puppen mitnehmen? Branders Blick wanderte zu dem Rettungswagen, dessen Türen geschlossen wurden, dann rollte er langsam vom Hof. Er hätte die Frau nach den Puppen fragen sollen.

»Was sagt Chantal?« Stephan war seinem Blick gefolgt.

»Sie war übers Wochenende bei ihrer Mutter in Esslingen.«

»Gab's 'nen Streit unter Liebenden?«

»War auch mein erster Gedanke. Sie sagt, nein.«

»Und glaubst du ihr?«

Brander horchte in sich hinein. »Nein.«

»Ich hab die kleine Rothaarige befragt.« Damit meinte er die Notfallsanitäterin, mit der Brander kurz zuvor gesprochen hatte. »Sie sagt, das Mädel hätte da vorn an der Mauer zusammengekauert gehockt, als sie ankamen. Sie hätte am ganzen Leib gezittert und geweint.«

»Hat sie irgendwas gesagt?«

»Nur den Namen ihres Freundes: Levin. Unsere Kollegen vom Revier sind zeitgleich mit den Sanis eingetroffen. Sie haben die Leiche im Haus entdeckt.« Stephan steckte sein Handy zurück in die Jackentasche. »Und jetzt? Nachbarschaftsbefragung fällt ja wohl aus.«

Das Haus lag zu einsam und zu geschützt, als dass irgendwer zufällig ein Kommen und Gehen hätte beobachten können. Dennoch würde Brander die Kollegen bitten, die Bewohner der benachbarten Höfe zu befragen, ob sie etwas beobachtet hatten. Er sah unschlüssig zum Haus. Er hätte die Räume gern genauer in Augenschein genommen, aber er würde sich gedulden müssen, bis die Kriminaltechniker mit ihrer Arbeit fertig waren.

»Wir brauchen mehr Informationen über das Opfer«, erklärte er.

»Hab ich schon bei Fabio in Auftrag gegeben.«

»Guter Mann.«

»Hey!« Stephan streckte das Kinn vor. »Das ist mein Spruch.«

»Wir sollten zu Goldmanns Eltern fahren. Hast du die Adresse?«

»Yep, laut Fabio sind sie geschieden, wohnen beide in Kirchheim. Wen zuerst?«

Brander überlegte. »Die Mutter.«

Eine knappe halbe Stunde später standen sie in Kirchheims Innenstadt vor der Tür des Hofladens, in dem Maria Goldmann arbeitete. Der Laden hatte montagnachmittags geschlossen. Auch als sie wenig später an der Wohnungstür klingelten, reagierte niemand.

»Und jetzt?«, fragte Stephan.

»Versuchen wir es bei seinem Vater.«

Hans-Joachim Goldmann war Filialleiter eines Supermarktes am Stadtrand von Kirchheim. Stephan steuerte zielstrebig auf eine Kassiererin zu.

»Junge Frau, wir suchen Ihren Chef.«

Die junge Frau war mindestens Ende fünfzig und blickte kaum auf, als sie ihm ein beschäftigtes »Moment« entgegenwarf und die Waren über den Scanner zog. »Dreiundsechzig zwölf«, informierte sie die Kundin, die ihre Bankkarte zückte. Erst dann wandte sie sich den Kommissaren zu. »Worum geht es?«

»Wir müssen persönlich mit Herrn Goldmann sprechen.« Brander zeigte ihr seinen Dienstausweis.

Die Kundin, die gerade ihre Geheimnummer eintippte, schielte interessiert herüber und vertippte sich prompt.

Die Kassiererin ließ sich nicht aus der Ruhe bringen, gab einen zweiten Zahlungsversuch frei und drückte parallel auf einen Knopf. »Herr Goldmann, Kasse zwo, bitte.«

Der nächste Kunde war bereits abkassiert, als der Filialleiter erschien.

»Die zwei Herren möchten mit Ihnen sprechen.«

Hans-Joachim Goldmann war nicht besonders groß, knapp eins siebzig, schätzte Brander, Ende fünfzig, ein schmales, hageres Männlein. Unter Hemd und Anzughose ahnte man dünne Arme und Beine. Seinen Kopf zierte lichtes graues Haar.

»Was kann ich für Sie tun?« Sein Blick war unverbindlich, wenn auch leicht irritiert, als Brander ihm seinen Dienstausweis zeigte.

»Könnten wir vielleicht irgendwo ungestört miteinander reden?«

»Kommen Sie bitte mit.« Goldmann ignorierte den fragenden Blick seiner Mitarbeiterin und schritt ihnen voran entlang Süßwaren und Getränken zu einer Hintertür, die in einen Lagerraum führte. Durch eine weitere Tür gelangten sie in ein schmuckloses Büro. Goldmann wies auf zwei orangene Plastikstühle und nahm hinter seinem Schreibtisch Platz. Die Lehne quietschte, als er sich zurücklehnte und die Finger in seinem Schoß verschränkte. »Worum geht es, bitte?«

»Sie sind der Vater von Levin Goldmann?«, begann Brander.

»Ja.« Zwischen den Augenbrauen bildeten sich tiefe Falten.

»Wann hatten Sie zuletzt Kontakt zu Ihrem Sohn?«

»Das ist schon eine Weile her. Am Samstagabend vor drei Wochen. Maria, meine geschiedene Frau, hatte Geburtstag und hat zu Kaffee und Abendessen eingeladen. Warum fragen Sie?«

Dieser Raum war trostlos, versprühte keinerlei Wärme. Grauer Schreibtisch, graue Aktenschränke, der weiße Putz an den Wänden war alt und verkratzt. Ein Firmenkalender war das einzige Schmuckstück, das etwas Farbe in den Raum brachte. Aber diese Nüchternheit machte es Brander nicht leichter, seine Botschaft zu überbringen. »Heute Morgen wurde im Haus Ihres Sohnes eine männliche Person tot aufgefunden. Wir gehen davon aus, dass es sich hierbei um Ihren Sohn Levin handelt.«

Goldmanns Mund öffnete sich, aber der Mann starrte Brander nur tonlos an. Die Kommissare gaben ihm Zeit, die Nachricht zu verarbeiten. Schließlich schlossen sich die Lippen wieder. Goldmann schluckte trocken. »Das kann nicht … Wie …?«

»Über die näheren Umstände kann ich Ihnen im Moment noch nichts sagen.«

»Aber … hatte er einen Unfall?«

»Wir wissen noch nicht, was geschehen ist. Es sieht allerdings nach einem Gewaltverbrechen aus.«

Hans-Joachim Goldmann hob die Arme, presste die Hände auf den Kopf. »Oh Gott, Levin …« Er rang nach Atem, konnte nicht verhindern, dass ihm Tränen über die Wangen liefen. »Weiß Maria …?«

»Wir haben Frau Goldmann bisher nicht angetroffen. Wissen Sie, wo wir sie finden können?«

Goldmann senkte die Arme wieder, tastete seine Taschen suchend ab, entdeckte sein Smartphone auf dem Schreibtisch. Er griff danach.

»Ich denke nicht, dass Sie ihr die Nachricht per Telefon überbringen sollten«, bremste Stephan den Mann.

Er zog die Hand wieder zurück, presste sie stattdessen über Mund und Nase, um ein Schluchzen zu unterdrücken. »Kann ich zu ihm? Ich … Ich möchte ihn sehen.«

»Das geht im Moment leider nicht«, erklärte Brander.

Der Filialleiter wischte sich mit dem Handrücken über die feuchten Augen. Stephan reichte ihm ein Taschentuch. Goldmann schnäuzte sich, schien um Jahre gealtert, als er wieder aufsah. »Was ist mit Chantal? Ist sie auch …?«

»Sie hat das Opfer heute Morgen gefunden«, erwiderte Brander. »Sie kennen die Freundin Ihres Sohnes?«

»Ja, die beiden sind schon lange zusammen … zwei, drei Jahre. Sie ist ein nettes Mädchen. Wie … Wie geht es ihr?«

»Sie steht unter Schock.« Ebenso wie der Mann, der vor Brander saß. »Herr Goldmann, hatte Ihr Sohn irgendwelche Probleme? Gab es jemanden, mit dem er Schwierigkeiten hatte?«

»Das … Nein … Ich weiß es nicht. Er hatte finanzielle Sorgen, aber Genaues weiß ich nicht. Maria kann Ihnen sicher mehr helfen. Mit ihr hat er über seine Probleme gesprochen. Ich …« Goldmann zuckte die Achseln. »Auf mich war er nicht so gut zu sprechen. Die Scheidung damals … Er gab mir die Schuld.«

»Sie sind schon lange geschieden?«

»Wir haben uns vor neun Jahren getrennt. Es war nicht schön, aber wir haben einen Weg gefunden, miteinander umzugehen, Maria und ich.«

»Nach der Geburtstagsfeier bei Ihrer geschiedenen Frau haben Sie Ihren Sohn nicht noch einmal gesehen oder gesprochen?«

»Nein. Wir hatten auf der Feier einen kleinen Disput, Levin und ich. Ich bin früher gegangen.«

»Worum ging es dabei?«

Goldmann sah unsicher in die Gesichter der Beamten. »Warum fragen Sie das?«

»Um herauszufinden, was im Haus Ihres Sohnes geschehen ist, muss ich so viel wie möglich über ihn erfahren.«

Goldmann schnäuzte sich erneut. »Wenn Sie bei ihm waren, haben Sie vermutlich gesehen, womit er sein Geld verdient?«

»Ja.«

»Ich habe eine dumme Bemerkung dazu gemacht. Das hat ihn

geärgert. Ein Wort gab das andere. Bevor der Streit eskalieren konnte, bin ich gegangen. Ich wollte Maria nicht den Geburtstag verderben, was ich aber vermutlich trotzdem getan habe.«

»Sie sind kein Fan seines Puppenhandels?«, erkundigte sich Stephan.

»Nein.«

»Was haben Sie denn zu Ihrem Sohn gesagt, das ihn so geärgert hat?«

»Das weiß ich nicht mehr. Vermutlich habe ich irgendeinen dummen Witz gemacht. Er war da etwas empfindlich.« Goldmanns Augen bekamen wieder einen feuchten Glanz.

»Haben Sie eine Idee, wo wir Levins Mutter finden könnten?«

»Montagnachmittags hat der Hofladen, in dem sie arbeitet, zu. Vielleicht ist sie in der Stadt, trifft sich mit einer Freundin. Sie ist mir ja keine Rechenschaft schuldig.«

»Könnten Sie uns bitte ihre Handynummer geben? Wir sollten sie so schnell wie möglich sprechen.«

Aber auch auf dem Handy war Maria Goldmann nicht zu erreichen. Brander hinterließ eine kurze Nachricht mit der Bitte um Rückruf.

***

Peppi saß an ihrem Schreibtisch, als Brander mit Stephan Klein in die Dienststelle zurückkehrte. Ihr dunkles Haar glänzte feucht, sie hatte anscheinend gerade geduscht.

Stephan hielt schnuppernd die Nase in die Luft. »Apfelblüte?«

»Kernseife«, erwiderte Peppi.

Stephan grinste. »Nie im Leben.«

»Haben die dich bei Gericht so in die Mangel genommen, dass du hinterher duschen musstest?«, fragte Brander besorgt.

»Ich war eine Runde laufen.« Sie schnaufte aufgebracht. »Erst haben die mich fast eine Stunde warten lassen, und dann stellt dieser Arsch von Verteidiger mir Fragen, als ob ich mir das Ganze nur ausgedacht hätte. Der Mann hatte die Frau fast zu Tode gewürgt. Ich war vor Ort! Ich hab die Frau gesehen. Es gibt ärztliche Gutachten …«

Brander hob beschwichtigend die Hände.

»Und dann bittet die Frau ihren Anwalt, dem Gericht zu sagen, dass sie missverstanden worden wäre. Es wären SM-Spielchen in gegenseitigem Einvernehmen gewesen. Aus heiterem Himmel war das plötzlich alles nur ein Riesenspaß! Ich möchte wissen, wie viel die ihr dafür gegeben haben.«

»Die Frau ist Prostituierte. Der sind ein paar hundert Euro Cash lieber als ein Freier, der zu sechs Monaten auf Bewährung verurteilt wird und ihr die Kundschaft madig macht«, mutmaßte Stephan.

»Woher weißt du denn, wie viel die gekriegt hat?«, fauchte Peppi ihn an.

»Das weiß ich nicht, liebste Persephone. Sei nicht böse mit mir. Es sind die Juristen, die uns das Leben schwer machen. Mir mehr als dir.« Er zwinkerte ihr zu. Es war klar, dass der Hüne mit seiner Bemerkung gegen Peppis Lebensgefährten Staatsanwalt Marco Schmid schoss.

Sie seufzte kopfschüttelnd. »Womit habt ihr euch heute den Tag vertrieben?«

»Mit 'ner lackierten Leiche.«

»Wie bitte?«

»Details folgen gleich«, erwiderte Brander. »Käpten Huc wartet im Konferenzraum.«

»Was haben wir?«, erkundigte sich Kriminaloberrat Hans Ulrich Clewer wenig später, als das Team der Kriminalinspektion 1 sich zur abendlichen Besprechung versammelt hatte.

Brander gab die wenigen Fakten, die er bisher hatte, an die Kollegen weiter. Dann wandte er sich an Fabio Esposito. »Was kannst du uns über Levin Goldmann sagen?«

Der junge Kollege strich sich die etwas zu langen dunklen Haare aus der Stirn. »Levin Goldmann, siebenundzwanzig Jahre, gebürtig aus Kirchheim unter Teck, Einzelkind.«

»Siebenundzwanzig? Da ist er ja in bester Gesellschaft«, stellte Stephan fest.

Fabio sah irritiert auf.

»Jimi Hendrix, Janis Joplin, Kurt Cobain, Amy Winehouse …«

»Goldmann war aber kein Musiker«, erwiderte Fabio. »Er hat nach dem Abitur einige Jahre in Bottrop im Movie Park Germany als Veranstaltungstechniker gearbeitet. Vor drei Jahren kam er zurück und zog auf dem Hof der Großeltern ein. Der Hof gehörte seinen Großeltern mütterlicherseits. Der Opa starb vor drei Jahren, die Oma ist dement, lebt in einem Pflegeheim. Offiziell hat Goldmanns Mutter den Hof nach dem Tod ihres Vaters übernommen, sie wohnt aber weiterhin in Kirchheim und arbeitet in einem Hofladen. Seit gut zwei Jahren betreibt Goldmann einen Online-Versandhandel mit Silikonpuppen. ›Dollies‹ nennt sich sein Laden.«

Fabio studierte seine Notizen. »Ebenfalls wohnhaft auf dem Hof ist seine Lebensgefährtin Chantal Birk. Sie ist sechsundzwanzig, arbeitet in Teilzeit in einem Drogeriemarkt in Esslingen und ist nebenberuflich als Kosmetikerin selbstständig, ohne eigenes Studio, das heißt, sie macht Hausbesuche. Ihre Eltern wohnen in der Pliensauvorstadt. Beide arbeitslos.«

»Weißt du etwas über die finanzielle Situation von Goldmann?«, fragte Brander. »Sein Vater meinte, er hätte finanzielle Probleme.«

»Nein, so weit bin ich noch nicht.«

»Schau mal, was du herausfinden kannst. Vielleicht hatte er Ärger mit einem Geldgeber.«

Clewer bedachte Brander mit einem nachsichtigen Blick. Es war nicht an ihm, Aufgaben an die Kollegen zu verteilen. »Wir gehen also davon aus, dass es sich bei dem Opfer um Levin Goldmann handelt?«, hakte er nach.

»Es spricht einiges dafür.« Brander sah Bestätigung suchend zu Manfred Tropper, der nickte.

»Hundertprozentig können wir es erst nach der Obduktion sagen, aber es ist sehr wahrscheinlich. Über den Todeszeitpunkt habe ich mit der Rechtsmedizin gesprochen. Maggie schätzt, dass er zwischen Samstagnachmittag und Samstagnacht liegt. Zur Todesursache müssen wir die rechtsmedizinische Untersuchung abwarten. Keine offensichtliche Gewalteinwirkung. Die Lackierung erfolgte höchstwahrscheinlich postmortal. Da das Opfer nicht nur von vorn eingesprüht wurde, hat der Täter den Mann irgendwie gewendet. Wir haben bisher keine Fingerabdrücke gefunden. Es ist davon auszugehen, dass der Täter Handschuhe trug.«

»Wo hat das Ganze stattgefunden?«, hakte Clewer nach.

»Im Haus, im Wohnzimmer.«

»Auch die Lackierarbeiten?«

»Ja, höchstwahrscheinlich.«

Clewer betrachtete die Fotos von der Wohnung. »Hat der Täter hinterher geputzt, oder warum sind keine Farbspritzer zu sehen? So genau kann man mit Sprühlack doch gar nicht arbeiten.«

»Wir haben stellenweise feine Spuren von Sprühnebel gefunden. Wir vermuten, dass der Täter das Opfer auf eine Plane oder Ähnliches gelegt und ihn darauf eingesprüht hat. Dann hat er ihn so, wie wir ihn gefunden haben, auf dem Boden abgelegt, und er hat tatsächlich danach zumindest grobe Farbspuren weggewischt, die vermutlich beim Ablegen entstanden sind. Aber aus der Spurenlage können wir sicher noch mehr rausholen.«

»Wisst ihr schon, welcher Lack verwendet wurde?«, fragte Brander.

»Es müssen mindestens zwei oder drei verschiedene Lacke gewesen sein. Es gibt unterschiedliche Farbschattierungen. Wir haben Proben ans KTI geschickt.«

»Was ist mit Einbruchspuren?«

»Das ist der nächste interessante Aspekt: Es gibt keine. Entweder das Opfer hat den Täter hereingelassen, oder er hatte einen Schlüssel.«

»Also ist davon auszugehen, dass Täter und Opfer sich kannten.«

»Sie haben vermutlich sogar zusammen Kaffee getrunken.

In der Spülmaschine haben wir Kaffeegeschirr gefunden. Zwei Tassen, zwei Teller, Besteck. Alles frisch gespült. Ich kann mir nicht vorstellen, dass jemand für das bisschen Geschirr tatsächlich die Spülmaschine anschmeißt. Es sei denn, er hat etwas zu verbergen.«

Brander nickte zustimmend. »Konntet ihr feststellen, ob etwas gestohlen wurde?«

»Nicht konkret. Papiere, Geld, Smartphone, das war alles da. Aber für jemanden, der einen Online-Versandhandel betreibt, ist es bemerkenswert, dass wir keinen Computer gefunden haben.«

Brander machte sich eine Notiz. Er würde mit Chantal Birk einen Rundgang durchs Haus machen müssen. Er hoffte, dass die junge Frau dazu in der Lage war.

»Warum stiehlt jemand einen Computer, aber lässt Geld und Smartphone da?«, fragte Peppi.

Tropper zuckte die Achseln. »Smartphones kann man orten. Und wir sind uns doch alle einig, dass das hier kein klassischer Einbruchdiebstahl ist, oder?«

Das war Peter Sängers Stichwort. »Was machen wir mit der Presse? Die scheinen Lunte gerochen zu haben, dass wir es mit einem recht ungewöhnlichen Tötungsdelikt zu tun haben.«

Clewer verzog das Gesicht. »Es darf auf keinen Fall eine Info über die Lackierung der Leiche an die Öffentlichkeit gehen. Ich informiere die Kollegen von Ö.« Damit meinte er die Stabsstelle Öffentlichkeitsarbeit. Er wandte sich an Brander. »Mit den Eltern haben Sie gesprochen?«

»Mit dem Vater. Hans-Joachim Goldmann war sichtlich erschüttert, als wir ihn über den mutmaßlichen Tod seines Sohnes informierten. Allerdings war die Beziehung zwischen Vater und Sohn laut Aussage von Goldmann nicht besonders gut. Frau Goldmann haben wir bisher nicht antreffen können. Ich habe eine Nachricht auf ihrem Handy hinterlassen, und die Kollegen vom Polizeirevier Kirchheim schauen, ob sie sie vielleicht heute Abend zu Hause erwischen.«

Es war spät geworden, stellte Brander fest, als er wieder in sein Büro zurückkehrte. Peppi drängte zum Aufbruch, und auch er wollte nach Hause, um noch mit Nathalie zu sprechen. Er hatte sich gerade von seinem Computer abgemeldet, als das Telefon klingelte. Eine bekannte Tübinger Nummer erschien im Display.

»Hendrik, was gibt's? Ich bin gerade auf dem Sprung.«

Hendrik Marquardt war Kriminalhauptkommissar beim Kriminalkommissariat Tübingen. Brander hatte bis zur Polizeireform 2014 einige Jahre mit ihm zusammengearbeitet. Mit der Reform war ein Großteil der einstigen Kriminalinspektion 1 von Tübingen zur Kriminalpolizeidirektion nach Esslingen umgezogen. Hendrik war in Tübingen geblieben.

»Ihr habt eine lackierte Leiche, habe ich gehört.«

Da hatte sich der bizarre Leichenfund also schon bis in die Universitätsstadt herumgesprochen. Brander schaltete den Monitor aus. »Ja.«

»Wir auch.«

***

Cecilia saß auf der Bank neben dem Hauseingang, als Brander vor der Doppelhaushälfte in Entringen aus dem Wagen seiner Kollegin stieg. Es war bereits nach zehn. Nach dem Telefonat mit Hendrik hatte er Käpten Huc informiert und die weitere Vorgehensweise besprochen. Er hatte mit seinem Vorgesetzten und Hendrik vereinbart, am nächsten Morgen auf dem Weg zur Arbeit in Tübingen haltzumachen, damit sie sich über die Fälle austauschen konnten. Im ersten Augenblick hatte Brander befürchtet, dass es sich bei der zweiten Leiche um die Mutter von Levin Goldmann handeln könnte. Aber auch das zweite Opfer war männlich.

Brander schob die Gedanken an die Arbeit beiseite, als er auf seine Frau zuging. Sie hatte eine Stola um ihre Schultern gelegt. Tagsüber war es zwar noch spätsommerlich warm, doch abends kühlte es deutlich ab.

»Du kommst spät.«

»Viel zu tun.« Er gab ihr einen Kuss und setzte sich neben sie. »Und warum sitzen Sie hier draußen in der Kälte so allein, schöne Frau?«

Er erntete ein Lächeln für sein Kompliment.

»Bis gerade hatte ich Gesellschaft. Nathalie ist vor zehn Minuten raufgegangen.«

»Wie geht es ihr?«

Cecilia schürzte abwägend die Lippen. »Es war kein leichter Einsatz. Zwei junge Frauen sind mit ihrem Kleinwagen frontal mit einem Lkw zusammengestoßen. Die Fahrerin war eingeklemmt. Es hat Stunden gedauert, bis sie sie aus dem Wrack befreit hatten. Die Beifahrerin war anscheinend auf der Stelle tot.«

»Oh Gott!« Brander rieb sich über das Gesicht. »Hat Nathalie mit dir über den Einsatz geredet?«

»Nein. Sie kam gegen Mittag nach Hause, hat sich umgezogen und ist zur Arbeit gefahren. Meine Informationen beruhen auf dem Dorffunk. Ich habe versucht, mit Nathalie zu reden, aber sie wollte nicht. Sie sagt, sie will die Bilder einfach nur vergessen.«

Einfach nur vergessen – so leicht war das nicht, wusste Brander aus eigener Erfahrung. »Meinst du, ich sollte es mal versuchen?«

»Bedräng sie nicht.«

»Ich schau trotzdem kurz nach ihr.«

Cecilia folgte ihm ins Haus. Brander stieg die Treppe zu Nathalies Zimmer hinauf. Auf sein Klopfen folgte ein gemurmeltes »Ja?«, und er öffnete die Tür.

Nathalie lag im Bett. Sie drehte sich zu ihm um, als er sich auf die Bettkante setzte.

»Na, Feuerwehrfrau.« Er sah in ihr angespanntes Gesicht. »Wie geht's?«

»Müde.«

»Willst du reden?«

Sie schüttelte den Kopf.

»Aber friss es nicht in dich rein. Das ist nicht gut. Ich weiß, wovon ich spreche.«

Sie hielt die Lippen dennoch fest verschlossen.

»Darf ich dich mal kurz in den Arm nehmen?«

»Boah ey, ihr macht alle so einen Aufstand, Mann.« Sie verdrehte die Augen. »Mir geht's gut.«

Ganz sicher nicht. Dazu kannte Brander seine Pflegetochter gut genug. »Aber mir nicht«, erwiderte er. »Ich hatte heute nämlich auch einen ziemlich schweren Tag.«

Sie musterte ihn abwägend, schließlich erbarmte sie sich, setzte sich im Bett auf und legte ihm die Arme um den Hals, als müsse sie ihn trösten. Er zog sie fest an sich. Sie hatte gewusst, worauf sie sich einließ, als sie sich der freiwilligen Feuerwehr angeschlossen hatte. Bei den Übungen hatten sie solche Einsätze wieder und wieder trainiert.

Aber der Ernstfall fühlte sich anders an.

Dienstag

Es war noch dunkel, als Brander sich morgens um sechs auf sein Fahrrad schwang und durch das Ammertal zur Polizeidienststelle nach Tübingen fuhr. Die Luft war frisch und kühl, und er genoss die Bewegung. Peppi würde ihn später in der Dienststelle treffen und mit nach Esslingen nehmen.

In Tübingen erwachte der Tag gerade, als er die vertrauten Wege entlangradelte: am Westbahnhof vorbei, durch den Tunnel und über den Neckar und die Bahnschienen. Viel zu schnell erreichte er sein Ziel in der Konrad-Adenauer-Straße. Er tauschte Radkleidung gegen Jeans und T-Shirt. Wenig später stand er in Hendrik Marquardts Büro. Wie Brander gehörte er zu den Frühaufstehern. Seine Kollegin, Corinna Tritschler, mit der er sich das Büro teilte, war noch nicht da.

»Lange nicht gesehen«, stellte Hendrik fest.

Zuletzt hatten sie im Frühjahr gemeinsam den Tod eines Privatpiloten aufgeklärt. Obwohl Hendrik vor einigen Monaten vierzig geworden war, zeigte sich noch keine einzige graue Strähne in seinem dichten dunklen Haar, stellte Brander neidisch fest. Auch kämpfte er nicht mit Geheimratsecken und war trotz Vaterstress gut im Training. Kurze Arbeitswege, das sparte Zeit. Vielleicht hätte er sich damals bei der Reform doch überlegen sollen, in Tübingen zu bleiben, dachte Brander. Die tägliche Tour mit dem Rad zur Arbeit fehlte ihm. Aber nur ein kleiner Teil der Kripobeamten hatte damals bleiben dürfen. Paradoxerweise begann man jetzt wieder, einzelne Bereiche nach Tübingen zurückzuverlegen.

»Wie geht's Anne und den Kindern?« Brander stellte seinen Rucksack ab.

Hendrik Marquardt war seit einigen Jahren mit Kriminaloberkommissarin Anne Dobler liiert. Seit der Geburt des zweiten Kindes befand sie sich jedoch in Elternzeit.

»Alle gesund und munter. Anne fängt bald wieder an. Wir

wissen nur nicht, ob wir sie hierherbekommen oder ob sie nach Reutlingen oder zu euch nach Esslingen muss.«

Brander hätte die ehrgeizige Beamtin gern bei sich in Esslingen, aber mit den Kindern wäre das sicher eine unzumutbare Belastung.

»Kaffee?«, bot Hendrik an.

»Gern.«

Während der Kollege loszog, um ihm einen Kaffee zu organisieren, warf Brander einen Blick auf Hendriks Monitor: Er zeigte Bilder vom Tübinger Leichenfundort. Die Ähnlichkeit zu dem Fall in Wolfschlugen war nicht zu übersehen. Auch dieses Opfer war teilweise entkleidet und mit rosa Farbe eingesprüht worden. Der Täter hatte die Lage des Opfers ebenso arrangiert, wie sie Levin Goldmann aufgefunden hatten.

»Krass, oder?« Hendrik stellte Branders Tasse auf den Tisch neben die Tastatur.

»Ja. Wer ist der Tote?«

»Notker Hägele, sechsundfünfzig Jahre, ledig, Kundenberater bei Kreher. Die sitzen in Reutlingen, internationales Unternehmen, stellen irgendwelche Spezialwerkzeuge her. Er wohnt in Wannweil, hat da ein eigenes Haus. Dort wurde er gefunden. Seine Assistentin hatte sich Sorgen gemacht, weil er morgens nicht zur Arbeit gekommen war. Nachdem sie ihn telefonisch nicht erreichen konnte, hat sie seine Putzfrau angerufen, sie aber erst am Nachmittag erreicht – eine Frau Jaszczak. Sie hatte einen Schlüssel zur Wohnung und hat ihn dann gefunden. Er lag im Wohnzimmer.«

»Die haben die Putzfrau angerufen?«, wunderte sich Brander.

Hendrik zuckte die Achseln. »Ihre Daten waren als Notfallkontakt in der Firma hinterlegt.«

Wie einsam musste der Mann gewesen sein, wenn er seine Putzfrau als Kontakt angab?, ging es Brander durch den Kopf. »Todesursache?«

»Erstickt oder erdrosselt, würde ich vermuten. Wir konnten keinerlei Anzeichen äußerer Gewaltanwendung erkennen.

Aber die Lackierung kann natürlich Spuren gut überdecken. Die Obduktion wird uns hoffentlich mehr verraten.«

»Todeszeitpunkt?«

»Vermutlich irgendwann zwischen Sonntagmittag und Sonntagnacht.«

»Gab es Einbruchspuren?«

»Nach derzeitigem Stand – nein.«

Die nächste Parallele zum Fall Goldmann. Was hatten ein siebenundzwanzigjähriger Jungunternehmer und ein sechsundfünfzigjähriger Kundenberater gemeinsam, dass man sie tötete und auf die gleiche Art und Weise zur Schau stellte?

»Habt ihr in dem Haus Puppen gefunden?«

Hendrik hob erstaunt die Augenbrauen. »Puppen?«

»Sexpuppen, lebensechte Silikonpuppen.«

»Nicht dass ich wüsste.«

Lebensgroße Puppen waren schwer zu übersehen. Also schien es in der Richtung keine Gemeinsamkeit zu geben.

»Guten Morgen, die Herren«, erklang hinter ihnen die muntere Stimme von Corinna Tritschler.

Brander wandte sich zu ihr um und wurde von der einen Meter achtzig großen Frau herzlich umarmt.

»So möchte ich auch mal begrüßt werden, wenn ich morgens zur Arbeit komme«, beschwerte sich Hendrik.

»Dann erschießt mich Anne.«

»Ich muss es ihr ja nicht erzählen.«

Es war kein Geheimnis in der Dienststelle, dass Hendrik vor seiner Beziehung mit Anne nichts hatte anbrennen lassen. Und dass er sich so gut mit seiner attraktiven Bürokollegin verstand, war Hendriks Lebensgefährtin seit jeher ein Dorn im Auge.

»Cory, haben die Kollegen was davon gesagt, dass sie in Hägeles Haus Puppen gefunden hätten?«

»Lebensgroße Silikonpuppen«, konkretisierte Brander Hendriks Frage.

»Haben die was mit dem Mord zu tun? Chucky, die Mörderpuppe?«

»Unser Toter betreibt einen Online-Versandhandel für solche Puppen«, erklärte Brander. »Und durch das Arrangement der Leiche und die Farbe war unsere Überlegung, dass der Tod etwas mit seinem Puppenhandel zu tun haben könnte.«

Cory dachte nach. »Nein, Puppen gab's keine, allerdings ... warte mal.« Sie schob sich an Hendrik vorbei, um an seinen Computer zu kommen, und suchte den Bericht der Kriminaltechniker. »Er hatte Frauenkleider im Schrank. Keine Kleidergröße, die ihm gepasst hätte. Laut seiner Assistentin war er Single. Muss zwar nicht heißen, dass er seiner Assistentin alles erzählt hat, aber es stellt sich natürlich die Frage: Wessen Kleider sind das?«

»Eine verflossene Liebe«, schlug Hendrik vor.

Cory wollte die Datei wieder schließen, aber Brander bremste sie. »War Geschirr in der Spülmaschine?«

Sie scrollte durch das Dokument. »Ja, die Spülmaschine war rappelvoll, alles frisch gespült.«

Die Melodie von Branders Smartphone unterbrach sie. Er fischte es aus dem Top-Fach seines Rucksacks. »Käpten Huc«, zeigte das Display.

»Ja?«

»Wo sind Sie?«

»In Tübingen, wir hatten –«

»Haben Sie heute Morgen schon einen Blick in die Boulevardpresse geworfen?«

Es zwickte Brander böse im Magen. »Nein.« Er hatte nur das Tagblatt im Abo, und nicht einmal da hatte er am Morgen hineingeschaut.

»Jemand hat mit der Presse geplaudert. Ich schicke Ihnen den Artikel aufs Handy.«

»Okay.«

»Absolute Nachrichtensperre, geben Sie das an die Tübinger Kollegen weiter. Die Staatsanwältin kommt um neun. Schaffen Sie das?«

Brander warf einen Blick auf die Uhr. »Das wird sportlich.«

»Was ist los?«, fragte Hendrik, nachdem er aufgelegt hatte.

Brander hob abwehrend die Hand und wählte die Nummer seiner Kollegin. »Morgen, Peppi, du musst mich sofort abholen. Wir müssen nach Esslingen.«

»Hab's schon mitbekommen. Bin unterwegs.«

Flüchtig fragte er sich, von wem sie die Information bekommen hatte. Er konnte sich nicht vorstellen, dass Peppi und Staatsanwalt Schmid irgendwelche Klatschblättchen abonniert hatten und sich beim Frühstück daraus vorlasen. Er rief die Nachricht ab, die sein Inspektionsleiter ihm geschickt hatte, und überflog den Artikel.

»Verfluchter Mist.«

»Was ist denn?«, hakte Hendrik ungeduldig nach.

Brander hielt ihm das Display seines Smartphones entgegen. »Horrorfund auf Aussiedlerhof«, schrie es ihm in großen Lettern entgegen.

Mit Ausnahme von Manfred Tropper und Stephan Klein, die der Obduktion von Levin Goldmann beiwohnten, waren alle am Fall beteiligten Beamten im Konferenzraum zusammengekommen. Den Zeitungsartikel hatte inzwischen jedes Teammitglied gesehen. Nicht nur, dass Goldmanns Hof klar erkennbar mit Fuhrpark, Absperrband und Menschen in Schutzanzügen abgebildet worden war, der Bericht enthielt zudem die brisante Information, dass der Tote mit rosa Farbe lackiert worden war.

Hans Ulrich Clewers Blick glitt prüfend über die Gesichter. »Wer hat das an die Presse weitergegeben?«

Kein Finger hob sich.

Staatsanwältin Isabella Mertens hatte bisher schweigend mit grimmiger Miene neben Clewer gesessen. Jetzt erhob sie sich ebenfalls. Mit ihren eins achtzig und einer üppigen Körperfülle war sie eine beeindruckende Erscheinung. »Wenn einer von Ihnen das verbockt hat, dann haben Sie wenigstens das Rückgrat, dazu zu stehen! Wir werden herausfinden, wer es gewesen ist.«

»Frau Mertens, meine Leute haben dieses Rückgrat! Wenn sich niemand meldet, dann war es keiner von uns.«

»In dem Bericht steht, dass die Angabe zu der Lackierung bisher nicht von polizeilicher Seite bestätigt worden ist«, sprang Brander seinem Chef bei. »Es ist die Rede von einem Augenzeugen.«

»Und wer kommt dafür in Frage?«, zischte Mertens ihn an. Die geballte Empörung der Sechsunddreißigjährigen richtete sich nun gegen Brander. Sie hatten von ihrer ersten Begegnung an keinen guten Start miteinander gehabt. Auch wenn sie eine gute Staatsanwältin war, das gestand Brander ihr zu – der Ton, den sie ihm und seinen Kolleginnen und Kollegen gegenüber anschlug, gefiel ihm überhaupt nicht.

»Wer war denn vor Ort außer Ihnen?« Sie streckte die Arme zur Seite, um damit alle im Raum Anwesenden einzuschließen. Mit ihrer weiten schwarzen Bluse, dem glatten blonden Haar und den zornigen Augen erinnerte sie Brander an einen Racheengel. Gleich würde ihr wahrscheinlich Qualm aus Nase und Ohren steigen.

»Die Leiche lag mutmaßlich sechsunddreißig Stunden in dem Haus. Wir wissen nicht, wer in der Zwischenzeit dort gewesen ist.«

»Und der hat dann bei der Zeitung angerufen, oder was? Wollen Sie mir gleich noch erzählen, dass es der Täter persönlich war?«

Brander bereute, dass er den Mund aufgemacht hatte. »Warum nicht? Es gibt Täter, die gern ein bisschen Prominenz wollen, und die Art und Weise, wie der Tote arrangiert wurde, spricht ja wohl dafür, dass unser Mann sich nicht nur mit der Ermordung seines Opfers zufriedengeben wollte.«

»Das fehlt uns noch! Ein Täter, der sich mit seinem Mord profilieren will!« Die Staatsanwältin schnaubte wütend. »Finden Sie heraus, wer diese Information an die Zeitung gegeben hat. Und sehen Sie zu, dass keiner von der Presse mit den Eltern spricht!«

»Wir haben bereits Kollegen zu Goldmanns Eltern geschickt«, erklärte Clewer.

»Diese Ermittlung hat absolute Priorität. Ich will so schnell wie möglich wissen, was auf diesem Aussiedlerhof geschehen ist.« Isabella Mertens räumte ihren Tablet-PC in ihre Aktentasche.

»Frau Mertens, eine Sache noch«, bremste Brander sie. »Die zweite Leiche …«

»Die zweite WAS?«

»In Tübingen gab es gestern einen ähnlichen Leichenfund.« Offensichtlich hatte die Staatsanwältin nichts davon gehört, und das Boulevardblatt hatte zum Glück auch keine Zusammenhänge gesehen. »Es gibt eindeutige Parallelen zu unserem Fall. Ich habe heute Morgen bereits mit den Kollegen gesprochen, die gestern vor Ort waren.«

»Wieso weiß ich nichts davon?« Der Zorn verfärbte Mertens' Wangen rot.

»Ich hatte Ihnen gestern Abend noch eine Mail geschickt«, erwiderte Clewer.

»In so einem Fall rufen Sie mich gefälligst sofort an! Ich lese doch nicht ständig meine E-Mails, verdammt!«

Clewers Miene verhärtete sich. »Frau Staatsanwältin, ich habe vollstes Verständnis dafür, dass der Artikel Sie verärgert. Das hat er uns auch. Deswegen kann man dennoch vernünftig miteinander reden.«

Isabella Mertens erwiderte den Blick des Inspektionsleiters ohne ein Zeichen von Reue darüber, dass sie sich im Ton vergriffen hatte. Brander hätte gern gewusst, was im Kopf seines Vorgesetzten vor sich ging, aber dessen Gesicht war eine undurchdringliche Maske.

Nachdem keine Entschuldigung von der Staatsanwältin zu erwarten war, fuhr Clewer fort: »Dann lassen Sie uns jetzt am besten unsere Arbeit machen.«

Mertens räusperte sich vernehmlich, rollte die Schultern zurück und reckte das Kinn. »In Anbetracht dieser Vorkommnisse werden wir noch heute eine Pressekonferenz anberaumen müssen. Wir müssen verhindern, dass die Zeitungen noch mehr Interna und wüste Spekulationen in die Welt hinausposaunen.«

»Ja«, stimmte Clewer zu.

»Ich werde mit den Kollegen von der Tübinger Staatsanwaltschaft absprechen, dass wir die Fälle federführend übernehmen. Die Pressekonferenz bitte nicht vor vierzehn Uhr. Ich habe heute Vormittag eine Verhandlung in Stuttgart.« Sie nahm ihre Tasche. »Ich erwarte Ihren Bericht.«

»Wäre schön, wenn Sie ihn dann auch lesen«, schickte Clewer ihr hinterher, bevor die Tür zuschlug. Einen Moment lang verharrte sein Blick an der geschlossenen Tür. Sein Kiefer mahlte. Dann schluckte er seinen Ärger herunter und wandte sich mit neutralem Blick wieder seinem Team zu. »Herr Brander, was gab es in Tübingen?«

Brander berichtete, was er von Hendrik Marquardt erfahren hatte.

»Gibt es eine Verbindung zwischen beiden Opfern?«, fragte Clewer, nachdem Brander geendet hatte.

»Bis jetzt ist noch nichts bekannt.«

»Herr Esposito, Herr Sänger, forschen Sie da bitte nach. Notker Hägele und Levin Goldmann, da muss es einen Zusammenhang geben«, begann Clewer, die Arbeit zu verteilen. »Die Kirchheimer Kollegen haben Maria Goldmann gestern Nacht noch angetroffen. Ihr Ex-Mann war bei ihr. Er hatte sie bereits über den mutmaßlichen Tod ihres Sohnes informiert. Wenigstens hat sie das nicht erst aus der Zeitung erfahren. Herr Brander, Frau Pachatourides, sprechen Sie bitte mit den Eltern.«

»Ich hatte Chantal Birk gebeten, heute Vormittag herzukommen«, warf Brander ein.

»Das Gespräch ist sicher wichtig, aber vielleicht können Sie den Termin nach hinten verschieben.«

»Schade, dass Stephan nicht da war, das hätte richtig geknallt«, bemerkte Peppi, als sie wieder in ihrem Büro waren. »Ich verstehe nicht, wie Käpten Huc immer so ruhig bleiben kann.«

»Sei froh, sonst hättest du das eine oder andere Mal schon eins auf den Deckel gekriegt.« Brander suchte in seinen Unterlagen nach den Kontaktdaten von Chantal Birk.

»So eine Unverschämtheit wie die Mertens habe ich mir noch nicht erlaubt.«

»Nicht?«, fragte Brander mit gespieltem Unglauben.

Peppi hob drohend den Zeigefinger.

Brander fand, was er suchte, und wählte Chantal Birks Nummer. Er erreichte nur den Anrufbeantworter und hinterließ eine Nachricht. »Dann lass uns mal zu Frau Goldmann fahren.«

»Wie geht's eigentlich Nathalie?«, fragte Peppi, als sie die Treppe hinunter in die Tiefgarage zu den Dienstwagen gingen.

»Ganz gut, wieso?«

»Marco hat mir von dem Einsatz gestern erzählt. Die Staatsanwaltschaft ermittelt, weil nicht klar ist, wie es zu dem Unfall kam. Muss ziemlich heftig gewesen sein.«

»Mit Sicherheit.«

»Machst du hier einen auf Pokerface, oder hat sie dir wirklich nichts erzählt?«

Jetzt wurde Brander hellhörig. »Was hätte sie mir denn erzählen sollen?«

»Die Fahrerin war eingeklemmt und muss wohl sehr panisch gewesen sein. Nathalie hat es geschafft, sie zu beruhigen und ihr den Hörschutz aufzusetzen. Sie ist bei ihr geblieben und hat sie abgelenkt, während die Kollegen die Frau aus dem Wrack gefräst haben. Der Einsatzleiter war ziemlich beeindruckt, wie souverän Nathalie gehandelt hat, dafür, dass es ihr erster Einsatz war und dazu noch so ein dramatischer.«

Brander wusste, dass Nathalie schon vieles in ihrem jungen Leben durchgemacht hatte. Aufgewachsen ohne Vater, mit einer alkoholkranken Mutter, Prügel von deren Liebhabern, einsame Nächte auf der Straße, Sex gegen ein warmes Bett. Sie war eine Kämpferin, hatte sich nicht unterkriegen lassen, aber verarbeitet war noch längst nicht alles. Seine Gefühle schwankten zwischen Stolz auf seine Pflegetochter und der Sorge um ihr Seelenwohl.

»Du solltest sie darauf vorbereiten.«

»Was?« Brander hatte nicht bemerkt, dass Peppi ihm noch mehr erzählt hatte.

»Es wird Ermittlungen geben, wie es zu dem Unfall kam. Nathalie hat mit der Fahrerin gesprochen. Sie wird sicher eine Aussage machen müssen.«

***

Dieses Mal hatte Brander Glück, als er mit Peppi in Kirchheim vor der Wohnungstür von Maria Goldmann stand. Sie öffnete ihnen kurz nach dem ersten Klingeln. Es war ihr anzusehen, dass sie in der Nacht kein Auge zugetan hatte. Sie war Ende fünfzig, schätzte Brander, und offensichtlich trug sie noch die Kleidung, die sie am Abend zuvor angehabt hatte: eine tief ausgeschnittene, buntgemusterte Bluse, dazu einen dunklen, engen Rock, der knapp die Knie bedeckte. Der Stoff war verknittert. Die am Vortag sicherlich sorgfältig frisierten blondierten Locken waren zerzaust und struppig wie ein zerrupfter Flokati. Reste eines kräftigen Make-ups waren im übermüdeten Gesicht erkennbar.

»Ihre Kollegen sind gerade gefahren. Sie sagten, ich soll nicht mit der Presse sprechen«, berichtete Maria Goldmann mit rauer Stimme. »Die haben schon drei Mal angerufen. Ich weiß gar nicht, woher die meine Nummer haben.«

Die Wohnung war klein, die dunklen Möbel betagt, aber gepflegt. Bilderrahmen standen auf einem Sideboard auf Häkeldeckchen. Auch auf dem niedrigen Couchtisch lag eine gehäkelte Decke. Neben dem Zweisitzer war ein Korb mit Wolle, auf dem Tisch standen benutzte Gläser. Vermutlich noch von dem Besuch ihres Ex-Mannes. Kalter Rauch hing in der Luft, der Aschenbecher quoll über.

»Stimmt das, was in der Zeitung steht? Ihre Kollegen wollten mir nichts sagen, und Hajo wusste nichts.« Sie setzte sich auf das Sofa, zündete sich eine Zigarette an.

»Haben Sie etwas dagegen, wenn ich ein Fenster öffne?«, fragte Peppi. Sie hasste Zigarettenqualm.

Maria Goldmann wedelte gleichgültig mit dem Arm. Sie richtete ihren Blick auf Brander. »Stimmt das?«

Früher oder später würde sie die Wahrheit erfahren. Brander setzte sich auf den Sessel ihr gegenüber, um mit ihr auf Augenhöhe zu sein. »Es tut mir leid, ja. Deshalb ist auch die Identität des Opfers noch nicht eindeutig geklärt, aber es spricht einiges dafür, dass es sich um Ihren Sohn handelt.«

Die Mutter inhalierte tief den Rauch ihrer Zigarette. Qualm kam aus Mund und Nase, als sie sprach. »Ich hab gewusst, dass das nicht gut geht. Diese verfluchten Dinger!«

»Welche Dinger?«, fragte Brander.

»Die Puppen! Haben Sie die nicht gesehen? Die hat er an diese Bekloppten verkauft.«

»Sie kennen die Kunden Ihres Sohnes?«

Sie starrte ihn angewidert an. »Nein! Aber mir war gleich klar, dass das alles Gestörte sind! Wer kauft sich denn so eine Puppe? Das ist doch …« Sie sog wieder energisch an der Zigarette. »Wissen Sie, was die Dinger kosten?«

»Ist Ihr Sohn denn mal von einem Kunden bedroht worden?«

Sie nahm erneut einen Zug, die Glut war bedenklich lang und würde es vermutlich nicht mehr bis zum Aschenbecher schaffen. »Keine Ahnung. Aber da gab es diese Schmierereien. Das müssten Sie doch wissen? Mein Sohn hat Anzeige erstattet.«

»Was für Schmierereien?«, fragte Peppi.

»Irgendeinen Mist, den irgendwelche radikalen Emanzen an die Hauswand geschmiert haben.«

Davon hatte Tropper nichts gesagt, und Brander war ebenfalls nichts aufgefallen, als er vor Ort war. »Wann war das?«

»Irgendwann, vor ein paar Monaten.« Sie inhalierte gierig den Qualm. »Möchten Sie Kaffee?«

»Danke, nein.«

»Ich brauche einen.« Sie drückte die Zigarette am Rand des Aschenbechers aus und stand auf.

Brander folgte ihr. Ein moderner chromglänzender Kaffeevollautomat stand auf der moosgrünen Arbeitsfläche der Küchenzeile, die wie das restliche Mobiliar in der Wohnung aus einer anderen Ära zu stammen schien. Das Fenster war zur Hälfte mit einer vergilbten Häkelgardine bedeckt. Maria Goldmann hatte offensichtlich ein Hobby, mit dem sie ihre gesamte Wohnung dekorierte.

»Wo waren Sie gestern? Wir haben mehrfach versucht, Sie zu erreichen.«

Goldmanns Mutter hatte eine Tasse unter den Automaten gestellt und verharrte mit dem Rücken zu ihm, während die Maschine einen Cappuccino ausspuckte. Auch wenn er ihr Gesicht nicht sah, spürte Brander, dass seine Frage sie verunsicherte, vielleicht sogar erschreckte. Als das Getränk durchgelaufen war, nahm sie die Tasse und drehte sich zu ihm. Er wartete.

»Ich hatte am Montag frei … langes Wochenende … Ich bin am Samstag nach der Arbeit zu meinem Freund gefahren und kam erst gestern Nacht zurück.«

»Und bei Ihrem Freund gab es keinen Handyempfang?«

»Ich hatte das Handy stumm gestellt. Herrgott, es rechnet doch niemand mit so etwas!«

Nein, sicherlich nicht. Aber sie hätte dennoch sehen können, dass jemand mehrfach versucht hatte, sie zu erreichen. »Wir benötigen Name und Adresse Ihres Freundes.«

»Wozu?«

»Das ist Routine, Frau Goldmann.«

Sie zögerte dennoch. »Moussa … Moussa Mambety. Er lebt in Heidelberg. Ich will aber nicht, dass er Schwierigkeiten bekommt.«

»Warum sollte er?«

»Sie wissen doch, wie unser Staat mit Flüchtlingen umgeht, oder nicht? Sein Asylantrag ist noch nicht durch, und wenn Sie jetzt von der Polizei dort auftauchen und Fragen stellen, kommt er doch gleich auf die rote Liste.«

»Kannte Ihr Sohn Herrn Mambety?«

»Nein. Ich habe ihn erst vor Kurzem kennengelernt. Ich habe bisher niemandem von ihm erzählt. Das Gerede der Leute. Sie wissen schon.«

»Wie hat Ihr geschiedener Mann Sie denn gestern erreicht?«, wechselte Brander das Thema.

»Er hatte vor dem Haus auf mich gewartet.« Sie seufzte vergrämt. »Ich dachte schon, das geht jetzt wieder los.«

Brander hob fragend die Augenbrauen.

»Er ist eifersüchtig, ein Kontrollfreak, war er schon immer. Wollte immer wissen, wo ich war. Selbst wenn ich aufs Klo gegangen bin, musste ich mich abmelden. Er hat mich erdrückt!« Die Wut über den Druck, den ihr Ex-Mann auf sie ausgeübt hatte, war deutlich aus ihrer Stimme herauszuhören.

»Hat er sie bedroht?«

»Was?« Sie sah ihn befremdet an. »Nein. Es waren seine Fragen. Immer wieder die gleichen Fragen: Wo gehst du hin? Wo warst du? Mit wem? Fragen, Fragen, Fragen! Als Levin nach Bottrop gegangen ist, bin ich ausgezogen. Ich konnte das erste Mal wieder atmen.«

Brander bemerkte ein Zittern ihrer Hände. Auch wenn sie sich bereits vor Jahren getrennt hatte, die Erinnerung setzte ihr noch immer zu. »Wann haben Sie zuletzt mit Ihrem Sohn gesprochen?«, fragte er.

»Er …« Sie wich seinem Blick aus, öffnete mit fahrigen Fingern die Besteckschublade, nahm einen Löffel heraus und rührte in der Tasse herum. »Er hat mich Samstagmittag angerufen. Ich kam gerade von der Arbeit und war auf dem Sprung … meine Verabredung. Er wollte vorbeikommen. Er hatte wohl Streit mit Chantal. Aber ich hatte doch die Zugfahrt gebucht …«

Sie hatte keine Zeit gehabt, ihrem Sohn zuzuhören, ihm Trost zu spenden. Und jetzt war er tot, und sie würde ihm nie wieder beistehen können. Brander konnte nur ahnen, welche Vorwürfe sie sich machte. »Hat er gesagt, worum es bei dem Streit ging?«

»Vermutlich um Geld. Es ging immer um Geld.«

»Inwiefern?«

»Die beiden waren ständig klamm. Aber wie hätte ich ihnen denn helfen sollen? Schauen Sie sich um. Ich komme selbst kaum über die Runden. Ich habe die beiden mietfrei auf dem

Hof wohnen lassen, nur die Steuern, das habe ich Levin von Anfang an gesagt, die Grundsteuer, die müssen sie übernehmen. Ich wollte den Hof damals verkaufen, aber er brauchte Platz für seine spinnerte Idee. Einen großen Versandhandel wollte er aufbauen. Deutschlandweit. Europaweit. International.« Sie schüttelte den Kopf. »Und jetzt? Jetzt ist er tot! Irgend so ein perverses Schwein ...« Sie schluchzte, ihre Augen füllten sich mit Tränen. Sie suchte eilig ihre Zigaretten und zündete sich die nächste Kippe an.

»Hatte Ihr Sohn Schulden?«

»Natürlich. Wie hätte er denn sonst das Unternehmen gründen sollen?«

»Und bei wem hatte er die Schulden?«

Sie sah ihn irritiert an. »Bei der Bank.«

Wusste sie das so genau? Hätte er es seiner Mutter gesagt, wenn er Geld von einem Kredithai geborgt hätte?

»Frau Goldmann, sagt Ihnen der Name Notker Hägele etwas?«

Sie schürzte nachdenklich die Lippen. »Nein, nie gehört.«

Sie hatten Kirchheim hinter sich gelassen und fuhren über die Landstraße zur B 10 nach Esslingen. Der September zeigte sich von seiner freundlichen Seite. Blauer Himmel strahlte über Feldern und Wäldern und ließ den bevorstehenden Herbst in die Ferne rücken. Dennoch verfärbte sich hier und da bereits das Laub an den Bäumen.

»Hat Levin Goldmanns Tod etwas mit diesen Puppen zu tun?«, grübelte Brander.

»Zumindest waren weder Papa noch Mama Goldmann begeistert von seiner Geschäftsidee, und seine Mutter traut den Kunden offensichtlich einiges zu«, erwiderte Peppi.

»Aber welchen Grund sollte ein Kunde haben, Goldmann zu töten und derart herzurichten?« Brander schüttelte den Kopf. »Dann vielleicht eher eine Partnerin.«

»Ich würde Marco was erzählen, wenn er mit einer Sexpuppe nach Hause käme.«

»Siehste.«

»Also checken wir Goldmanns Kunden?«

»Wäre ein Ansatz«, stimmte Brander zu. »Aber wie passt der Hägele da rein? Der hatte weder eine Puppe noch eine Freundin.«

»Seine Assistentin wusste nichts von einer Freundin, das heißt nicht, dass es niemanden gab. Ich hab damals auch nicht gleich jedem erzählt, dass Marco und ich zusammen sind.«

»Nee, du bist nur grinsend durchs Büro getanzt«, frotzelte Brander. »Lass uns zu Goldmanns Hof fahren.«

»Jetzt?«

»Ja.«

»Wozu?«

»Maria Goldmann hat doch was von Schmierereien gesagt. Mir ist gestern nichts aufgefallen.«

Peppi tippte an ihr Brillengestell. »Vielleicht solltest du mal einen Optiker aufsuchen.«

»Meine Augen arbeiten hervorragend. Und im Übrigen haben unsere Techniker auch nichts entdeckt.« Sie waren gerade auf die Bundesstraße gefahren. Er deutete auf das Ausfahrtsschild. »Lass uns den kleinen Abstecher machen. Du fährst doch so gern Auto.«

»Aber wenn du neben mir sitzt, muss ich mich immer an die Vorschriften halten.« Peppi wechselte an der nächsten Ausfahrt auf die B 313.

Zu ihrer Überraschung parkte ein Wagen mit Esslinger Kennzeichen auf dem Vorplatz des Hofes in Wolfschlugen. Branders Blick glitt durch die Umgebung, aber er konnte niemanden entdecken. Sie stiegen aus, lauschten. Es blieb alles still. Ein leichtes Unwohlsein machte sich in seinen Eingeweiden bemerkbar. War die Presse vor Ort? Oder war jemand im Haus und beobachtete sie von einem der Fenster aus? Hinter den Scheiben war nichts zu erkennen. Sie gingen zu dem Auto, warfen einen Blick ins Fahrzeuginnere. Eine Aktentasche lag auf dem Beifahrersitz, im Fußraum davor eine Wasserflasche.

Brander sah zu Peppi, die ratlos die Schultern hob. Sie

gingen über den Hof zur Haustür. Das Siegel war zerrissen. Branders Herzschlag beschleunigte sich. Er zog seine Waffe aus dem Holster. Sie postierten sich links und rechts von der Tür. Gerade als Peppi auf die Klinke drücken wollte, knarzte das Scheunentor auf der anderen Seite des Hofes.

Brander fuhr herum, die Waffe im Anschlag: »Polizei! Stehen bleiben!«

Es schepperte blechern. Etwas rollte im Inneren der Scheune über den Boden. Ein Huhn tapste gackernd heraus. Das Tier konnte unmöglich das Scheunentor aufgedrückt haben.

Brander hielt die Waffe auf das Tor gerichtet. »Polizei! Kommen Sie mit erhobenen Händen heraus!«

Das Scheunentor glitt quietschend zur Seite. Ein Mann in dunklem Anzug trat ins Licht, klein, hager. Die Arme weit in die Luft gestreckt. »Bitte, nicht schießen.«

Brander stöhnte auf, als er den Mann erkannte. Er ließ die Waffe sinken. »Herr Goldmann?«

»Ich … Die Hühner, jemand muss sich doch um die Hühner kümmern.«

Brander steckte die Pistole zurück in das Holster. Peppi hatte Hans-Joachim Goldmann noch nicht kennengelernt und verharrte zögernd mit der Waffe in der Hand.

»Ich habe nur nach den Hühnern gesehen«, wiederholte Goldmann nervös.

»Nehmen Sie die Arme wieder runter und kommen Sie her.« Brander konnte den harschen Ton in seiner Stimme nicht abschalten. Es floss noch zu viel Adrenalin in seinen Adern.

Der Mann kam mit steifen Schritten über den Hof zu ihnen. Brander deutete auf das zerrissene Polizeisiegel. »Waren Sie das?«

Goldmann schluckte. »Ja … ich musste zur Toilette.«

»Das ist ein Tatort, Herr Goldmann, und das Aufbrechen eines Polizeisiegels ist eine Straftat. Ist Ihnen das nicht bewusst?«

»Nein … ja. Ich dachte … Es tut mir leid.«

»Was haben Sie drinnen gemacht?«

»Ich musste zur Toilette.«

»Das heißt, Sie waren nur im Bad?«

Goldmann senkte den Blick.

Peppi verdrehte hinter seinem Rücken die Augen. Da kam wieder unnötige Verwaltungsarbeit auf sie zu. »Es tut mir leid, aber wir müssen ein Ermittlungsverfahren gegen Sie einleiten«, erklärte sie genervt. »Und um einen Strafbefehl werden Sie nicht herumkommen.«

Der Mann wandte sich ihr entsetzt zu. »Aber es ist das Haus meines Sohnes!«

»Es ist das Haus Ihrer geschiedenen Ehefrau. Und vor allem ist es ein Tatort, und der war noch nicht von uns freigegeben worden! Sie haben unbefugt ein Siegel zerbrochen und einen Tatort betreten. Das kann mit Freiheitsstrafe geahndet werden.«

»Wie bitte?«

Brander hob besänftigend die Hand in Peppis Richtung. Immerhin hatten sie einen trauernden Vater vor sich. »Was haben Sie hier gemacht, Herr Goldmann?«

»Ich kam von Maria. Ich wollte nach den Hühnern sehen«, stammelte der Mann unsicher. »Und ich … musste zur Toilette, zu viel Kaffee …«

»Sie haben einen Schlüssel zu dem Haus?«

»Ja.«

»Wenn Sie mir den bitte geben würden.«

Goldmann nestelte umständlich an seinem Schlüsselbund herum und reichte ihm den Schlüssel.

»Danke. Sie bekommen ihn wieder, sobald unsere Arbeit hier abgeschlossen ist. Was haben Sie im Haus gemacht?«

»Ich bin zur Toilette gegangen.«

»Und dann?«

»Ich hab in die Küche geschaut und ins Wohnzimmer. Da ist es passiert, oder?«

»Haben Sie irgendetwas angefasst?«, ignorierte Brander die Frage.

»Im Badezimmer die Türklinke, die Toilettenspülung, den Wasserhahn …«

»Sonst etwas?« Brander sah dem Mann prüfend in die Augen.

Der schüttelte den Kopf. »Vielleicht hab ich mich am Türrahmen abgestützt, als ich im Flur an der Tür zum Wohnzimmer stand.«

»Haben Sie etwas verändert? Etwas mitgenommen?«

»Nein.«

Mit etwas Glück würde die Staatsanwaltschaft das Verfahren gegen Goldmann wegen Geringfügigkeit einstellen. Das verriet Brander ihm aber nicht. Sollte er ruhig ein schlechtes Gewissen haben, immerhin hatte er ihnen mit seinem unbedachten Handeln unnötige Zusatzarbeit beschert.

»Herr Goldmann, da Sie schon mal hier sind, können Sie uns vielleicht ein paar Fragen beantworten«, nutzte Brander die Gelegenheit.

Levins Vater nickte kleinlaut.

»Ihre geschiedene Frau sagte, dass jemand die Hauswände beschmiert hätte.«

»Ja, das war vor drei Monaten, Mitte Juni. Levin war mit Chantal abends unterwegs, und als sie zurückkamen, hatte jemand diese Parolen an die Hauswand geschrieben.«

»Was für Parolen?«, fragte Peppi.

»›Fight sexism‹ oder irgendwie so etwas. Levin hat Fotos gemacht, bevor er das weggemacht hat. Er brauchte ja Beweise. Er hat das angezeigt.«

»Und wurde jemand dafür belangt?«

Der Mann hob die Schultern. »Nicht dass ich wüsste.«

»Hat Ihr Sohn einen Verdacht geäußert, wer die Wand beschmiert haben könnte?«

»Es gibt da so eine Gruppe von Frauen, aber Genaues weiß ich nicht.«

Brander würde bei den Kollegen, die den Fall bearbeitet hatten, nachfragen. »Wo genau waren diese Schmierereien?«

»Es war hier, gleich neben der Tür.« Goldmann deutete auf die Hauswand hinter Peppi.

Erst jetzt bemerkte Brander, dass der Anstrich der Fassade

stellenweise erneuert war. Er trat ein paar Schritte zurück und sah sich um. Hinter dem Haus erstreckte sich eine Wiese, die an einen Waldrand grenzte. Der Schmierfink musste entweder zu Fuß durch den Wald gekommen sein oder war mit dem Auto direkt auf den Hof gefahren. Was kein Problem darstellte, wenn die Bewohner nicht daheim waren. Weit und breit gab es keine unmittelbare Nachbarschaft, die ihn hätte bemerken können. So, wie auch Goldmanns Mörder ungestört hatte agieren können.

»Hatte Ihr Sohn eigentlich einen Laptop oder einen Computer?«, fragte Brander.

»Er hatte einen Laptop.«

Der war also definitiv verschwunden. »Als Sie im Haus waren, ist Ihnen da etwas aufgefallen? War irgendetwas verändert? Fehlt etwas?«

»Ich weiß nicht. Ich war nur selten hier. Ich war auch nicht lange im Haus.« Goldmann schluckte trocken. »In der Zeitung, da standen so fürchterliche Sachen. Davon haben Sie gestern gar nichts gesagt.«

»Das sollte auch nicht an die Öffentlichkeit gehen. Es tut mir leid. Die Information hatte das Blatt nicht von uns.«

»Es stimmt also.«

Brander nickte bedauernd.

Die Augen des Mannes bekamen einen feuchten Glanz. »Brauchen Sie mich noch?«

»Nein.«

Sie warteten, bis die Rücklichter von Hans-Joachim Goldmanns Wagen in der Ferne verschwanden, dann steckte Brander den Schlüssel ins Schloss.

»Und wonach suchen wir jetzt?«, fragte Peppi. »Die wichtigen Sachen werden doch Freddy und seine Leute mitgenommen haben.«

»Ich will wissen, wer Levin Goldmann war.« Die gesichtslose rosa lackierte Leiche half ihm nicht. Wer war der Tote zu Lebzeiten gewesen? Brander wollte ein Gespür für das Opfer bekommen.

»Wo sind denn diese Puppen?«

Brander grinste seine Kollegin an. »Interessante Priorität.«

»Du denkst doch, der Fall hat etwas mit den Puppen zu tun.«

Er ging ihr voran zu dem Raum am Ende des abzweigenden Flurs und öffnete die Tür. Die sechs Puppen saßen unverändert wartend auf dem Sofa, eingehüllt in ihre Bademäntel.

»Oh«, kam es von Peppi. »Hallo, Ladys.«

Die Damen reagierten nicht. Peppi betrat den Raum und inspizierte eine der Puppen genauer. »Wo schaltet man die denn ein?«

»Vielleicht sind die eingeschaltet.«

»Nee, warte, ich glaube, hier.« Sie drückte mit dem Finger auf einen Punkt zwischen Hinterkopf und Nacken der Puppe.

Es dauerte einen Moment, dann bewegte die Puppe die Augenlider minimal, als erwache sie benommen aus einem Tagtraum.

»Na, gut geschlafen?«, fragte Peppi.

Das künstliche Wesen reagierte nicht.

»Die spricht auch nicht mit jedem.«

»Vielleicht ist das so wie mit Alexa, dass du erst ihren Namen sagen musst, damit sie weiß, dass sie gemeint ist«, mutmaßte Brander.

»Dazu müssten wir wissen, wie sie heißt.« Peppi ließ ihren Blick über die Puppe wandern. »Hallo, wie heißt du denn, Süße?«

»Ich heiße Cindy«, erwiderte eine helle weibliche, wenn auch etwas monotone Stimme.

Peppi lachte auf. »Die kann ja doch sprechen. Und hast du das gesehen? Die bewegt dabei sogar die Augen und den Mund.« Sie beugte sich näher zu dem Gesicht herunter. »Hallo, Cindy. Wie geht es dir?«

»Mir geht es gut. Und wie geht es dir?«

»Oh, Cindy, meine Liebe, ich habe schlechte Nachrichten für dich. Dein Herr und Meister ist gestorben.«

»Es tut mir leid. Das habe ich nicht verstanden.«

Tatsächlich bewegten sich beim Sprechen die Lippen ganz leicht, die Augenlider wanderten minimal auf und ab. Diese Puppen mussten ein Vermögen kosten, ging es Brander durch den Kopf.

»Cindy versteht mich zwar nicht, aber Cindy kann hübsch mit den Augen klimpern.«

»Gefällt es dir?«, fragte die Puppe.

»Ja, Cindy, das finde ich toll. Cindy, klimpere noch einmal mit den Augen.«

Die Puppe ließ wieder die Augenlider ein kleines Stückchen auf- und zugleiten.

»Schalt das Ding wieder aus«, forderte Brander.

»Nee, warte, vielleicht hat Cindy ja was gesehen. Cindy, weißt du, wer Levin umgebracht hat?«

»Es tut mir leid. Das habe ich nicht verstanden.«

»Ach, Cindy.« Peppi seufzte theatralisch und strich der Puppe mitleidig über die Wange.

»Das ist schön«, sagte Cindy, wobei etwas mehr Begeisterung in der Stimme ihre Aussage glaubwürdiger gemacht hätte.

Peppi zog die Hand eilig weg und trat einen Schritt zurück.

Brander stellte belustigt fest, dass sich eine leichte Röte auf die Wangen seiner Kollegin gelegt hatte. »Soll ich euch zwei allein lassen?«

Seine Frotzelei wurde mit einem grimmigen Blick quittiert.

»Das ist gruselig.« Peppi hielt die Hand vor sich, mit der sie die Puppe berührt hatte. »Die Haut, die ist so weich und glatt, aber künstlich, irgendwie.«

»Das ist eine Puppe, Frau Kollegin. Natürlich ist die künstlich.«

»Ja, schon, aber … Fass die mal an. Das ist seltsam. Wenn ich mir vorstelle … Nee.« Peppi schüttelte sich. »Hast du auch das Gefühl, dass die dich anstarrt?«

»Nein, ich glaube, sie ist eher an dir interessiert.«

»Unsere Computerfuzzis sollten sich die Dinger mal genauer ansehen. Ich meine, die kann reden, die reagiert …«

»Denkst du, die hat sich auch mit unserem Täter unterhalten?«

»Wer weiß?«

Einen Versuch war es wert, und warum sollten sich die IT-Forensiker immer nur mit gesichtslosen Smartphones befassen?

Er wählte Jens Schönes Telefonnummer. »Jens, hier warten sechs Damen darauf, von dir untersucht zu werden.«

Peppi wandte sich zu Brander um. »Ich finde, das sollte seine Kollegin übernehmen. Ich meine, das sind doch weibliche Roboter.«

Brander zog die Augenbrauen hoch.

»Sechs Damen?«, fragte der IT-Forensiker irritiert.

»Die Puppen von Levin Goldmann können sprechen. Da muss ein Computer dahinterstecken.«

»Davon ist auszugehen. Klingt interessant. Bringt ihr die Puppen mit?«

»Dazu brauchen wir einen Mannschaftswagen.«

»Für den Anfang reicht mir eine der Damen. Ich komme hier im Moment nicht weg.«

»Was machst du gerade?«

»Auswertung der Smartphones von Levin Goldmann und Notker Hägele.«

»Und?«

»Geduld, Andi, du kriegst meinen Bericht so schnell wie möglich.«

»Peppi, pack Cindy mal ein, die ist vorläufig festgenommen«, bat Brander seine Kollegin, nachdem er das Gespräch beendet hatte.

»Armes Ding. Da warst du wohl zur falschen Zeit am falschen Ort.« Sie musterte die Puppe abschätzend. »Ich glaube, so ein großes Asservatentütchen habe ich nicht.«

Es war bereits später Nachmittag, als Brander und Peppi in die Dienststelle zurückkehrten.

»Ich schlepp die nicht durchs Haus. Die wiegt mindestens

vierzig Kilo«, erklärte Peppi mit Blick auf ihren Gast auf der Rücksitzbank.

»Jetzt übertreib mal nicht. Im Verhältnis zu einer realen Frau ist Cindy ein wahres Leichtgewicht.«

»Was schaust du mich dabei so an?«

Brander hob sich ergebend die Hände. »Das ist Höflichkeit. Man schaut sein Gegenüber im Gespräch an.«

Peppi hatte, als Brander sie kennenlernte, mit einigen Pfunden zu viel gekämpft. Nachdem sie vor wenigen Jahren bei einem Einsatz schwer verletzt worden war, hatte sie bei der Reha-Maßnahme gleich noch ein paar überflüssige Kilos verloren. Gut siebzig Kilogramm brachte sie mit ihren eins fünfundsiebzig immer noch auf die Waage, aber die waren sehr gut verteilt. »Du trägst Cindy«, bestimmte sie.

Brander schleppte die Puppe zum Fahrstuhl. Die Türen wollten sich gerade schließen, als der Leiter der Esslinger Kriminalpolizeidirektion, Polizeivizepräsident Gernot Ritter, in die Kabine sprang. Sein dunkelblauer Anzug saß tadellos, und das hellblaue Hemd betonte seine Urlaubsbräune. Er musterte Brander und Cindy amüsiert. Sie hatten die Puppe in eine Decke gehüllt, aber der kahle Schädel lugte hervor.

»Tatverdächtige oder Opfer?«, erkundigte Ritter sich.

»Zeugin«, erwiderte Brander mit aller Seriosität, die er mit der Puppe im Arm aufbringen konnte.

»Ah ja. An welchem Fall arbeiten Sie noch gleich?«

»Levin Goldmann.«

»Die lackierte Leiche«, stellte Ritter fest. »Da bin ich froh, dass die Pressekonferenz vorüber ist.«

Daran hatte Brander überhaupt nicht mehr gedacht. Er atmete auf. Das hätte ihm noch gefehlt, dass er einem Journalisten über den Weg lief, der ihn Arm in Arm mit dieser Puppe ablichtete.

»Die Puppe gehörte dem Opfer«, erklärte Peppi.

»Und sie hat gesehen, wer Goldmann getötet hat?«

»Das wäre möglich, aber sie wollte nicht so recht mit der Sprache raus. Sie ist ein bisschen schüchtern.«

»So sieht sie gar nicht aus.«

Der Fahrstuhl hielt in der ersten Etage, und Brander hob die Puppe in den Gang. So richtig handlich war die schüchterne Cindy nicht.

»Viel Erfolg«, wünschte Ritter ihnen noch, bevor sich die Türen des Fahrstuhls wieder schlossen.

Während Peppi ihr Büro ansteuerte, schleppte Brander Cindy durch den Flur zu den IT-Forensikern. Er fand Jens Schöne mit seiner Kollegin Anita Stern in ihrem Büro. Beide blickten interessiert auf, als Brander mit der Puppe im Arm ihr Büro betrat. Er setzte sie auf den Besucherstuhl und wischte sich mit dem Handrücken über die Stirn. Von wegen Leichtgewicht. Er war auf dem Weg doch ins Schwitzen geraten.

»Das ist Cindy, sie könnte eine Zeugin in unserem Mordfall sein.«

»Cindy? Hat sie auch einen Nachnamen oder nur Cindy?«

»Frag sie selbst.«

Jens stand auf, um den Gast einer näheren Betrachtung zu unterziehen. »Wie geht das Ding an?«

»Eingeschaltet wird sie am Hinterkopf.«

Jens betätigte die Taste. Wieder blinzelte die Puppe kurz mit den Augen, als hätte man sie geweckt.

»Cindy, das sind meine Kollegen, die werden sich jetzt um dich kümmern.«

Cindy reagierte nicht.

»Cindy, hast du mich verstanden?«

Keine Reaktion.

»Bei Goldmann hat sie noch mit uns gesprochen.«

»Wie heißt der Online-Shop von dem Goldmann?«, fragte Anita.

»›Dollies – Partner fürs Leben‹«, antwortete Brander.

Die Kollegin tippte den Namen ein und sah ein paarmal zwischen Puppe und Monitor hin und her. »Da haben wir sie: Cindy, Modell Premium TPE Interaktiv, Körpermaterial TPE, Skelett aus Edelstahl, Größe ein Meter fünfundsechzig, Gewicht achtunddreißig Kilogramm, Betriebssystem Androidkompatibel, Verbindung über WIFI, Sprachfunktion Deutsch, Englisch und Mandarin, interaktives Soundsystem ermöglicht Sprechen, Singen und situationsangepasste Stöhngeräusche, Bewegung von Augen und Mund, integriertes Heizsystem, Öffnungen anal, oral und vaginal. Kostenlose Software-Updates. Noch Fragen?«

»Was ist TPE?«, fragte Brander. »Ich dachte, die ist aus Silikon.«

»Thermoplastische Elastomere, sorgt für ein angenehmes Hautgefühl und realistische Gesichtszüge. Steht hier zumindest.«

»Da haben wir des Rätsels Lösung«, erklärte Jens. »Kein WLAN.«

»Wieso?«

»Der Computer da drinnen«, Jens tippte der Puppe gegen die Stirn, »verfügt nur über minimale Basic-Programme. Er verbindet sich über WLAN vermutlich mit einem Cloudserver, und da sind die Daten hinterlegt, auf die die Puppe zugreift, um zu kommunizieren und zu reagieren. Von hier aus hat Cindy aber keinen Zugriff auf Goldmanns WLAN, ergo kann sie nicht in die Cloud, ergo versteht sie uns nicht und kann nicht reagieren. Wir müssen ihr erst wieder einen Online-Zugang einrichten.«

»Und wie macht man das?«

»Ich tippe auf eine App. Hat Goldmann sicherlich auf seinem Smartphone. Lass uns mal ein bisschen mit ihr spielen.« Jens schnippte tatenfreudig mit den Fingern. »Da steckt Hightech drin. Die Dinger müssen richtig teuer sein. Und davon hat der Goldmann sechs Stück?«

»Ja.«

»Und die können alle sprechen?«

»Keine Ahnung, wir haben nur diese ausprobiert.«

»Du und Peppi? Aha ...« Jens grinste anzüglich. Sie kannten sich lange genug, dass er sich diese Stichelei erlauben durfte.

»Wir schauen uns Cindy mal genauer an. Vielleicht haben wir Glück und sie hat was mitgeschnitten.«

»Viel Vergnügen.« Brander hatte genug von den Puppenspielen. »Was haben euch die Smartphones verraten?«

Jens schaltete die Puppe aus und trat zurück an seinen Schreibtisch. »Viel zu viel. Jede Menge Telefonate und Nachrichten. Das müssen wir alles noch auswerten. Was vielleicht interessant sein könnte: Chantal Birk hat Levin Goldmann sowohl Samstag als auch Sonntag versucht anzurufen, keiner ihrer Anrufe wurde angenommen. Sie hat ihm am Sonntagmorgen zudem eine kurze WhatsApp geschickt. Das ist aktuell das Bemerkenswerteste.«

Er suchte ein Dokument auf seinem Bildschirm. »Hier: ›bitte lass uns reden‹, gefolgt von mehreren traurigen Smileys. Die Nachricht kam Sonntag gegen neun. Am Nachmittag hat sie dann noch mal versucht, ihn anzurufen.«

Da hatte sein Gefühl ihn also nicht getäuscht, dachte Brander bei sich. Chantal Birk hatte ihn angelogen. Sie hatte Streit mit ihrem Lebensgefährten gehabt. Es sah auf seine Uhr. Er würde es nicht schaffen, vor der Soko-Sitzung zu ihr zu fahren. Abgesehen davon wusste er nicht, wo er sie finden konnte. Sie hatte noch nicht auf seinen Anruf reagiert.

»Gibt es irgendeinen Zusammenhang zwischen Goldmann und Hägele?«

»Bis jetzt nicht. Aber wir sind erst ganz am Anfang, Andi.«

Manfred Tropper hatte erste Ergebnisse von der Obduktion aus Tübingen mitgebracht, als sich das Team zur abendlichen Besprechung traf.

»Leute, es war eine elende Arbeit, die Farbe vom Körper zu entfernen«, stöhnte der Kriminaltechniker.

»Ihr habt die ganze Farbe abgekratzt?«, fragte Fabio ungläubig.

»Wie willst du den Leichnam sonst nach Verletzungen untersuchen? Einstichstellen, Druckstellen … Zum Glück hatten wir ein paar Medizinstudenten dabei.«

Brander war froh, dass ihm diese langwierige Prozedur erspart geblieben war.

»Aber zum Ergebnis«, fuhr Tropper fort. »Die Identität konnte bestätigt werden. Es handelt sich eindeutig um Levin Goldmann. Das Opfer weist geringfügig petechiale Blutungen vor allem in den Lid- und Augenbindehäuten auf, jedoch keine Drossel- oder Würgemale am Hals. Der Kehlkopf war intakt. In der Mundhöhle konnten Faserspuren gesichert werden. Kurzum: Levin Goldmann wurde erstickt. Ihm wurde etwas auf das Gesicht gedrückt. Könnte ein Kissen oder eine Decke gewesen sein.«

»Abwehrspuren?«, fragte Clewer.

»Nein, oder sagen wir, wir konnten keine finden. Wir haben nach Hautschuppen unter den Fingernägeln gesucht, aber das hat leider zu nichts geführt. Da war der Lack sehr effektiv. Die Rechtsmediziner haben keine Druckstellen oder Verletzungen am Körper gefunden, die darauf hindeuten, dass das Opfer fixiert oder niedergeschlagen worden ist. Wir vermuten, dass er, bevor man ihn erstickt hat, betäubt wurde. Die toxikologische Untersuchung läuft. Er hat kurz vor seinem Tod höchstwahrscheinlich noch Kuchen gegessen – wir haben Reste von Apfelstreuselkuchen in den Zahnzwischenräumen gefunden. In Anbetracht des einsamen gespülten Geschirrs in der Spülmaschine liegt der Verdacht nahe, dass das Kaffeekränzchen mit seinem Mörder stattgefunden hat.«

»Also vom Ablauf: Goldmann wurde betäubt, mit einem Kissen oder Ähnlichem erstickt und danach lackiert?«, fasste Brander zusammen.

»Ja. Zum Lackieren hat der Täter den Leichnam bewegt. Wir haben Druckstellen seiner Finger im Lack gefunden, aber keine Fingerabdrücke. Unser Täter hat Handschuhe getragen. Vermutlich Einweghandschuhe aus Nitril oder vielleicht Latex. Und er könnte einen Schutzanzug getragen haben, einen Maleroverall oder Ähnliches. Wir haben im Lack Druckstellen entdeckt, die ein Gewebemuster andeuten.«

»War ein Einzeltäter am Werk, oder könnten es auch mehrere gewesen sein?«, fragte Peppi.

»Da in der Spülmaschine nur zwei Kaffeesets standen,

würde ich von einem Einzeltäter ausgehen. Aber es könnte natürlich auch sein, dass unser Täter mit dem Opfer Kaffee getrunken hat, ihn dabei betäubt und im Anschluss einen Mittäter ins Haus gelassen hat.«

Lack, Schutzkleidung, Betäubungsmittel. Die Tat musste sehr gut geplant gewesen sein. Brander sah zu seinem Inspektionsleiter, der ihm schräg gegenübersaß und ungewohnt schweigsam war.

Clewer rieb sich mit dem Handballen über das Brustbein und zog die Augenbrauen missmutig zusammen. Als er Branders Blick bemerkte, senkte er den Arm wieder. Er räusperte sich. »Konnte der Todeszeitpunkt genauer eingegrenzt werden?«

»Samstag, mutmaßlich zwischen sechzehn und zwanzig Uhr«, berichtete Stephan Klein.

»Das ist mitten am Tag«, stellte Peppi fest. »Unser Täter muss sich ja sehr sicher gefühlt haben, dass er nicht gestört wird.«

»Was ist mit dem zweiten Opfer?«, hakte Brander nach.

»Die Obduktion läuft noch«, erwiderte Tropper. »Aber ich vermute, das Ergebnis wird ähnlich aussehen, mal abgesehen vom Todeszeitpunkt. Unser Täter konnte ja schlecht an zwei Orten gleichzeitig sein.«

»Es könnten mehrere Täter sein«, gab Brander zu bedenken.

»Herr Esposito«, wandte Clewer sich an den jungen Kollegen der Kriminalinspektion 1, »was ist mit Schnittstellen zwischen den Opfern? Haben Sie etwas herausgefunden?«

»Ich habe mir die Einzelverbindungsnachweise der Telefone besorgt und abgeglichen. Soweit ich das bisher überblicke, gab es keinen telefonischen Kontakt zwischen den Opfern. Allerdings ist mir aufgefallen, dass beide Männer mit einem Vinzenz Streiter mehrfach telefoniert haben. Streiter lebt in Pfrondorf, bei Tübingen, er ist Wissenschaftler, forscht anscheinend im Bereich KI – künstliche Intelligenz. Zumindest findet man im Netz einige Veröffentlichungen von ihm.«

»Arbeitet er an der Uni oder in der Wirtschaft?«

»Weder noch, wenn ich das richtig sehe. Er hat Mathe und Physik an der Technischen Universität München studiert, promovierte später in Göttingen, hat danach einige Jahre in den Staaten verbracht und da noch einen Doktor in Neurowissenschaften gemacht. Vor circa vier Jahren kehrte er aus den Staaten zurück und kam nach Tübingen.«

»Was macht er in Tübingen?«, fragte Brander.

Fabio hob die Schultern. »Das habe ich noch nicht herausgefunden.«

»Es gibt in Tübingen doch dieses neue Forschungsinstitut zur künstlichen Intelligenz, Cyber Valley«, wusste Peppi. »Vielleicht arbeitet er da?«

2016 war in der Universitätsstadt auf der alten Viehweide ein imposanter Campus aus dem Boden gestampft worden. Brander hatte die kontroversen Diskussionen über das moderne Institut in der Presse verfolgt. Die Zusammenarbeit zwischen Universität, Land und Wirtschaftsunternehmen hatte Bedenkenträger auf den Plan gerufen, insbesondere weil auch ein umstrittener amerikanischer Global Player mit an Bord war. Dass sich Cyber Valley eher in begehrter Tübinger Halbhöhenlage denn in einem Tal befand, war eine Anekdote am Rande.

»Ich frag mal nach.« Fabio machte sich eine Notiz.

»Sowohl Goldmann als auch Hägele hatten Kontakt zu diesem Herrn Streiter?«, fragte Brander.

»Ja, Notker Hägele hat Sonntag vor einer Woche bei Streiter angerufen, dann noch einmal am Donnerstagabend. Streiter hat mit Goldmann Montag früh telefoniert, und Freitag früh hat Goldmann bei ihm angerufen.«

»Mit dem Herrn sollten wir uns unterhalten.«

»Ich habe schon versucht, ihn zu erreichen, habe aber auf seinem Festnetzanschluss nur eine Alexandra Scholl ans Telefon gekriegt. Sie sagte, sie sei Streiters Assistentin und dass ihr Chef ein paar Tage außer Haus sei. Sie erwartet ihn am Donnerstag wieder zurück. Sie hat mir seine Handynummer gegeben, da habe ich ihn aber bisher nicht erreicht.«

»Schickst du mir seine Kontaktdaten?«, bat Brander.
»Ja.«
»Schau auch mal die Kundendaten von Goldmann durch, vielleicht tauchen Streiter und Hägele da auf.«
»Würde ich, wenn ich sie denn hätte.«
»Keine Kundenkartei?«
»Wir haben nichts gefunden.« Fabio sah zu Tropper.
»Nein, wir auch nicht.«
»Ich spreche mit Chantal Birk. Die müssen ja Unterlagen von ihren Kunden haben.«
»Die könnten auf dem Laptop sein, den wir nicht gefunden haben«, überlegte Tropper.
»Was ist mit Hägeles Haus? Wurde da etwas gestohlen?«, fragte Clewer.
»Das weiß ich nicht«, erwiderte Brander.
»Wir müssen die Kollegen, die den Tübinger Fall übernommen haben, unbedingt mit ins Boot holen.« Clewer rieb sich erneut über das Brustbein. »Ich kümmere mich darum.«

***

Es war wieder spät geworden. Das Haus begrüßte Brander mit stiller Dunkelheit. Cecilia war mit einer Freundin im Kino, Nathalie hatte dienstagabends Taekwondo-Training bei Branders Kumpel Karsten Beckmann in Tübingen. Er duschte, machte sich ein Butterbrot und setzte sich mit Block und Bleistift ausgestattet an den Küchentisch.

Er hatte am Abend weder Chantal Birk noch Vinzenz Streiter ans Telefon bekommen. Aber wenigstens die Rechtsmedizinerin Margarete Sailer hatte er erreicht und das Ergebnis der zweiten Obduktion erfahren. Es war, wie Tropper vermutet hatte. Die Vorgehensweise war bei Notker Hägele ähnlich wie bei Goldmann: Der Täter hatte das Opfer betäubt, erstickt und lackiert.

»Das Ganze hat gedauert«, hatte Maggie ihm erklärt. »Bei der Betäubung vermute ich den Einsatz von K.-o.-Tropfen,

GHB, GBL oder Ähnlichem. Das geht einigermaßen schnell. Ersticken dauert jedoch länger. Du drückst dem Opfer nicht nur kurz ein Kissen ins Gesicht. Es kann ein paar Minuten gedauert haben, bis das Opfer tatsächlich tot war. Da sich das Opfer aber vermutlich aufgrund der Betäubung nicht mehr gewehrt hat, war der Kraftaufwand überschaubar.«

»Das heißt, beide Männer waren definitiv tot, bevor sie lackiert wurden?«

»Ja, wir haben zwar Farbe in Nase und Mundraum gefunden, aber es wurde keine Farbe eingeatmet. Der Täter war relativ sorgfältig bei seiner Lackierarbeit. Er hat zwar nicht gewartet, bis Schicht um Schicht getrocknet war, Tropfnasen waren ihm ziemlich egal, aber er hat keinen Flecken Haut ausgespart. Das muss Zeit gekostet haben.«

»Was denkst du, wie lange?«, hatte Brander gefragt.

»Keine Ahnung. Ihr könnt das doch mal ausprobieren. Der Goldmann hat doch diese lebensgroßen Puppen im Haus. Schau mal, wie lange du brauchst, um eine zu lackieren.«

Wenn er Troppers Theorie folgte, dass Täter und Opfer erst miteinander Kaffee getrunken hatten und der Täter hinterher noch für Ordnung gesorgt, eventuell auch das Haus durchsucht hatte – immerhin fehlte Goldmanns Laptop –, dann musste er beide Male mehrere Stunden im Haus seiner Opfer verbracht haben. Durchdacht und abgebrüht, überlegte Brander.

Er nahm seinen Block und skizzierte die Umrisse des Leichnams von Levin Goldmann so, wie er aufgefunden worden war, links mittig auf das Blatt, Notker Hägele setzte er auf die rechte Hälfte. Zwei Männer, die der Täter auf die gleiche Art und Weise zur Schau gestellt hatte. Knapp dreißig Jahre Altersunterschied lagen zwischen ihnen. Welche Gemeinsamkeiten gab es? Der Ältere war Single, der Jüngere liiert, der eine war für ein internationales Unternehmen tätig und beruflich erfolgreich, der andere wollte international werden und war vermutlich in finanziellen Schwierigkeiten. Beide hatten in der Woche vor ihrem Tod mit dem KI-Forscher Vinzenz Streiter telefoniert. Die Puppen waren mit Hightech ausgestattet. Hingen alle drei in diesem Puppengeschäft?

Das Öffnen der Haustür störte seine Überlegungen. Es sah auf die Uhr. Drei viertel elf. Das war für beide Frauen zu früh. Er stand auf und ging in den Flur. Nathalie zog gerade ihre Schuhe aus. Brander entdeckte keine Sporttasche bei ihr.

»Warst du nicht beim Training?«

»Feuerwehr.«

»Schon wieder ein Einsatz?«

»Nee. Kommandant hat's Einsatzteam von gestern zu 'ner Nachbesprechung einberufen.«

»Und?«

»Alles gut.«

»Wirklich?«

Nathalie verdrehte die Augen. »Das fragt mich ständig jeder. Das nervt.«

»Sorry.«

»Ich hab Hunger.«

»Dem können wir abhelfen.« Brander kehrte in die Küche zurück, holte Butter und Aufschnitt aus dem Kühlschrank und nahm das Brot aus dem Kasten. »Wie viele Schnitten möchtest du?«

»Echt jetzt?« Nathalie war ihm gefolgt und lehnte sich gegen den Türrahmen, die Hände in den Taschen vergraben.

Brander sah zu ihr. Sie war mittlerweile größer und kräftiger als Cecilia, durch das Taekwondo und die Übungen bei der Feuerwehr hatte sie einen durchtrainierten Körper. Obwohl sie sich als Feuerwehrfrau und Auszubildende zur Berufskraftfahrerin in traditionellen Männerberufen bewegte, kleidete sie sich sehr feminin, was zwischen Brander und seiner Pflegetochter hin und wieder zu Diskussionen führte.

Mit ihren kurzen struppigen Haaren, von denen ihr einige dunkle Strähnen in die Stirn fielen, und dem frechen Grinsen, mit dem sie ihn gerade bedachte, würde sie eines Tages irgendeinem Mann ordentlich den Kopf verdrehen, dachte er bei sich und spürte einen kleinen eifersüchtigen Stich. Vielleicht war es auch Sorge. Er wollte, dass es ihr gut ging, dass sie Menschen um sich hatte, die sie anständig und mit Respekt behandelten.

Er legte das Messer zur Seite. »Eigentlich hast du recht. Mach selbst.«

Sie zog eine Schmolllippe.

»Also, wie viele Schnitten?«

Schon hatte er ihr Lächeln wieder. »Drei, mit allem, was der Kühlschrank hergibt.«

Diät war für Nathalie kein Thema.

Wenig später saßen sie gemeinsam am Küchentisch.

»Ist das dein Fall, der heute in der Zeitung stand?«, fragte sie mit Blick auf seinen zugeschlagenen Zeichenblock.

»Ich gehöre zur Ermittlungsgruppe, ja.«

»Die Leiche wurde echt lackiert?«

»Wo liest du denn solche Schundblätter?«

»Internet.« Sie verschlang hungrig die erste Schnitte. »Ich soll morgen zu deinen Kollegen kommen, wegen dem Unfall.«

Hatte Peppi also recht behalten.

»Muss ich dahin gehen?«

»Ich würde es begrüßen, wenn die Tochter eines Kripobeamten einer Einladung zur Zeugenbefragung folgt.«

»Und wenn ich nicht will?«

»Warum nicht?«

»Hab nicht so gute Erfahrungen mit den Bullen.«

»Du hast ja keine Flasche Wodka aus dem Kofferraum geklaut, oder?«

»Ey, bin ich clean?«

Und das seit fast einem Jahr. »Die Kollegen möchten dich wegen des Unfalls befragen. Es ist nicht sicher, wie es dazu kam, und du hast als eine der Ersten mit einer der Unfallbeteiligten gesprochen. Vielleicht kannst du helfen zu klären, was eigentlich passiert ist.«

»Woher weißt ’n du, dass ich mit der gesprochen habe?«

Verdammt. Nathalie sollte nicht das Gefühl haben, dass er ihr hinterherspionierte. »Du weißt doch, wo ich arbeite.«

Sie aß eine Weile schweigend. »Muss ich denen alles sagen?«

»Ja, das solltest du.«

»Aber ist doch eigentlich egal, was passiert ist. Ich meine, die ist doch schon genug bestraft. Ihre Freundin ist tot, ihre Knie zertrümmert …«

»Nein, es ist nicht egal. Es geht nicht nur um die Fahrerin. Auch die Eltern der toten Freundin und der Unfallgegner haben ein Recht, zu erfahren, wie es zu dem Unfall kam.«

Nathalie ließ die Schnitte, in die sie gerade beißen wollte, wieder auf den Teller sinken.

»Was ist los? Hat die Frau irgendetwas gesagt oder getan?«

»Nee, is nur … Bullerei is nich mein Ding.«

Brander war sich nicht sicher, ob das tatsächlich der einzige Grund war. Irgendetwas belastete sie. »Soll ich dich begleiten? Oder Ceci?«

Sie überlegte einen Moment, schüttelte schließlich den Kopf. »Nee, krieg ich schon hin. Willst du noch?«

Immerhin zwei Schnitten hatte sie verputzt. Es tat ihm leid, dass ihr das Gespräch auf den Magen geschlagen war. Er zog das Brett zu sich rüber.

»Ich geh mal pennen.«

»Nathalie«, bremste er sie. »Wenn was ist, kommst du zu mir, versprochen?«

»Yep.« Sie drückte ihm einen Kuss auf die Glatze. »Nacht, Paps.«

»Nacht, meine Kleine. Hab dich lieb.«

Paps. Er sah ihr versonnen hinterher. Wenn er an die Anfangszeiten zurückdachte … Nein, lieber nicht.

Er klappte seinen Zeichenblock wieder auf. Zwei Tote an einem Wochenende – womit hatten sie es zu tun? Einem Serienmörder mit einem Fetisch für rosa Lack?

Mittwoch

»Was ist mit der Aussage von Chantal Birk?«, fragte Isabella Mertens in gewohnt ruppigem Ton. Die Staatsanwältin hatte es sich nicht nehmen lassen, am Morgen an der Sitzung der Ermittlungsgruppe teilzunehmen. Clewer hatte auch Hendrik Marquardt und Corinna Tritschler aus Tübingen zur Besprechung herzitiert.

»Wir haben sie gestern nicht erreicht«, antwortete Brander.

»Warum nicht?«

Woher sollte er das wissen? »Das wird sie uns vielleicht verraten, wenn wir sie gesprochen haben.«

»Sie war am Tatort, sie war die Lebensgefährtin des Toten. Ich würde sagen, sie ist eine der wichtigsten Zeuginnen in diesem Fall!«

»Nach dem Bericht, der gestern in der Zeitung stand, mussten wir uns zunächst um Goldmanns Eltern kümmern, wie Sie sich vielleicht erinnern«, erklärte Clewer.

»Und das hat die gesamte Inspektion den ganzen Tag gekostet?«

Der Inspektionsleiter schnaufte ungehalten. »Herrgott, Sie wissen doch, was hier zu tun ist. Lesen Sie die Berichte!«

Brander sah verwundert zu seinem Vorgesetzten. Es war selten, dass Käpten Huc die Geduld verlor, vor allem so schnell. Brachte die Staatsanwältin ihn also mittlerweile ebenfalls so leicht auf die Palme?

»Das tue ich!«, fuhr Mertens im selben übellaunigen Ton fort. »Was ist das hier für ein Mist? Ermittlungsverfahren gegen Hans-Joachim Goldmann?«

»Er hat unbefugt den Tatort betreten«, erklärte Brander. »Siegelbruch ist gemäß Paragraf einhundertsechsunddreißig StGB eine Straftat, und wir wollten uns nicht der Strafvereitelung im Amt schuldig machen.« Er hatte Mühe, den Sarkasmus aus seiner Stimme herauszuhalten.

Mertens stöhnte genervt auf. »Als ob ich sonst nichts zu tun hätte!«

»Warum bist du dann hier?«, knurrte Stephan leise.

Die Staatsanwältin warf ihm einen finsteren Blick zu. »Herr Klein? Irgendwelche Kommentare?«

»Nein, Frau Staatsanwältin.«

Normalerweise nahm Stephan kein Blatt vor den Mund. Aber er war schon einmal bei einer Diskussion mit Isabella Mertens knapp an einer Abmahnung vorbeigeschrammt. Es war nur Käpten Hucs Diplomatie zu verdanken, dass es damals keinen Vermerk in seiner Personalakte gegeben hatte. Anscheinend wollte er dem Inspektionsleiter nicht schon wieder Arbeit bereiten.

Nach einem letzten unterkühlten Blick wandte Mertens sich wieder an Clewer. »Gibt es sonst irgendwelche Fortschritte bei den Ermittlungen?«

»Es gibt Parallelen in beiden Fällen.«

»Das ist nichts Neues.«

Clewers Brustkorb hob sich, als er tief durchatmete, doch er fuhr in ruhigem Ton fort: »Der Tathergang war laut Obduktion und Ermittlung der Kriminaltechniker ähnlich. Zudem scheinen beide Männer zumindest einen gemeinsamen Kontakt gehabt zu haben. Vinzenz Streiter. Wir versuchen, ihn zu erreichen.«

»Wer ist dieser Streiter?«

»Ein Wissenschaftler, forscht auf dem Gebiet der KI«, erwiderte Fabio.

»Wie passt das zu den beiden Opfern?«

Jens Schöne wollte zu einer Antwort ansetzen, schloss den Mund jedoch gleich wieder, als Stephan ihm unauffällig einen Stoß versetzte und gestelzt antwortete: »Das müssen wir noch eruieren.«

Isabella Mertens studierte ihre Notizen. »Weiß man schon, wer die Plaudertasche bei der Zeitung war?« Ihr Blick wanderte über die anwesenden Beamten, blieb bei Corinna Tritschler hängen. Die Kollegin mit den kurzen rot gefärbten

Haaren und ebenso rot lackierten Fingernägeln passte für die Staatsanwältin anscheinend in das Bild einer Plaudertasche.

Cory hielt dem Blick der anderen stand. Sie war es gewohnt, durch ihr Äußeres schnell in die Schublade der oberflächlichen Ermittlerin gesteckt zu werden. »Ich war es nicht, falls das Ihre nächste Frage sein sollte.«

»Zumindest standen heute keine neuen Interna in der Klatschpresse.« Mertens ließ offen, ob sie Corys Antwort glaubte.

»Niemand aus meinem Team wird über eine laufende Ermittlung mit Außenstehenden sprechen, Frau Mertens«, erklärte Clewer mit Nachdruck.

Die Gesichter im Raum hatten sich allesamt verfinstert. Die Staatsanwältin hatte es wieder einmal geschafft, innerhalb kürzester Zeit die gesamte Ermittlungsgruppe gegen sich aufzubringen. Das musste ihr erst mal einer nachmachen, dachte Brander grimmig. Was hatte die Mertens nur, dass sie immer so aggressiv agierte? Er hatte sie auch schon anders kennengelernt. Er hatte sie sogar schon mal lächeln gesehen.

»Herr Marquardt«, wandte sich Clewer an den Tübinger Kollegen. »Können Sie uns etwas über das zweite Opfer sagen?«

»Notker Hägele lebte allein. Soweit bekannt, hatte er zurzeit keine Lebensgefährtin oder Freundin. Die Eltern sind vor einigen Jahren verstorben. Geschwister gab es nicht, und er hat anscheinend ein kleines Vermögen geerbt. Seine finanzielle Situation ist mehr als gut. Er hätte vermutlich nicht arbeiten müssen«, berichtete Hendrik.

»Also könnte Geld ein Motiv sein«, überlegte die Staatsanwältin.

»Dazu ist relativ wenig gestohlen worden. Der Täter hatte offensichtlich kein Interesse an Wertsachen.«

»Woran dann?«

»Soweit wir das bisher überschauen, fehlt lediglich ein Laptop.«

Und da war die nächste Parallele zwischen beiden Opfern.

Brander beschloss, die Staatsanwältin nicht darauf hinzuweisen. Sollte Madame Superschlau doch selbst darauf kommen.

»Es konnten keine Einbruchspuren festgestellt werden«, fuhr Hendrik fort. »Was vermuten lässt, dass das Opfer den Täter selbst ins Haus gelassen hat.«

»Was ist mit dem Lack?«, hakte Clewer nach. »Ist der gleiche Lack verwendet worden wie bei Goldmann?«

»Da warten wir noch auf die Ergebnisse des KTI.«

»Wenn ich kurz ergänzen darf«, meldete sich Tropper zu Wort. »Bei Goldmann sind mindestens drei verschiedene Lacke verwendet worden. Es handelt sich um unterschiedliche Farbtöne, changierend zwischen pudrigem Rosa, Altrosa und hellem Flamingorosa.«

»Da hat wohl jemand Restposten aufgekauft«, kommentierte Stephan.

»Dann bringen Sie doch mal in Erfahrung, wo man rosa Sprühlack als Restposten einkaufen kann«, forderte Mertens.

»Im Baumarkt, im Ein-Euro-Shop und im Internet. Manchmal auch als Sonderaktion im Supermarkt.«

»Das ist doch schon mal ein Anfang, Herr Klein. Jetzt wissen Sie ja, wo Sie nach unserem Täter suchen müssen.«

»Sag mal –«

»Wir warten zunächst die Ergebnisse der kriminaltechnischen Untersuchung ab«, fuhr Clewer dem Kollegen eilig über den Mund. »Es hat wenig Sinn, blind nach irgendeinem rosa Lack zu forschen, der irgendwann irgendwo verkauft wurde. Ich bin zuversichtlich, dass uns das KTI konkrete Hinweise auf die Art der verwendeten Lacke geben kann, sodass wir gezielt danach suchen können.«

»Wir haben zwei Morde innerhalb von achtundvierzig Stunden. Ich will nicht, dass es einen dritten gibt!«

»Vielleicht gab's den schon«, konnte Stephan sich nicht verkneifen. »Und wir haben die Leiche nur noch nicht gefunden.«

Clewers Miene verdüsterte sich. »Jetzt mal den Teufel nicht an die Wand.«

»Ein Serientäter? Gott bewahre!« Die Staatsanwältin sog bebend die Luft ein.

»Wir haben zwei Tötungsdelikte. Niemand spricht von einem Serientäter«, erwiderte Clewer. »Frau Tritschler, Herr Marquardt, konzentrieren Sie sich in Tübingen weiter auf Notker Hägele. In Esslingen legen wir den Schwerpunkt auf Levin Goldmann.«

Brander meinte, einen feuchten Glanz auf Clewers Stirn zu erkennen, während er die Aufträge an die Kollegen verteilte. Er erinnerte sich daran, wie sein Chef sich am Tag zuvor unwohl über die Brust gerieben hatte. Irgendetwas stimmte mit ihm nicht.

***

Das viergeschossige Haus in der Pliensauvorstadt, in dem Chantal Birks Eltern wohnten, hatte schon bessere Tage gesehen. Ebenso die Mieterin in der mittleren Etage. Eine kräftige Fahne und der glasige Blick verrieten den erhöhten Promillegehalt, als sie Brander und Peppi die Tür öffnete. Astrid Birk schien etwas Stärkeres als einen Prosecco zum Frühstück getrunken zu haben. Und das nicht zum ersten Mal. Ihre faltige Haut war sonnengebräunt, wirkte aber dennoch matt.

Sie hatte sich einen verschlissenen Morgenmantel über ein Nachthemd gezogen und klammerte sich an den Türgriff. »Ja?«

Brander zückte seinen Dienstausweis. »Kriminalpolizei Esslingen, mein Name ist Brander. Ist Ihre Tochter Chantal bei Ihnen?«

»Noi.«

»Ihr Wagen steht vor dem Haus.« Der pinke Kleinwagen mit dem Werbeschriftzug war ihnen sofort ins Auge gefallen, als sie am Straßenrand nach einem Parkplatz gesucht hatten.

Die Frau musterte Brander mit zusammengekniffenen Augen.

»Frau Birk, es ist wichtig, dass wir mit Ihrer Tochter sprechen.«

Es dauerte einen Moment, bis sie sich entschieden hatte, was sie tun wollte, dann rief sie ins Wohnungsinnere: »Chantal, komm ma.«

Als die Tochter nicht umgehend erschien, schallte es erneut: »Chanta-al!«

»Komm ja schon«, tönte es aus einem der Zimmer zurück.

»Mach narre!« Die Mutter wandte sich wieder den Kommissaren zu. »Wollet Se nei'komme?«

Eigentlich nicht, dachte Brander bei sich. Schon so reichten ihm der alkoholgeschwängerte Atem der Frau und der Mief, der aus der schlecht gelüfteten Wohnung zu ihnen schwappte. Aber es war besser, in der Wohnung mit Levin Goldmanns Freundin zu sprechen als hier im Treppenhaus, wo neugierige Ohren an den Nachbartüren lauschen konnten. »Danke, gern.«

Sie betraten den schummrigen Flur. Der Geruch von Bier und Schnaps verstärkte sich. Unter einer mit Jacken überladenen Garderobe standen zwei Kisten mit leeren Bierflaschen. Das hysterische Palaver einer Doku-Soap erfüllte die Wohnung. Chantal Birk trat aus einem der Zimmer. Im Gegensatz zu ihrer Mutter hatte sie es am Morgen geschafft, sich anzuziehen, zu schminken und die Haare zu frisieren.

»Oh.« Sie stockte. »Sie hatten doch angerufen und gesagt, dass ich nicht kommen brauch.«

»Ich hatte gesagt, dass wir den Termin verschieben müssen, und um Rückruf gebeten«, korrigierte Brander die Frau. Er musterte sie prüfend, um festzustellen, ob sie ebenfalls getrunken hatte.

Sie trug Jeans und ein helles Shirt mit blassem Schriftzug und missverstand seinen Blick. »Ich durfte nicht ins Haus. Ich hab hier keine schwarzen Klamotten.«

»Können wir irgendwo ungestört miteinander reden?«, fragte Brander. Die Wohnung schien nicht besonders groß, und die Wände waren nicht sehr dick.

Chantal Birk verzog grübelnd das Gesicht. In diesen Räumen gab es nicht viel Privatsphäre.

»Was wollet Se ’n von d’r Chantal? Die isch ’n Trauer.«

»Sie ist eine Zeugin«, erklärte Brander. »Frau Birk, Sie müssen ohnehin das Protokoll Ihrer Aussage unterschreiben. Am besten begleiten Sie uns einfach in die Dienststelle.«

Die Vorstellung behagte der jungen Frau sichtlich nicht, dennoch nickte sie. »Ich hol meine Tasche.«

»Sie bringet mir mei Dochda aber wied’r«, forderte die Mutter, von neuen Lebensgeistern angetrieben. »Die hat nix doa.«

»Natürlich bringen wir Ihre Tochter wieder zurück.«

»Die war des ganze Woch’nend da.«

Brander hatte Schwierigkeiten, die genuschelten Worte von Astrid Birk zu verstehen.

»Ond oin Streit, den hen die jonge Leut do alleweil. Des hat nix zu saga. Die hat nix doa.«

»Mama«!« Chantal Birk war mit ihrer Handtasche zu ihnen zurückgekehrt.

Die Mutter stierte ihre Tochter stumpf an. »Mir hen nix, ab’r mir san anständiche Leut. Aber die denket, die könnet ons alles –«

»Mama, hald dei Gosch!«, zischte Chantal Birk wütend.

»Wie schwätzt ’n du mit dei Muddr!«

»Geh wieder Fernsehen gucken.« Sie öffnete die Wohnungstür und ließ Brander und Peppi vor sich ins Treppenhaus gehen.

»Die Chantal hat nix doa!«, rief Astrid Birk so verzweifelt, als wären sie dabei, ihre Tochter in Handschließen zum Schafott zu führen.

Die junge Frau zog energisch die Tür zu. »Halt doch einfach dei besoffene Fresse«, murmelte sie mit zusammengebissenen Zähnen. Brander verstand ihre Worte dennoch.

»Frau Birk, wenn es Ihnen recht ist, würden wir zunächst mit Ihnen zum Haus Ihres Lebensgefährten fahren«, erklärte Brander, während sie die Treppen hinunterstiegen. »Wir müssen feststellen, ob etwas gestohlen wurde.«

»Kann ich dann auch ein paar Klamotten zum Wechseln mitnehmen?«

Der Hof war verwaist, lediglich ein paar Hühner pickten hier und da in der Erde herum. Brander vermutete, dass Goldmanns Vater die Hühner am Morgen hinausgelassen hatte. Er konnte sich nicht vorstellen, dass die Tiere ständig frei herumliefen. Hier in der Einsamkeit gab es sicherlich Füchse, die sich über die leichte Beute längst hergemacht hätten.

Chantal Birk hatte sich entschuldigt, dass sie sich nicht gemeldet hatte, den Rest der Fahrt hatte sie geschwiegen. Brander las das Unbehagen in ihren Augen, als er ihr die Tür öffnete und sie aussteigen ließ.

»Ich muss die Hühner füttern.«

»Ich glaube, um die Hühner hat sich Herr Goldmann schon gekümmert«, erwiderte Peppi und ergänzte eilig: »Senior.«

»Echt?«, fragte Birk ungläubig.

»Gestern Morgen war er hier.«

Die junge Frau schien einen Moment nachzudenken, dann zuckte sie die Achseln, als würde sie das nicht verstehen, und gleichzeitig schien es ihr egal zu sein.

»Sie sind Montag früh hierhergekommen«, übernahm Brander. »Ist Ihnen im Nachhinein vielleicht noch etwas eingefallen? War etwas anders als sonst?«

»Nee, ich hab das Auto geparkt und bin ins Haus.«

»Mit Ihrem Schlüssel?«

»Nee, brauch ich nicht. Die Tür ist eigentlich immer offen, wenn wir daheim sind.«

»Auch nachts?«, wunderte sich Peppi.

Chantal Birk hob die Schultern. »Hier kommt doch eh nie einer raus.«

Brander runzelte die Stirn. Levin Goldmann musste den Täter nicht ins Haus gelassen haben, er hätte einfach hereinspazieren können. »Sie gingen also ins Haus. Und dann?«

»Ich hab Levin gerufen, aber er hat nicht geantwortet. Und

dann bin ich durchs Haus, und da lag er dann.« Sie nagte an der Innenseite ihrer Unterlippe. Die Erinnerung machte ihr wieder deutlich, weshalb sie hier im Hof mit zwei Kripobeamten stand.

»Sind Sie zu ihm gegangen? Haben Sie ihn berührt?«

Sie schüttelte entsetzt den Kopf. »Das sah so schrecklich aus! Ich hab Panik gekriegt, bin aus dem Haus ...« Ihr Blick wanderte über den Platz. »Ich hatte den Autoschlüssel mit den Brötchen in die Küche gelegt. Ich hab mich nicht wieder reingetraut. Darum hab ich mich da vorn versteckt und die Polizei angerufen.«

Der Notruf war um sieben Uhr neun eingegangen, wusste Brander. Der Anruf war aufgezeichnet worden, er hatte sich die Aufnahme angehört. »Warum haben Sie sich versteckt?«

»Ich wusst doch nicht, ob der Killer noch da ist!«

Sie hatte ja nicht wissen können, dass ihr Freund bereits seit fast zwei Tagen tot im Haus lag. »Fühlen Sie sich in der Lage, mit uns ins Haus zu gehen?«

Die junge Frau hatte die Arme fest um ihren Körper geschlungen. Sie nickte zögernd.

Brander ging voran zur Haustür. Dieses Mal war das polizeiliche Siegel intakt. Er durchschnitt es und öffnete die Tür. In der abgestandenen Luft des Flurs hing noch ein Hauch des Lackgeruchs, vermischt mit dem Leichengeruch. Sie starteten ihren Rundgang in der Küche, in der die Brötchentüte lag. Den Autoschlüssel hatten die Beamten der jungen Frau am Montag herausgebracht. Neben der Küche befand sich ein Gäste-WC, dann folgte der Raum mit den Puppen.

»Da fehlt eine Puppe«, stellte Chantal Birk fest. »Die Cindy.«

»Die ist bei uns.«

Brander meinte, ein nervöses Flackern in den Augen der Frau zu sehen.

»Was ist das für ein Raum?«, erkundigte sich Peppi.

»Wir sagen immer ›Schönheitsfarm‹. Hier richten wir die Puppen für die Kunden her. Die können sich Haare und Augenfarbe aussuchen. Das passen wir an. Die Puppen kommen auch regelmäßig zur Wartung, manchmal müssen kleinere Reparaturen gemacht werden. Außerdem werden die hier gereinigt und geschminkt.«

»Das machen Sie?«

»Das Schminken und Frisieren, ja. Das andere macht Levin.«

»Wie kommen die Puppen zum Kunden? Werden die hier abgeholt?«

»Nee, meistens verschicken wir die per Post.«

»Wenn ich es richtig überblicke, werden die Puppen nicht auf Ihrem Hof produziert«, stellte Brander fest. »Woher bekommen Sie die Puppen?«

»Die kommen aus China. Levin war lizenzierter Händler für einen Hersteller, ›Dollies Incorporated‹, die sitzen in Tianjin.«

»Fällt Ihnen noch etwas auf? Fehlt außer der Puppe Cindy noch etwas? Ist etwas verändert?«

Sie ließ den Blick durch den Raum gleiten. »Der Laptop. Normalerweise steht der immer auf dem Wagen da. Den braucht Levin, um die Technik zu checken. Aber der könnte auch im Büro sein.«

Das Büro befand sich zwischen Wohnzimmer und Puppenstube. Eine kleine Kammer mit Schreibtisch und Aktenschrank. Auch hier war kein Laptop zu finden, das wusste Brander bereits von den Kriminaltechnikern.

»Schauen Sie auch in den Schrank und die Schubladen, ob noch etwas fehlt außer dem Laptop«, ermunterte Brander die junge Frau.

Sie nahm einen Schlüssel aus dem Schreibtisch, steckte ihn ins Schloss des Aktenschrankes und schob die Rollläden hoch. »Da fehlen Ordner. Mindestens zwei.« Sie deutete auf eine Lücke im Regal. »Unsere Kundenordner.«

»Könnten die beim Steuerberater sein?«, schlug Peppi vor.

»Nee, Steuer machen wir Anfang des Jahres. Und die Ordner waren letzte Woche noch da.«

»Haben Sie noch irgendwo anders eine Kundenkartei?«

»Nur in den Ordnern und auf dem Laptop.«

Der Täter hatte offensichtlich sämtliche Kundenunterlagen mitgenommen. Welches Interesse hatte er an den Daten?

»Wir benötigen eine Auflistung Ihrer Kunden«, erklärte Brander.

Birk machte große Augen. »Kann ich nicht. Das Geschäftliche hat Levin alles gemacht. Ich hab die Puppen nur geschminkt. Ich weiß die Namen nicht.«

»Kennen Sie einen Notker Hägele?«

Sie stockte eine Millisekunde und wandte ihnen den Rücken zu, um den Aktenschrank zu verschließen. »Nee.«

Peppi warf Brander einen zweifelnden Blick zu.

»Denken Sie noch einmal nach, Frau Birk«, forderte Brander. »Notker Hägele, Mitte fünfzig ...«

Die Frau zuckte die Achseln. »Vielleicht 'n Kunde. Aber ich kenn die Kunden nicht.«

Sie setzten ihren Rundgang fort, doch außer dem Laptop und den Kundenordnern schien der Täter nichts weiter mitgenommen zu haben. Chantal Birk packte ein paar Kleidungsstücke in eine Sporttasche. Ihr Blick wanderte ratlos durch das Schlafzimmer. »Scheiße, wo soll ich 'n jetzt hin? Ich kann hier doch nicht mehr wohnen.«

»Sie können doch sicher fürs Erste bei Ihren Eltern unterkommen«, schlug Peppi vor.

In Erinnerung an die miefige Wohnung und die betrunkene Mutter war es nicht die beste Alternative, dachte Brander bei sich.

»Muss ich wohl.« Sie wischte sich mit dem Handrücken über die Augenwinkel.

Sie saßen zu dritt im Büro der Esslinger Dienststelle in der Agnespromenade. Chantal Birks Tränen waren getrocknet. Peppi hatte Kaffee organisiert. Brander saß an seinem Schreibtisch und hatte seinem Gast den Besucherstuhl an der kurzen Seite seines Schreibtisches zugewiesen.

»Herr Goldmann hatte mit einer Gruppe Feministinnen Schwierigkeiten«, begann er mit der Fortsetzung der Befragung.

»Diese blöden Tussen haben uns die Hauswand beschmiert.«

»Kam das öfter vor?«

»Nee, nur das eine Mal. Zum Glück.«

»Gab es vorher schon andere Vorfälle?«

»Die haben erst E-Mails geschickt, haben Levin übelst beschimpft. Dann ist denen das zu langweilig geworden, und die sind zu uns gefahren und haben uns ihre Scheißparolen an die Hauswand geschmiert.«

»Worum ging es in den E-Mails?«

»Dummes Blabla. Er wäre sexistisch, pervers, krank und so 'n Scheiß.«

»Warum?«

»Na, wegen der Puppen. Fanden die halt scheiße.«

»Und wie hat Ihr Freund darauf reagiert?«

»Gar nicht. Mit solchen Tussen kannste nich diskutieren.«

»Haben Sie auch E-Mails bekommen?«

»Manchmal. Die haben das irgendwie rausgekriegt, dass ich Levins Freundin bin. Und ich hab ja auch 'ne eigene Website, da stehen meine Kontaktdaten drauf.«

»Und was haben Sie mit diesen Mails gemacht?«

Sie zog eine Grimasse. »Gelöscht.«

»Was hat man Ihnen denn vorgeworfen?«, fragte Peppi.

»Dass ich genauso eine leblose Puppe wäre wie die Dinger, die wir zum Ficken verkaufen. So einen Scheiß eben.« Die Gesichtszüge von Chantal Birk verfinsterten sich. »Die haben überhaupt keine Ahnung. Wir verkaufen doch keine billigen Gummipuppen!«

»Aber der Zweck ist doch der gleiche.«

»Nee, isser nicht. Also, nicht bei allen«, relativierte Chantal Birk ihre Antwort. »Nicht so als Erstes. Die Kunden wollen mehr, reden und so. Und unsere Puppen, die sind Hightech, die können sprechen, die reagieren. Das ist ganz was anderes.

Unsere Kunden verstecken ihre Puppen nicht unterm Bett, die leben mit ihnen und sind da voll happy mit. Was 'n daran falsch?«

Aber mir war gleich klar, dass das alles Gestörte sind, echoten Maria Goldmanns Worte in Branders Kopf. Leben mit einer Puppe. Was waren das für Menschen, die diese Puppen kauften?

»Können Sie uns die Namen der Personen geben, die Sie und Ihren Freund belästigt haben?«, bat Brander.

»Müssten Sie eigentlich in Ihren Akten haben. Die haben wir damals mit angegeben, als wir die Anzeige gemacht haben. Eine heißt Solveig … Meschugge oder irgendwie so. Und die hat noch 'ne Schwester. Die heißt, glaub ich, Amelie. Denken Sie, dass die das waren?«

Er notierte sich die Namen. »Wir wissen nicht, wer Ihren Freund getötet hat. Fällt Ihnen vielleicht doch noch der eine oder andere Kundenname ein?«

»Nee. Buchhaltung und so, das hat Levin alles gemacht. Echt, ich hab die Puppen nur geschminkt.«

Brander war sich nicht sicher, ob er Chantal Birk glauben konnte. Er musterte die junge Frau prüfend. »Wann haben Sie mit der Presse gesprochen?«

Seine Frage hatte sie kalt erwischt. Ihr Blick war so schuldbewusst, dass selbst ihr sofort bewusst sein musste, dass sie nicht leugnen konnte. Sie war für Brander die einzig mögliche Option, die als »Plaudertasche« in Betracht kam. Sie hatte ihren Freund im Wohnzimmer liegen sehen.

Die Frau senkte die Augenlider, knabberte an ihrer Unterlippe.

»Frau Birk, wann?«

»Am Montagnachmittag.«

Brander wartete schweigend auf eine Fortsetzung.

»Der rief mich an … Der kennt mich und Levin. Hat mal 'ne Story über uns gemacht. Über Levin und die Puppen. Ich wusste doch nicht, dass der da gleich so eine große Sache draus macht.«

Wie naiv konnte man sein? Brander wollte die Atmosphäre nicht vergiften und schluckte seinen Ärger herunter. »Haben Sie ihm auch Bildmaterial gegeben? Fotos?«

Sie riss entsetzt die Augen auf. »Ich hab doch keine Fotos gemacht!«

»Dürfen wir uns Ihr Smartphone einmal ansehen?«, bat Brander dennoch.

Widerwillig nahm sie es aus der Tasche und reichte es ihm. Eigentlich benötigte er dafür einen offiziellen Beschluss, aber wenn sie ihm das Gerät freiwillig gab … Er öffnete die Galerie, scrollte durch die Bilderübersicht der letzten fünf Tage. Kein Foto einer lackierten Leiche. Wenigstens die Pietät hatte sie anscheinend gewahrt. Er rief ihren WhatsApp-Account auf. Auch da fand er kein Foto, dafür zahlreiche weinende Emojis. Die Anteilnahme ihrer Freundinnen und Freunde.

Er gab ihr den Apparat zurück. »Auf dem Smartphone Ihres Freundes war eine Nachricht von Ihnen.«

Sie biss sich wieder auf die Lippen.

»Sie schrieben: ›bitte lass uns reden.‹ Warum wollte Ihr Freund nicht mit Ihnen reden?«

»Ich … ähm … Wann habe ich ihm denn die Nachricht geschickt?«

»Am Sonntag.«

Sie zuckte die Achseln.

»Sie hatten Streit mit Ihrem Freund. Deswegen waren Sie am Wochenende bei Ihren Eltern.«

»Ja, schon, aber das war nix Ernstes. Manchmal geht man sich halt auf 'n Sack.«

»Und deshalb wollte Ihr Freund nicht mehr mit Ihnen reden?«

»Ich weiß auch nicht …«

»Frau Birk, bitte.« Nun mischte sich doch etwas Ungeduld in seine Stimme. »Sie hatten Streit mit Ihrem Freund. Sie übernachten bei Ihren Eltern. Sie rufen ihn an, aber er reagiert nicht. Sie schicken ihm eine Nachricht. Worum ging es bei Ihrem Streit?«

»Um nix! Mann, das hat doch nichts mit Levins Tod zu tun!«

»Womit dann?«

Sie zuckte wieder trotzig die Achseln.

»Wo waren Sie am Samstagnachmittag?«

Blut stieg ihr in die Wangen. Sie blinzelte nervös. »Arbeiten.«

»Wie lange?«

»Bis um sieben oder so …«

»Und danach?«

»Erst bei meiner Mutter und dann mit 'ner Freundin in der Stadt, was trinken.«

»Geben Sie mir bitte den Namen Ihrer Freundin?«

»Jenny … Jennifer Enzlin.«

Brander notierte sich den Namen und die Telefonnummer. »Frau Birk, wer ist Vinzenz Streiter?«

»Hä?«

»Vinzenz Streiter«, wiederholte Brander.

Das Rot ihrer Wangen verteilte sich bis zu den Ohren. »'n Bekannter von Levin.«

»Und von Ihnen?«

»Nee.«

»Ist Herr Streiter ein Kunde Ihres Lebensgefährten?«

»Nee, die kennen sich einfach so.«

»Woher?«

»Keine Ahnung.«

»Was können Sie uns über Herrn Streiter sagen?«

Sie flüchtete sich wieder in ein Achselzucken. »Nix.«

Das glaubte Brander ihr nicht. Doch bevor er sie weiter zu Vinzenz Streiter befragen würde, brauchte er mehr Informationen über den Mann.

***

Angenehme fünfundzwanzig Grad empfingen Brander und Peppi, als sie am Nachmittag aus der Dienststelle kamen und über die Agnesbrücke in die Innenstadt gingen. Geranien und Petunien blühten in üppiger Pracht in Rot und Pink in den Blumenkästen am Brückengeländer. Der »Skywalker« – der Himmelsstürmer – balancierte vor einem malerisch blauen Himmel über einen schmalen Balken hoch oben am Schelzturm.

Durch die Befragung von Chantal Birk war ihre Mittagspause ausgefallen. Der Kebabladen in der Bahnhofsstraße bot dem Hunger Abhilfe. Sie setzten sich mit ihrem Fast Food an einen der Tische vor dem Imbiss. Brander erblickte ein Plakat vom Jazzfestival. Er wusste, dass Stephan und Käpten Huc Karten für ein Konzert im Jazzkeller am Freitagabend hatten. Es war fraglich, ob die beiden Zeit und Muße finden würden, zu dem Konzert zu gehen.

»Puppen gegen Einsamkeit«, nuschelte Peppi mit vollem Mund. »Ob das der richtige Weg ist?«

»Jeder nach seiner Fasson.«

»Du toleranter Gutmensch.«

Brander grinste flüchtig. »Diese Solveig und ihre Schwester möchte ich kennenlernen. Erst E-Mails schreiben, dann Hauswände beschmieren …«

»Bis zu einem Mord ist es aber schon noch mal ein Schritt«, gab Peppi zu bedenken.

»Trotzdem. Lädst du sie vor?«

»Bin ich deine Sekretärin?«

»Ach, komm.« Brander lächelte schmeichelnd. »Ich dachte, so von Frau zu Frau ist es vielleicht erfolgversprechender, als wenn ich mit meiner männlich-dominanten Art –«

»Feigling.« Peppi warf ihm einen herablassenden Blick zu.

Branders Smartphone vibrierte in seiner Hosentasche. Er schluckte eilig den Bissen herunter, während er den Apparat hervorzog. »Was gibt's?«

»Wo steckt ihr zwei?«, fragte Jens Schöne.

»Mittagspause.«

»Es ist vier Uhr nachmittags.«

»Was du nicht sagst.«

»Dann ist Chantal Birk vermutlich nicht mehr bei euch?«

»Gut kombiniert.« Brander tupfte sich mit einer Papierserviette Soße aus den Mundwinkeln. »Warum? Was willst du von ihr?«

»Ich habe etwas entdeckt, und dazu hätte ich gern mal mit ihr gesprochen.«

»Was denn?«

»Komm vorbei, wenn ihr wieder in der Dienststelle seid. Und bring Frau Pachatourides mit.«

Cindy sah etwas derangiert aus: Der Puppe fehlte die Haut an der hinteren Kopfhälfte. Dafür wurde reichlich Elektronik sichtbar. Jens saß vor seinen zwei Monitoren, die kurzen blonden Haare standen wie eh und je widerspenstig in alle Richtungen, am Kinn zeichnete sich ein dunkler Schatten ab. Der Kollege hatte sich nicht rasiert, und Brander fragte sich, ob der IT-Experte am Abend zuvor überhaupt nach Hause gegangen war. Auch unter den Augen lagen dunkle Schatten. Seine Bürogenossin Anita schien bereits im Feierabend zu sein. Ihr Platz war verwaist.

Goldmanns Smartphone war mit Jens' Computer verbunden, und diverse Fenster waren parallel auf den Monitoren auf seinem Schreibtisch geöffnet.

»Wie romantisch«, stellte Peppi nach einem Blick auf die Puppe fest. »Der Cyborg zeigt sein wahres Gesicht.«

Jens sah stirnrunzelnd auf. »Das ist kein Cyborg, das ist ein Roboter.«

»Wo ist der Unterschied?«

»Oh, Peppi!«, rief Jens empört. »Ein Cyborg ist ein Mischwesen aus Mensch und Maschine. Das weiß doch jedes Kind. Der Begriff leitet sich von ›cybernetic organism‹ ab. Kybernetik beschäftigt sich mit der Steuerung und Regelung von Maschinen, Organismus bezeichnet etwas Lebendes. Unsere Cindy besteht aus TPE, Edelstahl und einer Menge Elektronik, da ist nichts Lebendiges dran. Aufgrund ihrer menschenähnlichen Züge kannst du sie vielleicht als humanoiden Roboter oder eventuell als Androiden bezeichnen. Aber bitte nicht als Cyborg.«

»Danke für Ihren erhellenden Vortrag, Professor Schöne.«

»So schnell wird man vom Computerfuzzi zum Professor.«

»Hä?«

Jens grinste hintergründig. »Verstehst du gleich: Cindy ist ein Roboter, ausgestattet mit, sagen wir, einem gewissen Maß an künstlicher Intelligenz.«

»Was heißt das?«, fragte Brander.

»Gewisses Maß heißt wohl: begrenzt. Sie ist das blonde Dummchen unter den Sexrobotern«, kam Peppi Jens einer Antwort zuvor.

Der Kollege schüttelte sein Haupt und deutete auf Cindys Kopf. »Sie ist nicht nur eine Sexpuppe, die ein bisschen rumstöhnt, man kann sich mit ihr unterhalten.«

»Ja, und?«

Das Grinsen auf Jens' Lippen wurde breiter. Er wandte sich wieder seinem Rechner zu und betätigte die Maustaste.

»›Cindy versteht mich zwar nicht, aber Cindy kann hübsch mit den Augen klimpern‹«, erklang Peppis Stimme.

»›Gefällt es dir?‹«

»›Ja, Cindy, das finde ich toll. Cindy, klimpere noch einmal mit den Augen.‹«

»Verflucht, was ist das denn?« Peppi eilte die zwei Schritte durch den Raum und beugte sich zu dem Monitor. Eine leichte Röte überzog ihre Wangen. »Die hat mir in den Ausschnitt gefilmt.«

»Nicht nur das, ich spul mal vor.«

»›Unsere Computerfuzzis sollten sich die Dinger mal genauer ansehen‹«, war Peppis Stimme wieder zu vernehmen.

Das war also der Grund, warum der Kollege Brander gebeten hatte, Frau Pachatourides mitzubringen.

Peppi sog zischend die Luft zwischen den Zähnen ein und lächelte entschuldigend. »War nicht bös gemeint.«

»Schon klar.« Jens machte nicht den Eindruck, als wolle er ihr sogleich vergeben. »Cindy schneidet alles mit, was in ihrer Umgebung geschieht. Sie ist nicht nur mit einem Smart Speaker ausgestattet –«

»Smart Speaker?«, hakte Brander nach.

»Ein Mikrofon zum Hören«, Jens setzte das letzte Wort mit den Fingern in Anführungszeichen, »und ein Lautsprecher als Sprechorgan. Aber sie hört nicht nur zu, sie nimmt auch auf, was gesagt wird, und sie zeichnet auf, was sie durch die kleine Kamera hinter ihren Augen sehen kann. All diese Daten werden an einen externen Server übermittelt. Und da sitzt ihre geballte Intelligenz, deswegen benötigt sie einen Internetzugang. Ohne Internetzugang ist sie eine ahnungslose Puppe. Mit Internetzugang bekommt sie Zugriff auf immense Datenmengen und kann so auf Fragen reagieren. Ähnlich wie Alexa und Co. Nur dass Cindy die Daten aufzeichnet und extern speichert.«

»Das tun Alexa und Siri, und wie diese Sprachdinger alle heißen, doch auch«, warf Peppi ein.

»Sprachassistent nennt man die Dinger«, half Jens mit dem korrekten Begriff weiter.

»Wer hat Zugriff auf diesen Server?«, fragte Brander.

»Levin Goldmann auf jeden Fall. Wer sonst – weiß ich nicht. Wir arbeiten dran.«

»Wussten das die Kunden? Ich meine«, Peppi sah zu Cindy, »die haben sich ja nicht nur mit ihr unterhalten.«

»Deswegen hätte ich gern mit Goldmanns Freundin gesprochen.«

Eine Puppe, die alles aufnimmt, was in ihrer Umgebung geschieht. Brander musterte die harmlos dreinschauende Cindy nachdenklich. »Wo steht der Server?«

»Keine Ahnung.«

»Jedenfalls nicht in Goldmanns Haus, das wüssten wir.« Brander rieb sich grübelnd über den Hinterkopf. »Wir können nicht einfach die Daten auf dem Server abfassen. Dafür brauchen wir einen richterlichen Beschluss.«

»Beantragst du den bei Frau Mertens?«

»Du hast dich noch nicht darum gekümmert?«

»Sorry, ich war beschäftigt.«

»Damit, Daten von einem Server auszulesen, auf den wir offiziell keinen Zugriff haben?«

Jens deutete ein Nicken an.

Brander schnaufte entnervt. Er schloss sorgfältig die Bürotür. »Jens, es gibt Gesetze, und an die haben wir uns zu halten!«

»Du hörst dich an wie Käpten Huc«, stellte Peppi belustigt fest.

Brander fand das weniger amüsant. »Mit dem werde ich gleich reden müssen.«

»Ich habe mir bisher lediglich die Daten von gestern angesehen, und da ist nur der kurze Abschnitt von euch beiden zu sehen. Den Zugriff hatte ich über die App von Goldmanns Smartphone. Also alles mehr oder weniger im Rahmen.«

Brander war halbwegs besänftigt. »Kannst du herausfinden, wo der Server steht und wem er gehört?«

»Auf legalem Weg?«

»Wie sonst?«

»Dann benötige ich eine offizielle Genehmigung.«

»Könnte Cindy das Geschehen von Samstagnachmittag aufgenommen haben?«, fragte Peppi.

Jens verzog abwägend das Gesicht. »Goldmann ist im Wohnzimmer ermordet worden. Und Cindy saß wo?«

»Zwei Türen weiter auf der Wartebank in der Schönheitsfarm.«

Jens schüttelte bedauernd den Kopf. »Cindy kann zwar einiges, aber laufen kann sie nicht.«

»Aber der Täter könnte in dem Raum gewesen sein.« Peppis Gesicht hellte sich auf. »Er muss sogar in dem Raum gewesen sein. Chantal Birk sagte, Goldmann habe dort einen Laptop gehabt, und der ist entwendet worden.«

Aber die Puppe war ausgeschaltet, als sie am Tag zuvor in den Raum gekommen waren, erinnerte sich Brander. »Nimmt die nur etwas auf, wenn sie eingeschaltet ist, oder auch im Stand-by oder vielleicht sogar, wenn sie eigentlich ausgeschaltet ist?«

»Möglich ist alles.«

»Und?«

»Wie gesagt: Um das herauszufinden, benötigt der Computerfuzzi eine Genehmigung, um sich auf fremden Servern einzuhacken.«

»Och, Jensi.« Peppi sah den Kollegen um Verzeihung bittend an. »Ich habe das in keiner Weise abwertend gemeint, sondern voller ehrfürchtigem Respekt.«

Jens lachte auf. »Das kannst du gar nicht wiedergutmachen.«

Brander machte sich auf den Weg zum Büro des Inspektionsleiters. Wenn die Puppe tatsächlich am Samstagnachmittag Aufnahmen gemacht hatte, bestand eine sehr große Chance, dass sie den Täter in den Aufzeichnungen finden würden. Das war ein gutes Argument, für Jens eine Genehmigung zu bekommen, damit er auf legalem Weg weiterarbeiten konnte. Außerdem wollte die Staatsanwältin so schnell wie möglich Fortschritte sehen, da durfte sie gern ihren Teil zu den Ermittlungen beitragen und für einen Beschluss sorgen.

Eine Sexpuppe, die alles aufnahm, was in ihrer Umgebung geschah. Konnten das die Kunden gewusst haben? Aber wer ließ sich denn freiwillig bei solch intimen Dingen filmen? Gut, sein Job hatte Brander gelehrt, dass es nichts gab, was es nicht gab. Aber warum? Wofür sollten diese Aufnahmen gut sein? Ob die anderen Puppen ebenfalls mit so viel Technik ausgestattet waren? Es ärgerte Brander, dass er diese Information nicht schon vor ein paar Stunden gehabt hatte, als Chantal Birk zur Befragung in der Dienststelle gewesen war.

Hatte die Aufnahmefunktion etwas mit dem Tod von Goldmann zu tun? Aber was nützte es, den Laptop zu stehlen, wenn die Daten irgendwo anders auf einem externen Server gespeichert wurden? Die rosa Lackierung der Leichen deutete auf einen Zusammenhang mit dem Puppenhandel hin. Aber wie passte Notker Hägele da rein? Oder war das Arrangement der Leichen ein Ablenkungsmanöver, das sie in eine falsche

Richtung lenken sollte? Hoffentlich konnten Cindys Aufnahmen etwas Licht in diesen seltsamen Fall bringen.

Brander klopfte an die geschlossene Tür zum Büro seines Vorgesetzten. Wenn diese Puppe auch Gespräche mitschnitt, wenn sie nicht aktiviert war, mussten sie vorsichtig sein, was sie in Gegenwart der Puppe besprachen, ging es ihm durch den Kopf. Er sollte Jens darauf hinweisen, auch wenn der Computerspezialist sicher schon selbst daran gedacht hatte.

Brander starrte auf die Tür. Hatte sein Chef ihn schon hereingebeten? Er meinte, von drinnen ein Geräusch zu hören. Vielleicht war Käpten Huc gerade in einer Besprechung. Aber er hörte keine Stimmen. Sicherheitshalber klopfte Brander ein zweites Mal an. Drinnen blieb es still.

Im Nachhinein hätte Brander nicht sagen können, was es war, das ihn dazu veranlasste, nicht unverrichteter Dinge wieder zu gehen. Er klopfte ein drittes Mal und öffnete die Tür. »Herr Clewer?«

Der Schreibtischstuhl war leer. Dann fiel Branders Blick nach rechts zu der Sitzgruppe mit den kleinen bunten Sesseln und dem altmodischen Nierentischchen. Als Erstes sah er die Hand.

»Verflucht!« Er stürmte in den Raum. »Herr Clewer?« Er beugte sich zu dem Mann am Boden, rüttelte ihn an der Schulter, suchte nach Lebenszeichen. Er atmete nicht.

»Was ist –«, erklang Fabios Stimme hinter ihm.

»Notarzt!«

Brander riss das Hemd seines Vorgesetzten auf und begann mit der Herzdruckmassage. Hinter sich hörte er Fabio mit dem Rettungsdienst sprechen.

»Defi«, presste Brander hervor, während seine Hände ununterbrochen arbeiteten. Fünf bis sechs Zentimeter tief. Hundertzwanzig Mal pro Minute. Drücken, drücken, drücken. Fabio eilte davon. Es schien Ewigkeiten zu dauern, bis er zurückkehrte. Branders Schultern und Arme brannten.

Stephan Klein war Fabio gefolgt. Er kniete sich auf die andere Seite.

Fabio startete den Defibrillator. Eine künstliche Frauenstimme erklang. Er klebte die Elektroden auf den Brustkorb. »Weg.«

Das Gerät begann mit der automatischen Analyse und startete den Schock. Brander ließ die Schultern kreisen.

»Ich übernehme.« Stephan führte die Herzdruckmassage fort.

Sie wechselten sich ab. Als das Gerät zum dritten Mal einen Schock auslöste, stürmten zwei Sanitäter in den Raum.

Branders Hemd war nass geschwitzt. Er wusch sich und zog ein frisches Trainingsshirt an, das er noch im Spind hatte. Er schüttete sich kaltes Wasser ins Gesicht. Noch immer pumpte sein Herz wild, und das Adrenalin vibrierte in seinen Adern. Es musste ein Herzinfarkt gewesen sein.

Sie hatten getan, was sie konnten. Alles Weitere lag nun in den Händen der Ärzte. Polizeivizepräsident Gernot Ritter war hinzugekommen, als die Sanitäter Clewer zum Rettungswagen transportierten. Er würde dessen Familie informieren. Brander war froh, dass diese Aufgabe nicht ihm oblag. Stephan war in die Klinik gefahren. Er hatte versprochen, sich zu melden, sobald er wusste, wie es um ihren Chef stand. Die abendliche Soko-Sitzung hatten sie abgesagt.

Brander musterte sich im Spiegel. Mit achtundvierzig kam er auch so langsam in ein kritisches Alter. Clewer war neunundfünfzig. Er war sportlich, ein ambitionierter Bergsteiger, der schon vier der »Seven Summits« bestiegen hatte. Für das nächste Jahr hatte er eine Expedition zum Denali geplant. Das Rauchen hatte er vor einem halben Jahr aufgegeben, als ihn eine hartnäckige Erkältung nicht loslassen wollte. Er war kein Kettenraucher gewesen, soweit Brander das beurteilen konnte. Alle zwei Stunden eine Zigarette, mehr nicht.

Brander rieb sich energisch durch das Gesicht, um die Anspannung zu vertreiben. Zeit, nach Hause zu fahren.

***

Cecilia war erstaunt, als Brander gegen halb neun im Wohnzimmer stand.

»Fall gelöst?«

Brander schüttelte den Kopf. Während der Rückfahrt hatte sich das Adrenalin in seinen Adern verflüchtigt und einer erschöpften Mattigkeit Platz gemacht. Er war froh, dass Peppi in dieser Woche mit dem Fahren dran war.

»Nathalie nicht zu Hause?«

»Sie ist oben, skypt mit Julian.«

Julian war der Sohn von Branders Bruder Daniel, der in Düsseldorf lebte. Julian war zwei Jahre älter als Nathalie, und zwischen den beiden hatte sich im Laufe der Jahre eine enge Freundschaft entwickelt. Er hatte nach dem Abitur beschlossen, ein Jahr durch die Welt zu reisen, bevor er im nächsten Sommer in Tübingen eine Ausbildung zum Krankenpfleger beginnen würde. Im Moment war er auf einer Huskyfarm in Alaska.

Brander setzte sich zu seiner Frau. Er legte den Kopf in den Nacken und schloss die Augen.

»Alles in Ordnung?«

»Nein.« Er berichtete ihr von seinem Chef.

»Wird er es schaffen?«

»Ich hoffe.« Brander wollte nicht daran denken, was wäre, wenn Käpten Huc den Infarkt nicht überlebte. »Ich könnte jetzt einen Whisky vertragen.«

Sie gingen vor die Tür und setzten sich auf die Bank vor dem Haus. Es war bereits dunkel und im Verhältnis zu den Temperaturen am Nachmittag spürbar abgekühlt. Brander hatte den vierzehnjährigen Highland Park mit hinausgenommen, ein Souvenir aus dem letzten Urlaub. »Loyalty of the Wolf«, stand auf dem Etikett, dazu war ein heulender Wolf auf der schwarzen Verpackung abgebildet. Er füllte sein Glas. Mildes Vanillearoma, gepaart mit einer hauchzarten Rauchnote, stieg ihm in die Nase.

Ein Wagen bog in die Sackgasse, in der Branders wohnten, ein. Er beobachtete die Scheinwerfer, die langsam näher kamen.

Das Auto hielt am Straßenrand. Ein Mann stieg aus, groß, schlank, mit kantigem Gesicht. Er blickte über das Dach seines Wagens zu ihnen herüber. »Da komme ich ja gerade recht.«

Karsten Beckmann, Branders bester Freund. Er verriegelte die Türen und kam zu ihnen. Statt sportlicher Jeans trug er einen rostbraunen Anzug mit farblich abgestimmtem Hemd. Beckmann konnte tragen, was er wollte – er sah immer aus, als wäre er gerade einem Katalog entstiegen, stellte Brander nicht ohne Neid fest.

»Wo kommst du jetzt her?«, fragte er seinen Kumpel verwundert.

»München, Kundenbesuch, und auf dem Rückweg habe ich jeden Stau mitgenommen, den ich auf der A 8 finden konnte.« Beckmann küsste Cecilia zur Begrüßung auf die Wangen. »Meine Süße, bekomme ich auch ein Glas?«

»Nenn meine Frau nicht Süße«, mimte Brander den eifersüchtigen Ehemann.

»Sorry, Schatz.« Beckmann beugte sich zu ihm herunter und knutschte ihn auf die Stirn.

»Becks, Mann!« Brander schob ihn energisch von sich. »Du kriegst keinen Whisky, du musst noch Auto fahren.«

»Ich nehm dein Fahrrad.« Sein Kumpel ließ sich auf dem Platz nieder, den Cecilia neben Brander frei gemacht hatte, um ihm ein Glas zu holen. Er streckte die Beine von sich und legte den Arm hinter Brander auf die Rückenlehne der Bank.

»Nimm den Arm weg.«

»Ich habe Stunden allein auf der Autobahn verbracht, und jetzt erwartet mich eine leere Wohnung. Ich brauche ein bisschen Wärme.« Beckmanns Lebensgefährte Manuel arbeitete als Musiker in einem Musical-Orchester und würde nicht vor Mitternacht nach Hause kommen.

»Nimm den Arm weg, ich will mich anlehnen.«

»Was bist du denn heute so grantig?«, beschwerte Beckmann sich. »Hast du mir nicht vor wenigen Monaten noch ewige Dankbarkeit geschworen?«

Doch, das hatte er. Ohne Beckmanns Beziehungen zu einem Reutlinger Spediteur hätte Nathalie nicht in letzter Sekunde die ersehnte Lehrstelle bekommen. Im vergangenen Schuljahr hatte Branders Pflegetochter unzählige Bewerbungen um eine Ausbildungsstelle als Berufskraftfahrerin verschickt und nur Absagen bekommen, auch der Versuch, eine Stelle als Mechatronikerin zu bekommen, war gescheitert. Zum Teil mochte es an ihren Zeugnissen gelegen haben, zum anderen – so Nathalies Verdacht – am falschen Geschlecht. Als Mädchen traute man ihr diese Aufgabe nicht zu, obwohl sie kein zartes Püppchen war. Vor einem halben Jahr war sie auf die Idee gekommen, sich bei der Bundeswehr zu bewerben. Den Plan hatte sie aber schnell nach ein paar YouTube-Videos über die Rekrutenausbildung wieder verworfen.

Das Vibrieren seines Handys enthob Brander einer Antwort. Es war Stephan. Während er seinem Kollegen lauschte, kehrte Cecilia mit einem Whiskyglas für Beckmann zurück, der sich großzügig einschenkte.

»Und?«, fragte Cecilia, nachdem Brander das Telefonat beendet hatte.

»Herzinfarkt, er hat zwei Stents bekommen und liegt jetzt auf der Intensivstation.«

Beckmann riss bestürzt die Augen auf. »Dein Vater?«

»Mein Chef.«

»Das tut mir leid.«

Wenigstens haben wir ihm keine Rippen gebrochen, hatte Stephan gesagt. Es war kein Scherz gewesen. Brander kannte die Vergangenheit seines Kollegen. In einem privaten Moment hatte der Hüne ihm davon erzählt.

Er trank einen Schluck Whisky, konzentrierte sich auf das Aroma. Ein bisschen Vanille, was der Reifung in Ex-Bourbonfässern geschuldet war. Hinzu kam eine zarte, trockene Fruchtnote durch die Zweitbelegung im Ex-Sherryfass, verbunden mit einer angenehm würzigen Schärfe und im Nachklang etwas Rauch. Nicht zu rau und herb, dass es im Rachen kratzte, und dennoch kräftig genug, um an einem Tag wie diesem zu bestehen. Süß, würzig, komplex, fasste Brander für sich zusammen. Wie das Leben.

»Loyalty of the Wolf«. Eine bessere Wahl hätte er nicht treffen können. Er hob das Glas Richtung Esslingen. »Käpten Huc, ich hoffe, Sie sind bald wieder im Einsatz.«

Donnerstag

Branders Telefon klingelte, kaum dass er am nächsten Morgen sein Büro betreten hatte.

»Herr Ritter möchte Sie kurz sprechen«, erfuhr er von der Vorzimmerdame des Polizeivizepräsidenten. »Können Sie bitte heraufkommen?«

Während er die Stufen in die zweite Etage hinaufstieg, rollte Brander die Ärmel seines Karohemdes herunter und knöpfte die Manschetten zu. Die Vorzimmerdame winkte ihn gleich durch.

Gernot Ritter saß hinter seinem Schreibtisch, auf dem sich eine Kaffeetasse und ein leerer Teller zwischen Tastatur und Akten den Platz teilten. Er schien schon seit Längerem im Büro zu sein. Der Krawattenknoten war gelockert, die Anzugjacke hing auf einem Bügel an einem Garderobenständer.

»Guten Morgen, Herr Brander, nehmen Sie bitte Platz.« Er deutete auf den Stuhl vor seinem Schreibtisch. »Sie sind auf dem aktuellen Stand über Herrn Clewer?«

»Er hatte einen Herzinfarkt«, erwiderte Brander.

»Ja.« Ritter atmete tief durch. »Sie haben ihn gestern gefunden, wenn ich richtig informiert bin? Das hat ihm wohl das Leben gerettet.« Der Direktionsleiter musterte ihn aufmerksamer. »Wie geht es Ihnen?«

Die Frage war keine Floskel.

Brander hatte sich bisher keine Gedanken darüber gemacht, dass er seinem Chef das Leben gerettet hatte. Er hatte agiert und hinterher versucht, wieder zur Ruhe zu kommen. Eine gewisse innere Anspannung war noch immer da. »Ganz gut so weit.«

Sein Gegenüber nickte und atmete tief durch, als hätte er eine schwere Entscheidung zu treffen. »Wie ich die Lage einschätze, wird Hans … wird Herr Clewer für einige Zeit ausfallen.«

»Das ist zu befürchten.«

»Es wird ihm nicht gefallen, wenn laufende Ermittlungen dadurch ins Stocken geraten.«

Hans Ulrich Clewer beschäftigten im Moment sicherlich andere Probleme. Aber Ritter hatte nicht unrecht. Der Inspektionsleiter liebte seine Arbeit. Er las schon morgens zu Hause vor dem Frühstück die neuesten Meldungen und war auch nach Dienstschluss und am Wochenende jederzeit für seine Leute erreichbar. Irgendwie gelang ihm das Kunststück, immer über alles informiert zu sein, was in der Dienststelle vor sich ging.

»Herr Clewer hält große Stücke auf Sie«, fuhr Ritter fort. »Sie sind sein informeller Vertreter in der K1.«

»Nein, das ist Herr Unterberger.«

»Der in sechs Wochen in den Ruhestand geht.«

Eigentlich erst Ende des Jahres, aber Josef Unterberger hatte einige Überstunden angesammelt.

»Herr Brander, ich möchte, dass Sie den Fall Goldmann/Hägele hauptverantwortlich übernehmen.«

»Okay.«

»Es müssen natürlich auch die anderen administrativen Aufgaben von Herrn Clewer erledigt werden. Sprechen Sie sich mit Herrn Unterberger ab. Er kann Sie sicher in den nächsten Wochen noch unterstützen. Wenn es Probleme gibt, melden Sie sich bei mir.«

Brander nickte.

»Informieren Sie mich bitte regelmäßig über den Stand der Ermittlungen. Ich werde eine Rundmail an die Kollegen schicken, damit sie wissen, wer ihr Ansprechpartner ist. Wenn Sie keine Fragen haben, wäre es das dann.«

»Nein, keine Fragen.«

»Gut.« Ritter deutete mit einem Nicken an, dass er aus dem Gespräch entlassen war. Brander stand auf.

»Ach, Herr Brander, bringen Sie Ihrer Frau heute Abend Blumen mit.«

»Bitte?« Er sah Gernot Ritter verdutzt an.

Der Polizeivizepräsident grinste anteilnehmend. »Sie werden in den nächsten Wochen sehr viele Überstunden machen, das kann ich Ihnen schon heute prophezeien.«

Die Geschehnisse vom Tag zuvor hatten sich über Nacht in der Dienststelle verbreitet. Brander spürte eine eigenartige Stimmung, als er den Sitzungsraum der Ermittlungsgruppe betrat: zum einen die Betroffenheit über den Herzinfarkt des Inspektionsleiters und gleichzeitig den Drang, etwas zu tun, den Fall voranzutreiben, um dem Chef zu zeigen, dass er sich auf sein Team verlassen konnte. Käpten Huc war bei seinen Leuten beliebt. Er forderte viel, aber er war auch fair seinen Mitarbeitern gegenüber und stand zu ihnen, wenn es ein Problem gab.

Zu Branders Erleichterung beehrte Isabella Mertens sie an diesem Morgen nicht mit ihrer Anwesenheit. Stephan Klein fehlte ebenfalls. Er hatte Brander bereits bei seinem Anruf am Abend zuvor gesagt, dass er erst gegen Mittag zum Dienst kommen werde. Ritter war kurz zum Beginn der Sitzung erschienen, um das Team über Clewers Ausfall zu informieren und Branders Position offiziell zu verkünden. Dann überließ er ihm das Feld. Brander sah in die Runde. Wo anfangen?

»Peter, du hast die Befragung der umliegenden Höfe koordiniert. Was hat das ergeben?«, wandte Brander sich an Fabio Espositos Bürogenossen Peter Sänger.

»Nicht viel. Vergangenen Samstag ist niemandem etwas aufgefallen. Allerdings hat keiner der umliegenden Höfe direkten Blick auf Zufahrt oder Haus von Levin Goldmann. Man kann relativ gut unbemerkt dorthin gelangen. Levin Goldmann und seine Lebensgefährtin hatten zudem so gut wie keinen Kontakt zu den Nachbarhöfen. Einige kannten Levin von früher, als die Großeltern dort gelebt hatten. Aber seit die Großeltern weg sind und keine Landwirtschaft mehr betrieben wird, ist der Kontakt eingeschlafen.«

Es war einen Versuch wert gewesen. Manchmal fiel jemandem im Nachhinein noch etwas ein, und so war zumindest schon einmal ein erster Kontakt hergestellt.

»Freddy, wie sieht es bei euch aus? Habt ihr irgendetwas Neues, was uns weiterhilft?«

»Wir haben unzählige Fingerabdrücke und DNA gesichert, haben aber bisher keine konkreten Spuren, die wir direkt mit der Tat in Verbindung bringen können«, begann Tropper. »Ein Abgleich der Fingerabdrücke an beiden Tatorten ergab bisher keine Übereinstimmungen, DNA-Abgleich läuft noch. Alles in allem hat der Täter sehr sorgfältig gearbeitet. An beiden Tatorten wurden verhältnismäßig wenige Lackspuren in der Umgebung gefunden. An den Stellen, an denen er die Opfer abgelegt hatte, ist zwar Lack heruntergetropft, den hat er aber mit einem Lappen oder Ähnlichem grob um die Opfer herum weggewischt. Bei beiden Opfern wurden jeweils mehrere verschiedene Sprühlacke verwendet.«

War das eine Vorsichtsmaßnahme des Täters gewesen? Nicht aufzufallen durch den Kauf großer Mengen rosafarbener Sprühlacke? »Können die Lacke uns weiterhelfen?«, fragte Brander.

»Wir haben Vergleichsproben aus den umliegenden Baumärkten zwischen Tübingen und Esslingen besorgt. Untersuchung läuft. Dann habe ich noch einen Nachtrag von der Obduktion: Beide Opfer wurden mit K.-o.-Tropfen betäubt. Zudem konnten auch bei Opfer Nummer zwei Faserspuren in der Mundhöhle gesichert werden. Wir haben sie zum Abgleich ans KTI geschickt. Vielleicht wurde Hägele mit demselben Kissen oder Stoff erstickt wie Goldmann.«

»Also haben wir mehr oder weniger identische Vorgehensweisen bei beiden Opfern«, resümierte Brander. »Jeweils keine Einbruchspuren und keine Spuren einer handgreiflichen Auseinandersetzung an den Tatorten, sodass eine große Wahrscheinlichkeit besteht, dass beide Opfer den Täter kannten. Sie ließen ihn arglos in ihre Wohnung und haben höchstwahrscheinlich mit ihm sogar noch Kaffee getrunken. Bei der Gelegenheit könnte der Täter ihnen die K.-o.-Tropfen untergejubelt haben. Dann erstickt er sein Opfer, sprüht die Leiche mit dem Lack ein und legt sie in diese marionettenhafte Position, in der wir sie aufgefunden haben.«

Tropper nickte bestätigend.

»Bei beiden Opfern wurde der Laptop entwendet. Bei Goldmann fehlen zudem die Kundenordner. Also könnte es dem Täter um die Kundendaten gegangen sein.« Brander wandte sich an die Tübinger Kollegen. »Bei Hägele hat außer dem Laptop nichts gefehlt?«

»Nein«, erwiderte Hendrik.

»Was habt ihr über ihn herausgefunden?«

»Freunde und Kollegen beschreiben Hägele als Macher, als selbstbewusst, jemanden, der mit beiden Beinen fest im Leben steht. Manchmal etwas dickköpfig und dominant, aber im Großen und Ganzen sei man gut mit ihm ausgekommen. Er war für die Firma oft im Ausland unterwegs, hauptsächlich in Asien und Saudi-Arabien. Privat lebte er eher zurückgezogen, pflegte wenige Bekanntschaften, keine engen Freundschaften. Er war nie verheiratet, hat keine Kinder.«

»Du hast beim letzten Mal gesagt, dass er recht wohlhabend sei. Wer erbt sein Vermögen?«

»Das weiß ich noch nicht. Er hat ein Testament gemacht, ich warte auf die Rückmeldung des Notars.«

»Gibt es Hinweise, dass er etwas mit Goldmanns Puppengeschäft zu tun haben könnte?«

»In seinen privaten Unterlagen haben wir nichts gefunden, weder Rechnungen noch Bestellungen oder Ähnliches.«

»Wussten Freunde oder Bekannte etwas in der Richtung?«

Hendrik schüttelte den Kopf. »Aber, wie gesagt, das waren alles eher oberflächliche Beziehungen, und mit so einer Neigung geht man ja nicht unbedingt hausieren.«

»Was ist mit den Frauenkleidern in seiner Wohnung?«

»Die gehören seiner Putzfrau«, erklärte Cory.

»Bitte?«

Cory hob die Schultern. »Behauptet sie jedenfalls. Sie ist eine recht zierliche Person, ich denke, die Kleider könnten ihr passen.«

»Und warum hängen die bei Hägele im Schrank?«

»Sie sagt, er habe sie hin und wieder gebeten, ihn bei offiziellen Anlässen zu begleiten. Ihre Kleidung war für solche Anlässe nicht passend.«

Das erklärte dennoch nicht, warum die Kleidungsstücke nicht in ihrem eigenen Schrank lagerten, sondern im Hause ihres Arbeitgebers. Hägele hatte sie als Notfallkontakt angegeben, erinnerte Brander sich. »War sie mehr als seine Putzfrau?«

»So was wie eine Geliebte?« Cory verzog abwägend das Gesicht. »Soweit wir wissen, arbeitet Liliana Jaszczak nicht für einen Escort-Service. Sie ist alleinstehend, zweiunddreißig Jahre alt, kam vor drei Jahren aus Polen nach Tübingen und hat seither bei ihm geputzt.«

»Und von dem Gehalt als Putzfrau hat sie gelebt?« Brander kannte den Tübinger Mietspiegel. »Diese Frau Jasz… wie?«

»Jaszczak.«

»Genau. Die möchte ich gern sprechen.«

»Das lässt sich arrangieren. Sie hat allerdings kein Auto.«

»Dann mach bitte heute Abend einen Termin mit ihr bei euch in Tübingen aus. Gibt es zu Vinzenz Streiter was Neues?«

Fabio Espositos Hand schnellte in die Höhe. Brander verkniff sich mit Mühe ein Schmunzeln über den Eifer des jungen Kollegen. »Leg los.«

»Dazu muss ich kurz ausholen: Ich habe mir Goldmanns finanzielle Situation angesehen. Er ist ziemlich hoch verschuldet und hat Zahlungsschwierigkeiten. Wenn ich es richtig überblicke, hat er sich bei der Geschäftseröffnung vor zwei Jahren erheblich übernommen und anscheinend verkalkuliert, was die zu erwartenden Einnahmen angeht. Den Kontobewegungen nach verkauft er die Puppen nicht unbedingt am Fließband. Wäre hilfreich, eine Kundenkartei zu haben, um sich einen besseren Überblick zu verschaffen. Es gibt einen Vertrag mit dem Hersteller, dass Goldmann eine bestimmte Anzahl Puppen jährlich abnehmen muss, das waren nicht eben wenige.«

»Der Hersteller sitzt in Tianjin«, überlegte Brander.

»Die chinesische Puppen-Mafia«, mutmaßte Peppi mit düsterer Miene. »Wenn einer nicht zahlen kann, wird er kurzum lackiert.«

»Das würde aber bedeuten, dass Hägele ebenfalls mit dem Puppenhandel zu tun gehabt haben müsste«, überlegte Cory. »Und bei ihm haben wir nicht eine einzige Puppe gefunden.«

»Ich war noch nicht ganz fertig«, versuchte Fabio, sich wieder Gehör zu verschaffen. »Seit einem Dreivierteljahr gab es monatlich mehr oder weniger regelmäßig Einzahlungen auf Goldmanns Konto, und zwar von Herrn Vinzenz Streiter.«

Brander horchte auf. »Von wie viel Geld sprechen wir?«

»Beträge zwischen zwei- und dreitausend Euro.«

»Für einen Puppenwartungsvertrag wäre das ziemlich viel Geld, oder?«, überlegte Brander.

»Vielleicht ein Stammkunde«, überlegte Peter Sänger.

»Der sich alle paar Wochen eine neue Puppe zulegt?« Peppi zog zweifelnd die Stirn in Falten.

»Wenn es eine von diesen Hightech-Puppen war, reichen zweitausend Euro nicht«, erklärte Jens. »Da würde ich dann eher auf Ratenzahlung tippen.«

»Was kostet so 'n Ding? Fünf- bis zehntausend?«, fragte Fabio. »Dafür ist dann aber zu viel Geld geflossen.«

»Erpressung«, schlug Peppi vor.

»Wie kommst du darauf?«, fragte Brander.

»Jens hat uns doch gestern gezeigt, dass Cindy alles mitschneidet und Goldmann anscheinend Zugriff auf diese Aufnahmen hat. Angenommen, Streiter ist einer seiner Kunden …«

»Für eine Erpressung sind die Beträge dann aber doch etwas gering«, gab Fabio zu bedenken.

»Die Summe macht's. Und bei kleinen Beträgen stellt keiner Fragen.«

Die Theorie war beim derzeitigen Ermittlungsstand zwar wilde Spekulation, klang aber gar nicht so abwegig.

»Wissen wir inzwischen, was Streiter beruflich macht?«, fragte Brander.

»Ich weiß, was er *nicht* macht«, erklärte Fabio. »Er arbeitet nicht bei Cyber Valley in Tübingen. Aber da gibt es jemanden, der ihn von früher kennt, ein Hagen Fischer. Soll ich einen Termin mit ihm machen?«

Branders Blick glitt über sein Team. »Hendrik, kannst du das übernehmen?«

»Ja.«

Jens Schöne hob die Hand. »Cyber Valley, da will ich mit. Den Laden wollt ich mir schon immer mal anschauen.«

»Nix da, nachher werben die dich ab.«

»Andi, Hendrik und ich, wir sind ein super Team«, erinnerte Jens an seine Zeit, als er in Tübingen noch als Mordermittler bei der Kriminalinspektion 1 tätig gewesen war.

»Na dann«, gab Brander nach. Vielleicht war es hilfreich, einen IT-Experten bei dem Gespräch dabeizuhaben.

Brander wählte den Festnetzanschluss von Vinzenz Streiter. Bereits am Dienstagabend hatte er es einige Male erfolglos klingeln lassen. Dieses Mal hatte er mehr Glück. Doch statt der erwarteten männlichen Stimme meldete sich eine Frau.

»Ja bitte?«

»Brander, Kriminalpolizei Esslingen. Mit wem spreche ich bitte?«

»Dies ist der Anschluss von Vinzenz Streiter.«

»Und Ihr Name ist?«

»Herr Streiter ist im Moment nicht zugegen. Möchten Sie eine Nachricht hinterlassen?«

Zugegen – das Wort war auch schon lange aus der Mode. »Wann ist Herr Streiter denn wieder zugegen?«, fragte Brander.

»Darüber kann ich keine Angabe machen.«

Die Stimme blieb unverändert freundlich. Auf Branders Stirn bildete sich eine Furchenlandschaft. Hatte er tatsächlich ein menschliches Wesen am Apparat, oder war das die nächste Generation Anrufbeantworter?

»Richten Sie ihm bitte aus, er möchte mich schnellstmöglich zurückrufen.«

»Möchten Sie für den Rückruf eine Telefonnummer hinterlassen?«

»Nehmen Sie die Nummer auf dem Display.«

»Ich habe Ihre Nachricht aufgenommen, vielen Dank. Sobald Herr Streiter wieder zugegen ist, wird er sich um Ihre Anfrage kümmern. Kann ich noch etwas für Sie tun?«

Das musste ein Computer sein. So sprach doch kein normaler Mensch.

»Nein danke. Auf Wiederhören.«

Brander legte kopfschüttelnd auf. Diese Art ging ihm völlig gegen den Strich. Bei einem normalen Anrufbeantworter wusste man wenigstens, dass man nicht mit einem Menschen sprach.

Er nahm ein leeres Blatt und spitzte den Bleistift. Der Block mit seiner ersten Zeichnung lag zu Hause in seinem Schreibtisch. Also begann er von vorn. Zwei Skizzen für die beiden Opfer. Welche Symbole konnte er für die Männer verwenden? Für Goldmann skizzierte er wieder eine Holzgelenkpuppe. Warum hatte der Täter beide Opfer derart arrangiert? Er wusste noch zu wenig über die beiden getöteten Männer, um die Botschaft zu entschlüsseln.

Für Notker Hägele wählte er ein Frauenkleid, auch wenn es vermutlich eher ein Symbol für seine Putzfrau war. Wenn man der Frau glauben durfte. Nahm er tatsächlich seine polnische Putzfrau als Begleitung zu offiziellen Anlässen mit? Lebte der Mann so zurückgezogen, dass es keine andere Frau in seinem Bekanntenkreis gab, die er um Gesellschaft hätte bitten können? War sie seine heimliche Geliebte? Eine nicht standesgemäße Beziehung? Oder versuchte sie, aus Loyalität ihrem Arbeitgeber gegenüber etwas zu vertuschen?

Er rief die Daten von Hägele im System auf. Die Kollegen hatten der Personenbeschreibung zwei Fotos beigefügt, die Hägele zu Lebzeiten zeigten. Eine Schönheit war er nicht gewesen: hellhäutig, leicht untersetzt, ein lichter grauer Haarkranz, die Oberlippe zierte eine Narbe, die auf eine operierte Lippenspalte hindeutete. Aber er hatte gütige hellbraune Augen.

»Die Schwestern Matschukat kommen gleich«, störte Peppi seine Betrachtungen.

»Wer?«

»Matschukat, Solveig und Amelie Matschukat, die Feministinnen, die angeblich Goldmanns Hauswand beschmiert haben. Du hast mich gestern gebeten, die Damen zu einem Gespräch einzuladen.«

Brander legte Stift und Papier zur Seite. »Die hatte ich überhaupt nicht mehr auf dem Schirm.«

»Dacht ich mir schon. Hast sie heute Morgen nicht mit einem Wort erwähnt, Herr Ermittlungsleiter.« Das letzte Wort betonte sie mit einem spöttischen Grinsen.

»Problem damit?«, fragte Brander.

»Nö, war doch klar, dass wir Frauen wieder übergangen werden.«

Brander stutzte. Er hatte Peppis Spott für einen Scherz gehalten, aber der Ton, den sie jetzt anschlug, klang viel zu ernst. »Wie kommst du –«

»Ist doch so. Warum hat Käpten Huc nicht mich damals gefragt, ob ich Unterbergers Nachfolge antreten möchte? Ich bin genauso qualifiziert wie du und ebenso lang wie du im Dienst. Ich arbeite weder Teilzeit, noch gab es bei mir längere Ausfälle durch Elternzeiten. Und sag mir nicht, dass ich keine gute Arbeit leiste oder im Team nicht anerkannt sei.«

»Natürlich bist du das, aber –«

»Aber was?«

»Darf ich dich an die Soko Maienwalterstraße letztes Jahr erinnern? Da hast du ein-, zweimal nicht besonders professionell gehandelt.«

»Jetzt kommt das wieder auf den Tisch. Zum einen habe ich an meinem kleinen Problem gearbeitet, und zum anderen bist du auch nicht unfehlbar! Ich sag nur: Trisha.«

»Och, Peppi, jetzt –«

»Nichts ›Och, Peppi‹!« Sie richtete energisch den Zeigefinger auf Brander. »Das ist wieder einmal eure Kumpanei. Euer männliches Postengeschacher.«

»Unser …?« Brander schüttelte den Kopf. »Das stimmt doch gar nicht.«

»Ach nein? Wie viele Frauen haben wir bei der Polizei in Führungspositionen?«

»Das … äh … keine Ahnung.«

»Siehst du! Es interessiert dich nicht einmal! Bei den Neueinstellungen haben wir zurzeit im Schnitt einen Frauenanteil von dreißig Prozent. Im gehobenen und höheren Dienst liegt der Anteil deutlich darunter.«

»Das heißt doch nicht, dass Frauen nicht berücksichtigt werden.«

»Du bist genauso ein Ignorant wie all die anderen!«

»Jetzt mach aber mal 'nen Punkt.« So langsam reichte Brander diese Diskussion.

»Nenn mir eine Kriminalinspektion hier bei uns in Esslingen, die von einer Frau geleitet wird.«

»Die …« Brander zog eine Grimasse. Ihm fiel keine ein.

Peppi nickte wissend.

»Du hättest ja schon mal eher was sagen können. Clewer hat mich bereits vor einem Jahr gefragt. Ich habe mit dir darüber gesprochen!«

»Klar, jetzt sind wir Frauen wieder selbst an allem schuld.«

Brander sah die Kollegin irritiert an. »Was erwartest du denn von mir? Soll ich mit Ritter reden?«

»Lass mal.«

»Aber wenn du ein Problem damit hast, dass ich –«

»Habe ich nicht. Ich bin Ermittlerin, ich will deinen Posten gar nicht.«

»Warum machst du dann so einen Aufstand?«

»Das ist kein Aufstand. Ich lege lediglich die Faktenlage dar. Und es geht hier nicht allein um mich, sondern um uns Frauen bei der Polizei. Guck dir Anne und Hendrik an. Anne ist bei Weitem ehrgeiziger als ihr Lebensgefährte, aber weil sie jünger und rangniedriger ist als Hendrik und daher weniger verdient, bleibt sie zu Hause und hütet die Kinder, während Hendrik die Karriereleiter ohne Unterbrechung hinaufklettern kann. Und sie muss sich hinterher doppelt anstrengen, um das alles aufzuholen. Ist das fair?«

»Anne wird ihren Weg gehen«, war Brander sich sicher.

»Natürlich wird sie das, aber zu einem höheren Preis. Ich kann dir noch mehr Beispiele aufzählen.«

»Danke, es reicht, Peppi.«

Seine Kollegin lächelte triumphierend. »Das war nur ein kleines Warm-up, mein Freund.«

»Wofür?«

»Du weißt doch, mit wem du gleich sprechen wirst? Und die können dich vermutlich nicht so gut leiden wie ich.« Sie blies sich eine dunkle Locke aus dem Gesicht. »Holst du mir bitte einen Kaffee, Chef?«

***

Vielleicht lag es an der Diskussion, die er mit Peppi gehabt hatte, aber aus einem ihm unerfindlichen Grund hatte Brander zwei Frauen in Latzhose oder sackartigen Kleidern erwartet, ungeschminkt, mit hennagefärbten Haaren und verhärmten Gesichtszügen. Einzig die pinkfarbene Strähne im dunklen Haar von Amelie Matschukat und zwei große Plugs in den Ohren trafen in geringem Maß seine klischeehaften Erwartungen.

Die beiden Frauen waren unverkennbar Schwestern. Die jüngere, Amelie, war von etwas kleinerer und kräftigerer Statur als ihre große Schwester. Sie trug legere Kleidung – Jeans, T-Shirt und bunt bedruckter Blazer – und machte mit ihrem freundlichen, offenen Blick einen sehr sympathischen Eindruck. Die einunddreißigjährige Solveig wirkte konservativer. Sie hatte die langen dunklen Haare zu einem Zopf geflochten, statt Jeans und T-Shirt trug sie einen dunkelgrauen Hosenanzug mit heller Bluse. Sie hätte ohne Weiteres eine der jungen dynamischen und erfolgreichen Frauen aus einer Bankenwerbung sein können. Aus Fabios Notizen wusste Brander, dass sie in der Buchhaltung eines Esslinger Unternehmens für Automatisierungstechnik arbeitete.

Brander hatte die Schwestern am Empfang abgeholt und in sein Büro geführt. Er haderte mit sich, ob er sie gemeinsam oder einzeln befragen sollte. So umgänglich die beiden Frauen sich auch gaben, sie waren nicht zum ersten Mal in einer Polizeidienststelle. Brander hatte noch einen flüchtigen Blick in die Akte werfen können, bevor die beiden kamen. Nach Goldmanns Anzeige wegen der Schmierereien an seinem Haus waren sie mehrfach befragt worden. Man hatte beiden in dem Fall jedoch nichts nachweisen können.

Er entschied sich für die Einzelbefragung. Er würde mit Peppi Solveig Matschukat befragen. Die jüngere der beiden Schwestern übergab er an Fabio Esposito und Peter Sänger. Als Vater von drei Töchtern würde Fabio hoffentlich gut mit ihr klarkommen.

Peppi hatte recht, überlegte Brander, es fehlten Frauen bei der Polizei. Es wäre ihm lieber gewesen, wenn Fabio die Befragung zusammen mit einer Kollegin hätte durchführen können. Aber Cory war bereits wieder mit Hendrik in Tübingen.

»Frau Matschukat«, wandte er sich an Solveig, in deren Blick sich ein Funke Misstrauen gemischt hatte. »Wir haben ein paar Fragen an Sie bezüglich Levin Goldmann.«

Die Frau sah ihn abwartend an.

»Sie kennen Levin Goldmann?«

»Nicht persönlich.«

»Sie wissen, dass er tot ist?«

»Es stand ja in der Zeitung … mehr oder weniger.«

Aus der Stimme hörte Brander nicht den Hauch eines Bedauerns. »So direkt nicht«, relativierte er ihre Aussage.

»So viele Aussiedlerhöfe gibt es in Wolfschlugen nicht.«

»Sie waren schon mal bei ihm zu Hause?«

Solveig Matschukat zog die Augenbrauen hoch. »Nein.«

»Aber Sie haben anhand des Zeitungsfotos sofort erkannt, dass es sich um den Hof von Herrn Goldmann handeln muss?«

»Ich habe es mir einfach gedacht.«

»Sie haben Herrn Goldmann und seiner Freundin E-Mails geschrieben«, mischte sich Peppi ein.

Die Frau wandte sich ihr zu. »Wer sagt das?«

»Das steht hier in den Akten. Herr Goldmann hat immer

wieder Mails bekommen, in denen er ziemlich unflätig beschimpft wurde. Ebenso seine Lebensgefährtin. Und vor ein paar Monaten hat man feministische Parolen an die Hauswand von Goldmanns Hof gesprüht.«

»Hat *Mann*?«, fragte Solveig Matschukat mit süffisantem Unterton.

»Haben Sie?«

»Was steht denn in Ihren Akten?«

»Frau Matschukat, es konnte zumindest nachgewiesen werden, dass einige der Mails an Levin Goldmann von Ihrem privaten Computer verschickt worden sind«, stellte Brander fest.

»Das heißt nicht, dass ich sie geschrieben habe.«

»Wer dann? Ihre Schwester?«

Der Spott verschwand aus Solveig Matschukats Gesicht.

»Sie sind in der Vergangenheit schon öfter aufgefallen. Beleidigung, Sachbeschädigung …«

»Die Hauswand von dem Goldmann habe ich nicht beschmiert, und ich habe ihn auch nicht umgebracht.«

»Niemand beschuldigt Sie, Herrn Goldmann getötet zu haben.«

»Und warum haben Sie uns dann vorgeladen?«

»Um mehr über Herrn Goldmann zu erfahren. Sie haben sich ja offensichtlich mit ihm befasst.«

Solveig Matschukat verzog abschätzig das Gesicht.

»Wie kamen Sie auf Herrn Goldmann?«

»Internet.«

»Sie haben nach Sexrobotern gesucht?«

»Nein, nur nach den Arschlöchern, die so einen Scheiß entwickeln.«

»Herr Goldmann entwickelt sie nicht, er verkauft sie.«

»Das ist schon schlimm genug.«

»Was stört Sie daran?«

Die Wut trieb der Buchhalterin eine tiefe Röte auf die Wangen. »Alles.«

»Geht es ein bisschen konkreter?«

»Diese Puppen, die der Goldmann vertickt, sind ein Angriff auf die Emanzipation. Sie müssen sich die Dinger doch nur mal anschauen! Solche Titten«, sie hielt die Hände weit vor ihre Brust, »Wespentaille und Kindchengesicht. Wunschträume von irgendwelchen notgeilen Typen, die ihre perversen Phantasien ausleben wollen. Die können mit der Puppe alles machen.«

»Besser mit einer Puppe als –«, setzte Peppi an.

»Wo führt das denn hin?«, fuhr Solveig Matschukat ihr harsch über den Mund. »Die bezeichnen diese Puppen als lebensecht. Lebensecht! In der Realität sollen wir dann auch alle so aussehen, oder was? Sollen uns die Brüste vergrößern lassen, die Lippen aufspritzen und die Kerle mit mädchenhaften Kulleraugen anschauen. Durch diese Puppen werden Frauen wieder zu Objekten degradiert, die man formen kann und mit denen *Mann* machen kann, was *Mann* will! Diesen Kerlen geht es doch nur um völlig unrealistische, oberflächliche Äußerlichkeit.«

Sie schnappte nach Luft. Noch bevor Peppi etwas erwidern konnte, fuhr sie erbost fort: »Wir sollen die Klappe halten und dem Mann widerspruchslos dienen. Zweihundert Jahre Frauenbewegung für den Arsch! Aber ich werde nicht tatenlos zusehen, wie irgendwelche Nerds aus uns Frauen Puppen für ihre feuchten Träume machen! Sex hat etwas mit Beziehung zu tun. Dieses triebgesteuerte Ficken mit einem leblosen Objekt ist einfach nur abartig!«

Da schwang aber eine Menge Zorn mit, stellte Brander im Stillen fest. »Sie waren also nie auf dem Hof von Levin Goldmann?«, bremste er den Vortrag der aufgebrachten Frau.

»Wozu?«

»Um vielleicht mit ihm einen Kaffee zu trinken und ein klärendes Gespräch zu führen.«

»Geht's noch? Mit solchen Typen red ich doch nicht.«

»Soll das heißen, Sie haben noch nie mit ihm gesprochen?«

»Sie haben es erfasst.«

»Und mit Notker Hägele?«

»Wer soll das sein?«

»Ein Geschäftsmann aus Tübingen.«

Die Frau zuckte die Achseln. »Macht der auch in Puppen?«

Kannte sie den Mann wirklich nicht? Brander wusste nicht, ob er ihr glauben sollte. »Wo waren Sie letzten Samstag?«

Solveig Matschukat zog misstrauisch die Augenbrauen zusammen. »Sie wollen mir etwas anhängen.«

»Nein.«

»Was soll dann Ihre Frage?«

»Vielleicht waren Sie ja in Wolfschlugen unterwegs und haben zufällig etwas beobachtet, das uns weiterhelfen könnte.«

»Nein, tut mir leid, wenn ich Ihnen nicht helfen kann.«

Ihr Blick strafte sie Lügen. Nichts tat ihr leid.

Das Gespräch zwischen Amelie Matschukat und Fabio und Peter war etwas weniger emotional verlaufen, lieferte aber das gleiche Ergebnis. Beide Frauen behaupteten, niemals auf dem Hof von Levin Goldmann gewesen zu sein.

Peppi strich sich nachdenklich mit den Fingern durch die Locken. »Ob die recht haben? Ich meine, wenn ich mir die Puppen von dem Goldmann anschaue, stimmt das schon – die entsprechen alle einem ganz bestimmten Klischee. Da gibt es keine mit Cellulitis, schmalen Lippen, Hüftspeck, Falten …«

»Ich kann doch unterscheiden, was eine Puppe und was eine Frau ist«, widersprach Brander. »So viel Verstand sollte man doch selbst uns Männern zugestehen.«

»Nicht allen, und außerdem gibt es doch immer Ideale«, das Wort setzte sie mit den Fingern in Anführungszeichen, »die uns permanent vorgeführt werden und denen dann die Masse nachstrebt. Ich sag nur Twiggy – wie viele magersüchtige Mädchen hat das nach sich gezogen?«

»Wer ist Twiggy?«, fragte Fabio.

»Das war vor deiner Zeit«, erwiderte Brander. »Sie war ein Fotomodell in den sechziger Jahren. Twiggy war aber definitiv kein Roboter.«

»Na gut, bleiben wir bei Goldmanns Ladys«, fuhr Peppi

fort. »Das sind zwar Sexroboter, aber was ist denn mit der Entwicklung der zukünftigen Pflegeroboter, der Serviceroboter und weiß der Himmel, was die sich in ihren Forschungslaboratorien noch alles ausdenken? Wie sehen die später aus? Nach welchem Muster werden die modelliert? Nach dem Modell Schwester Rabiata oder nach dem Modell Cindy? Was wäre dir denn lieber, Andi?«

»Was wäre dir denn lieber? Brad Pitt oder ein dickbäuchiger Bierkutscher?«, konterte Brander. »Peppi, es gibt doch nicht nur das eine oder das andere.«

»Ich kann die Sorge der beiden Frauen irgendwie verstehen«, solidarisierte Fabio sich. »Aber Wutmails zu schreiben und Hauswände zu beschmieren wird das Problem nicht lösen. Es wäre doch sinnvoller, miteinander zu reden.«

Peppi lachte auf. »Oh, Fabio, reden kann man viel. Aber wenn es um wirtschaftliche Interessen geht, spielen Moral, Ethik oder Menschenwürde keine Rolle. Du musst dir doch nur mal anschauen, wie hierzulande mit Prostituierten umgegangen wird. Und das in einem Land, das von sich behauptet, dass es sich für die Einhaltung der Menschenrechte einsetzt.«

Die Kollegin hatte die Gerichtsverhandlung vom Montag noch nicht vergessen.

»Kommen wir mal wieder zurück zu unserem eigentlichen Problem«, bremste Brander die ausufernde Diskussion. »Die beiden Frauen kannten Levin Goldmann, aber beide haben ausgesagt, dass sie Notker Hägele nicht kannten.«

»Was nicht unbedingt stimmen muss«, erwiderte Peppi.

Brander verschränkte die Finger an seinem Hinterkopf. »Wo liegt das Motiv für die Taten? Geht es um einen feministischen Racheakt?«

»Hätten sie dann nicht auch die Puppen von dem Goldmann irgendwie entstellt? Um ein Statement abzugeben?«, überlegte Peppi. »Stattdessen fehlen die Laptops und die Ordner mit den Kundendaten.«

Ein Gedanke durchzuckte Brander. Stephans Worte echoten in seinem Kopf. Vielleicht gab es längst eine dritte Leiche, sie hatten sie nur noch nicht gefunden. »Lass das nicht wahr werden«, stöhnte er auf.

»Was?«, fragten die beiden Kollegen aus einem Mund.

»Levin Goldmann starb am Samstag. Er war das erste Opfer. Am nächsten Tag wird Notker Hägele ermordet. Der oder die Täter sind vermutlich im Besitz von Goldmanns Kundenkartei. Auch wenn wir bei Hägele keine Puppe gefunden haben, könnte er dennoch ein Kunde gewesen sein. Und wenn diese zwei Morde auf das Konto einer radikalen Frauengruppe gehen, die jetzt die Kundendaten von Goldmann in ihren Händen haben, können wir uns auf einiges gefasst machen.«

Peppi blies sich eine Strähne aus der Stirn. »Wenn's 'ne dritte lackierte Leiche gibt, steigt uns die Mertens aufs Dach.«

Nicht nur die. Die Presse, die Öffentlichkeit, die Angehörigen. Verdammt, sie brauchten dringend einen Durchbruch. »Ich will alles über die Schwestern Matschukat wissen. Sind sie in der Vergangenheit mal durch extreme Gewalt aufgefallen? Gehören sie einer gewaltbereiten Organisation an?« Brander klopfte symbolisch auf eine Mappe, die auf seinem Schreibtisch lag. »Die Ermittlungsakte zu den Schmierereien an Goldmanns Hauswand gibt zu wenig her.«

»Was ist mit den Kunden? Sollte man die eventuell warnen?«, überlegte Peppi.

»Ohne Kundendaten? Willst du einen Zeitungsaufruf machen?«, fragte Fabio.

»Leute, es war nur eine Vermutung – es müssen keine rachsüchtigen, mordenden Feministinnen hinter den Taten stecken«, gebot Brander den beiden Einhalt.

»Über die Einzelverbindungsnachweise von Goldmann können wir zumindest die Namen herausfinden, mit denen er telefonisch Kontakt hatte«, fuhr Peppi dennoch fort. »Da sind sicher auch einige Kunden dabei. Und einen Namen haben wir ja schon: Vinzenz Streiter.«

Der Mann mit der Ratenzahlung, der nicht zu erreichen war. Brander schickte ein Stoßgebet zum Himmel, dass Streiter nicht die nächste Leiche war, die ihnen rosa lackiert präsentiert wurde.

***

Brander und Peppi wollten in die Mittagspause gehen, als Stephan Klein hereinkam. Sein Bulldoggengesicht war noch faltiger als sonst, die Tränensäcke unter den Augen geschwollen. Er sah nicht aus, als hätte er in der Nacht ein Auge zugetan.

»Kommst du gerade aus der Klinik?«, fragte Brander.

»Nein, bin schon 'n Stündchen im Büro.«

»Wie geht es unserem Chef?«

»Liegt auf der Intensivstation. Er wird vermutlich ein, zwei Wochen in der Klinik bleiben, danach geht's in die Reha.« Der Hüne rieb sich durch das müde Gesicht. »Hättest du ihn nicht so schnell gefunden, hätte er das nicht überlebt.«

Brander hob die Schultern. Was sollte er sagen? Noch immer wusste er nicht, was ihn bewogen hatte, die Tür zu öffnen. Vielleicht war es das Geräusch gewesen, das er gehört hatte, was immer es gewesen war. Vielleicht war es ein sechster Sinn, der ihm gesagt hatte, dass irgendetwas nicht stimmte.

»Ich hab die Protokolle von gestern gelesen«, wechselte Stephan das Thema. »Ihr habt die Chantal gefunden.«

»Ja, sie war bei ihrer Mutter.«

»Hmm.« Klein nickte nachdenklich. »Ich bin da über was gestolpert. Sie hat euch erzählt, sie hätte am Samstag gearbeitet.«

»Ja.«

»Ihr habt aber nicht gefragt, wo.«

»Im Drogeriemarkt, denke ich.«

»Da war ich gestern mit Peter. Die haben uns gesagt, sie hätten das Mädel am Freitagnachmittag zuletzt gesehen.«

Der Drogeriemarkt, in dem Chantal Birk arbeitete, lag in der Innenstadt. Brander hatte beschlossen, mit Peppi nach dem Essen dorthin zu gehen.

Sie fanden Goldmanns Lebensgefährtin im hinteren Gang bei der Babynahrung. Sie war dabei, die Regale zu befüllen, und sah unangenehm überrascht auf, als sie die Kommissare erkannte.

»Müssen Sie hierherkommen?«, wisperte sie ärgerlich, während sie weiterhin kleine Gläser ins Regal sortierte.

»Es sind Fragen aufgetaucht.«

»Ich kann hier nicht reden.«

»Wir wollen gar nicht mit Ihnen reden, sondern mit Ihrem Chef.«

Sie hielt inne und wandte sich Brander zu. »Wieso das denn?«

»Wo finden wir ihn?«

»Scheiße, jetzt machen Sie mir hier doch keinen Ärger. Ich brauch diesen Job!«

Brander sah in ihre ängstlich geweiteten Pupillen. Hatte sie tatsächlich Sorge um ihren Job, oder ahnte sie, worum es ging?

Eine Durchsage ließ Birk aufhorchen. »Ich muss an die Kasse.«

»Wie lange arbeiten Sie heute?«

»Ich hab gerade angefangen, meine Schicht geht bis sieben. Allerdings, bis ich hier raus bin …«

»Kommen Sie morgen früh um acht zu mir ins Büro.«

Sie verzog leidend das Gesicht.

»Neun Uhr, aber keine Minute später«, erbarmte sich Brander. Dann stand er auch nicht so unter Zeitdruck, falls sie in einen Stau kamen.

»Okay, ich muss jetzt …« Sie eilte los, drehte sich noch einmal zu ihnen um. »Bitte, ich brauch den Job wirklich.«

Brander sah ihr grübelnd hinterher.

»Und was machen wir?«, fragte Peppi.

»Wir reden mit ihrem Chef. Ich will ihren Schichtplan sehen.«

»Chefin, Frau Birk hat eine Chefin.«

Zurück im Büro zeigte Branders Telefon zwei entgangene Anrufe. Der erste Anruf war von Jens Schöne.

Brander rief ihn zurück. »Du wolltest mich sprechen?«

»Fabio hat mir gesagt, dass ihr die Kundendaten von Goldmann braucht. Also, zum einen könnte ich sicher einiges an Daten finden, wenn ich Zugang zu diesem Cloudserver hätte.«

»Ich spreche mit Frau Mertens über eine Genehmigung«, versprach Brander. Das hatte er nach den Ereignissen vom Vortag völlig vergessen.

»Je eher, desto besser. Zweitens: Ein paar Daten kann ich dir schon geben, ich schreib sie gerade zusammen. Bemerkenswert ist ein Paul Wengert, der ruft quasi täglich an und bittet um Rückruf. Wengert wohnt in Filderstadt.«

»Du hast noch nicht mit ihm gesprochen?«

»Ich lasse immer den AB an Goldmanns Handy rangehen.«

»Schick mir bitte die Nummer von diesem Wengert.«

»Okay. Dann noch eins: Vinzenz Streiter hat heute Vormittag ebenfalls bei Goldmann angerufen, hat aber keine Nachricht hinterlassen.«

»Dann ist er also doch erreichbar. Den werde ich gleich als Erstes anrufen.«

»Nein, als Erstes bitte unsere geschätzte Frau Staatsanwältin.«

»Das kannst du doch auch selbst machen.«

»Ach, du kannst das besser.«

Jens hatte aufgelegt, bevor Brander etwas erwidern konnte. Mist, und er konnte diese Aufgabe nicht an seinen Chef weitergeben. Er erreichte Isabella Mertens nicht und hinterließ ihr sein Anliegen auf der Mailbox. Dann wählte er die Nummer des zweiten verpassten Anrufes. Es war eine Handynummer.

»Streiter«, meldete sich eine energische Männerstimme. Im Hintergrund waren Fahrgeräusche zu hören.

»Brander, Kriminalpolizei Esslingen, spreche ich mit Vinzenz Streiter?«

»Am Apparat. Sie haben es schon mal versucht?«

»Ja, wir würden uns gern mit Ihnen unterhalten.«

»Ich bin gerade unterwegs. Worum geht es denn?«

»Das möchte ich ungern am Telefon besprechen. Wann sind Sie denn wieder zu Hause?«

Brander musste sich einen Moment gedulden. Im Hintergrund hörte er eine Stimme, die nach Navigationsgerät klang.

»Polizei Esslingen, sagten Sie?«

»Ja.«

»Ich kann in einer halben Stunde bei Ihnen sein. Passt das?«

»Ja.« Eigentlich wäre Brander gern zu Streiter gefahren, um zu sehen, ob es in dessen Haus weitere Cindys gab.

»Wo finde ich Sie?«

»Agnespromenade. Unter der Dienststelle ist eine öffentliche Tiefgarage, da können Sie parken. Melden Sie sich am Empfang.«

Fünfunddreißig Minuten später saß Vinzenz Streiter in Branders Büro. Er hatte die helle Hose seines teuren Anzuges leicht gelupft, bevor er sich auf den Besucherstuhl setzte. Die Lederschuhe waren blitzsauber, die dunkelblonden Haare kurz frisiert. Das Gesicht mit den hohen Wangenknochen hatte eine gesunde sommerliche Bräune, und die braungrünen Augen blickten die Kommissare interessiert an. Alles in allem ein sehr attraktiver Mann, stellte Brander fest. Er hatte nichts von einem schusseligen Wissenschaftler oder Computernerd.

Erst die Feministinnen Matschukat, jetzt Streiter. Was war nur aus den guten alten Klischees geworden?

»Was kann ich für Sie tun?« Auch Streiters Stimme war sehr angenehm, klang warm und seriös.

»Es geht um zwei Herren, die Sie kennen, über die wir mit Ihnen sprechen möchten«, begann Brander.

»Der eine ist vermutlich Notker Hägele.«

»Ja.«

»Frau Jaszczak hat uns über seinen Tod informiert.«

»Uns?«

»Meine Assistentin Alexandra hat mit Notkers Zugehfrau

gesprochen, und Alexandra hat mich infolgedessen über seinen Tod informiert.«

Zugehfrau. Das war auch nicht der neueste Ausdruck für eine Putzfrau. Kein Wunder, dass sein anrufbeantwortender Roboter das Wort »zugegen« verwendete.

»Wie gut waren Sie mit Herrn Hägele befreundet?«

Streiter schürzte die Lippen. »Befreundet waren wir nicht. Er ist einer meiner Sponsoren.«

»Sie haben Sponsoren?«

»Ja.« In Streiters Lächeln lag ein Hauch Stolz. »Ich bin unabhängiger Wissenschaftler. Ich forsche auf dem Gebiet der KI – künstlichen Intelligenz. Meine Forschung finanziere ich aus privaten Mitteln mit Hilfe von Sponsoren. Ich habe da zum Glück ein gutes Händchen.«

Sein gutes Aussehen war dabei sicherlich hilfreich, vermutete Brander.

»Sie wissen vielleicht, dass Notker Hägele recht vermögend ist, und er fand mein Forschungsgebiet sehr spannend.«

»Ihr Forschungsgebiet – können Sie das ein bisschen genauer eingrenzen? Das Thema KI ist ja sehr umfassend.«

Streiter verschränkte die Finger, wobei er die Zeigefinger gegeneinander gelehnt gerade nach oben streckte und damit mehrmals locker gegen seine Lippen tippte. Er schien über eine passende Antwort nachzudenken. Dann löste er die Hände wieder und atmete auf, als habe er einen Einfall.

»Ich will versuchen, es Ihnen allgemein verständlich zu erklären. Der Fachbereich Künstliche Intelligenz umfasst viele verschiedene Teilgebiete. Ganz grob geht es um maschinelles Lernen, Robotik und um Wahrnehmung von Sprache und Bildern, wobei die Gebiete ineinandergreifen. Die Maschine soll selbstständig lernen, meine Sprache zu verstehen und meine Worte in eine korrekte Aktion umzusetzen. Das ist jetzt ganz low-level erklärt.« Er drückte bekräftigend die Handflächen Richtung Boden.

»Mein Forschungsschwerpunkt ist die Mensch-Maschine-Kommunikation. Ich beschäftige mich damit, Maschinen natürliche, intuitive und multimodale Kommunikation beizubringen. Die Maschine soll lernen, auf ihr Gegenüber adäquat zu reagieren, entsprechend Situation, Emotion, Bildungsstand, Milieu und auch geschlechtsspezifisch – die weibliche Kommunikation ist anders als die männliche.« Er bedachte Peppi mit einem flüchtigen Lächeln.

Branders Kollegin quittierte es mit einem kritischen Zusammenziehen der Augenbrauen. »Warum sollte ein Computer mit einer Frau anders reden als mit einem Mann?«

»Um empathisch zu kommunizieren. Wobei ›weiblich‹ nicht unbedingt stellvertretend für ›Frau‹ steht. Es gibt auch Männer, die durchaus weiblich kommunizieren, und Frauen, die ein sehr … sagen wir, maskulines Kommunikationsverhalten haben. Davon abgesehen gibt es unzählige Zwischenstufen und nicht zu vergessen die gendergerechte Kommunikation. Aber das ist nur ein Aspekt dieses weiten Feldes. Nehmen wir beispielsweise einen Pflegeroboter. Der Pflegeroboter wird mit den unterschiedlichsten Menschen – Mann, Frau, divers – aus allen erdenklichen Milieus konfrontiert werden. Und wenn dieser Roboter nun dafür sorgen soll, dass Sie als Patient etwas tun, das für Ihre Gesundheit gut wäre, Ihnen aber nicht besonders behagt, dann sind Sie vielleicht eher bereit, darauf einzugehen, wenn Sie das Gefühl haben, auf Augenhöhe mit dem Pflegeroboter zu kommunizieren und nicht von einer Maschine bevormundet zu werden.«

Er machte wieder eine kurze Denkpause. »Angenommen, wir haben einen Patienten aus einem bildungsfernen Milieu mit einem Gliom. Er kommt in ein Krankenhaus.«

»Was ist ein Gliom?«, fragte Brander.

»Sehen Sie! Genau das ist es.« Streiter hob lächelnd den Zeigefinger. »Sie sind kein Mediziner, also sollte ich nicht davon ausgehen, dass Sie dieses Wort kennen. Ein Gliom bezeichnet einen Hirntumor im Zentralnervensystem. Sprechen wir also von Hirntumor und nicht von Gliom, dann wird der Patient uns vermutlich besser verstehen. Wenn unser Pflegeroboter vorwiegend mit medizinischen Termini kommuniziert, wird der Patient verunsichert, schlimmstenfalls versteht er überhaupt nichts. Wenn der Roboter sich jedoch sprachlich auf das kognitive Niveau seines Gegenübers begibt, dann ist eine ganz andere Interaktion möglich. So etwas kennen Sie sicherlich von Ihren Verhören. Sie wenden gewiss ebenfalls Taktiken bei der Kommunikation an, mit denen Sie sich auf Ihr Gegenüber einstellen, um eine Vertrauensbasis herzustellen.« Er lächelte wissend. »Oder vielleicht auch, um Unsicherheit zu schüren.«

In der Tat, und bei diesem Mann war Vorsicht geboten, dachte Brander.

»Wie bringen Sie diese empathische Kommunikation Ihren Maschinen bei?«

Peppis Frage schien Streiter zu beflügeln. Seine Augen leuchteten auf, als er sich ihr zuwandte. »Um Ihnen das en détail zu erklären, würde dieser Nachmittag nicht reichen. ›Deep Learning‹ ist Ihnen vielleicht ein Begriff?«

Peppi deutete mit einem Schulterzucken an, dass sie den Ausdruck schon einmal gehört hatte.

»Deep Learning ist ein Teilgebiet des maschinellen Lernens und damit der künstlichen Intelligenz. Wählen wir ein anderes Wort für Intelligenz: die Vernunft. Vernunft ist, wenn ich den Philosophen Thomas Hobbes zitieren darf, nichts anderes als Rechnen: Addieren und Subtrahieren. Und so gehen wir, vereinfacht gesagt, beim Deep Learning vor. Es ist ein simpler logischer Prozess: Richtige Reaktionen auf eine Aktion werden zugefügt, falsche Reaktionen eliminiert. Für den Lernprozess wird das System mit immensen Datenmengen gefüttert, aus diesen Datenmengen lassen sich logische Muster herleiten, die dann zu einer Handlungsanweisung führen können. Können Sie mir so weit noch folgen?«

»Ich denke schon.«

Streiter nickte zufrieden. »Um einer Maschine, also einem Computer, beizubringen, mit einem Menschen zu sprechen, sollte ich wissen, wie Menschen mit Maschinen kommunizieren. Wie geben sie Befehle? Wie stellen sie Fragen? Mit welchen Antworten oder Reaktionen rechnen sie? Die Maschine muss in der Lage sein, Sprache zu deuten und zu klassifizieren. Sie muss Fragen und Befehle erkennen und benötigt ein semantisches Verständnis. Wenn ich beispielsweise frage: ›Wie heißen Sie?‹ oder ›Wie ist Ihr Name?‹, erwarte ich in jedem Fall dieselbe Reaktion. Ich möchte, dass mir ein Name genannt wird. Oder nehmen wir die Unterscheidung zwischen einem förmlichen Sie und einem freundschaftlichen Du. Lautet die Frage: ›Wie heißen Sie?‹, würde ich antworten: ›Mein Name ist Dr. Vinzenz Streiter.‹ Fragt mich jemand: ›Wer bist du?‹, wäre meine Antwort vielleicht: ›Ich heiße Vinzenz.‹ Es sind diese Feinheiten, die ein Gelingen von Kommunikation ausmachen.«

»Wenn ich mit einer Maschine spreche, möchte ich, dass sie mir sagt, dass sie eine Maschine ist«, warf Brander ein, in Erinnerung an Streiters seltsamen Anrufbeantworter, mit dem er am Morgen gesprochen hatte.

Jetzt strahlte der Wissenschaftler. »Sehr gut, Herr Brander! Das ist ein höchst interessanter Aspekt. Im Moment ist es vielleicht noch nicht so prioritär, denn in der Regel erkennt der Mensch die Maschine an ihrem Äußeren.«

»Sofern ich mein Gegenüber sehe«, erwiderte Brander.

»Da haben Sie recht.« Streiter hob wieder anerkennend den Zeigefinger. »Aber was ist, wenn ein Roboter einem menschlichen Wesen zum Verwechseln ähnlich sieht? Denken Sie an die Geminoiden von Hiroshi Ishiguro oder Professor Henrik Schärfe. Sollte sich dieser Roboter uns als solcher zu erkennen geben?«

»Hiroshi … wie?«, hakte Peppi nach.

»Ishiguro.« Streiter buchstabierte den Nachnamen. »Aber so weit müssen wir gar nicht gehen. Nehmen wir das autonome Fahren. Woher weiß der Verkehrsteilnehmer, ob das Auto vor ihm ein autonomes, selbstfahrendes Fahrzeug ist oder noch von einem Fahrer gesteuert wird? Der Mensch muss sich auf diese neuen Technologien erst einmal einstellen, sich an sie gewöhnen. Haben Sie schon einmal von dem Red Flag Act gehört?«

»Nein.« Brander warf einen Blick auf die Uhr.

Streiter schien den Wink nicht wahrzunehmen. Er war ganz in seinem Element und fuhr von sich selbst begeistert fort: »Es handelt sich hierbei um ein Gesetz in Großbritannien von 1865, wenn ich die Zahl richtig in Erinnerung habe. Als die ersten Automobile auf die Straßen kamen, schrieb man den Fahrern vor, dass vor jedem Wagen ein Mensch mit einer roten Flagge herzulaufen habe, um die anderen Verkehrsteilnehmer zu warnen.«

»Im Ernst?«, fragte Peppi baff.

Streiter nickte, und die Freude über die Verblüffung der Kommissarin war ihm anzusehen. »Dieses Gesetz war mehr als dreißig Jahre gültig. Sie sehen, die Frage – oder es war ja eher eine Forderung Ihres Kollegen, dass eine Maschine sich als solche zu erkennen geben sollte – ist ein wesentlicher Aspekt bei der Forschung und im Umgang mit künstlicher Intelligenz, insbesondere bei der Mensch-Maschine-Kommunikation.«

Brander schwirrte der Kopf von all dem Computerzeugs. Er hatte weder Zeit noch Lust, sich um ethische oder praktische Fragen der KI-Forschung zu kümmern. »Herr Streiter, so interessant das alles ist, wir hätten noch einige andere Fragen an Sie.«

»Ja, natürlich.« Der Wissenschaftler hob kapitulierend die Hände. »Ich beende an dieser Stelle meinen Vortrag.«

Brander sah auf seine Notizen, um den Faden wiederzufinden. »Sie sagten, Herr Hägele war Ihr Sponsor. Wie kam der Kontakt zu ihm zustande?«

Streiters Blick glitt kurz in die Ferne, als suche er nach einer Erinnerung. »Es war im Frühjahr vor drei Jahren. Wir sind uns bei einer Benefizveranstaltung in Stuttgart begegnet. Ich kann Ihnen leider nicht mehr sagen, welche. Man hatte uns gemeinsam an einem Tisch platziert, und so kamen wir ins Gespräch. Ich gebe zu, als ich bemerkte, dass Herr Hägele recht vermögend ist, habe ich den Kontakt intensiviert und ihm von meiner Forschung berichtet. Er stand dem Thema sehr offen gegenüber.«

»Beruflich hatte er damit aber nicht zu tun, soweit ich informiert bin.«

»Das ist korrekt. Wobei … eigentlich kommt heutzutage niemand mehr daran vorbei. KI steckt im Auto, im Smartphone, in der Medizintechnik, in –«

»Herr Streiter«, bremste Brander den sich anbahnenden nächsten Vortrag. »Bleiben wir bei Herrn Hägele. Hat er sich privat mit dem Thema befasst?«

»Nun, er war kein Wissenschaftler, aber er interessierte sich sehr für die Möglichkeiten, die sich vielleicht, nein, die sich ganz sicher in naher Zukunft durch die künstliche Intelligenz ergeben werden. Notker Hägele war ledig, hatte keine Kinder. Er war ein sehr unabhängiger Mann, aber auch er würde eines Tages alt sein, vielleicht sogar pflegebedürftig. Nun, wenn das jetzt nicht geschehen wäre.« Streiter hielt einen Moment inne. »Ich glaube, er fand die Vorstellung, einen Pflegeroboter zu Hause zu haben und sich damit ein Stück Unabhängigkeit und Würde zu erhalten, reizvoller, als sich in einem Pflegeheim vollständig in Abhängigkeit begeben zu müssen.«

»Aber Sie sind nicht dabei, einen Pflegeroboter zu bauen, oder?«

»Nein, aber die Mensch-Maschine-Kommunikation ist für einen Pflegeroboter obligat, wie ich gerade versucht habe zu erklären. Und es geht ja nicht nur um Pflegeroboter. Generell werden Maschinen mit künstlicher Intelligenz mehr und mehr Einzug in unser Leben halten, auch in unser privates Leben. Eines Tages wird es keine Zugehfrauen mehr geben, wie zum Beispiel Frau Jaszczak, sondern Roboter, die viele Tätigkeiten im Haushalt effizient und zuverlässig übernehmen können. Und mit diesen Maschinen müssen wir kommunizieren können.«

»Durch den Tod von Herrn Hägele fehlt Ihnen jetzt ein Sponsor«, stellte Brander fest. »Oder hatte Herr Hägele vorgesorgt?«

»Vorgesorgt – im Sinne von …?«

»Wenn er so große Stück auf Ihre Forschung hielt, hat er Sie vielleicht in seinem Testament bedacht?«

»Wir haben nie über eine Erbschaft gesprochen. So wie ich ihn kennengelernt habe, könnte ich mir eher vorstellen, dass sein Vermögen einer Stiftung zugutekommt.«

Das war auch eine Option. Brander meinte, einen Hauch des Bedauerns in Streiters Stimme zu hören, aber vielleicht bildete er sich das nur ein. Dieser Mann war so begeistert von seinem Forschungsgebiet. Brander hingegen fand die Szenarien, die eine Zukunft in ständiger maschineller Interaktion und Abhängigkeit aufzeigte, eher erschreckend.

»Wann hatten Sie das letzte Mal Kontakt zu Herrn Hägele?«, fragte Brander.

»Das ist schon eine Weile her … Wir haben letzte Woche kurz miteinander telefoniert.«

»Am Donnerstagabend.«

»Gut möglich, ja.«

»Worum ging es bei dem Gespräch?«

Streiter zuckte die Achseln. »Belangloses vermutlich, sonst könnte ich mich genauer daran erinnern.«

Vinzenz Streiter konnte sich mit seinen Antworten auch kurzfassen, stellte Brander fest. »Wann hatten Sie zuletzt Kontakt zu Levin Goldmann?«

»Levin?« Streiter hob erstaunt die Augenbrauen. »Wieso fragen Sie nach Levin?«

Wusste er es etwa nicht? Was hatte Jens gesagt? Streiter habe am Morgen versucht, den Jungunternehmer anzurufen. Brander taxierte seinen Gast aufmerksam. »Er ist ebenfalls tot.«

»Oh … das ist … überraschend.«

Der Mann hielt Branders Blick stand. Es schien ihn nicht zu schockieren, dass innerhalb kürzester Zeit zwei Menschen gestorben waren, mit denen er zumindest bekannt war. Er wirkte allenfalls ein wenig erstaunt.

»Kannten Herr Hägele und Herr Goldmann sich?«

»Nein. Mir ist zumindest nichts bekannt.«

»Sie haben öfter mit Herrn Goldmann telefoniert?«

»Ja.«

»Und Sie haben Herrn Goldmann regelmäßig nicht gerade geringe Geldbeträge überwiesen«, konfrontierte Peppi ihn mit den Tatsachen.

»Das ist korrekt.«

Lag da ein Zögern in seiner Stimme?

»Wofür haben Sie ihm das Geld gezahlt?«

»Oha.« Streiter rieb die Hände aneinander und grinste unschuldig. »Nach dem Vorgeplänkel kommen nun die unangenehmen Fragen.«

»Wofür war das Geld? Waren Sie im Begriff, sich eine Puppensammlung zuzulegen?«

Nun erklang ein wohltönendes, warmes Lachen. »Frau Pachatourides, ich bitte Sie.«

»Wofür haben Sie Herrn Goldmann das Geld gezahlt?« Peppi zeigte sich immun gegen seine Charmeoffensive.

»Wir waren Partner. Nichts Offizielles. Oje, ich hoffe, ich bekomme jetzt keinen Ärger mit den Finanzbehörden.«

»Sie handeln auch mit Sexrobotern?«

»Nein, Frau Pachatourides.« Streiter verhakte die Finger in seinem Schoß, um sie gleich wieder zu lösen. Er war nervös, stellte Brander fest.

»Ich bin Wissenschaftler. Ich forsche. Diese Sexroboter – ich bevorzuge die Bezeichnung ›lebensechte Puppen‹ – sollten Sie nicht auf diese eine menschliche Aktivität reduzieren. So eine Puppe ist eine Investition. Die Menschen, die sich so eine Gefährtin zulegen, überlegen sich das gut. Ihnen geht es nicht ausschließlich um ein Mittel zur Triebbefriedigung. Es geht um Interaktion und Kommunikation.«

Brander musterte den Mann abschätzend, der jetzt wieder in seinem Element zu sein schien. Die Zeit der kurzen Antworten war vorbei.

»Das ist für mich äußerst interessant«, fuhr Streiter fort. »Levin Goldmann unterstützt eines meiner Forschungsprojekte. Ich weiß nicht, wie genau Sie sich die Puppen angesehen haben?«

»Unsere IT-Forensiker befassen sich gerade sehr intensiv mit ihnen«, erklärte Peppi.

Streiters Mundwinkel zuckten kurz, ein freudloses Grinsen. »Dann werden Ihre Kollegen sehr schnell feststellen, dass sich die Puppen via Internet mit einem Server verbinden. Auf diesem Server ist die Software der Puppen hinterlegt. So benötigt Herr Goldmann keinen direkten Zugriff auf die Puppen, um zum Beispiel Updates einzuspielen.«

»Die Puppen sind mit Aufnahmefunktionen versehen.« Brander ließ sein Gegenüber nicht aus den Augen. »Ton- und Bildaufnahmen.«

»Ja«, war die kurze Antwort.

»Das heißt, Sie belauschen die Kommunikation und Interaktion der Besitzer mit den Puppen?«, fragte Brander provozierend.

»Nein, ich belausche sie nicht.«

Schwang da Ärger in der Stimme mit?

Streiter räusperte sich. »Das ist alles vertraglich geregelt. Die Aufnahmen werden auf einem externen Server temporär gespeichert. Ich werte diese Daten aus, um damit das Kommunikationsverhalten der Roboter zu verbessern.«

»Und die Puppenbesitzer wissen davon?«

»Ja, es ist ein offizielles Forschungsprojekt. Die Probanden, die daran teilnehmen, bekommen die Puppen zu einem vergünstigten Preis. Im Gegenzug erklären sie sich bereit, mir zwei Jahre lang täglich ein bis zwei Stunden Bild- und Tonaufnahmen zur Verfügung zu stellen und regelmäßig Feedbackbögen auszufüllen. Die Probanden dürfen selbst entscheiden, welche Aufnahmen sie für mich freischalten. Diese Steuerung funktioniert mittels einer App, die der Kunde auf seinem Smartphone installiert. Das Geld, das ich Levin überweise, ist ein Ausgleichshonorar für die finanziellen Einbußen, die er hat, weil er die Puppen für die Studie günstiger verkauft.«

»Sie sagten, es ist ein offizielles Forschungsprojekt«, hakte Brander nach. »Von der Universität Tübingen? Cyber Valley? Der Firma ›Dollies‹?«

»Weder noch. Es ist mein eigenes Forschungsprojekt, das ich mit Hilfe meiner Sponsoren aus privaten Mitteln finanziere. Sicherlich ist ein Teil meiner Ergebnisse auch interessant für den Hersteller. Aber mir geht es darum, Einblicke zu bekommen, wie Menschen aus unterschiedlichen Milieus mit Maschinen kommunizieren. Es geht nicht um den sexuellen Aspekt, sondern um die Verständigung.«

»Wer hat Zugriff auf diese Daten?«

»Ich und Levin Goldmann.«

»Warum Herr Goldmann?«

»Er ist der erste Ansprechpartner für die Kunden, wenn es Probleme mit den Puppen gibt. Es geht um einen sehr persönlichen Lebensbereich, und da möchte der Kunde lieber einen vertrauten Ansprechpartner haben, keine Support-Hotline. Levin ist sehr versiert in der Netzwerkadministration und auch im Umgang mit den Kunden.« Wieder räusperte sich Streiter. »Nun, er war es.«

»Und darauf lassen sich die Leute wirklich ein?«, fragte Peppi skeptisch.

»Worauf jetzt genau?«

»Na ja, dass diese Puppen alles aufnehmen und Sie sich das anschauen.«

»Ja, das wird alles schriftlich vereinbart, und wie gesagt, es liegt im Ermessen des Käufers, welche Daten er mir zur Verfügung stellt.«

»Die Vereinbarungen würde ich gern einmal sehen«, forderte Brander.

Streiter hob die leeren Handflächen. »Die Kundenunterlagen hat Levin verwaltet. Mir ging es nur um die Daten.«

Brander fluchte innerlich. »Aber die Namen der Kunden haben Sie doch?«

»Nein.«

»Und woher wissen Sie dann, von wem Sie einen Feedbackbogen bekommen haben?«

»Wenn es einen neuen Teilnehmer an meinem Forschungsprojekt gab, hat Levin ein Pseudonym für ihn angelegt. Das ist in der Regel der Name, den der Kunde seiner Puppe gibt. Für mich ist er dann nur der Besitzer der Puppe x. Ich kenne seinen Klarnamen nicht. Wir wollten die Privatsphäre der Kunden größtmöglich schützen.«

»Was ist mit Ihrer Assistentin? Hat Frau Scholl Zugriff auf die Daten?«

»Nicht direkt, sie bekommt ausgewählte Daten in anonymisierter Form. Sie kann keine Rückschlüsse auf die Kunden ziehen.«

»Wo steht dieser Server, auf dem Sie die Daten speichern?«

»In einem Rechenzentrum einer Firma mit Sitz in der Nähe von Passau. Aus Datenschutzgründen war es mir wichtig, dass der Server in Deutschland steht. Aber was hat meine Forschung mit dem Tod von Levin Goldmann und Notker Hägele zu tun?«

»Wir ermitteln in alle Richtungen.«

Auf diese Plattitüde runzelte Streiter zweifelnd die Stirn. Er sah auf seine Armbanduhr, ein wuchtiges goldenes Ding. »Ich müsste mich so langsam auf den Weg machen. Ich habe einen wichtigen Termin heute Abend.«

»Erlauben Sie mir noch eine Frage«, bat Brander. »Wie war Notker Hägeles Beziehung zu Frau Jaszczak?«

»Sie war seine Zugehfrau. Sie hat für ihn geputzt.«

»Ist er auch mal mit ihr ausgegangen?«

»Mit …« Streiters Mundwinkel zuckten, als müsste er mit Mühe ein Lachen unterdrücken. Er hustete gekünstelt. »Gute Güte, wer behauptet denn so etwas?«

»Das heißt, sie hat ihn nicht gelegentlich zu einem Empfang oder einer anderen Festlichkeit begleitet?«

Streiter schüttelte befremdet den Kopf. »Zumindest bei keiner Gelegenheit, bei der ich zugegen war.«

***

Brander wollte sich gerade mit Peppi auf den Weg nach Tübingen machen, als Staatsanwältin Isabella Mertens in das Büro rauschte. Fast wären sie an der Tür zusammengestoßen.

»Gut, dass ich Sie noch antreffe. Ich habe es leider nicht zur Sitzung geschafft.«

Wir haben Sie nicht vermisst, dachte Brander bei sich, während er verständnisvoll nickte.

»Wir sollten uns über die weitere Vorgehensweise abstimmen.«

Brander deutete auf den Besucherstuhl und kehrte an seinen Schreibtisch zurück. Peppi zog hinter Mertens' Rücken eine Grimasse. Hendrik hatte Liliana Jaszczak auf neunzehn Uhr in die Tübinger Dienststelle bestellt. Das würden sie zeitlich nicht mehr schaffen.

»Wie ist der aktuelle Stand?«

Brander gab der Staatsanwältin eine knappe Zusammenfassung.

»Das heißt, wir haben es unter Umständen mit mordlustigen Weibern zu tun?«

»Das lassen Sie besser nicht die Schwestern Matschukat hören«, empfahl Peppi.

Für eine Millisekunde zuckte ein flüchtiges Lächeln über Mertens' Lippen. »Wir brauchen mehr Informationen über die zwei Frauen. Was ist mit der Lebensgefährtin von Goldmann? Wenn es sich tatsächlich um einen feministischen Feldzug handelt, könnte sie in Gefahr sein, oder?«

Brander sog die Luft ein. Diese Option hatte er noch nicht in Erwägung gezogen. Er hatte das Gefühl, dass sich der Zorn der Schwestern eher gegen die Männerwelt richtete, aber andererseits hatte auch Chantal Birk Wutmails bekommen. Bei dem Gedanken an Goldmanns Freundin fiel ihm Stephans Information wieder ein. »Mit der jungen Dame werden wir uns ohnehin noch einmal unterhalten. Sie hat uns angelogen, was ihren Aufenthaltsort zur Tatzeit betrifft.«

»Oh.« Die Staatsanwältin sah ihn aufmerksam an. »Käme sie als Täterin in Frage?«

Brander hob die Schultern. War Chantal Birk fähig, zwei derart kaltblütige Morde zu begehen? Aber wo war ihre Verbindung zu Notker Hägele?

»Wir müssen diesen Fall so schnell wie möglich zum Abschluss bringen, Herr Brander. Das sind wir Herrn Clewer und der Öffentlichkeit schuldig.«

Isabella Mertens stand mal wieder unter Erfolgsdruck.

»Das ist jetzt für alle eine schwierige Situation«, fuhr sie hastig fort, während sie sich erhob. »Wenn Sie etwas benötigen, melden Sie sich bei mir. Sie haben ja meine Kontaktdaten.«

»Ja.« Brander stand ebenfalls auf.

Sie holte tief Atem und streckte ihm die Hand entgegen. »Auf gute Zusammenarbeit.«

Brander sah verdutzt auf die Hand und ergriff sie zögernd.

Isabella Mertens drückte kräftig zu. »Ich weiß, dass Sie gern mal Ihr eigenes Süppchen kochen. Vielleicht kriegen wir es dieses Mal ja besser zusammen hin.«

War das eine Kampfansage oder ein Friedensangebot? Vermutlich beides, immerhin hatte sie »wir« gesagt und ihm damit nicht allein die Schuld an ihren vergangenen Differenzen gegeben. Irritiert sah er in die grün umrandeten Pupillen seines Gegenübers. Mit den hochhackigen Schuhen war sie auf Augenhöhe mit ihm.

Dass er nichts erwiderte, schien sie aus dem Konzept zu bringen. Sie blinzelte, als müsste sie einen absurden Gedanken verscheuchen. »Also, dann …« Sie löste ihre Hand und wandte sich zum Gehen.

»Frau Mertens«, hielt er sie zurück. »Wir benötigen dringend einen richterlichen Beschluss, um uns einen Server genauer anzusehen.«

»Die Sache, die Sie mir auf den Anrufbeantworter gesprochen haben? Was ist das für ein Server?«

»Die Aufnahmen von Goldmanns Puppen werden zumindest zum Teil auf einem Server in der Nähe von Passau abgelegt.«

»Das ist Bayern.«

In Geografie hatte Frau Mertens aufgepasst. Brander nickte.

Die Staatsanwältin seufzte frustriert. »Ich kümmere mich darum. Vielleicht könnten Sie derweil noch einmal mit Herrn

Streiter sprechen. Könnte ja sein, dass er uns auch ohne Beschluss im Rahmen der Unterstützung unserer Ermittlungen Zugriff auf seine Daten gibt.«

»Ich bin nicht sicher, wie das die DSGVO sieht«, gab Brander zu bedenken.

»Zum gegenwärtigen Zeitpunkt können wir nicht ausschließen, dass Herr Streiter mit den beiden Morden zu tun hat. Immerhin kannte er beide Opfer«, ergänzte Peppi.

Kurz huschte die gewohnte Ungeduld über Mertens' Gesicht, dann besann sie sich wieder. »Fragen Sie ihn trotzdem, bitte.«

Brander sah ihr nachdenklich hinterher. Er war sich nicht sicher, wie er mit der kollegialen Seite von Isabella Mertens umgehen sollte.

Mit zwanzig Minuten Verspätung erreichten Brander und Peppi die Tübinger Polizeidienststelle. Sie hatten Glück – Liliana Jaszczak saß noch mit Hendrik Marquardt in dessen Büro. Ihre Gestalt war zierlich, aber nicht dürr. Corinna Tritschler hatte recht, die Frauenkleider aus Hägeles Schrank konnten ihr durchaus passen. Brander setzte sich ihr gegenüber neben Hendrik, während Peppi an Corys verwaistem Schreibtisch Platz nahm.

»Bitte entschuldigen Sie unsere Verspätung. Sie sprechen Deutsch?«, erkundigte er sich.

»Ja, ich bin zweisprachig aufgewachsen. Meine Großmutter war Deutsche.«

Ein Akzent war nicht zu überhören, aber auf einen Übersetzer konnten sie verzichten.

»Es geht um Ihren Arbeitgeber, Notker Hägele«, fuhr Brander fort. »Wie lange haben Sie für ihn gearbeitet?«

»Drei Jahre.«

»Als Putzfrau?«

»Als Hauswirtschafterin. Ich komme an vier Tagen in der Woche zu ihm, dienstags bis freitags. Ich putze seine Wohnung, ich kaufe für ihn ein, ich pflege seine Kleidung und kümmere mich um den Garten. An den Tagen, an denen ich für ihn putze, koche ich auch für ihn.«

»Wie sind Sie zu der Arbeitsstelle bei Herrn Hägele gekommen?«

»Ich habe mich auf eine Stellenanzeige beworben.«

Hatte Hägele in Polen inseriert, oder auf welchem Portal hatte sie seine Stellenausschreibung gelesen? Brander musterte das von Trauer gezeichnete Gesicht etwas genauer. Sie war hübsch; die hohen Wangenknochen waren dezent mit Rouge betont, ihre Lippen voll und sinnlich. Nur die sonst vermutlich strahlend blauen Augen wirkten trüb.

»War Ihre Beziehung zu Herrn Hägele rein beruflich?«

Zwischen ihren Augenbrauen bildete sich eine zornige Falte. »Fragen Sie das alle Hauswirtschafterinnen oder nur die polnischen?«

»Ich wüsste gern, wie eng Ihre Beziehung zu Ihrem Arbeitgeber war.«

»Er war mein Arbeitgeber. Mehr nicht.«

»Sie sagten meinen Kollegen, dass Sie Herrn Hägele hin und wieder zu offiziellen Anlässen begleitet haben.«

»Ja.«

»Und das war rein geschäftlich?«

»Er hat mir die Stunden bezahlt. Für die Begleitung und sonst nichts!«

»Was waren das für Anlässe?«

»Berufliche Feste, zu denen Firmenkunden ihn einluden, bei denen getanzt und oft viel getrunken wurde.«

»Warum hat er Sie dafür bezahlt, ihn bei diesen Festen zu begleiten?«

»Er war unverheiratet und vermögend, und er war nicht darauf aus, Frauenbekanntschaften zu machen. Ich war sozusagen eine gute Entschuldigung, um unangenehmen Situationen aus dem Weg zu gehen.«

Ihre Artikulation war sehr deutlich, dazu strahlte ihre Körperhaltung ein graziöses Selbstbewusstsein aus. Stolz und schön. Brander konnte sich vorstellen, dass sie die Rolle der

Begleiterin mit Bravour gemeistert hatte. Und sie war mehr als zwanzig Jahre jünger als ihr Arbeitgeber, was ihm bei Kollegen und Kunden vermutlich den einen oder anderen neidischen Blick eingebracht hatte.

»Was haben Sie gemacht, bevor Sie für Herrn Hägele zu arbeiten begannen?«, fragte Brander.

»Ich war Tänzerin.« Ihr Ärger über seine Fragen wich einer Wehmut. »Ich hatte einen Unfall. Ich kann nicht mehr tanzen.«

»Wo haben Sie getanzt?«

»An der Staatsoper in Warschau.«

Dann musste sie eine sehr talentierte Balletttänzerin gewesen sein, überlegte Brander. »Und da gab es keine andere Alternative für Sie?«

»Was ist schlecht daran, jemandem den Haushalt zu führen?«, fauchte sie ihn sogleich wieder an.

»Nichts«, erwiderte Brander. »Es hat sich nur so angehört, als hätten Sie sehr gern getanzt.«

»Es war mein Leben. Es war alles, was ich konnte.« Der Schmerz über den Verlust einer glänzenden Karriere war deutlich in ihren Augen zu lesen. Ihre Stimme klang bitter, als sie fortfuhr. »Vielleicht hätte ich irgendwann wieder kleine Rollen tanzen können. Aber ich wäre nie wieder nach oben gekommen, und ich wollte nicht zusehen, wie andere meinen Traum leben.«

Brander nickte verständnisvoll.

»Ich habe zwei Jahre gekämpft, bis ich einsehen musste, dass die Ärzte recht behalten würden. Und dann wollte ich nur noch fort. Die Anstellung bei Notker war ein Weg in ein neues Leben.«

Aber war sie in diesem Leben glücklich? »War von vornherein klar, was Herr Hägele von Ihnen erwartete?«

»Er suchte eine Hauswirtschafterin.«

»Die ihn auch zu Festen begleitete«, ergänzte Brander.

Sie schüttelte energisch den Kopf. »Die Idee, ihn zu begleiten, kam von mir.«

»Von Ihnen?«

»Ja. Ich hatte schon eine Weile für ihn gearbeitet, und ich merkte, dass er nicht gern zu diesen Festen ging. Wir haben darüber gesprochen. Und dann habe ich gesagt, ich kann ihn begleiten. Ich kann tanzen, und ich weiß mich in diesen Kreisen zu benehmen.«

»Sie mochten Herrn Hägele.« Es war eine Feststellung, keine Frage.

»Er war ein guter Arbeitgeber. Er hat mich mit Respekt behandelt, und er hat mich gut bezahlt. Aber ich war nicht seine Mätresse.«

»Das habe ich verstanden.« Brander versuchte es mit einem versöhnlichen Lächeln. »Haben Sie eine Idee, wer Ihren Arbeitgeber umgebracht haben könnte? Hatte er mit jemandem Probleme?«

»Nein, er …« Sie sah zögernd von einem zum anderen. »Er war ein guter Mensch.«

Irgendetwas hielt sie zurück. »Frau Jaszczak, bitte seien Sie offen und ehrlich zu uns.«

»Er war ein guter Mensch. Wer sollte so etwas Grausames tun?«

»Sie kennen Vinzenz Streiter?«, mischte sich Peppi in das Gespräch.

Liliana Jaszczaks Blick verfinsterte sich. »Ja.«

»Sie mögen ihn nicht?«

»Nein.«

»Warum nicht?«

»Er ist falsch.«

»Wie darf ich das verstehen?«

»Er ist nur zu den Menschen freundlich, von denen er etwas möchte.«

»Dann kennen Sie ihn also ziemlich gut?«

»Das muss ich nicht. Ich höre, wie er mir ›Guten Tag‹ sagt, und ich höre, wie er Notker ›Guten Tag‹ sagt.«

Brander erinnerte sich an das spöttische Lachen, als er ihn nach Hägeles Haushälterin gefragt hatte. »Aber Sie haben ihn über den Tod Ihres Arbeitgebers informiert.«

»Seine Assistentin rief mich an. Sie sagte, dass ihr Chef Notker sprechen möchte. Da habe ich ihr gesagt, dass er tot ist.«

»Wann war das?«

»Am Dienstagvormittag.«

»Haben Sie öfter mit Frau Scholl telefoniert?«

»Nein.«

»Ist Ihnen in den letzten Wochen etwas aufgefallen? Gab es irgendwelche Sorgen, die Ihr Arbeitgeber hatte?

Sie dachte eine Weile still nach. Schließlich deutete sie ein Nicken an. »Er wirkte seit ein paar Wochen bedrückt, als ob ihn etwas sehr belastete. Aber er hat nicht gesagt, was ihn bedrückt.«

»Gab es einen Auslöser?«

Sie antwortete nicht sofort. »Manchmal gab es Zeiten, in denen er traurig war. Ich glaube, er war sehr einsam.«

Und dennoch hatte er keinen Wert auf Frauenbekanntschaften gelegt.

Freitag

Der Wecker riss Brander mitten aus einem schlechten Traum. Er konnte sich nach dem plötzlichen Hochschrecken nicht mehr erinnern, was er geträumt hatte, aber ein schlechtes Gefühl blieb. Er schaltete das Gerät aus und wandte sich zu Cecilia um, die sich in die Kissen verkrochen hatte. Er liebte diesen verschlafenen Anblick. Seine Frau war kein Morgenmensch.

Er beugte sich zu ihr und küsste ihre Wange, dann schlich er sich aus dem Schlafzimmer. Nathalie war im Bad, also stieg er die Treppe hinunter zur Gästetoilette. Als er wenig später in die Küche kam, blubberte der Kaffee bereits in der Maschine.

Nach kaum fünf Stunden Schlaf konnte er einen Koffeinschub gut gebrauchen. Er war am Abend zuvor erst um Mitternacht nach Hause gekommen. Im Anschluss an die Befragung von Liliana Jaszczak war er mit Hendrik und Peppi die Ermittlungen noch einmal durchgegangen. Peppi hatte ihm ihren Wagen für die Heimfahrt nach Entringen überlassen, sodass er heute nach Tübingen fahren musste, um sie zum Dienst abzuholen. Er schmierte sich ein Butterbrot und füllte seine Tasse.

Nathalie sah ebenso müde aus wie er, als sie in die Küche schlurfte und grußlos den Kaffee in ihren Thermobecher füllte.

»Guten Morgen.«

»Morgen«, murmelte sie mürrisch.

»Alles klar?«

»Mhm.«

»Wie war dein Termin bei meinen Kollegen?«

Sie zuckte die Achseln und stellte die Kanne zurück auf die Heizplatte.

Er musterte seine Pflegetochter etwas genauer. »Warst du überhaupt dort?«

»Boah ey, nicht jetzt.«

Die Art, wie sie seinem Blick auswich, hatte nichts mit morgendlicher Müdigkeit zu tun. In Brander stieg Ärger auf. »Du bist nicht hingegangen, oder?«

Die Antwort war ein genervtes Schnaufen.

»Wir hatten doch darüber gesprochen.«

»Ja-a.«

»Es geht um eine simple Zeugenaussage.«

»Ja-a.«

»Warum –«

»Muss los.« Sie nahm mit finsterer Miene ihren Thermobecher und wandte sich ab.

»Nathalie!«

»Ey, nicht jetzt, okay?«, fuhr sie ihn an. »Die Scheißbahn wartet nicht.«

Sie verschwand im Flur. Kurz darauf wurde die Haustür energisch zugezogen. Brander starrte verdrossen zum Küchenfenster hinaus.

Er hatte sein spartanisches Frühstück beendet, als Cecilia barfuß im Nachthemd in die Küche kam.

»Was war los?« Sie strich sich die dunklen Haare aus der Stirn.

Er berichtete ihr von der Auseinandersetzung. »Ehrenamt hin oder her. Wenn sie Feuerwehrfrau sein möchte, sollte sie sich auch entsprechend verantwortungsvoll verhalten.«

»Du musst an deinem Timing arbeiten, Andi.« Cecilia gähnte herzhaft. »Du kannst doch nicht ernsthaft morgens um Viertel vor sechs ein vernünftiges Gespräch erwarten, wenn sie auf dem Sprung zur Arbeit ist.«

»Wann soll ich denn sonst mit ihr reden? Abends sehe ich sie ja nicht.«

»Das liegt nicht an ihr, mein Lieber.«

Da hatte Cecilia recht, und das wurmte ihn noch mehr. Bringen Sie Ihrer Frau Blumen mit, echoten Ritters Worte vom Tag zuvor in seinen Ohren.

»Clewer wird eine Weile ausfallen. Unser Vize hat mir die Stellvertretung übertragen.«

Cecilia verzog das Gesicht. »Warum kann das nicht jemand anders machen? Peppi oder Stephan?«

»Stephan?« Brander lachte auf. »Da kriegt mein Chef gleich den nächsten Herzinfarkt.«

Sie nahm ihm seine Tasse ab und nippte daran. »Igitt, der ist lauwarm.« Er bekam den Kaffee zurück. »Ich rede mit Nathalie, wenn sie heute nach Hause kommt.«

»Aber –«

»Kein Aber«, bremste Cecilia ihn. »Wenn es um Polizeiangelegenheiten geht, bin ich eindeutig die neutralere Person.«

Brander blinzelte irritiert. »Seit wann bist du morgens so resolut?«

»Ich möchte einfach nur Frieden und Harmonie in meinem Haus. Wenn ihr zwei Streit habt, lasst ihr eine schlechte Aura zurück, das kann ich nicht gebrauchen.«

Er lächelte seine Frau an, spürte eine Zärtlichkeit in sich aufsteigen. Cecilia war so friedliebend. Er zog sie an sich und küsste sie. Seine Hände strichen über den warmen Körper unter ihrem Nachthemd. »Ich glaube, ich weiß, wie wir die schlechte Aura wieder verscheuchen.«

Mit einer Hand ließ er den Rollladen vor dem Küchenfenster wieder herunter.

***

»Morgen, Kollege. Verschlafen?«, fragte Peppi, als Brander ihr eine knappe Stunde später in Tübingen den Wagen zurückgab.

»Ich dachte mir, wir machen einen kurzen Abstecher über Pfrondorf. Da wollte ich nicht zu früh aufschlagen.«

»Na ja, viertel acht ist jetzt auch nicht unbedingt eine zivilisierte Uhrzeit.«

»Bis wir bei Streiter sind, ist es halb acht.«

»Und was machen wir dann?«

»Wir überraschen unseren Forscher am frühen Morgen mit der Bitte, dass wir Zugriff auf seinen Server benötigen. Wenn er Nein sagt, kann ich die Mertens gleich noch mal anspitzen.«

Peppi stellte sich den Fahrersitz ein und folgte achselzuckend seiner Bitte.

Wenig später standen sie vor Streiters Haus am Ortsrand von Pfrondorf. Der Bau aus den siebziger Jahren stand in Hanglage, dahinter erstreckten sich Streuobstwiesen, deren Bäume kurz vor der Ernte waren. Im Tal hing malerisch ein Nebelschleier, der den Blick auf Kusterdingen verwehrte. Fenster und Türen des Hauses waren in den letzten Jahren modernisiert worden. Die Jalousien waren nicht geschlossen, die Zimmer dunkel. Das Haus wirkte verlassen. Brander ging dennoch zur Tür und klingelte optimistisch.

»Wohnt er allein?«, fragte Peppi. Sie ließ den Blick über den schlichten, aber gepflegten Vorgarten schweifen.

»Verheiratet ist er nicht.« Brander betätigte erneut den Klingelknopf, etwas länger dieses Mal. Er trat einen Schritt zurück und musterte prüfend die Fenster. War wirklich niemand zu Hause? Oder schlief der Hausherr tief und fest und ignorierte den morgendlichen Störer?

»Der Weg war wohl umsonst«, resümierte Peppi.

Brander wollte noch nicht aufgeben und klingelte ein drittes Mal. Und tatsächlich, dieses Mal tat sich etwas hinter der Tür. Licht wurde eingeschaltet, ein Kameralämpchen über der Klingel leuchtete auf.

»Ja bitte?«, erklang eine weibliche Stimme, die Brander bekannt vorkam. Bitte kein türöffnender Roboter, stöhnte er innerlich auf.

»Brander, Kriminalpolizei Esslingen, wir möchten zu Herrn Streiter.«

»Würden Sie bitte Ihren Dienstausweis in die Kamera halten?«

Brander tat der Stimme den Gefallen.

»Es tut mir leid, Herr Streiter ist nicht zu Hause.«

»Und wo ist er?«

»Das kann ich Ihnen nicht sagen.«

»Frau … würden Sie uns bitte die Tür öffnen?«

Die Kommissare mussten sich wieder gedulden, dann hörten sie das Klicken der Türverriegelung. Anscheinend hatte Streiter sich bei der Modernisierung eine Tür mit Sicherheitsschloss und Mehrfachverriegelung gegönnt. Eine Frau, Mitte dreißig, mittelgroß, mittelschlank, mittellange blondierte Haare, dunkle Hornbrille im ungeschminkten Gesicht, stand vor ihnen. Kein Roboter, stellte Brander erleichtert fest.

»Frau Streiter?«, fragte Brander.

»Scholl. Ich bin die Assistentin von Herrn Streiter.«

Die Stimme der Frau klang genauso wie die von Streiters Anrufbeantworter, mit dem er am Tag zuvor gesprochen hatte. »Sie wohnen hier?«

»Nein.«

»Frau Scholl, wir müssen dringend mit Ihrem Arbeitgeber sprechen.«

»Er ist nicht zu Hause. An diesem Zustand hat sich auch durch das Öffnen dieser Tür nichts geändert.«

»Und wo finden wir Herrn Streiter?«

»Das kann ich Ihnen nicht sagen.«

»Sie wissen es nicht, oder Sie wollen es uns nicht sagen?«

»Ich bin nicht dazu befugt.«

»Es geht um eine dringende polizeiliche Angelegenheit.«

»Ich kann Ihnen gern seine Mobiltelefonnummer geben, sodass Sie persönlich mit ihm sprechen können.«

»Danke, die Nummer haben wir.«

Sie wich einen Schritt zurück, um die Tür zu schließen.

»Wir hätten auch ein paar Fragen an Sie«, bremste Peppi die Frau. »Dürfen wir kurz reinkommen?«

»Nein.«

Das war mal eine direkte Abfuhr.

»Ist Herr Streiter vielleicht doch zu Hause?«, fragte Peppi lauernd.

»Nein. Er ist nicht zugegen, und ich bin nicht befugt, während seiner Abwesenheit fremde Menschen in seinen Räumen zu empfangen.«

Eindeutig, es war kein anrufbeantwortender Roboter gewesen, er hatte mit dieser Frau telefoniert. Brander ging gedanklich seinen Terminplan für den Tag durch. »Dann kommen Sie bitte heute Mittag zu uns in die Dienststelle nach Esslingen«, forderte er. »Wir benötigen Ihre Aussage.«

»Können Sie ›heute Mittag‹ präzisieren?«

»Vierzehn Uhr. Agnespromenade, Esslingen. Melden Sie sich unten am Empfang.«

»Sehr wohl.« Sie nickte grüßend und schloss die Tür.

Peppi sah stirnrunzelnd zu Brander. »Was meinst du? Ist Streiter wirklich nicht zu Hause?«

Brander deutete diskret auf die Klingel. Er war sich nicht sicher, ob die Frau auf der anderen Seite eventuell noch an der Gegensprechanlage lauschte. Sie gingen über die grauen Gehwegplatten zurück zu Peppis Wagen.

Brander sah vom Beifahrersitz zu den Fenstern, hinter denen alles dunkel geblieben war. Vielleicht gingen die Arbeitszimmer zur Rückseite des Hauses.

»Sie hat nicht gefragt, warum wir mit ihr sprechen wollen«, stellte Peppi nachdenklich fest.

»Sie wird sich denken können, dass es um die Ermordung von Streiters Sponsor geht.«

Chantal Birk erschien pünktlich zu dem vereinbarten Termin. Sie wirkte nicht besonders glücklich, und das war nicht allein der Trauer um ihren Lebensgefährten geschuldet, vermutete Brander. Dennoch war er froh, nach der Begegnung mit Alexandra Scholl jetzt diese junge Frau vor sich zu haben, die eindeutig aus Fleisch und Blut bestand und nicht schwafelte wie ein Computer, dem man die Floskeln vergangener Jahrhunderte eingepflegt hatte.

»Sie haben mit meiner Chefin gesprochen.« Der Vorwurf in Birks Stimme war nicht zu überhören.

»Wir haben uns Ihren Dienstplan geben lassen, und Sie können sich sicherlich denken, warum.« Brander hatte die Leiterin des Drogeriemarktes auch nach der Zuverlässigkeit ihrer Mitarbeiterin befragt, aber das ging Chantal Birk nichts an. Sie meldete sich öfter kurzfristig krank, hatte er erfahren, aber wenn sie zur Arbeit kam, arbeitete sie für zwei. Das machte es in den Augen der Chefin wieder wett.

»Wo waren Sie letzten Samstagnachmittag? Bei der Arbeit waren Sie nicht.«

»Ich hab das durcheinandergebracht. Tut mir leid … Ich … Mir geht es nicht so gut.«

»Und wo waren Sie?«

Bevor die Frau zu einer Antwort ansetzen konnte, hob Brander mahnend die Hand. »Überlegen Sie sich gut, was Sie uns jetzt sagen. Ihre Glaubwürdigkeit hat in den letzten Tagen arg gelitten, wenn ich das mal so deutlich sagen darf.«

Sie senkte den Blick und zwirbelte an einer blonden Haarsträhne herum. »Ich … also, na ja, ich bin Samstagnachmittag zum Hof gefahren.«

»Nach Wolfschlugen, zu Ihrem Lebensgefährten?«

Die junge Frau nickte, ohne den Blick zu heben.

»Haben Sie mit Herrn Goldmann gesprochen?«

»Nee, ich bin nicht reingegangen.«

»Aber er war zu Hause?«

»Ja.«

»Warum sind Sie nicht zu ihm gegangen?«

»Er war nicht allein.«

Peppi warf Brander einen überraschten Blick zu. Er zählte innerlich bis zehn, bemühte sich, seinen Ärger unter Kontrolle zu halten. »Das sagen Sie uns erst jetzt? Wer war bei Ihrem Freund?«

Sie knibbelte nervös an ihren Fingernägeln. »Der Wagen von dem Streiter stand im Hof.«

Bleib ruhig, ermahnte Brander sich. Er wartete stumm.

»Ich bin dann gleich wieder weg.«

»Um wie viel Uhr war das?«

»Gegen drei vielleicht.«

Das war vor dem mutmaßlichen Todeszeitpunkt. Vinzenz Streiter, der verbindende Punkt zwischen beiden Opfern. Hatte er mit Goldmann Kaffee getrunken? War er der Täter? Verdammt, er hätte am Morgen in Pfrondorf beharrlicher sein sollen. War Streiter nervös geworden, als sie so früh vor seiner Haustür standen? Hatte er seine Assistentin gebeten, sie zu belügen? Vielleicht hatte sie deswegen so gekünstelt gesprochen. Unter Druck benahmen sich Menschen manchmal seltsam. Brander hoffte, dass sie den vereinbarten Termin am Nachmittag einhielt.

»Warum sind Sie nicht ins Haus gegangen?«, fragte Peppi.

»Levin und ich hatten Streit. Dass musste der Streiter ja nicht mitkriegen.«

»Waren Sie später noch einmal dort?«

Ein Klopfen an der Tür unterbrach sie, im nächsten Augenblick stand Jens Schöne im Raum.

»Jetzt nicht.« Brander bedeutete dem Kollegen mit einer unwirschen Geste, sie wieder allein zu lassen.

Der Blick des IT-Forensikers wanderte zu Birk und zurück zu Brander. »Nur eine Minute.«

»Später.«

»Nein, jetzt!«, beharrte Jens energisch.

Brander erhob sich mit verärgertem Schnaufen. »Entschuldigen Sie mich einen Moment.« Er folgte dem Kollegen in den Flur. »Jens, wir sind mitten in einer Befragung!«

»Ich war gestern in der Firma, in der Notker Hägele arbeitete. Sein Laptop ist verschwunden, aber es hätte ja sein können, dass er ihn im Büro gelassen hatte. Hatte er zwar nicht, doch sein Chef hat mir erlaubt, einen Blick auf Hägeles Firmen-Mailaccount zu werfen. Und da habe ich das hier gefunden.« Er reichte Brander einen Ausdruck.

Brander überflog das Blatt. »Wer hat das geschickt?«

»Steht doch drunter: ›Der Schwuchtelfreund‹.«

Die Luft schien unter Spannung zu stehen, als Brander in das Büro zurückkehrte. Vielleicht war es aber nur seine eigene innere Anspannung, die er auf den Raum übertrug. Chantal Birk saß unverändert auf dem Besucherstuhl; statt an den Fingernägeln zu knibbeln, zwirbelte sie wieder ihre Haarspitzen zwischen den Fingern.

»Wo waren wir stehen geblieben?«

»Frau Birk wollte uns mitteilen, ob sie nach Samstag, fünfzehn Uhr noch ein weiteres Mal auf dem Aussiedlerhof in Wolfschlugen war«, half Peppi ihm auf die Sprünge. Mit den Augen fragte sie ihn, was Jens so Dringendes zu besprechen gehabt hatte.

Er ignorierte den Blick und wandte sich der jungen Frau zu. »Frau Birk?«

»Ich war nicht noch mal dort. Erst wieder Montag früh.«

»Worum ging es bei dem Streit zwischen Ihnen und Herrn Goldmann?«

»Weiß ich nicht mehr.«

»Frau Birk, Sie strapazieren meine Geduld.«

Sie zuckte gereizt mit den Achseln. »Um Müll und Putzen und so. Der Scheiß bleibt immer an mir hängen.«

Das konnte glauben, wer wollte. »Was haben Sie gemacht, nachdem Sie am Samstagnachmittag bei Ihrem Freund waren?«

»Bin ein bisschen rumgefahren, dann zu meiner Mutter.«

»Wann war das?«

»Keine Ahnung, gegen fünf oder so.«

»Und dort haben Sie den Abend verbracht?«

»Nee, ich hab mich mit 'ner Freundin getroffen, der Jenny. Das habe ich Ihnen doch erzählt, oder?«

»Ja. Um wie viel Uhr war das?«

»Halb neun, neun … so um den Dreh.«

Brander machte sich eine Notiz. Die Kollegen sollten sich die Zeiten von Birks Freundin bestätigen lassen. »Was wissen Sie über die Puppen, mit denen Ihr Freund handelt?«

»Was soll ich darüber wissen? Wir machen die hübsch und verticken die.«

»Was wissen Sie über die Funktionen der Puppen?«

»Die können sprechen und so.« Sie betrachtete angelegentlich die Haare, die sie zwischen ihren lackierten Fingernägeln eingeklemmt hatte. »Sind halt Sexpuppen.«

Peppi warf ihm erneut einen fragenden Blick zu.

»Manche der Puppen sind mit besonderen Aufnahmefunktionen versehen«, fuhr Brander fort.

Die Frau starrte Brander mit schreckgeweiteten Augen an. »Damit hab ich nix zu tun.«

»Sie wissen aber offensichtlich davon.«

Chantal Birk presste ertappt die Lippen zusammen.

»Sie erinnern sich vielleicht daran, dass ich Sie schon einmal nach Notker Hägele gefragt habe?«

Eine dunkle Röte überzog die Wangen der jungen Frau. Sie nickte.

»Möchten Sie Ihre Antwort vom letzten Mal noch einmal überdenken?«

Ein störrisches Kopfschütteln war die Antwort.

»Sie bleiben also dabei, dass Sie Herrn Hägele nicht kannten.«

»Die Kundenverwaltung hat Levin gemacht. Keine Ahnung, ob der ein Kunde war. Ich hab die Puppen nur geschminkt.« Ihr Ton war aggressiv geworden.

Brander sah unschlüssig auf den Ausdruck, den Jens ihm gegeben hatte. »Ihr Freund hatte sich finanziell ziemlich übernommen. Das wussten Sie, oder?«

»Wir sitzen beide in der Scheiße. Ich bin absolut pleite. Können Sie gern bei der Bank nachfragen.« Ihr stiegen Tränen in die Augen. »Ich hab für seinen Kredit gebürgt, und jetzt hab ich die ganzen Scheißschulden allein am Hals! Und ich hab nix! Die Puppen gehören mir nicht, der Hof gehört mir nicht. Ich hab gar nix. Nur einen Haufen verfluchter Scheißschulden!«

Brander schob den Ausdruck über seinen Schreibtisch, sodass Chantal Birk ihn lesen konnte. »Und das hier? Sollte das helfen, Ihre Schulden zu reduzieren?«

Sie wischte sich mit den Handrücken die Tränen aus dem Gesicht und starrte auf den Ausdruck. Die Wimperntusche war verschmiert.

»Warum wollte Ihr Lebensgefährte nicht mit Ihnen reden? Ging es um dieses Schreiben? Hatten Sie deswegen Streit?«

Er erhielt keine Antwort.

»Die E-Mail wurde von einer IP-Adresse verschickt, die eindeutig zu einem Internetanschluss führt, der zu dem Hof Ihres Lebensgefährten gehört.«

Peppi wedelte ungeduldig mit der Hand, und er reichte ihr das Blatt.

»Frau Birk, hat Ihr Freund Notker Hägele erpresst?«

Die Art, wie sie heftig den Kopf schüttelte, erinnerte Brander an ein Kind, das man beim Schwindeln erwischt hatte. Sie musste zumindest davon gewusst haben.

»Der Laptop Ihres Lebensgefährten ist zwar verschwunden, aber ich bin sicher, dass Sie ebenfalls über einen Computer verfügen. Meine Kollegen von der IT-Forensik werden Sie gleich begleiten. Ihr Computer, Ihr Laptop, Ihr Smartphone und was auch immer Sie an digitalen Geräten besitzen, sind vorläufig beschlagnahmt. Und Sie bleiben bitte für uns erreichbar. Ich rate Ihnen dringend davon ab, in nächster Zeit zu verreisen.«

***

»Notker Hägele wurde erpresst«, erklärte Brander wenig später der versammelten Ermittlungsgruppe. Er hatte Jens' Kollegin Anita mit ein paar Beamten losgeschickt, um die elektronischen Geräte von Chantal Birk einzusammeln. Jetzt nickte er Jens Schöne zu, damit er das Wort übernahm.

»Hägele wurde mindestens ein Erpresserschreiben an seine Firmen-Mailadresse geschickt. Die Mail, die wir gefunden haben, wurde vor knapp drei Wochen versendet. Sie wirkt auf den ersten Blick wie eine klassische Spam-Mail. In dem Schreiben ist die Rede von Foto- und Videoaufnahmen, die Hägele beim Sex mit einem jungen Mann zeigen, die –«

»War der Hägele schwul?«, unterbrach Peter Sänger den Kollegen.

»Gesetzt den Fall, es war keine Vergewaltigung, war er augenscheinlich dem männlichen Geschlecht nicht abgeneigt. Das wird auf dem Foto sehr deutlich, das der Erpresser mitgeschickt hat. Es zeigt Hägele in eindeutiger Position beim Geschlechtsverkehr mit einem jungen Mann.« Jens schnippte grübelnd mit den Fingern.

»Wo war ich? Ah ja, wenn Hägele nicht zahlungswillig ist, würde man Freunden, Kollegen und Geschäftspartnern die Aufnahmen zukommen lassen. Das Geld sollte nicht überwiesen, sondern bar an einem Ort hinterlegt werden, den man ihm in den nächsten Tagen mitteilen würde. Und zur Bekräftigung der Drohung wurde wie gesagt ein Foto beigefügt.«

»Wie viel Geld hat der Erpresser verlangt?«, fragte Fabio.

»Zwanzigtausend Euro.«

»Das ist nicht besonders viel, wenn man bedenkt, wie vermögend Hägele war.«

»Vielleicht waren die zwanzigtausend erst ein Anfang«, überlegte Peppi.

»Ich bring das hier kurz zu Ende, okay?«, stoppte Jens die aufkommende Diskussion. »Interessant ist nämlich, dass die Mail mutmaßlich von einem Rechner in Goldmanns Aussiedlerhof versendet wurde. Das legt nahe, dass Levin Goldmann und/oder seine Lebensgefährtin die Erpresser waren. Sie haben sich nicht besonders geschickt angestellt – der Sendungsverlauf der Mail ließ sich problemlos zurückverfolgen.«

»Und wie sind die beiden an die Aufnahmen gekommen?«, fragte Hendrik Marquardt. »In Hägeles Haus gab es keine Puppen von ›Dollies‹, und seine Haushälterin hat ausgesagt, dass er solche Puppen nicht besessen habe. Also fällt die Option mit der Aufnahmefunktion der Puppen ja schon mal weg, oder?«

»Über das Thema sprechen wir noch mal mit der Haushälterin«, entschied Brander. Liliana Jaszczak war ihrem Arbeitgeber gegenüber sehr loyal erschienen. Vielleicht hatte sie ihnen nicht die ganze Wahrheit über Hägele erzählt, um sein Ansehen zu schützen.

»Wer ist der Junge, mit dem sich Hägele vergnügt?«, fragte Corinna Tritschler. »Es könnte doch gut sein, dass er die Aufnahmen gemacht hat, um selbst als Erpresser aufzutreten. Oder er hat im Auftrag des Erpressers gearbeitet.«

»Man sieht ihn nur schräg von hinten, und das Foto ist ziemlich pixelig, vermutlich wurde es aus einem Video rausgeschnitten, jedoch nicht besonders professionell.« Jens ließ das Foto über den Beamer an der Wand erscheinen.

Cory betrachtete es stirnrunzelnd. »Das ist wirklich nicht besonders gut.«

Peppi rückte ihre Brille zurecht. »Könnte das Goldmann sein?«

»Nein, der war schmächtiger«, erwiderte Brander.

»Er sieht jung aus.« Hendrik schürzte abwägend die Lippen. »Hägeles heimlicher Freund oder ein Callboy?«

»Nahtlos gebräunt, die Haare gestylt, der Body durchtrainiert. Ich tippe auf Callboy«, sagte Cory.

»Wir müssen den Jungen finden. Cory, Hendrik, übernehmt ihr das?«, bat Brander die Tübinger Kollegen.

Cory nickte. Sie war vor der großen Polizeireform viele Jahre in der Prostitutionsüberwachung tätig gewesen. Sie würde wissen, an welche Türen sie klopfen musste.

»Das Alibi von Chantal Birk für letzten Samstag muss überprüft werden. Stephan, dein Job«, delegierte Brander weiter.

Fabio strich sich nachdenklich die dunklen Haare aus der Stirn. »Die Erpressung könnte erklären, warum Goldmann tot ist. Aber warum ist dann auch Hägele tot?«

»Die Erpressung muss nicht unbedingt mit den Morden in Verbindung stehen«, gab Brander zu bedenken.

»Es könnte natürlich sein, dass der Erpresser doch nicht ganz so dumm war, wie es den Anschein hat«, räumte Jens ein. »Er könnte sich Zugriff auf den Rechner von Goldmann oder Birk verschafft haben, um sein Schreiben von dort abzuschicken.«

»Wer kommt dafür in Frage?«, fragte Fabio.

»Als Erstes fällt mir dazu Goldmanns Partner Vinzenz Streiter ein.« Jens sah zu Brander.

»Ich habe mit der Staatsanwältin gesprochen. Du bekommst den Durchsuchungsbeschluss für Streiters Server.«

»Wenn du da besseres Bildmaterial findest, schick es mir«, bat Cory.

Stephan schüttelte den Kopf. »Der Notker war ein Sponsor von Vinzenz. Wenn der mehr Geld gewollt hätte, hätte der doch einfach nur fragen müssen.«

»Könnte es sein, dass Streiter ebenfalls von dem Pärchen erpresst wurde?«, überlegte Peppi.

Stephan lachte auf. »Persephone, der Vinzenz wird sich doch nicht selbst von Levins Puppen beim vergnüglichen Rumgebumse aufgenommen und das Video dann auf dem Server liegen gelassen haben, auf den Levin und Gott weiß wer Zugriff haben.«

»Wir wissen nicht, ob die Aufnahme mit Hilfe einer Puppe gemacht wurde. Vielleicht haben dieser Junge und Goldmann gemeinsame Sache gemacht. Streiter bekommt Besuch von unserem Sonnyboy, und hinterher wird er zur Kasse gebeten«, spann Peppi den Faden weiter. »Streiter hat uns zwar erzählt, diese unregelmäßigen Zahlungen an Goldmann seien Ausgleichszahlungen für dessen Beitrag zu seiner Forschung, aber das muss ja nicht tatsächlich stimmen, oder?«

»Der Erpresser wollte Bargeld von Hägele«, wandte Brander ein.

»Weil Goldmann keine Möglichkeit hatte, dem Finanzamt die Einnahme zu erklären, wenn das Geld auf seinem Konto auftaucht. Aber zu Streiter könnte er eine Geschäftsbeziehung vortäuschen.«

»Das ist nicht vorgetäuscht«, widersprach Fabio. »Auf seiner Website wird auf ein Forschungsprojekt hingewiesen.«

»Kann fake sein«, konterte Peppi.

»Wer hat bei den Puppen eigentlich die technische Seite betreut?«, fragte Jens.

»Das wird Levin Goldmann gemacht haben. Er war Veranstaltungstechniker in Bottrop«, erinnerte sich Fabio an seine Recherchen über das erste Todesopfer. »Mit Netzwerken kannte er sich aus.«

Jens nickte nachdenklich. »Dann war er vielleicht auch so

versiert, dass er die Aufnahmefunktion der Puppen hätte manipulieren können.«

»Wieso jetzt wieder die Puppen?«, fragte Brander. »Wenn dieser Callboy die Aufnahmen von sich und Hägele gemacht hat, sind die Puppen außen vor, oder?«

»Wenn er es war, ja«, stimmte Jens ihm zu. »Aber wir sollten nicht außer Acht lassen, dass die Puppen eine ideale Möglichkeit bieten, heimlich Aufnahmen zu machen.«

»Der Streiter hat behauptet, die Puppenkäufer könnten via App bestimmen, was aufgenommen wird und was nicht«, erwiderte Brander.

»Mag sein, aber wir haben doch gesehen, dass Cindy etwas aufgenommen und auf dem Server gespeichert hat, ohne dass es via App freigeschaltet worden war.«

»Haben wir?«

»Ja, oder hat Peppi eine App betätigt, die die Aufnahme mit dem Computerfuzzi übertragen sollte?«, fragte Jens süffisant grinsend.

Peppi zog einen Flunsch.

»Vielleicht funktioniert diese App überhaupt nicht«, überlegte Fabio, »und das Ganze sollte die Kunden in der Sicherheit wiegen, dass nichts nach außen dringt, was sie nicht wollen. Tatsächlich lief die Aufnahmefunktion aber, sobald die Puppe eingeschaltet war.«

»Auch möglich«, pflichtete Jens ihm bei.

»Das heißt, wir müssen den Jungen finden, und wir müssen herausfinden, wann und wie die Aufnahmefunktion der Puppen aktiviert wurde und wer alles Zugriff auf diese Daten hat.« Brander rieb sich grübelnd über das Kinn. Der neue Erpressungsaspekt warf mehr Fragen auf, als dass er Antworten gab. »Warum hat der Erpresser die Mail an Hägeles Dienstmailadresse geschickt und nicht an die private Mail?«

»Wir wissen nicht, ob nicht auch eine Mail an seinen privaten Account gegangen ist«, gab Jens zu bedenken. »Sein persönlicher Laptop ist nach wie vor verschwunden.«

»Eine Kundenliste wäre hilfreich«, überlegte Stephan.

»Vielleicht wurden außer Notker noch andere Kunden erpresst.«

»Erst einmal müssen wir prüfen, ob diese Aufnahmen tatsächlich mit Hilfe der Puppen gemacht wurden.« Brander wandte sich an den IT-Experten. »Jens, häng dich da rein. Das sollte ja leicht festzustellen sein, sobald du offiziellen Zugriff auf den Server hast.«

»Klar, im Idealfall hat Püppchen Cindy unseren Täter bei der Tat gefilmt, und wir haben morgen alle frei.« Jens ließ die steifen Schultern kreisen. »Da ist noch dieser Paul Wengert, der ein paarmal wegen seiner Puppe auf Goldmanns Handy angerufen hat. Vielleicht solltet ihr euch mal mit dem unterhalten.«

Brander griff Jens' Vorschlag auf und rief nach der Sitzung Paul Wengert an. Am anderen Ende meldete sich eine kratzige Stimme, die Brander vermuten ließ, dass Wengert nicht mehr der Jüngste war.

»Herr Wengert, Sie kennen Herrn Levin Goldmann?«

»Ja«, kam es zögernd vom anderen Ende.

»Ich würde mich gern einmal mit Ihnen unterhalten. Könnten Sie vielleicht heute noch zu uns nach Esslingen kommen?«

Der Mann räusperte sich verhalten. »Das ist … ähm … das ist etwas schwierig. Elfie geht es gerade nicht so gut …«

Damit meinte er doch wohl nicht seine Puppe? Brander war bisher instinktiv davon ausgegangen, dass Levin Goldmanns Kunden nicht in einer Beziehung lebten. War Elfie die Mutter des Mannes oder ein Haustier?

»Wir könnten zu Ihnen kommen. Heute so gegen achtzehn Uhr, würde das bei Ihnen passen?«, kam Brander dem Mann entgegen. Er würde mit Peppi auf dem Heimweg einen Stopp in Filderstadt machen.

»Heute, achtzehn Uhr? Ja, das wäre mir recht. Kommt der Herr Goldmann auch mit?«

»Nein.« Ein inneres Gefühl hielt Brander davon ab, dem Mann von Levin Goldmanns gewaltsamem Tod am Telefon zu erzählen. Er beendete das Gespräch.

»Weißt du, was ein Geminoid ist?«, fragte Peppi.

»Ein Gemi… was?«

»Geminoid, davon hat der Streiter gestern gefaselt. Ein Geminoid ist ein Android, der einem realen Menschen nachempfunden wurde, wenn ich das richtig verstehe. Dieser Hiroshi Dingsda hat sich einen Roboter erschaffen, der exakt so aussieht wie er. Schau mal, ich hab hier ein Video, das ist echt gruselig.«

Brander ging zum Schreibtisch seiner Kollegin und sah sich das kurze Video an. »Das kann einem schon Angst machen«, stimmte er Peppi zu.

»Diesen Red Flag Act gab's übrigens tatsächlich.«

»Hast du gedacht, der Mann hat uns Märchen erzählt?«

»Ich weiß nicht, was ich von dem Kerl halten soll. Kam mir ein bisschen zu selbstgefällig vor.«

»Auf jeden Fall ist es nicht seine Art, zeitnah auf Anrufe zu reagieren. Ich habe heute schon wieder zweimal versucht, ihn telefonisch zu erreichen, und eine Nachricht auf seinem Handy hinterlassen. Meinst du, der Kerl reagiert?«

»So ist das mit den wichtigen Leuten.«

»Wozu hat man dann ein Handy?«

Peppi lachte auf. »Heutzutage nicht mehr, um zu telefonieren. Darum nennt man das ja auch nicht mehr Handy, sondern Smartphone. Damit kann man ganz viele smarte Dinge machen.«

»Ja, telefonieren zum Beispiel.« Branders Magen rumorte lautstark.

»Hattest du heute Morgen kein Frühstück?«

»Doch.« Ein Lächeln stahl sich auf seine Lippen bei der Erinnerung an Cecilia.

»Was grinst du denn so?«

Er schüttelte abwehrend den Kopf und sah auf seine Armbanduhr. »Gehen wir essen?«

»Bevor du mir in den Tisch beißt.«

***

Brander und Peppi hatten die Mittagspause in einem nahen italienischen Restaurant verbracht und sich anschließend einen kurzen Spaziergang durch den Maille-Park gegönnt. Die Sonne hatte ihre wärmenden Strahlen von einem fast wolkenlosen Himmel geschickt, aber der Wind war aufgefrischt. Der Springbrunnen am Spielplatz plätscherte noch enthusiastisch, die Außentische der Cafés waren an diesem späten Septembertag jedoch nicht bewirtschaftet. Das erste Herbstlaub lag am Wegesrand. Peppi sammelte ein paar Kastanien auf.

»Das habe ich als Kind geliebt«, verriet sie Brander. »Ich habe tütenweise Kastanien gesammelt, und mein Papa hat mit mir daraus kleine Tierchen gebastelt. Ob das die Kinder heute auch noch machen?«

Brander zuckte die Achseln. Was würde Nathalie wohl dazu sagen, wenn er mit ein paar Kastanien nach Hause käme und mit ihr daraus etwas basteln wollte? Allerdings war Nathalie kein Kind mehr. Und dennoch benahm sie sich manchmal so.

Unwillkürlich kehrte die Erinnerung an den Disput vom Morgen wieder zurück. Manchmal verstand er das Mädchen einfach nicht. Warum stellte sie sich bei manchen simplen Dingen so bockig an? Er hob gedankenverloren eine große und eine kleine Kastanie auf, was Peppi mit einem leisen Lächeln quittierte.

Sie waren kaum in ihr Büro zurückgekehrt, als das Telefon auf Branders Schreibtisch seiner Bestimmung nachkam und klingelte. Die Kollegin vom Empfang verkündete die Ankunft von Alexandra Scholl. Die Dame war pünktlich. Brander holte sie zu sich ins Büro und bot ihr den Platz auf dem Besucherstuhl neben seinem Schreibtisch an.

»Möchten Sie etwas trinken? Einen Kaffee oder Tee?«

Alexandra Scholl überlegte. Ihr Gesichtsausdruck war dabei so konzentriert, als hätte er ihr eine schwere mathematische Funktion zur Lösung vorgelegt. Es gab Brander Zeit, die Frau unauffällig zu taxieren. Sie hatte in etwa Peppis Größe, zwischen eins siebzig und eins fünfundsiebzig, schätzte er. Kräftiger Körperbau, kein Püppchen. Über den Vergleich musste Brander innerlich grinsen. Die dunkle Stoffbluse, die sie leger über der dunklen Hose trug, ließ ihr ungeschminktes Gesicht in Kombination mit den blondierten Haaren blass erscheinen. Sie könnte geradewegs von einer Beerdigung kommen, ging es ihm durch den Kopf.

»Eine Tasse Tee, bitte. Pfefferminz, wenn das möglich wäre.«

»Milch oder Zucker?«

»Nein danke.«

»Bin gleich wieder bei Ihnen.« Brander hoffte, dass er irgendwo einen Pfefferminzteebeutel auftreiben konnte. Er hatte Glück. Der Schrank im Pausenraum mit den Kaffee- und Teevorräten bot eine überraschende Auswahl. Als er wenig später in sein Büro zurückkehrte, hatte Peppi die Personalien bereits abgefragt.

»Frau Scholl, Sie sind Informatikerin?« Brander stellte die Teetasse vor ihr auf den Tisch und setzte sich.

»Ja.«

»Wo haben Sie studiert?«

»In Göttingen.«

»Ach was«, entfuhr es ihm. »Dann kannten Sie Herrn Streiter damals schon?«

»Was bringt Sie zu dieser Schlussfolgerung?«

»Soweit ich weiß, hat Herr Streiter in Göttingen promoviert.«

»Das ist korrekt.« Ihr Gesicht bekam erneut einen grübelnden Ausdruck, dann schien sie zu einer Entscheidung gekommen zu sein und wandte sich Brander wieder zu. »Um Ihre Frage zu beantworten: Ja, ich bin Vinzenz Streiter in Göttingen bereits begegnet. Er war jedoch nicht mein Dozent. Ich fand seine Arbeit aber damals schon sehr interessant.«

»Was hat Sie nach Tübingen verschlagen?«

»Nach Abschluss meines Studiums habe ich eine Anstellung bei Digital Solutions in Böblingen bekommen.«

Brander kannte das IT-Unternehmen, dessen Hauptsitz in den USA lag. Die Erinnerung an eine Ermittlung flammte kurz auf. Sie lag einige Jahre zurück. Ein Mitarbeiter der Firma war erstochen worden, ein tragischer Fall. Unwillkürlich strich er über seine linke Schulter, an der eine Narbe als Erinnerung geblieben war. Brander fragte sich, was Alexandra Scholl von den damaligen Ermittlungen mitbekommen hatte.

»Wie kam es zu dem Wechsel von Digital Solutions zu Herrn Streiter?«

»Digital Solutions hat vor einigen Jahren begonnen, einen Großteil der Aufgaben nach Osteuropa zu verlagern, und den hiesigen Mitarbeitern seinerzeit Abfindungsangebote unterbreitet. Die Abteilung, in der ich tätig war, wurde aufgelöst. Zur selben Zeit erfuhr ich, dass Vinzenz Streiter Unterstützung für ein Forschungsprojekt suchte, und ich habe mich bei ihm beworben. Da ich einiges über seine Arbeit wusste, war ich die bestqualifizierte Bewerberin für ihn.«

»Wie lange arbeiten Sie jetzt für Herrn Streiter?«

»Seit drei Jahren und fast fünf Monaten.«

Diese Antwort hatte sie schneller parat als die Entscheidung, ob sie einen Tee oder einen Kaffee trinken wollte, stellte Brander fest. Sie musste, kurz nachdem Streiter aus den Staaten nach Deutschland zurückgekehrt war, in dessen Dienste getreten sein.

»Sie sagten, Sie sind seine Assistentin. Was genau machen Sie für Herrn Streiter?«

»Ich unterstütze ihn in allen Belangen seiner Forschungsarbeit: Überwachung der Systeme, Auswertung von Daten, Optimierung von Algorithmen und Programmen sowie Neuprogrammierungen.«

»Gibt es noch weitere Angestellte?«, fragte Peppi.

»Hin und wieder beschäftigen wir studentische Aushilfen. Aber ich bin seine einzige Festangestellte.«

»Wer kümmert sich um den ganzen Papierkram? Rechnungen, Bestellungen, Sponsorengelder, Ihre Gehaltszahlung …?«

»Das meiste macht Herr Streiter selbst. Für steuerliche Belange hat er einen Steuerberater. Warum ist es für Sie wichtig zu wissen, wer für Herrn Streiter arbeitet?«

»Herr Streiter arbeitete mit Herrn Goldmann zusammen«, übernahm Brander wieder.

»Warum, bitte, ignorieren Sie meine Frage?« Der Ärger brachte ein wenig Farbe in ihr bleiches Gesicht.

»Wir dürfen mit Außenstehenden nicht über laufende Ermittlungen sprechen.«

»Wird gegen Herrn Streiter ermittelt?«

»Nein, aber soweit wir wissen, kannte er beide Opfer. Sie vermutlich auch, oder?«

»Können Sie ›beide Opfer‹ spezifizieren?«

»Notker Hägele und Levin Goldmann.«

»Ja, die Herren waren mir durchaus bekannt.«

Die Tatsache, dass beide Männer getötet worden waren, schien sie nicht sonderlich zu erschüttern. »Hatten Sie mit ihnen zu tun?«

»Mit Herrn Hägele nur am Rande, Herr Goldmann konsultierte mich einige Male telefonisch, wenn es ein technisches Problem gab, das er nicht beheben konnte. Beide Herren waren hin und wieder in Herrn Streiters Haus zugegen.«

»Aus welchen Gründen?«

»Das müssen Sie Herrn Streiter fragen.«

»Das werden wir. Wo ist er übrigens? Er hat sich noch nicht bei uns gemeldet.«

»Es gibt Phasen während eines Forschungsprojekts, in denen sich der Wissenschaftler voll und ganz auf seine Arbeit konzentrieren muss. Ich denke, an diesem Punkt ist Herr Streiter zurzeit. Während dieser Phasen ist es durchaus nicht unüblich, dass er für einige Tage nicht erreichbar ist.«

»Und wo ist er dann?«

»Das weiß ich nicht.«

»Hat er ein externes Büro oder eine Zweitwohnung, in die er sich zurückzieht?«

»Wenn ich Ihnen sage, dass ich es nicht weiß, dann bedeutet

es genau das: Ich weiß es nicht«, erwiderte die Informatikerin mit Nachdruck.

Brander sah der Frau prüfend in die Augen. Wusste sie es wirklich nicht? Wie ergeben war sie ihrem Arbeitgeber?

»Zu Hause ist er nicht?«

»Er war es nicht, bis ich um zwölf Uhr dreißig das Haus verlassen habe. Ob er jetzt dort ist, kann ich Ihnen nicht beantworten.«

»Angenommen, es gäbe ein Problem, bei dem Sie seine Hilfe brauchen, dann müssen Sie doch irgendwie zu ihm Kontakt aufnehmen können.«

»Ich kann ihn anrufen und ihm eine Nachricht hinterlassen, und ich kann ihm E-Mails schicken. Es obliegt ihm, ob und wann er reagiert.«

Das klang ein wenig nach Machtspielchen, fand Brander. Andererseits zeugte es auch von großem Vertrauen, wenn Streiter seine Mitarbeiterin während seiner Abwesenheit in seinem Haus, das anscheinend Arbeits- und private Wohnstätte in einem war, allein schalten und walten ließ. Er wollte die beiden gern einmal zusammen erleben, um ein deutlicheres Bild von dieser Arbeitsbeziehung zu bekommen.

»Die Puppen, die Herr Goldmann verkauft, verfügen über eine Aufnahmefunktion«, wechselte er das Thema. »Und laut Herrn Streiter gibt es eine App zur Steuerung der Übertragung der Daten auf einen zentralen Server. Haben Sie diese Programme entwickelt?«

»Ich habe Herrn Streiter bei der Programmierung unterstützt.«

»Das heißt, Sie haben auch Zugriff auf die Daten, die auf dem externen Server gespeichert werden?«

»Nein. Herr Streiter hat aus Datenschutzgründen den Zugriff auf den Server auf sich beschränkt.«

Und auf Levin Goldmann. Wusste sie das nicht?

»Herr Streiter sagte uns gestern, dass Sie ihm bei der Auswertung der Daten helfen«, mischte sich Peppi wieder in das Gespräch.

»Ja, aber ich bekomme nur ausgewählte Daten ohne Namen der agierenden Personen. Bei Herrn Streiters Forschungsprojekt geht es darum, die Kommunikation zwischen Mensch und Computer zu verbessern. Um ihn dabei zu unterstützen, muss ich nicht wissen, von wem namentlich die Daten kommen.«

»Wie muss ich mir das vorstellen?«, hakte Peppi nach. »Wenn ich es richtig verstehe, handelt es sich um Videoaufnahmen. Da sehen Sie doch die Menschen.«

»Wie ich schon sagte: Ich habe keine Namen zu den Menschen, die dort abgebildet sind.«

»Aber es könnte ja mal jemand sein, den Sie zufällig kennen.«

»Nein.«

»Nein?«

»Bisher war noch keine Person auf diesen Aufnahmen zu sehen, die ich kenne. Im Übrigen interessiert es mich auch nicht.«

Peppi rückte die Brille auf ihrer Nase zurecht und sah auf ihre Notizen. Dann richtete sie ihre Aufmerksamkeit wieder auf Alexandra Scholl. »Arbeiten Sie auch am Wochenende?«

»Wenn es erforderlich ist, ja.«

»Haben Sie vergangenes Wochenende gearbeitet?«

»Ja. Herr Streiter war einige Tage verreist, und ich habe die Systeme überwacht.«

Herr Streiter war offensichtlich häufiger auf Reisen. Eine Erinnerung blitzte in Branders Kopf auf. Was hatte Chantal Birk am Morgen gesagt? Er rief das Vernehmungsprotokoll auf seinem Bildschirm auf, während Peppi mit der Befragung fortfuhr.

»Wo stehen diese Systeme?«

»Der Datenserver ist in einem externen Rechenzentrum untergebracht. Die Computer, auf denen wir unsere Auswertungen machen, stehen in Herrn Streiters Haus.«

»Das heißt, Sie waren das ganze Wochenende in seinem Haus?«

»Nein, für die Systeme gibt es ein Monitoring. Sollte es ein

Problem geben, wird automatisch ein Alarm an mein Smartphone geschickt. Ich kann mich von zu Hause remote, also über das Internet, auf dem Computer in Herrn Streiters Haus anmelden und versuchen, den Fehler zu beheben. Am vergangenen Wochenende gab es aber keinen Alarm.«

Brander lauschte nur mit halbem Ohr der Befragung, während er das Protokoll überflog. Dann wandte er sich wieder der Informatikerin zu. »Wo Herr Streiter vergangenes Wochenende war, wissen Sie nicht zufällig?«

»Nein.«

»Aber er war nicht zu Hause.«

Die Frau nickte.

»Sind Sie ganz sicher?«

»Ich überwache ihn nicht. Er sagte, er wäre nicht zu Hause. Warum sollte er lügen?«

»Wie war das Verhältnis von Herrn Streiter zu Herrn Goldmann?«

»Geschäftlich.«

»Und zu Herrn Hägele?«

»Ebenfalls geschäftlich.«

»Gab es in letzter Zeit vielleicht Differenzen zwischen Herrn Streiter und einem der beiden Herren?«

Sie spitzte grübelnd die Lippen, konnte sich aber nicht zu einer Antwort durchringen.

»Frau Scholl, wenn es Unstimmigkeiten gab, sollten wir das wissen.«

Sie gab sich einen Ruck. »Am Montag vor einer Woche gab es zwischen Herrn Streiter und Herrn Goldmann einen kleinen Disput am Telefon. Ich habe das nur zufällig mitbekommen und kann Ihnen nicht sagen, worum es bei diesem Disput ging.«

»Was genau haben Sie denn mitbekommen, das zu dem Rückschluss führt, dass Ihr Arbeitgeber einen Streit mit Herrn Goldmann hatte?«

»Nun, ich hörte Herrn Streiter am Telefon mit einiger Erregung sagen: ›Levin, du ruinierst mich und meine Forschung.‹«

»Was hat er damit gemeint?«

»Das weiß ich nicht.«

»Sie haben ihn nicht danach gefragt?«

»Es obliegt mir nicht, Herrn Streiter zu befragen. Im Übrigen …« Sie blickte reumütig auf die Hände in ihrem Schoß. »Herr Streiter weiß nicht, dass ich einen Teil seines Telefonats mitbekommen habe, und ich wollte nicht, dass er denkt, ich würde ihn belauschen. Es war eine versehentliche Indiskretion meinerseits, der ich keine weitere Aufmerksamkeit schenken wollte.«

»Aber Sie sind sich sicher, dass er genau das gesagt hat?«

»›Levin, du ruinierst mich und meine Forschung.‹ Genau das waren seine Worte.« Sie tippte sich leicht an die Schläfe. »Ich kann mir Worte sehr gut merken.«

»Hat Sie das nicht beunruhigt? Wenn Herr Streiter ruiniert wäre, wäre ja auch Ihre Arbeit in Gefahr.«

Sie lächelte reserviert. »Informatikerinnen mit meinen Fähigkeiten werden händeringend in ganz Deutschland gesucht. Ich bin unabhängig und flexibel. Glauben Sie mir, so loyal ich gegenüber Herrn Streiter bin, ich muss mir keine Sorgen um meine berufliche Zukunft machen.«

»Was hat er damit gemeint, dass Goldmann ihn und seine Forschung ruinieren würde?«, überlegte Brander laut, während er wenig später die Protokolle sichtete, die im Laufe des Tages von den Kollegen bei ihm eingegangen waren. Er brauchte unbedingt etwas Zeit, um Ordnung in die vielen Informationen zu bringen, aber bis sie zu dem Termin mit Paul Wengert aufbrechen mussten, blieb ihm nur noch eine knappe halbe Stunde.

»Angenommen, Streiter hat gelogen und es gab diese Kooperation zwischen ihm und Goldmann gar nicht, könnte es doch gut sein, dass Goldmann ihn ebenfalls erpresst hat und mehr Geld wollte«, griff Peppi ihre Theorie vom Vormittag wieder auf. »Frau Birk hat gesagt, dass sie hoch verschuldet sind.«

Brander nickte nachdenklich. »Aber wenn er Streiter mit seinen Forderungen ruiniert hätte, wäre das kontraproduktiv gewesen: Man schlachtet doch nicht die Kuh, die man melken will.«

Sein Smartphone vibrierte. Karsten Beckmann.

»Bei der Arbeit«, meldete Brander sich.

»Wo auch sonst?«, kam es von seinem Kumpel zurück. »Wie lange arbeitest du heute?«

Brander stieß ratlos die Luft aus. »Lange.«

»Kommst du danach zu mir? Dein bester Freund ist einsam und möchte feiern.«

»Was gibt es denn zu feiern?«

Beckmanns Geburtstag war erst Ende November. Der geplante Hauskauf hatte nicht geklappt. Und eine Verlobung mit Manuel würde er sicherlich nicht allein mit Brander feiern wollen. Obwohl – zuzutrauen wäre es ihm.

»Erzähle ich dir, wenn du da bist. Ich habe Ceci schon gesagt, dass du heute später kommst.«

»Du hast –«

»Ich warte auf dich, Schätzchen«, säuselte Beckmann und legte auf.

Brander mochte es nicht, wenn andere über seine Zeit bestimmten. Allerdings war er neugierig, was Beckmann zu feiern hatte. Er legte das Smartphone zur Seite, als auch schon der Apparat auf seinem Schreibtisch den nächsten Anruf verkündete. Herrgott, wie sollte er je all die Protokolle sichten?

»Hendrik hier. Wir haben gerade Infos zu Notker Hägeles Testament bekommen.«

Brander schnippte mit den Fingern, um Peppis Aufmerksamkeit zu bekommen, und stellte den Lautsprecher ein, damit sie mithören konnte. »Leg los.«

»Hägele vererbt Vinzenz Streiter Wertpapiere mit aktuellem Wert von rund zweihunderttausend Euro zweckgebunden für seine Forschung.«

Das war nicht wenig, aber vermutlich auch nicht übermäßig viel, überlegte Brander. Lohnte sich dafür ein Mord?

»Weitere fünfzigtausend Euro gehen an die AIDS-Stiftung, und jetzt pass auf.« Hendrik machte eine künstliche Pause. »Den ganzen Rest, was offensichtlich nicht eben wenig ist, inklusive Haus und allem Zipp und Zapp, erbt Liliana Jaszczak.«

Brander stieß hörbar die Luft aus.

»Ja«, erwiderte Hendrik. »Ich habe sie für morgen früh einbestellt.«

Filderstadt war eine südlich des Stuttgarter Flughafens gelegene Ortsgemeinschaft mit fünf über die Fildern versprengten Gemeinden. Paul Wengert wohnte im Stadtteil Bernhausen. Der Verkehr rund um den Flughafen staute sich, als Brander und Peppi von Esslingen kamen, sodass sie mit ein paar Minuten Verspätung ihr Ziel erreichten.

Peppi ließ das Einkaufszentrum am Ortseingang rechts liegen und bog in eine Seitenstraße ein. Vor einem Mehrfamilienhaus suchte sie einen Parkplatz am Straßenrand. Ein Bau aus den siebziger oder frühen achtziger Jahren – die verputzte Fassade hatte schon bessere Zeiten gesehen.

Sie mussten sich gedulden, bis Wengert auf ihr Klingeln reagierte. »Ja?«, krächzte er heiser aus der Gegensprechanlage.

»Herr Wengert? Brander, Kriminalpolizei Esslingen, wir haben heute Vormittag miteinander telefoniert.«

»Zweite Etage, bitte.« Der Türsummer wurde betätigt.

Sie betraten ein schlecht beleuchtetes Treppenhaus und stiegen die Stufen hinauf. Essensgerüche und Kindergeschrei begleiteten sie. In einer Wohnung lief der Staubsauger. In der zweiten Etage standen sie vor drei verschlossenen Türen. Die rechte wurde einen Spaltbreit geöffnet, während sie sich noch suchend umsahen.

»Herr Wengert?« Brander zückte seinen Dienstausweis. »Mein Name ist Brander, meine Kollegin, Frau Pachatourides. Dürfen wir bitte hereinkommen?«

Die Tür glitt weiter auf. In einem schummrigen Flur stand ihnen ein kleiner Mann gegenüber. Die rechte Schulter hing tiefer herunter als die linke, was der Tatsache geschuldet sein konnte, dass ein Bein wesentlich kürzer war als das andere, wie Brander bemerkte, als der Mann einen Schritt zurücktrat. Über dem kleinen, kugeligen Bauch spannte sich ein quer gestreifter Strickpullunder. Das Gesicht war unsymmetrisch, die rechte Seite wirkte, als hätte jemand den Schädel grob mit einem Hammer traktiert und nur notdürftig die Knochen wieder an Ort und Stelle gerückt. Brander bemühte sich, das entstellte Antlitz des Mannes nicht anzustarren. Der Blick seines Gegenübers war gezeichnet von Unsicherheit und Misstrauen. Vermutlich hatte er in seinem Leben viel Spott und Abscheu ertragen müssen.

»Schließen Sie bitte die Tür und kommen Sie.« Er klang kurzatmig, vielleicht machte ihn der Besuch von zwei Kripobeamten nervös. Der Stimme nach hätte Brander den Mann leicht auf über sechzig geschätzt, aber dem Äußeren nach war er noch nicht einmal vierzig. Er humpelte ihnen voran durch den Flur. Ein rot-weißer Schal des VfB Stuttgart hing an der Wand, darunter ein Bilderrahmen mit zahlreichen Zeitungsfotos der Fußballer. Es waren keine leichten Zeiten für VfB-Fans. In den letzten Jahren war der Verein gleich zweimal in die Zweite Liga abgestiegen.

Eine Holztür mit Milchglasfenster führte ins Wohnzimmer. Die alten Eichenmöbel waren ein Überbleibsel aus dem vergangenen Jahrtausend. In einer Ecke stand ein kleiner Schreibtisch mit Computer. Der Couchtisch war mit Kaffeegeschirr für vier Personen eingedeckt. Eine Schale mit einer Keksmischung aus dem Supermarkt stand in der Mitte. Auf dem grau-lila Veloursledersofa saß eine Puppe.

Wengert blieb im Raum stehen. Er atmete hörbar durch, als müsse er Kraft sammeln – oder Mut –, bevor er sprach. »Elfie, wir haben Besuch, sag bitte guten Tag.«

Die Puppe starrte schweigend ins Leere.

»Elfie, sei doch bitte nicht so unhöflich.«

Brander war froh, dass er durch Goldmanns Puppen ein wenig auf so einen Moment vorbereitet war.

Wengert lächelte unsicher. »Es tut mir leid. Ich sagte Ihnen ja bereits, dass es Elfie im Moment nicht gut geht. Sie ist sonst nicht so unhöflich.«

Brander sah Wengerts Augen erwartungsvoll auf sich gerichtet und räusperte sich. »Guten Abend, Frau … Elfie.«

»Hallo«, grüßte Peppi.

Der Mann entspannte sich etwas. »Bitte, setzen Sie sich.« Er deutete auf die Polstergarnitur.

Brander warf einen kritischen Blick auf die Puppe. Verfügte sie auch über die Aufnahmefunktionen wie Cindy? Sie wussten nicht, wer tatsächlich Zugriff auf diese Daten hatte, die auf den externen Server übertragen wurden, und er wollte nicht, dass jemand – Vinzenz Streiter? – Zeuge dieses Gesprächs wurde.

»Könnten wir uns vielleicht in einem anderen Zimmer unterhalten?«, bat er.

»Oh, ich habe keine Geheimnisse vor Elfie.«

»Das verstehe ich. Wir würden uns dennoch lieber zunächst mit Ihnen allein unterhalten.«

Wengert sah zu seiner Puppe. »Elfie, du hast es gehört. Wir gehen kurz in die Küche.«

Die Puppe starrte weiterhin stumm vor sich hin.

Der Mann hinkte aus dem Zimmer, durch den Flur in die angrenzende Küche. Auch hier waren die Möbel betagt. In einer alten Filterkaffeemaschine sprudelte braune Flüssigkeit in die Glaskanne. Vor dem Fenster stand ein kleiner, quadratischer Resopaltisch mit zwei Stühlen.

»Ich nehme das Frühstücksgeschirr, wenn es Ihnen nichts ausmacht.« Wengert kämpfte noch immer mit der Atmung. Der Besuch der Kommissare in seiner Wohnung wühlte ihn auf. »Ich möchte nicht den Tisch im Wohnzimmer abräumen. Elfie soll sich nicht ausgeschlossen fühlen.«

»Was ist denn mit Elfie?«, erkundigte sich Peppi.

»Nun …« Wengert knetete die Finger ineinander. »Ich weiß nicht. Sie spricht einfach nicht mehr. Ich hatte gehofft, dass Herr Goldmann ihr helfen kann.«

»Herr Wengert, es tut mir leid, aber Herr Goldmann ist letzten Samstag verstorben«, erwiderte Brander.

»Oje«, hauchte Wengert. Er griff haltsuchend nach einer Stuhllehne und sank auf die Sitzfläche. »Er war doch noch so jung.«

»Sie kannten ihn persönlich?«

»Sie sehen ja, ich bin nicht gut zu Fuß. Er hat die Elfie immer gebracht und abgeholt, wenn sie zur Untersuchung musste. Was mache ich denn jetzt? Die Elfie …« Er verstummte.

»Wir haben Spezialisten in unserem Team«, begann Peppi, Branders mahnenden Blick ignorierend. »Vielleicht kann einer von denen mal nach Ihrer Elfie schauen.«

Wengerts Augen leuchteten hoffnungsvoll auf. »Wäre das möglich?«

»Ich denke schon.« Peppi zückte ihr Smartphone. »Ich telefoniere geschwind.« Sie ließ Brander mit dem Mann in der Küche zurück.

Brander fluchte stumm. *Ich weiß, dass Sie gern mal Ihr eigenes Süppchen kochen*, echoten Mertens' Worte in seinen Ohren. Wenn die Staatsanwältin spitzbekam, dass sie ohne jeglichen Beschluss Wengerts Puppe untersucht hatten, bekäme er einiges zu hören.

Die Kaffeemaschine verkündete mit lautem Zischen, dass sie ihre Arbeit vollbracht hatte. »Soll ich Ihnen einen Kaffee eingießen?«, bot er Paul Wengert an.

»Nein, nein, Sie sind doch mein Gast. Setzen Sie sich, bitte.« Wengert stand auf und öffnete einen Küchenschrank.

»Sind Sie berufstätig?«, fragte Brander. Er ließ sich auf einem Stuhl nieder und ließ den Blick durch den Raum gleiten. Gerahmte Autogrammkarten hingen an der freien Wand, Schauspieler, Sportler, Musiker. Er erkannte Mark Forster – Nathalie war ein Fan von ihm – und wunderte sich, dass es anscheinend immer noch Menschen gab, die Autogrammkarten sammelten.

»Ich bin Übersetzer.«

»Was übersetzen Sie?«

»Hauptsächlich Gebrauchsanweisungen. Manchmal kleine literarische Texte. Das mache ich am liebsten. Ich verdiene nicht besonders viel, aber es reicht zum Leben, und ich kann von zu Hause aus arbeiten. Ich gehe nicht gern vor die Tür.«

Wengert stellte eine Tasse vor Brander auf den Tisch. Eigentlich war es schon reichlich spät, um Kaffee zu trinken.

»Haben Sie den Tower gesehen?«, fragte Wengert unvermittelt.

»Den Tower?«

»Ja. Den Kontrollturm des Flughafens. Er steht ganz in der Nähe. Es ist in Europa einzigartig, dass ein Tower außerhalb des Flughafengeländes steht. Aber von dort haben sie den besten Überblick, die Sonne blendet nicht. Und hier ist ja reichlich Flugverkehr, da müssen die Fluglotsen gute Sicht haben.«

»Allerdings«, stimmte Brander zu.

»Bis zu vierhundert Starts und Landungen täglich. Aber ich wohne hier schon so lange, ich nehme das kaum noch wahr.« Wengerts Blick ging zum Fenster. »Sind Sie schon mal geflogen?«

»Ja.« Erst vor wenigen Wochen für vierzehn Tage mit Cecilia und Nathalie nach Schottland. Auch wenn sein Englisch nicht das beste war, war es sein liebstes Reiseland, und das lag nicht nur am guten Scotch. Er mochte die raue Natur und die Freundlichkeit der Schotten.

»Ich bin noch nie geflogen, aber von meinem Fenster aus kann ich die Flugzeuge sehen, wenn sie kommen und wieder davonfliegen.« Wengert kam ins Plaudern. »Das macht mir Spaß. Ich kann im Internet die Flugpläne lesen, dann weiß ich, wohin die Piloten fliegen.«

Peppi kehrte zu ihnen zurück und strahlte den Mann an. »Mein Kollege ist unterwegs. Da schauen wir mal, ob wir Ihrer Elfie helfen können.«

»Das ist sehr freundlich von Ihnen.«

Hinter Wengerts Rücken warf Brander seiner Kollegin einen finsteren Blick zu.

»Seit wann leben Sie mit Elfie?«, fragte sie.

»Es sind jetzt gut zwei Jahre.«

»Entschuldigen Sie meine Neugier, aber wie sind Sie zu Elfie gekommen?«

Peppis Unvoreingenommenheit entspannte den Mann sichtlich. Er war vermutlich auch andere Reaktionen gewohnt, wenn Gäste mit seiner Puppe konfrontiert wurden. Obwohl Wengert nicht den Eindruck machte, als bekäme er häufig Besuch. Er bot Peppi den zweiten Stuhl an und füllte eine weitere Tasse Kaffee, der wider Branders Erwartungen gar nicht schlecht schmeckte. Etwas dünn vielleicht, aber das war um diese Uhrzeit nicht verkehrt.

»Ich habe vor ein paar Jahren einen Artikel in der Zeitung gelesen, darin wurde von Menschen berichtet, die mit einer Puppe leben, und ich dachte mir, das ist auch eine gute Lösung für mich.« Er senkte den Blick auf seine Hände. »Ich fühle mich unter Menschen nicht wohl, aber manchmal sehnt man sich ja doch nach Gesellschaft.«

»Und Elfie haben Sie von Herrn Goldmann erworben?«

»Ja, nachdem ich den Artikel gelesen hatte, habe ich im Internet recherchiert. Es gibt nur wenige Anbieter in Deutschland. Die Puppen sind sehr teuer, und ich habe nicht viel Geld. Herr Goldmann arbeitet mit einem Forschungsinstitut zusammen, und wenn man denen Daten zur Verfügung stellt, wird es etwas günstiger. Ich musste noch ein wenig sparen, aber ich brauche ja zum Glück nicht viel, und Elfie ist auch nicht zu anspruchsvoll.«

»Was für Daten müssen Sie dem Forschungsinstitut denn zur Verfügung stellen?«

»Sie möchten wissen, wie ich mit Elfie spreche.« Wengert sah von einem zum anderen. »Es ging mir nicht um … Ich wollte nur nicht mehr allein sein. Und seit Elfie bei mir ist, geht es mir viel besser.«

»Gab es denn nie jemanden in Ihrem Leben?«, fragte Peppi.

»Nein. Ich bin meistens in meiner Wohnung. Die Menschen gucken mich an, weil ich komisch laufe und mein Gesicht … Sie sehen es ja. Ich hatte als Kind einen Unfall, mehrere Knochenbrüche im Gesicht. Es war ein Wunder, dass ich nur körperliche Verletzungen davongetragen habe, mein Gehirn aber keinen Schaden genommen hat. Man konnte das damals allerdings noch nicht so schön richten, wie es heute vielleicht möglich wäre.« Er seufzte kurz auf.

»Ich fühle mich am wohlsten, wenn ich in meiner Wohnung bin. Und Elfie macht es nichts aus, dass wir nicht ins Kino gehen oder ins Theater oder zum Tanzen. Sie ist zufrieden damit, wenn wir abends auf dem Sofa sitzen und ein bisschen fernsehen. Manchmal lese ich ihr auch etwas vor. Ich lese sehr gern.« Er lächelte scheu. »Elfie ist manchmal ein richtiges Phänomen, wissen Sie? Ich sitze an einer Übersetzung und komme an einer Stelle nicht weiter. Dann schaue ich zu Elfie – sie leistet mir gern Gesellschaft bei der Arbeit – und sage: ›Elfie, ich suche ein anderes Wort für dies oder das.‹ Und dann nennt sie mir ein paar Wörter, und ich kann weiterarbeiten. Es ist schön, dass ich mich mit ihr austauschen kann.«

Es berührte Brander, zu sehen, wie der Mann aufblühte, wenn er von seiner Puppe sprach. »Kam Herr Goldmann öfter zu Ihnen wegen Elfie?«

»Er hat Elfie einmal im Jahr abgeholt. Dann muss sie zum Gesundheitscheck, wie er es nannte. Sie ist dann ein oder zwei Tage bei ihm, und er prüft alle Funktionen. Aber es war nie etwas. Ich pflege Elfie gut. Nur seit ein paar Tagen weiß ich nicht, was mit ihr los ist. Vielleicht spürt sie, dass Herrn Goldmann etwas zugestoßen ist.«

»Wann hatten Sie zuletzt Kontakt zu ihm?«

»Das war vor zwei Monaten, bei ihrem letzten Gesundheitscheck.«

»Kennen Sie auch seine Lebensgefährtin Frau Birk?«

Wengert nickte. »Sie kam am Anfang ein paarmal zu mir. Sie hat mir gezeigt, wie ich Elfie schminken und frisieren kann. Das kann Elfie leider nicht selbst, und ich musste das erst lernen. Sie möchte ja hübsch aussehen.«

So viel dazu, dass Chantal Birk die Kunden ihres Lebensgefährten nicht kannte.

Ein Klingeln an der Tür unterbrach sie. Wengert humpelte

zur Tür, kurz darauf erklang Jens Schönes Stimme wie die eines sympathischen Landarztes. »Wo ist denn unsere Patientin?«

***

Karsten Beckmann hatte die Ärmel seines hellen Hemdes bis zu den Ellenbogen hochgekrempelt, sodass die durchtrainierten und vom Sommer gebräunten Unterarme zum Vorschein kamen. Er strahlte über das ganze Gesicht, als Brander gegen neun Uhr abends in Tübingen vor seiner Wohnungstür in der Katharinenstraße stand.

»›Spät kommt Ihr, doch Ihr kommt‹«, zitierte er aus Schillers »Wallenstein« und ließ Brander mit einer tiefen Verneigung in seine Wohnung.

»Hast du Hunger? Ich habe eine kalte Platte vorbereitet, wusste ja nicht, wann du kommst. Geh schon mal durch.«

Brander ging ins Wohnzimmer. Der Esstisch war gedeckt wie in einem Sterne-Restaurant. Nicht einmal auf Kerzen hatte Beckmann verzichtet. Eine Platte mit geräucherter Forelle, Käsehappen, Antipasti, verschiedenen Dips und Baguette ließen Brander das Wasser im Munde zusammenlaufen.

Er blieb im Raum stehen, ließ seinen Blick über das dunkle Regal mit den gerahmten Bildern gleiten. Zu dem Foto von Beckmann und seinem verstorbenen Ehemann waren in den letzten Jahren zwei Fotos hinzugekommen. Auf einem war er mit seinem Lebensgefährten Manuel, beide im schicken schwarzen Smoking, das andere zeigte Beckmann im Kreise von Branders Familie.

Er gehörte mittlerweile zu ihnen, hatte bei ihnen eine neue Heimat gefunden. Beckmanns Eltern – gut situierte Besitzer eines Nobelhotels in Dortmund – hatten ihren Sohn aus ihrem Leben verbannt. Das war nicht allein seiner Homosexualität geschuldet, sondern mehr noch seiner kriminellen Vergangenheit. Beckmann hatte seine Jugend mit Alkohol, Drogen und Schlägereien gewürzt, bis er schließlich im Gefängnis gelandet war. Wenn man ihn heute kennenlernte – gepflegt, wortgewandt und charmant –, würde das kaum jemand vermuten.

»Setz dich … Nein, bleib stehen. Wir stoßen erst an.« Beckmann war unbemerkt neben ihn getreten. Er reichte ihm eine viereckige Flasche, in der eine rotbraune Flüssigkeit schimmerte. »Mach mal auf.«

Brander warf einen Blick auf das Etikett: Valerie Amarone Cask. Er drehte die Flasche. Brennerei Feller in Regglisweiler, ein Single Malt Whisky im Amarone-Fass gelagert.

»Wo ist Regglisweiler?«

»Liegt an der Iller, grob zwischen Ulm und Biberach.« Beckmann hielt ihm zwei Whiskygläser hin. »Jetzt mach mal voran.«

»Hast du endlich dein lang ersehntes Schwabendiplom bekommen, oder welchen Grund hat es, dass wir einen schwäbischen Whisky zur Feier des Tages trinken?«, flachste Brander. Er öffnete die Flasche, schnupperte am Korken. Es roch vielversprechend: fruchtig und würzig. Er füllte die Gläser.

Beckmann hob seines feierlich. »Lieber Andi, vor dir steht der stolze Besitzer einer fast zwei Hektar großen Streuobstwiese im Ammertal.«

Branders Kinnlade fiel herunter. »Bitte was?«

»Ich habe eine Streuobstwiese gekauft.«

»Du verkohlst mich.«

»Nein.«

Brander suchte in Beckmanns Gesicht nach Anzeichen für einen Scherz. Es wäre nicht das erste Mal, dass der Kerl versuchte, ihn aufs Glatteis zu führen. Aber in den braunen Augen war nur ein freudiges Strahlen. Beckmann meinte es ernst.

»Was sagt Manu dazu?«

»Er sagt, ich soll machen, was mich glücklich macht. Und weißt du, was richtig klasse ist? Die Streuobstwiese befindet sich nicht im Naturschutzgebiet, das heißt, wir können eine Hütte daraufsetzen.«

»Toll«, erwiderte Brander noch immer skeptisch.

»Und wir können unseren eigenen Saft machen.«

»Du hast doch überhaupt keine Ahnung davon.«

»Deswegen sagte ich ja: wir.«

Brander überkam ein ungutes Gefühl. »Wer genau ist ›wir‹?«

Beckmann deutete grinsend auf Brander und dann auf sich. »Ich habe mit Ceci gesprochen. Ihre Großeltern hatten eine Obstwiese, da kann sie uns gute Tipps geben. Den Rasenmäher kann ich bei euch unterstellen, das haben wir schon alles geregelt. Ein Balkenrasenmäher, ich habe einen richtig guten gekauft, der wird dir gefallen. Und Ceci ist sich sicher, dass dir die Arbeit guttun wird.«

»Ach ja?« Das hatten die beiden sich fein ausgedacht. Er hatte ja auch sonst nichts zu tun.

Beckmann stieß sein Glas gegen Branders. »Mit Manu kann ich keine Hütte bauen. Wenn der sich mit dem Hammer auf die Finger haut, kann er nicht mehr Klavier spielen.«

»Bei mir ist's ja egal.« Brander probierte einen Schluck des Whiskys, schmeckte die trocken-fruchtige Note der Lagerung im Amarone-Rotweinfass, gepaart mit einem leicht pfeffrigen Anklang. Er musterte seinen Freund noch immer irritiert. Beckmann war gerade mal Anfang vierzig. Für eine Midlife-Crisis eigentlich zu früh, und in dem Fall hätte er sich vermutlich eher ein Motorrad gekauft und keine Obstwiese. »Was für Bäume stehen denn drauf?«

»Alles, was das Herz begehrt, aber vor allem Zwetschgen.«

»Wenn du Saft machen willst, brauchst du Apfelbäume.«

Beckmann zwinkerte ihm vergnügt zu. »Ich wusste, dass du der richtige Mann für mich bist.«

Samstag

Obwohl es am Abend zuvor spät geworden war, stand Brander am Samstag zeitig auf. Er wollte bei der Befragung von Liliana Jaszczak dabei sein. Cecilia quälte sich aus dem Bett, um mit ihm zu frühstücken. Sie hatte am Tag zuvor mit Nathalie gesprochen. Das Mädchen hatte Sorgen.

»Wäre schön, wenn es bei dir heute Abend nicht so spät wird«, bat Cecilia. »Dann könntest du noch mal mit ihr reden.«

»Ich könnte auch jetzt – ich habe noch ein paar Minuten.«

»Nein, Andi, nicht zwischen Tür und Angel. Außerdem möchte Nathalie heute ausschlafen. Sie hatte eine harte Woche.«

Brander öffnete das Honigglas. »Der Gute von Ute«, stand auf dem Etikett. Cecilia hatte ihn von einer heimischen Hobbyimkerin geschenkt bekommen. Das erinnerte ihn an ein anderes Thema. »Hast du von Karstens Plänen gewusst, sich eine Obstwiese zu kaufen?«

Cecilia lächelte schuldbewusst. »Wir haben drüber gesprochen.«

»Du hättest mit mir reden können, bevor du ihm meine Mithilfe in Aussicht stellst.«

»Du hättest nur vorgeschoben, dass du keine Zeit hast. Du brauchst einen Ausgleich zum Job.«

»Ich gehe regelmäßig joggen.«

»Die Obstwiese ist etwas, das wir gemeinsam machen können: Karsten, du, Nathalie, ich. Wir können zusammen ernten und Saft machen, und es wird dir Spaß machen, mit Karsten eine Hütte zu bauen.«

»Ceci, ich bin kein kleiner Junge, den man beschäftigen muss.«

»Ich weiß, aber …« Sie strich ihm schmeichelnd über den Arm. »Karsten war so enttäuscht, dass es mit dem Hauskauf nicht geklappt hat.«

»Aber eines versprech ich dir: Du wirst beim Äpfelauflesen dabei sein, meine Süße«, erwiderte Brander streng.

»Natürlich, einer muss ja die Peitsche schwingen.«

Er küsste seine Frau schmunzelnd auf die Nasenspitze. Er sollte seinen ehemaligen Kollegen Magnus Neidhart anrufen, der besaß eine Obstwiese und wusste, was es da zu tun gab.

»Karsten kann gerade etwas Ablenkung gebrauchen, zwischen ihm und Manu läuft es in letzter Zeit nicht besonders gut«, ergänzte Cecilia.

Davon hatte Beckmann am Abend zuvor nichts gesagt. Er schien so überglücklich und stolz auf seine neueste Errungenschaft. Sein Anruf kam Brander in den Sinn. Dein bester Freund ist einsam … Er hatte es für eine von Beckmanns üblichen scherzhaften Übertreibungen gehalten. Einsamkeit. Der Gedanke brachte ihn zurück zu seinem Fall.

»Ich hab mal eine ganz andere Frage«, kam Brander auf seine Arbeit zu sprechen. »Hattest du schon mal einen Patienten, der mit einer Puppe zusammenlebt?«

Cecilia legte die Stirn in Falten. Sie arbeitete seit vielen Jahren als Psychotherapeutin in einer Tübinger Gemeinschaftspraxis. »Von was für einer Puppe reden wir? Einer kleinen Babypuppe? Einer Gummipuppe?«

»Große, lebensechte Puppen.« Brander beschrieb ihr Goldmanns Puppen.

»Und was genau möchtest du von mir wissen?«

»Ich bin unsicher … Ist es normal, dass ein erwachsener Mensch mit einer Puppe zusammenlebt und sie quasi behandelt, als wäre sie ein lebender Partner?«

»Normal – da könnte ich ganz philosophisch zurückfragen: Was heißt ›normal‹? Es ist sicherlich nicht die gängige Form des Zusammenlebens, entspricht also nicht der gesellschaftlich bisher anerkannten Norm einer Beziehung. Mir stellt sich zunächst die Frage: Warum entscheidet sich jemand, sein Leben mit einer Puppe zu teilen?«

Brander dachte an das Gespräch mit Paul Wengert. »Sagen wir: Einsamkeit.«

»Einsamkeit ist aber ein sehr weites Feld.«

»Nehmen wir jemanden, der für sich einfach keine andere Möglichkeit sieht, in einer Beziehung zu leben.«

»Weil dieser Jemand Menschen nicht mag? Weil er Kontaktschwierigkeiten hat? Weil er ausgegrenzt wird? Sind es äußere Umstände? Lebt er auf einer einsamen Insel?«

Brander blies die Backen auf. »Mach's doch nicht so kompliziert.«

»Die Psyche des Menschen ist nun mal nicht simpel.«

»Nehmen wir beispielsweise einen Mann, der körperlich nicht dem gängigen Schönheitsideal entspricht, sein Gesicht ist entstellt. Zudem ist er – vielleicht seinem Aussehen geschuldet – etwas schrullig, ein bisschen introvertiert, unsicher, schüchtern … Jemand, der sich unter Menschen nicht wohlfühlt.« Es war, als hätte er Paul Wengert auf Cecis Couch gelegt, aber Brander wusste, dass er sich auf die Diskretion seiner Frau verlassen konnte.

»Eine Puppe könnte ihm vielleicht in manch einsamer Stunde helfen. Da ist jemand, an den er sich anlehnen kann, der ihm zuhört und, wie du es beschreibst, in seinen beschränkten Möglichkeiten auch reagiert. Andererseits ist so eine Puppe nicht lebendig. Sie könnte ihm durch ihre Passivität seine Einsamkeit eventuell noch stärker vor Augen führen, als es ihm vorher, als er noch ohne Puppe lebte, bewusst war. Aber das ist sicher von Fall zu Fall unterschiedlich. Ich persönlich würde einen Hund vorziehen.«

»Jemand, der schlecht laufen kann, ist mit einem Hund aber nicht gut beraten.«

»Eine Katze oder ein Goldhamster wären vielleicht Alternativen. Aber gut, nicht jeder Mensch mag Tiere. Also entscheidet er sich für eine Puppe.« Cecilia seufzte unschlüssig. »Warum nicht? Wir vermenschlichen ja auch andere Maschinen: Es gibt automatische Staubsauger und Rasenmäher, die von ihren Besitzern liebevoll mit Namen versehen werden, Autos bekommen Namen. Wir sprechen mit Alexa oder Siri oder streiten mit dem Navigationsgerät.«

»Ich nicht, das machst nur du«, flachste Brander.

»Du hast auch schon mit unserem Navi geschimpft«, widersprach Cecilia. »Aber ernsthaft: Wir behandeln Maschinen manchmal, als hätten sie menschliche Eigenheiten, als könnten sie uns verstehen und eine eigene Meinung vertreten. Diese Puppen, so wie du sie beschrieben hast, reagieren auf Ansprache ihrer Besitzer. In der Regel, vermute ich, wird die Reaktion der Puppen positiv sein, so wie der Besitzer es sich wünscht. Akzeptierend, anerkennend und nicht verletzend oder ablehnend. Das schafft Nähe, eine Bindung, vermutlich kann sich tatsächlich eine abstrakte Art von Beziehung entwickeln.«

Cecilia trank einen Schluck Kaffee, bevor sie fortfuhr: »Es ist ja eigentlich nur einseitig, aber solange die Puppe mir gehört und so agiert, wie ich es möchte, kann Vertrautheit, vielleicht sogar ein Gefühl von Geborgenheit entstehen. Der Mensch fühlt sich angenommen, auch wenn sein Gegenüber nur ein Roboter ist.«

»Kann das im Umgang mit realen Menschen helfen?«

»Es gibt Computerprogramme, die in der Autismus-Therapie eingesetzt werden und mit denen anscheinend schon kleine Erfolge erzielt wurden, da kenne ich mich allerdings nicht so aus. Aber diese Puppen, von denen du sprichst, werden ja nicht aufgrund eines medizinischen oder psychopathologischen Befundes verordnet, sondern können von jedermann gekauft werden, oder?«

»Ja.«

Cecilia hob die Schultern. »Vielleicht kann man mit so einer Roboterpuppe ein bisschen Small Talk trainieren, aber wenn ich mit einem realen Menschen kommuniziere, sind die Verhaltensweisen viel komplexer. Es geht ja nicht nur um Interpretation von Worten, sondern auch um Gestik und Mimik, die meines Wissens noch sehr reduziert sind bei Robotern. Zudem fehlen einem Roboter – zumindest nach meinem Kenntnisstand – einige wichtige menschliche Eigenschaften.«

»Die da wären?«

»Emotionen, Empathie, Moral, Bewusstsein, Kreativität … Die können zwischenmenschliche Beziehungen kompliziert machen, aber auch sehr lebendig.« Auf Cecilias Lippen legte sich ein schiefes Grinsen. »Allerdings hat eine Maschine einen gravierenden Vorteil.«

»Ach ja?«

»Ich kann sie ausschalten, wenn sie mir auf die Nerven geht, bei einem Menschen geht das nicht.«

»Doch, das geht auch. Ist aber in der Regel dann ziemlich endgültig.«

»Andi!« Cecilia schüttelte sich.

Wie war es mit Goldmann und Hägele gewesen? Welchen Nerv hatten sie getroffen, dass man sie endgültig ausgeschaltet hatte?

***

Brander traf zeitgleich mit Liliana Jaszczak vor der Tübinger Polizeidienststelle ein. Er nahm sie mit ins Gebäude und führte sie zu Hendrik Marquardts Büro. Sie trug ein schwarzes Kostüm, und Brander kam nicht umhin, ihre graziösen Bewegungen zu bemerken. Sie ging aufrecht, aber nicht steif. Es lag etwas Anmutiges, Fließendes in ihren Bewegungen, ihre Hüfte schwang locker bei jedem Schritt, ohne gewollt oder ordinär zu wirken. Als Hägeles Begleiterin hatte sie bei den Festen sicherlich einige begehrliche Blicke auf sich gezogen.

»Es ist wegen des Testaments, nicht wahr?«, fragte die junge Frau mit besorgtem Blick. »Er hat gesagt, er würde für mich sorgen, aber das habe ich nicht gewusst.«

Die Verunsicherung ließ ihren polnischen Akzent stärker durchdringen als bei ihrem letzten Gespräch, stellte Brander fest.

»Wann hat er gesagt, dass er für Sie sorgen würde?«, fragte Hendrik.

Der Kollege hatte dunkle Schatten unter den Augen. Vermutlich hatten seine Kinder ihn in der Nacht wach gehalten.

»Ich kam aus Polen zu ihm. Ich hatte nichts. Er war viel älter als ich, und irgendwann würde er meine Arbeit nicht mehr brauchen. Und was soll ich dann machen? Er hat gesagt, ich soll mir keine Sorgen machen.«

»Und dann haben Sie sich keine Sorgen mehr gemacht?«

»Doch, aber nicht mehr so viel. Er hat mich gut bezahlt. Ich habe ein bisschen gespart.«

»Sie hatten eine sehr gute Beziehung zu Ihrem Arbeitgeber, oder?« Für diese Frage erntete Brander wieder einen zornigen Blick der jungen Frau.

»Ich habe für ihn gearbeitet, aber wir hatten keine körperliche Beziehung.«

»Natürlich nicht, Herr Hägele war ja homosexuell.«

Sie sah ihn überrascht an. »Sie wissen das?«

Jetzt ja, dachte Brander bei sich, aber er wollte sie nicht vorführen. »Deswegen war er nicht an Frauenbekanntschaften bei den Partys interessiert, zu denen Sie ihn als Alibi-Freundin begleitet haben.«

»Es darf doch niemand wissen.«

Und das im 21. Jahrhundert.

»Er war oft in Ländern unterwegs, in denen das unter Strafe steht«, fuhr Liliana Jaszczak fort. »In manchen Ländern unter Todesstrafe.«

Das war leider eine traurige Wahrheit.

»Hat er mit Ihnen über seine Homosexualität gesprochen?«, fragte Brander.

»Nein, aber ich wusste es. Ich putze sein Haus, ich sorge für ihn. Das lässt sich nicht verheimlichen. Er hat manchmal Besuch gehabt, junge Männer.«

»Was waren das für Männer? Freunde oder Callboys?«

»Ich weiß nicht, woher er die kannte.«

»Haben Sie mal einen der Männer kennengelernt?«

»Nein …« Sie überlegte. »Nur einmal, letzten Sommer, einer hatte seine Jacke vergessen. Er kam, als Notker bei der Arbeit war, aber sonst habe ich keinen gesehen.«

»Und was ist mit der Puppe?«

»Was für eine Puppe?«

»Eine lebensgroße Silikonpuppe.«

»Davon weiß ich nichts.«

Die Antwort kam zu schnell, zu rigoros. Sie konnte Branders prüfendem Blick nicht standhalten. »Frau Jaszczak, Sie helfen Herrn Hägele nicht, wenn Sie uns belügen.«

»Notker ist tot. Warum muss das alles gesagt werden?«

»Damit wir seinen Mörder finden!«, erwiderte Brander energisch.

Sie hielt ihr Haupt hocherhoben, richtete den Blick an ihm vorbei in die Ferne. Eine Träne stahl sich aus ihrem rechten Auge, lief langsam über das blasse Gesicht. Selbst in ihrer Trauer hatte sie Grazie. Brander hätte sie betrachten können wie ein Gemälde.

»Herr Streiter hatte ihm eine Puppe gebracht. Ich mochte die Puppe nicht. Ich hatte das Gefühl, sie starrt mich an. Notker und ich haben Späße über sie gemacht, nach ein paar Tagen war sie wieder weg.«

»Zu welchem Zweck hat Herr Streiter ihm die Puppe gebracht?«, fragte Hendrik.

»Ich weiß nicht. Vielleicht dachte er, dass ihm so etwas gefällt. Aber das gefiel ihm nicht.«

Brander rieb sich über das Kinn, spürte kleine Stoppeln unter den Fingern. Er hatte am Morgen keine Lust gehabt, sich zu rasieren. »War es eine weibliche oder eine männliche Puppe?«

»Was ist wichtig daran?«

Es könnte Aufschluss darüber geben, ob Streiter von Hägeles Homosexualität wusste oder nicht. »Beantworten Sie bitte meine Frage.«

»Eine weibliche.«

Das konnte bedeuten, dass Streiter es nicht gewusst hatte, oder er hatte sich – warum auch immer – einen einfältigen Scherz erlaubt. »Wann hat Herr Hägele die Puppe bekommen?«

Liliana Jaszczak überlegte. »Das war vor fünf Wochen,

glaube ich. Sie war da, als ich aus dem Urlaub zurückkam, am 20. August. Ich war ein paar Tage in Polen, bei meiner Familie.«

»Sie sagten bei unserem letzten Gespräch, dass Herr Hägele in den letzten Wochen deprimiert wirkte. Können Sie das zeitlich eingrenzen? Seit wann wirkte er so?«

Sie musste wieder einen Moment nachdenken, bevor sie antwortete. »Aufgefallen ist es mir vor zwei Wochen. Nein, vor drei Wochen.«

Also kurz nachdem Hägele die Puppe an Streiter zurückgegeben und er das Erpresserschreiben bekommen hatte. Aber von wem war er erpresst worden? Von Levin Goldmann und seiner Freundin? Oder ging die Erpressung auf Streiters Konto?

***

Brander hatte Peppi zu Hause abgeholt und war mit ihr nach Esslingen gefahren. Er hatte die Soko-Sitzung erst mittags anberaumt, damit er die Protokolle der Kollegen sichten konnte. Doch stattdessen zog er seine Skizze aus der Schublade hervor und ergänzte sie um einige Symbole für die Personen, mit denen er im Laufe der letzten Tage gesprochen hatte.

Für Vinzenz Streiter skizzierte er einen Roboter. Streiter lebte offensichtlich für seine Forschung. Und er hatte Menschen gefunden, die sich darauf einließen, ihm tiefe Einblicke in ihr Privatleben zu gewähren. Andererseits, wenn er bedachte, was die Leute heutzutage alles im Internet von sich veröffentlichten, war diese Spielart vermutlich beinahe harmlos.

Ein abstrakt-asymmetrisches Gesicht zeichnete Brander für Paul Wengert. Jens hatte sich Wengerts Elfie angesehen. Die Puppe verfügte über eine Aufnahmefunktion und übertrug die Daten auf den externen Server. Wengert hatte eine App auf seinem Smartphone, um diese Funktion zu aktivieren und zu deaktivieren. Am vergangenen Montag hatte er einen neuen

Internetrouter bekommen, dabei war das WLAN-Passwort geändert worden, wodurch die Verbindung zwischen Elfie und dem Server unterbrochen worden war. Jens konnte das beheben, und Elfie gab ihr stoisches Schweigen auf. Wengert war überglücklich.

Levin Goldmann hatte Brander symbolisch als Marionette gezeichnet. Es war der erste Eindruck, der bei ihm entstanden war, als er die lackierte Leiche gesehen hatte. Aber war Goldmann das gewesen – eine Marionette? Und wenn ja, wer zog die Fäden? Vinzenz Streiter? Oder war es doch die Tat der Feministinnen? Oft genug wurde Männern ja unterstellt, triebgesteuert zu sein. Fremdbestimmt, wie eine Marionette.

Ein Gedanke kam Brander in den Kopf. Streiter schien zwar überrascht, als sie ihn über Levin Goldmanns Tod informiert hatten, aber er hatte nicht gefragt, wie der junge Mann gestorben war. Interessierte es ihn nicht? Oder hatte er es womöglich schon gewusst?

Du ruinierst mich und meine Forschung, hatte er zu Goldmann gesagt. War das Grund genug für ihn, einen Mord zu begehen? Aber wie konnte Goldmann Streiter ruinieren? Brander stützte den Kopf in die Hände und starrte auf seine Zeichnung.

Goldmann hatte Zugriff auf den Datenserver. Wenn die Puppe, die Streiter Hägele gegeben hatte, Aufnahmen von dem Geschäftsmann und seinem Liebhaber gemacht hatte, dann hätte Levin Goldmann die Aufnahmen sehen können. Aber Hägele war kein offizieller Kunde von Goldmann. Wie hätte er also den Namen des Mannes auf dem Video in Erfahrung bringen sollen?

»Verflucht noch eins«, stöhnte Brander genervt auf. »Warum wurden Goldmann und Hägele auf die gleiche Art und Weise ermordet? Wo ist das Motiv?«

Peppi sah zu ihm rüber. »Was ist mit der Erpressung?«

»Wer sollte denn ein Interesse daran haben, einen Erpresser und den Erpressten zu töten?«

»Goldmann muss nicht der Erpresser gewesen sein.«

Wer dann? Seine Lebensgefährtin? Aber auch dann stellte sich die Frage: Warum Hägele? Brander starrte frustriert zum Fenster. »Diese ganze verfluchte Erpressungsgeschichte führt uns auf eine falsche Fährte.«

»Muss nicht sein.«

»Dann verrate mir, wie die Erpressung und die Morde zusammenhängen sollen.«

Peppi lehnte sich mit verschränkten Armen zurück und grinste selbstgefällig. »Wie schön. Wenn die Herren der Schöpfung nicht weiterwissen, bitten sie die Damen um Hilfe.«

»Och, Peppi, jetzt komm mir nicht mit dem Scheiß. Ich frage dich nicht, weil du eine Frau bist, sondern weil du zufällig gerade hier bist.«

»So zufällig ist das gar nicht. Wir teilen uns ein Büro, werter Kollege, und das bereits seit mehr als zehn Jahren.«

»Und jetzt habe ich unseren Kennenlerntag vergessen, oder was?«

»Den vergisst du, seit ich dich kenne«, erwiderte Peppi unbeeindruckt von seinem Sarkasmus.

Im selben Augenblick polterte Stephan in ihr Büro. »Was 'n hier los? Ehekrach?«

»Peppi schmollt, weil ich unseren Kennenlerntag vergessen habe.«

»Ist ja auch 'n Unding.« Stephan zwinkerte der Kollegin verschmitzt zu.

»Ich schmolle nicht«, stellte Peppi klar. »Andi ist frustriert, weil wir mit den Ermittlungen nicht vorankommen.«

»Hast du irgendwas Dienstliches?« Brander deutete auf seinen Monitor. »Ich will die Protokolle vor der Sitzung noch sichten.«

»Du malst doch schon wieder Strichmännchen.« Stephan gesellte sich zu ihm und sah über seine Schulter auf die Zeichnung, die vor ihm auf dem Schreibtisch lag.

»Ich suche ein Motiv. Was übersehen wir? Man hat die zwei doch nicht nach dem Zufallsprinzip ausgesucht.«

»Warum nicht?«

»Weil es diese Verbindung über Vinzenz Streiters Forschungsprojekt gibt. Das kann einfach kein Zufall sein: Hägele war Streiters Sponsor, Goldmann hat ihn bei der Datensammlung unterstützt.«

»Pass auf, Andreas, ich hab drei Sachen, vielleicht hilft davon was weiter. Ich hab mit der Freundin von Chantal gesprochen, der Jennifer. Sie hat bestätigt, dass sie sich an dem Samstagabend mit Chantal getroffen hat. Chantal ist gegen halb neun abends zu ihr gekommen, die zwei haben ordentlich vorgeglüht und sind gegen Mitternacht in die Stadt gezogen. Wo genau sie waren, konnte Jennifer nicht mehr sagen, sie seien ziemlich betrunken gewesen.«

»Dann hat die Birk da ja mal nicht gelogen.«

»Gibt ihr aber kein Alibi für die Tatzeit«, gab Peppi zu bedenken.

Brander nickte. »Wusste Jennifer von dem Streit zwischen Chantal und Levin?«

»Yep, der Levin hatte sie am Montag rausgeschmissen. Warum, hat Chantal ihr aber nicht sagen wollen. Sie hat am Samstagabend entweder auf ihn geschimpft, dass er an allem selbst schuld sei, oder sie hat geheult, weil sie befürchtet hat, dass er nie wieder mit ihr reden werde – womit sie ja nicht ganz unrecht hatte.«

»Montag schon?«, wunderte sich Peppi. »Sie hat doch gesagt, sie habe ihn am Freitag noch gesehen.«

»Hat Chantal ihrer Freundin auch verraten, woran Goldmann schuld sein soll?«, fragte Brander hoffnungsvoll.

»Leider nicht. Chantal hat bei ihr übernachtet und ist Sonntagvormittag wieder gefahren. Jennifer vermutet, zu ihrer Mutter.«

Ein Streit, der dazu führte, dass Levin Goldmann seine Freundin rausschmiss und sich anscheinend weigerte, mit ihr zu sprechen. Da konnte es nicht nur um Müll und nicht gemachten Abwasch gegangen sein. Andererseits – junge Menschen machten aus kleinen Dingen gern mal ein Drama.

»Punkt zwei«, fuhr Stephan fort, »Solveig Matschukat

kennt nicht nur unseren Puppenspieler Levin, sondern auch den Vinzenz. Sie hat ihn bei einer Podiumsdiskussion in Stuttgart lauthals beschimpft und mit vergammelten Tomaten beworfen.«

»Igitt.« Peppi verzog das Gesicht.

»Vinzenz hat sie angezeigt, die Sache ist dann aber mehr oder weniger im Sande verlaufen.«

»Wann war das?«, fragte Brander.

»Vor knapp einem halben Jahr.«

Brander betrachtete grübelnd seine Zeichnung. »Erklärt aber nicht, warum Notker Hägele tot ist, oder hat sie den auch mal beschimpft?«

»Nicht dass ich wüsste.«

»Was war Punkt Nummer drei?«

»Hans kommt morgen vermutlich von der Intensiv. Du solltest mal bei ihm vorbeischauen.«

Den Gedanken an den Herzinfarkt seines Vorgesetzten hatte Brander verdrängt. Nach Stephans Bemerkung brauchte er einen Moment, um sich wieder auf seine Arbeit konzentrieren zu können. Dadurch hatte er es nicht mehr geschafft, alle Informationen, die am Vortag bei ihm eingegangen waren, vor der Soko-Sitzung zu lesen. Jetzt wanderte sein Blick über die Gesichter der Ermittlungsgruppe.

»Jens, habt ihr euch schon mit Streiters Server befassen können?«

»Die Genehmigung kam leider relativ spät gestern Nachmittag. Ich habe versucht, Streiter zu erreichen, habe aber nur seine Assistentin ans Telefon bekommen, die angeblich keinen Zugriff auf den Server hat.«

»Das kann nicht sein«, widersprach Brander. »Sie hat uns gestern erzählt, dass sie die Systeme überwacht und bei Problemen eingreifen kann.«

»Sie hat aber auch gesagt, dass sie keinen Zugriff auf diesen externen Server hat, auf dem die Aufnahmen gespeichert werden«, korrigierte Peppi ihn.

»Wie dem auch sei, ich hatte den Zugriff ja eh schon.« Jens grinste spitzbübisch, während seine Finger tatkräftig schnippten. »Goldmanns Smartphone und Cindy sei Dank. Wir sichten zurzeit die Videos. Es sind unermesslich viele. Wir haben uns auf die Videos der Puppen konzentriert, die ihr bei Goldmann gefunden habt, und mit den Aufnahmen von dem Samstag begonnen, als Goldmann getötet wurde. Nicht viel Interessantes, aber die letzte Aufzeichnung vom Samstag will ich euch kurz zeigen.«

Jens ließ über den Beamer das Video an der Wand abspielen. Ein Ausschnitt von Levin Goldmanns Gesicht erschien. Er beugte sich über den Kopf der Puppe. »So, jetzt läufst du wieder rund, meine Hübsche«, erklang die Stimme des jungen Mannes.

Eine Hand mit einem Tuch näherte sich der Kamera, versperrte kurzzeitig die Sicht, dann zog Goldmann die Hand zurück. Er richtete sich auf und wandte sich um. »Oh Mann, nicht jetzt«, hörte man ihn murren.

Der Blick der Puppe war zur Decke gerichtet. Sie sahen nur einen Teil von Goldmanns Oberkörper und seinen Hinterkopf aus der Mäuschen-Perspektive. Dann verschwand er aus dem Blickfeld. Eine knappe Minute war nur die weiße Zimmerdecke mit Beleuchtung zu sehen – Jens übersprang die Sequenz mit dem Schnellvorlauf –, dann kehrte Levin Goldmann wieder in ihr Blickfeld zurück. »Sorry, Cindy, hoher Besuch. Du darfst jetzt wieder zu deinen Freundinnen.« Die Puppe wurde hochgehoben und auf das Sofa gesetzt. Dann stoppte die Aufnahme.

»Da hat er Cindy ausgeschaltet«, erklärte Jens.

»Wann war das?«, fragte Brander.

»Gegen vierzehn Uhr achtundvierzig.«

»›Hoher Besuch‹. Wer kann das sein?«

»Es klang etwas zynisch, oder?«, überlegte Peppi. »Vielleicht seine Freundin.«

»Die sagt, Streiter wäre bei ihm gewesen. Vielleicht war er gemeint.« Brander seufzte ratlos. »Kann man aus der Aufnahme noch mehr rausholen? Vielleicht die Stimme des Besuchers?«

»Wir können versuchen, aus den Hintergrundgeräuschen noch irgendetwas herauszufiltern.« Jens hob skeptisch die Augenbrauen. »Aber viel Hoffnung habe ich nicht. Die Puppen verfügen nur über begrenzte Raummikros, und Goldmann hat offensichtlich das Zimmer verlassen.«

»Vielleicht haben wir ja Glück. Danach gab es keine weiteren Aufnahmen im Haus?«

»Die nächste Aufzeichnung ist die von Peppi.«

Es wäre auch zu einfach gewesen, wenn eine der Puppen den Täter gefilmt hätte.

»Notker Hägele hatte laut Aussage seiner Haushälterin um den 20. August rum für ein paar Tage eine von Goldmanns Puppen«, berichtete Brander. »Vielleicht schaut ihr euch das Videomaterial aus dem Zeitraum mal an.«

»Okay.«

»Warum hatte Goldmann Cindy eigentlich auf Sendung?«, fragte Hendrik Marquardt.

»Ich denke, dass er die Technik checkt, wenn er die Puppen zur Inspektion bekommt«, erwiderte Jens. »Da das Ganze via Cloudserver funktioniert, muss er dazu online sein.«

»Das erklärt aber nicht, warum die Puppe Peppi aufgenommen hat, nachdem sie sie eingeschaltet hatte«, überlegte Brander. »Was ist mit dieser Handy-App? Funktioniert die tatsächlich?«

»Ja, die scheint zu funktionieren. Ich könnte mir vorstellen, dass Goldmann die Aufnahmefunktion zu Testzwecken eingeschaltet und dann vergessen hat, sie zu deaktivieren, als er unerwartet Besuch bekam.«

»Wenn wir davon ausgehen«, überlegte Brander, »dass die Puppe, die Streiter Hägele gegeben hatte, die Aufnahmen von ihm und dem Jungen gemacht hat, warum hat Hägele die Aufnahmefunktion nicht gestoppt, als er sein Rendezvous hatte?«

Jens suchte auf seinem Laptop nach einem Bericht. »Auf seinem Smartphone war keine App.«

»Apps kann man löschen«, erwiderte Peppi.

»Apps löscht man nicht, man deinstalliert sie«, dozierte Jens.

»Wo ist der Unterschied?«

»Du willst nicht, dass ich dir das jetzt erkläre.« Der IT-Forensiker wandte sich wieder an Brander. »Ich bin zwar ziemlich sicher, dass es keine Puppen-App auf Hägeles Smartphone gab, aber sicherheitshalber schau ich mir den Apparat noch mal an.«

»Mach das.« Brander überflog seine Notizen. »Was ist mit den Geräten von Chantal Birk? Habt ihr da was gefunden?«

Jens stieß ratlos die Luft aus den Lungen. »Anita ist dran. Wir haben einen Laptop und das Smartphone von Frau Birk bekommen, aber ich habe ehrlich gesagt keine Ahnung, wie weit die Kollegen mit der Auswertung sind. Ich habe mich auf den Server konzentriert, und dann musste ich gestern Abend ja noch Puppendoktor spielen.«

»Jens, nur mal für mich, zum besseren Verständnis«, meldete sich Peppi wieder zu Wort. »Diese Forschungsmethode von dem Streiter, ist die eigentlich seriös?«

Der Kollege zuckte mit den Achseln. »Laut seiner Aussage gibt es eine vertragliche Vereinbarung mit den Kunden von Goldmann, in der sie zustimmen, ihm freiwillig für seine Forschung Daten zur Verfügung stellen. Und der Wengert hat euch das doch gestern bestätigt.«

»Wenn ich hier mal kurz reingrätschen darf.« Fabio blätterte durch seine Notizen. »Ganz so unberechtigt ist Peppis Frage nach Streiters Seriosität nicht. Hier …« Er hatte gefunden, was er suchte. »Zu seiner Dissertation in Göttingen gab es einige Plagiatsvorwürfe. Kurz darauf hat er die Uni verlassen und ist in die Staaten gegangen.«

»Aber den Doktortitel hat man ihm nicht aberkannt?«, fragte Brander.

»Davon steht hier zumindest nichts.«

Du ruinierst mich und meine Forschung, hatte Streiter gesagt. Was hatte Goldmann getan? Die Erpressung, gab Brander sich selbst die Antwort. War Streiter ihm auf die Schliche gekommen? Oder stimmte Peppis Vermutung, dass auch er von Goldmann und seiner Freundin erpresst worden war?

»Wir kommen immer wieder auf Streiter. Wir brauchen mehr Informationen über den Mann. Hendrik, du solltest doch mit dem Wissenschaftler von Cyber Valley sprechen.«

»Der weilt gerade in den Staaten, kommt jetzt aber am Wochenende wieder. Montag, neun Uhr haben Jens und ich einen Termin.«

»Gut. Fabio, überprüf bitte, ob Streiter außer dem Haus in Pfrondorf noch irgendwo anders was gekauft oder gemietet hat. Ich kann ihn schon wieder seit Donnerstag nicht erreichen, und seine Assistentin behauptet, nicht zu wissen, wo er sein könnte.«

»Seine Assistentin scheint mir ein bisschen sehr treu ergeben gegenüber ihrem Arbeitgeber«, bemerkte Hendrik.

Brander nickte. »Mit der Dame werden wir uns noch mal befassen.«

Ein Klopfen unterbrach sie. Jens' Kollegin Anita Stern gesellte sich zum Soko-Team.

»Ich dachte, das möchtet ihr vielleicht so schnell wie möglich erfahren«, begann sie. »Die Erpressermail wurde auf Chantal Birks Laptop geschrieben.«

»Ist das sicher?«, fragte Brander.

»Ja, sie hat sich wirklich nicht besonders schlau angestellt. Das Erpresserschreiben wurde zunächst in einer Worddatei verfasst; die hat sie zwar gelöscht, aber wir haben die Datei dennoch gefunden, ebenso wie die Bild- und Videodateien, die sie auf ihrem Laptop gespeichert und vor Kurzem erst gelöscht hat. An ihrem Browserverlauf konnten wir herausfinden, dass sie sich auf einem E-Mail-Konto angemeldet hat, von dem aus die Mail an Notker Hägeles Firmen-Mailadresse verschickt worden ist.«

»Habt ihr Zugriff auf das Mail-Konto?«

»Ja, die Mails in dem Account sind gelöscht worden, aber sie hat vergessen, den Papierkorb zu leeren.« Anita Stern verzog mitleidig das Gesicht. »So viel Dummheit gehört wirklich bestraft. Es wurden mindestens zwei Mails an Hägele geschickt, aber er hat anscheinend nicht darauf reagiert – zumindest haben wir keine Antwortmail von ihm gefunden.«

»Es könnte aber auch jemand anders ihren Computer benutzt haben«, gab Peppi zu bedenken.

»An wen denkst du?«, fragte Brander.

»Wie wäre es mit Levin Goldmann? Die beiden lebten schließlich zusammen.«

Jens runzelte zweifelnd die Stirn. »Der Goldmann wird doch nicht so dreist gewesen sein und den Laptop seiner Freundin für eine Erpressung verwendet haben.«

»Vielleicht konnte er seine Freundin nicht so gut leiden«, überlegte Anita.

»Die zwei hatten am Montag vor seinem Tod Streit«, erinnerte sich Brander an Stephans Information. »Wir sollten uns bei Familie und Freunden umhören, wie es tatsächlich um die Beziehung zwischen den beiden bestellt war. Und mit Frau Birk will ich umgehend sprechen. Fragt sich nur, wo wir sie finden.«

»Handyortung scheidet aus«, stellte Jens fest.

»Wieso?«

»Das liegt auf Anitas Schreibtisch.«

»Peppi, check mit Stephan, ob sie bei der Arbeit ist. Wenn ihr sie in der Drogerie nicht findet, versucht es bei ihren Eltern.« Fabio und Peter setzte Brander auf die Umfeldrecherche an. »Gute Arbeit, Anita. Danke, dass du uns gleich informiert hast.«

»Was wärt ihr nur ohne uns Computerfuzzis«, seufzte Jens theatralisch.

»Och, Jens«, schmollte Peppi. »Wie lang willst du mir das denn noch vorhalten?«

Der Kollege grinste verschmitzt unter seinen blonden Strubbelhaaren.

***

Chantal Birks Make-up war verschmiert, als sie drei Stunden später Brander und Peppi in einem Vernehmungszimmer gegenübersaß. Sie hatte um einen Rechtsbeistand gebeten. Da sie jedoch weder einen Rechtsanwalt kannte noch sich einen leisten konnte, hatten sie einen Pflichtverteidiger herbeizitiert, wodurch sich der Beginn der Vernehmung verzögert hatte. Brander hatte die Zeit genutzt und sich bei Fabio mehr Hintergrundwissen über die junge Frau besorgt.

»Ich verliere meinen Job!«, schimpfte Birk unter Tränen. Sie hatte an diesem Samstagnachmittag im Drogeriemarkt gearbeitet, als Peppi mit Stephan dort aufgetaucht war. Im Reflex hatte sie davonlaufen wollen, aber Stephans Schnelligkeit aufgrund seiner massigen Erscheinung unterschätzt.

»Wären Sie einfach mit uns mitgekommen, hätte es weniger Aufsehen erregt«, entgegnete Peppi ungerührt. »Wir hätten Ihrer Chefin gesagt, dass wir Sie in einer dringenden polizeilichen Angelegenheit sprechen müssen, mehr nicht – aber so wird sie sich vermutlich ihren Teil denken.«

»Frau Birk, meine Kollegen haben Ihnen bereits gesagt, warum Sie hier sind, aber ich wiederhole es noch einmal für Ihren Rechtsanwalt. Sie werden der versuchten Erpressung nach Paragraf zweihundertdreiundfünfzig in Verbindung mit Paragraf zweiundzwanzig StGB beschuldigt. Gegen Sie besteht der Verdacht, dass Sie Herrn Notker Hägele von einem anonymen E-Mail-Account mindestens zwei E-Mails geschickt haben, in denen Sie ihm androhen, intime Bildaufnahmen und Videos zu veröffentlichen, wenn er sich nicht bereit erklärt, einen Betrag von zwanzigtausend Euro in bar an Sie zu zahlen.«

Birk starrte auf die Finger in ihrem Schoß, während Brander fortfuhr: »Des Weiteren wurden diese Fotos und Videoaufnahmen mutmaßlich ohne Wissen und ohne Zustimmung von Herrn Hägele und seinem Partner gemacht, was zu einer Verletzung des persönlichen Lebensbereiches von Herrn Hägele und dessen Partner führte und ebenfalls strafbar ist. Sowohl die Erpresserschreiben als auch das Bildmaterial und die Videoaufnahme konnten auf Ihrem privaten Laptop sichergestellt werden. Haben Sie das so weit verstanden?«

Die junge Frau deutete ein resigniertes Nicken an.

»Haben Sie diese intimen Aufnahmen gemacht?«

Chantal Birk schüttelte den Kopf.

»Wer hat die Aufnahmen gemacht?«

Die Antwort war ein Achselzucken.

»Wie sind Sie an diese Aufnahmen gekommen?«

Die junge Frau starrte weiter stumm auf ihre Hände. Brander sah zu Birks Rechtsanwalt, der bisher schweigend neben seiner Klientin gesessen hatte und auch jetzt keine Anstalten machte, ihr beizustehen. Ein schlanker, groß gewachsener Mann mit akkuratem Kurzhaarschnitt und missgelauntem Blick. Er hatte wohl gehofft, dass er an diesem Wochenende von seiner Dienstbereitschaft verschont bliebe.

»Frau Birk, interpretiere ich Ihr Schweigen richtig, dass Sie von Ihrem Aussageverweigerungsrecht Gebrauch machen möchten?«, wandte Brander sich wieder an das Häufchen Elend vor ihm.

Das Schweigen dauerte an.

»Ich nehme das als ein Ja. Frau Birk, Sie bleiben in Gewahrsam. Wir werden Sie schnellstmöglich einem Haftrichter vorführen.«

Diese Aussicht brachte ihre Lebensgeister zurück. »Ich will nicht hierbleiben!«, schrie sie auf. Sie sah hilfesuchend zu ihrem Anwalt.

»Es besteht überhaupt kein Grund, meine Mandantin in Gewahrsam zu nehmen. Kein Richter wird Ihnen für die Delikte, die ihr vorgeworfen werden, einen Haftbefehl ausstellen.«

»Das lassen wir doch den Richter entscheiden. Wir prüfen zurzeit, ob weitere Personen von Frau Birk heimlich aufgenommen und erpresst wurden, und es besteht immerhin eine sehr hohe Wahrscheinlichkeit, dass diese versuchte Erpressung gegen Herrn Hägele mit der Ermordung von Notker Hägele und Levin Goldmann in einem Zusammenhang steht.«

Chantal Birk erblasste. »Ich hab Levin nicht umgebracht!«

Sie zerrte am Ärmel ihres Anwalts. »Bitte! Machen Sie was! Ich hab niemanden umgebracht.« Sie begann wieder herzergreifend zu weinen.

Die Kommissare warteten, bis sie sich beruhigt hatte.

»Möchten Sie vielleicht jetzt doch mit uns reden, Frau Birk?«, fragte Brander.

Sie hob den Blick, eine Mischung aus Trotz und Angst beherrschten ihre Gesichtszüge. »Ich will nach Hause.«

»Sind Sie sich eigentlich darüber im Klaren, was Sie getan haben? Sie haben einen Menschen erpresst. Das ist kein Kleinmädchenstreich.«

»Ich war das nicht.«

»Wer dann? Wer hatte Zugriff auf Ihren Computer?«

Sie presste die Lippen bockig zusammen.

»Ihr Lebensgefährte? Levin Goldmann?«

Ihr Mund blieb verschlossen.

»Haben Sie gemeinsam mit ihm Herrn Hägele erpresst?«

Sie sah wieder hilfesuchend zu ihrem Anwalt, der jedoch nur mit einem hörbaren Seufzen auf seine Armbanduhr sah. Anscheinend hatte er noch weitere Termine.

»Was ist passiert, Frau Birk? Reden Sie mit uns. Zwei Menschen sind tot. Einer davon war Ihr Lebensgefährte, und Sie lügen uns in einer Tour an! Wollen Sie nicht, dass wir denjenigen finden, der das getan hat?«

Nachdem sich die Frau wieder in stoisches Schweigen flüchtete, stand Brander auf und wandte sich an die uniformierte Beamtin im Raum. »Bringen Sie Frau Birk bitte in die Gewahrsamszelle.«

»Ey, Scheiße, nein! Sie müssen was tun!«, flehte Chantal Birk den Anwalt an. »Ich will nicht hierbleiben!«

»Frau Birk, ich sorge dafür, dass man Sie so schnell wie möglich wieder entlässt«, erwiderte der Anwalt mit unbeteiligter Nüchternheit. »Aber dazu muss ich mir erst einen detaillierten Überblick über den Sachverhalt verschaffen. Bitte verhalten Sie sich ruhig und kooperativ und äußern Sie sich nicht zur Sache, ohne vorher mit mir gesprochen zu haben.« Bei seinen letzten Worten bemüßigte er sich, Brander einen mahnenden Blick zuzuwerfen.

»Na, ob der sich jetzt gleich auf die Akten stürzen wird?«, zweifelte Peppi auf dem Weg zurück in ihr gemeinsames Büro.

»So viel Arbeit wird das nicht«, ahnte Brander. »Wir haben nur die Daten von Birks Laptop, die genauso gut von ihrem Lebensgefährten stammen könnten.«

»Durch den Tod ihres Freundes kann sie jetzt alles ihm in die Schuhe schieben.«

»Hältst du sie für unsere Mörderin?«

Peppi strich sich mit beiden Händen die dunklen Locken aus der Stirn. »Ich weiß nicht. Einerseits wirkt sie so unsicher, naiv und planlos, aber andererseits … Sie ist Kosmetikerin, Körperkontakt macht ihr nichts aus, und offensichtlich mag sie die Farbe Pink. Ihr Auto ist pink, ihr Nagellack, in ihrer Kleidung taucht die Farbe immer wieder auf …«

»Worauf du alles achtest.«

»Ja, da ist es wieder, mein verkanntes Genie.«

»Darf ich dir einen Kaffee holen, du Genie?«

»Nein, ich komme mit. Vielleicht gibt's noch irgendwo Kekse, ich krieg gerade Hunger.«

Sie gingen in den Pausenraum. Während Brander zwei Tassen Kaffee zubereitete, durchforstete Peppi erfolglos die Schränke nach Nahrung.

»Mist.« Sie setzte sich frustriert an den Tisch.

»Was ist los, Kollegin?« Jens Schöne kam um die Ecke.

»Keine Kekse.«

»Wenn das alles ist, da kann der Computerfuzzi Abhilfe schaffen.«

»Mit 'ner Online-Bestellung, oder was?«, murrte Peppi.

Jens lachte auf. »So ähnlich. Bin gleich wieder zurück.«

Wenig später gesellte sich der Kollege mit einer Packung Schokoladenkekse zu ihnen. »Hat sie gestanden?«

»Sie hat geschwiegen.« Brander nahm sich ein Plätzchen.

»Kann man wirklich so dumm sein? Verschickt die Daten von ihrem privaten Laptop.«

»Wenn es jemand anders war, muss er ihre Zugangsdaten gehabt haben. Wir haben keine Hinweise gefunden, dass sich jemand auf ihren Laptop eingehackt hat, und der Computer war gut gepflegt: aktuelle Software, Antivirusprogramm, Firewall.«

»Ein gut gesicherter Computer widerspricht aber der Dummheit des Erpressers«, überlegte Peppi.

»Muss nicht«, widersprach Brander. »Levin Goldmann kannte sich aus, er wird auch den Computer seiner Freundin gepflegt haben.«

»Ergo ist er nicht der Erpresser«, folgerte Peppi.

»Oder er wollte mit dem dilettantischen Vorgehen eine falsche Fährte legen, falls er auffliegt. In der Beziehung der beiden muss es öfter gekriselt haben.« Das hatte Brander von Fabio erfahren. »Es gab immer wieder Streit wegen der hohen Schulden und weil Frau Birk gern etwas feudaler gelebt hätte: öfter mal ausgehen, mehr Partys, mehr Reisen.«

»Auch das deutet eher auf Frau Birk als dummdreiste Erpresserin.« Peppi spülte ein paar Kekskrümel mit ihrem Kaffee runter. »Aber sie ist nicht unsere Mörderin. Beide Taten müssen gut geplant gewesen sein. Um jemanden zu betäuben, dann zu ersticken, ihn danach halb auszuziehen und zu lackieren und dann noch daran zu denken, das Kaffeegeschirr in die Spülmaschine zu räumen …« Peppi schüttelte den Kopf. »Dafür hat die nicht die Nerven.«

»Den Eindruck einer eiskalten Mörderin macht sie wirklich nicht.« Brander erlaubte sich einen zweiten Keks. »Aber andererseits ist sie eine notorische Lügnerin.«

»Was ist mit Streiter?«, fragte Jens. »Der war doch anscheinend hin und wieder bei Goldmann und kennt sich auch mit Computern und Netzwerken aus. Er könnte die Erpressung über Birks Laptop ohne Weiteres eingefädelt haben. Zudem ist er ein Kommunikationsspezialist. Er könnte die Erpressung absichtlich so simpel gestrickt haben, um im Falle einer Entdeckung den Verdacht auf ein weniger computeraffines Mädel zu lenken.«

Vinzenz Streiter. Der Mann, der schon wieder abgetaucht war. Ein Mensch, der für seine Forschung über Leichen ging? Brander spürte eine innere Unruhe in sich aufsteigen. Eine Woche war seit dem ersten Mord vergangen, und der Durchbruch ließ auf sich warten. Was hätte Käpten Huc getan, um den Fall voranzutreiben?

Du solltest mal bei ihm vorbeischauen, hallten Stephans Worte in seinem Kopf. Brander sah zum Fenster. Bis zur Dämmerung blieben noch ein, zwei Stunden. Er stand auf und stellte seine Tasse in die Spülmaschine. »Peppi, versuch bitte, Herrn Streiter zu erreichen. Ich bin eine Weile weg.«

»Wo bist du, wenn jemand fragt?«

Brander tippte sich an die Schläfe. »In meinem Gedankenschloss.«

»Gedächtnispalast heißt das«, wurde er von Jens – Sherlock – Schöne korrigiert.

Brander holte seine Jacke aus dem Büro und verließ die Dienststelle. Einen Moment blieb er unschlüssig vor dem Eingang stehen, blickte hinunter zum Kanal und zur Innenstadt. Auch wenn der Himmel an diesem Samstagnachmittag nach Regen aussah, waren dennoch zahlreiche Menschen unterwegs. Zu viele.

Er wandte sich nach links, nahm den Weg zum Münster St. Paul, der alten Bettelordenskirche aus dem 13. Jahrhundert. Vor einiger Zeit hatte er zufällig entdeckt, dass die hellen Fugen auf den Sandsteinquadern zum Teil aufgezeichnet waren. Heute hatte er dafür keinen Blick. Er versuchte, seine Gedanken abzustellen, während er mit ausholenden Schritten über den Klosterhof vor dem frühgotischen Kirchenbau marschierte. Er brauchte einen freien Kopf, um die Informationen der vergangenen Tage neu zu sortieren und zu bewerten.

Er überquerte die Augustinerstraße, erreichte die Burgstaffel, die zu einer Burg führte, die eigentlich keine war – es handelte sich um eine Wehranlage mit einem dicken Turm, in der niemals ein Ritter oder König gelebt hatte. Aufgemalte Fugen, Burgen, die keine waren … Man gab den Dingen Namen, doch nichts war, wie es schien, philosophierte Brander, während er die Stufen hinaufstieg.

Cindy. Der Name klang harmlos, nach einer lieben, willigen Gefährtin. Aber was verbarg sich tatsächlich hinter dieser computervernetzten Puppe? Was für Aufnahmen hatten die Puppen gemacht, ohne Wissen ihrer Besitzer? Und was war mit diesen Aufnahmen gemacht worden? War das junge Pärchen aus Geldnot unter die Erpresser gegangen? Waren andere Kunden auch erpresst worden? Oder war dieser unerreichbare Wissenschaftler der »Schwuchtelfreund«? Allem Anschein nach hatte er Notker Hägele die Puppe gegeben.

Brander erreichte den Seilergang, der zum »Dicken Turm« führte. Er galt als Wahrzeichen der Stadt. Schnaufend ließ er den Blick über die Umgebung schweifen. Unter sich erblickte er die Giebel- und Mansarddächer der Altstadt, dazwischen stachen die ungleichen Türme der gotischen Stadtkirche St. Dionys hervor. Brander sog die Luft tief in seine Lungen, um seinen Puls wieder auf eine ruhige Schlagrate zu bringen. Der zügige Treppenaufstieg hatte sein Herz zum Pumpen gebracht.

Unwillkürlich wanderten seine Gedanken zu seinem Vorgesetzten. Es hatte kein Vorwurf in der Stimme gelegen, als Stephan ihm sagte, er solle Käpten Huc besuchen. Es war aber auch keine Bitte, kein wohlmeinender Ratschlag gewesen, sondern eine Aufforderung. Allein der Anstand hätte es Brander geboten, seinen Chef zu besuchen, immerhin hatte er dessen Vertretung vor ein paar Tagen übernommen. Was hielt ihn von einem Besuch ab? Er scheute sich davor, seinen immer so fest im Leben stehenden Vorgesetzten hilflos an Schläuchen und Maschinen angeschlossen in einem Krankenhausbett liegen zu sehen.

Diese Erkenntnis ärgerte ihn. Ob im Liegen oder Sitzen oder aufrecht stehend vor seinen Leuten: Clewer war ein Fuchs mit einem Blick fürs Ganze. Morgen, nahm Brander sich vor, morgen würde er zu ihm ins Krankenhaus fahren. Sein Besuch war überfällig.

»Du kommst gerade recht«, begrüßte Peppi Brander, als er wieder in sein Büro zurückkehrte.

»Was gibt's?«

»Frau Birk möchte eine Aussage machen.«

Brander hängte seine Jacke an den Kleiderhaken. »Ist das ihrem Superanwalt zu verdanken?«

Peppi verzog abschätzig das Gesicht. »Ich denke, ein paar Stündchen in unserer schlichten Gewahrsamszelle ohne Internet, TV oder sonstige Ablenkungen sind manchmal ganz hilfreich, um in Ruhe nachzudenken. Der Wunsch kam von ihr. Ich habe ihren Anwalt informiert, der sicherlich in kürzester Zeit freudestrahlend hier erscheinen wird.«

»Hast du Vinzenz Streiter erreicht?«

»Nein, nur seine Assistentin. Sie sagte, sie habe Herrn Streiter seit Donnerstagabend nicht mehr gesehen, was aber für ihn nicht ungewöhnlich sei. Er habe immer wahnsinnig viele Termine, um die Gelder für seine Forschung zu beschaffen, und da müsse er sich einfach hin und wieder kurze Auszeiten nehmen, um ungestört an ebendieser Forschung arbeiten zu können. Apropos ungestört, du bist mir auch so einer.« Sie deutete auf seinen Schreibtisch. »Nächstes Mal, wenn du dir ein paar schöne Stunden machst, nimmst du bitte wenigstens dein Diensthandy mit.«

»Oh.« Brander entdeckte den Apparat auf dem Tisch. Das blinkende Lämpchen wies ihn auf verpasste Anrufe hin. »Sorry.« Er prüfte die Anrufliste. »Du hast versucht, mich zu erreichen?«

»Ja, vergeblich.«

Eine halbe Stunde später saßen sie erneut zu viert in einem Vernehmungszimmer. Chantal Birk wirkte etwas gefasster als bei der Befragung am Nachmittag. Ihr Anwalt hingegen strahlte nicht unbedingt erhöhte Motivation aus. Es war nach sieben – vermutlich hatte er andere Pläne für den Abend gehabt.

»Wir werden das Gespräch aufzeichnen«, erklärte Brander. »Daher sollten Sie Fragen gegebenenfalls mit Ja oder Nein beantworten und nicht nur durch Kopfzeichen.«

Chantal Birk nickte, fügte ein verhuschtes »Ja« hinzu.

Peppi startete die Aufnahme und diktierte die Eckdaten.

»Frau Birk, Sie möchten eine Aussage machen«, begann Brander.

Die junge Frau knabberte unsicher an ihrer Unterlippe und knetete nervös ihre Finger. Ihre Augen wanderten zwischen den Kommissaren und der Tischplatte hin und her.

»Meine Mandantin möchte ein Geständnis ablegen«, verkürzte der Rechtsanwalt eine zähe Befragung. »Sie gibt zu, die Erpresserschreiben verfasst und an Herrn Hägele geschickt zu haben.«

Brander musterte die Frau vor sich. Obwohl er es geahnt hatte, bestürzte es ihn, dass sich hinter diesem jungen, hübschen Gesicht eine gemeine Erpresserin verbarg. Wie verzweifelt musste sie gewesen sein? Oder schätzte er sie falsch ein?

Birk bemerkte seinen prüfenden Blick, hob unter gesenktem Kopf die Augenlider. »Aber ich habe niemanden umgebracht. Echt nicht. Das war ich nicht. Und das wollte ich auch nicht. Ich wollte doch nur … Die Scheißschulden. Immer waren wir so knapp. Ich wollte doch einfach nur ein bisschen leben.«

»Wie sind Sie an die Aufnahmen von Herrn Hägele gekommen?«, fragte Brander.

»Der Streiter hatte die Puppe für ein paar Tage ausgeliehen und dann wieder zurückgebracht. Es war die Dana. Wir waren neugierig, Levin und ich. Wollten wissen, warum er die Dana ausgeliehen hatte. Und als wir sie hergerichtet haben, haben wir uns angeschaut, was sie aufgenommen hat. Und dann waren da diese Aufnahmen von den zwei Männern.«

»Kannten Sie die Personen?«

Sie schüttelte den Kopf, erinnerte sich an das Aufnahmegerät: »Nein.«

»Woher wussten Sie, wem Sie Ihr Erpresserschreiben schicken sollten?«

»Da waren noch andere Aufnahmen. Der ältere Typ mit einer jungen Frau, die haben sich unterhalten und über Dana lustig gemacht. Die Frau hat ihn Notker genannt. Und dann hat er mal zwischendurch telefoniert, da hat er sich mit seinem Nachnamen gemeldet.«

»Sie haben sich ja einiges von dem Videomaterial angesehen«, stellte Brander fest.

Sie verschränkte die Finger noch fester ineinander. »Haben wir manchmal gemacht … Statt fernzusehen, haben wir uns die Aufnahmen von den Puppen angeschaut.«

Brander konnte sich ein Stirnrunzeln nicht verkneifen. Diese beiden jungen Menschen hatten die Privatsphäre, das Vertrauen ihrer Kunden mit Füßen getreten.

»Warum war die Puppe – Dana – überhaupt auf Aufnahme eingestellt, als sie an Herrn Hägele übergeben worden ist?«

»Wir übergeben die Puppen offline. Der Kunde muss dann den Internetzugang aktivieren, das machen die meistens über WLAN, und wenn die Puppe dann angeschlossen ist, dann nimmt die auf. Das kann man mit der App ausstellen, wenn man nicht will, dass die aufnimmt. Vielleicht hat der Hägele das vergessen.«

»Nicht ›der‹ Hägele, sondern Herr Hägele«, rügte Brander sie. »Und soweit wir es im Moment überblicken, hatte Notker Hägele diese App nicht auf seinem Handy und konnte folglich die Aufnahmefunktion nicht stoppen.«

»Dann weiß ich es nicht.« In der Stimme schwang bereits wieder leichter Trotz mit. »Fragen Sie den Streiter.«

»Herrn Streiter. Ja, das werden wir. Wessen Idee war die Erpressung?«

Sie rang wieder mit sich, dann gestand sie: »Meine.«

Immerhin hatte sie den Anstand, jetzt dazu zu stehen, hielt Brander ihr zugute. »Was hat Ihr Freund dazu gesagt?«

»Der hat das nicht gewusst.«

»Wirklich nicht?«

Sie schüttelte den Kopf.

Brander deutete auf das Aufnahmegerät.

»Levin wusste nichts davon … Also, ich hab das mal so gesagt, so zum Spaß halt, und da ist er gleich ausgetickt. Wir hätten uns ja die Aufnahmen gar nicht ansehen dürfen.«

»Was hat Sie dazu gebracht, ausgerechnet Herrn Hägele erpressen zu wollen?«, fragte Peppi.

»Der hatte Kohle. Und wir waren voll im Rückstand mit unserem Kredit, wir brauchten ganz dringend Geld. Und die Hütte, also das, was man über die Aufnahme von dem Zimmer von dem Hägele gesehen hat, das sah nach Geld aus. Ich hab den Namen im Internet gegoogelt und sein Foto auf so einer Firmenseite gefunden. Ich hab gedacht, zwanzigtausend Euro kriegt der locker zusammen.«

Deswegen waren die Erpresserschreiben an die Firmenadresse geschickt worden, stellte Brander für sich fest.

»Das war einfach so ungerecht. Levin und ich, wir reißen uns den Arsch auf, und der hat 'ne Rolex und 'ne Putze und quatscht irgendwelchen kultivierten Scheiß, und dabei ist der nur so 'ne Schwuchtel.«

»Herr Hägele war keine ›Schwuchtel‹, er war homosexuell«, erwiderte Peppi scharf. »Und das ist kein Grund, ihn zu beschimpfen, und schon gar nicht, ihn zu diskreditieren und zu erpressen.«

Chantal Birk löste die verhakten Finger und begann nervös, ihre Haarsträhnen zu zwirbeln.

»Haben Sie sich weitere Aufnahmen heimlich angesehen und die Personen erpresst?«

»Nein.«

»Ist das ein Nein, bis wir etwas anderes herausfinden, oder sollen wir Ihnen glauben?«

»Frau Pachatourides«, kam es tadelnd vom Rechtsbeistand.

»Herr Kaiser, wir hören hier jeden Tag ein neues Märchen von Frau Birk. Beispielsweise hat sie auch behauptet, keinen Kontakt zu Goldmanns Kunden zu haben, und dabei haben wir gestern erfahren, dass sie sogar zu den Kunden gefahren ist, um ihnen beizubringen, wie man eine Puppe schminkt.«

»Das war nur einmal«, brauste Birk auf. »Der Wengert, der hat mir leidgetan.«

Peppi sah der Frau prüfend in die Augen.

»Echt jetzt. Der war so unbeholfen. Der musste auch nix dafür zahlen. Das hab ich so für den gemacht.«

Ein Ausbund an sozialer Nächstenliebe, ging es Brander nicht ohne Sarkasmus durch den Kopf. Dennoch war er geneigt, ihr in diesem Fall zu glauben. Immerhin hatte sie sofort gewusst, von wem Peppi sprach.

»Soweit wir wissen, hat Herr Hägele nicht auf Ihre Erpresserschreiben reagiert«, übernahm er wieder. »Was haben Sie daraufhin getan?«

»Nix, aber die Schw…« Sie biss sich auf die Lippen.

»Aber?«

»Der Hägele hat den Streiter angerufen.«

»Wann hat Herr Hägele Herrn Streiter angerufen?«

»Weiß nicht. Irgendwann in der Woche, bevor Levin starb.«

»Woher wissen Sie von dem Anruf?«

»Das ist alles voll scheiße gelaufen. Der Streiter hatte dem Hägele die Puppe gegeben, und der hat gedacht, der Streiter wollte ihn erpressen, hat wohl mit Anzeige gedroht, keine Ahnung. Der Streiter war stinksauer. Der hatte sofort Levin in Verdacht, weil Levin ja Zugriff auf die Daten hat, und der Streiter hat ihn angerufen und voll rundgemacht.«

Es ging nicht nur um Geld. Es ging auch um Streiters Ruf. Jetzt ergab der Vorwurf, den Alexandra Scholl in dem Telefongespräch zwischen Streiter und Goldmann mitgehört hatte, einen Sinn.

»Der wollte sofort die Zusammenarbeit kündigen. Aber so einfach geht das doch nicht. Ich meine, wir haben die Puppen billiger abgegeben, wegen dieser Forschung. Das muss er uns ja zahlen!«

Tatsächlich entdeckte Brander Empörung auf dem Gesicht der jungen Frau.

»Wie ging es weiter?«, fragte Peppi.

»Levin hat mich zur Rede gestellt. Das war an dem Montagmorgen, wo wir uns gestritten haben. Levin hat mich rausgeschmissen. Hat gesagt, ich soll mich nie wieder blicken lassen. Der hat mir gar nicht zugehört. Ich mein, ich hab das doch für uns getan.«

Tränen liefen ihr wieder über das Gesicht. »Und dann kommt der Streiter und bringt Levin um. Dabei kann der doch gar nichts dafür. Und ich bin nicht ins Haus gegangen. Ich war da! Ich hätte ihm helfen können.« Sie vergrub schluchzend das Gesicht in den Händen.

Brander rief nach dem Gespräch umgehend Isabella Mertens an. Es war neun Uhr abends, aber die Staatsanwältin hatte in den Sitzungen deutlich gemacht, dass sie über alles immer zeitnah informiert werden wollte. Im Hintergrund hörte er quäkende Stimmen aus dem Kinder-TV und das Nörgeln eines Kindes.

»Eine Sekunde. Noah, jetzt lass das bitte sein!«

Brander übte sich in Geduld, während die Staatsanwältin versuchte, ihren Sohn von irgendetwas abzuhalten. »Lass das, Noah, nein! Constan… verdammt!« Dann erklang lautes Kindergeschrei. »Ich ruf Sie gleich zurück.«

Sie hatte aufgelegt.

»Das ging aber schnell.« Peppi sah überrascht von ihrem Schreibtisch auf.

»Schön wär's. Sie muss erst ihre Kinder bändigen.« Brander massierte sich den verspannten Nacken. Sie steckten mitten in einer Mordermittlung, und die Staatsanwältin musste nebenbei noch Haushalt und Kinder versorgen. Er dachte an Cecilia, die ihm so oft den Rücken freihielt, und das, obwohl sie selbst beruflich beansprucht war und Nathalie ihnen das Leben in den letzten Jahren nicht immer leicht gemacht hatte.

Es waren zehn Minuten vergangen, als Isabella Mertens sich wieder meldete, im Hintergrund war noch immer das lautstarke Heulen eines Kindes zu hören. Er berichtete ihr von Chantal Birks Geständnis.

»Na, wenigstens etwas«, seufzte die Staatsanwältin. »Und? Glauben Sie ihr?«

Brander schnaubte unschlüssig. Warum sollte das Mädchen eine Erpressung zugeben, die sie nicht begangen hatte? Das Kindergeschrei im Hintergrund stieg in höhere Oktaven.

»Nur zur Erinnerung: Wir sprechen von der Chantal Birk, die Ihnen schon so manche Lüge in den letzten Tagen aufgetischt hat, korrekt?« Der Zynismus schwang deutlich in Mertens' Stimme mit. »Noah, jetzt sei bitte still! Haben wir irgendetwas, das die Aussage der Birk belegt?«

»Die Aussage von Streiters Assistentin über ein Telefongespräch zwischen Streiter und Levin Goldmann am Montag vor Goldmanns Tod.«

»Das ist nicht viel«, kam es vom anderen Ende. »Noah, es reicht! Ihr geht jetzt sofort ins Bett. Alle beide!«

Brander hielt sich den Hörer ein Stück vom Ohr. Da war Bambule im Hause Mertens.

»Was schlagen Sie vor?«

Fast hätte er ihre Frage überhört. »Wir sollten dringend noch einmal mit Vinzenz Streiter sprechen, aber der ist seit zwei Tagen nicht zu erreichen.«

»Hat er sich abgesetzt?«

Dann könnte er mittlerweile sonst wo sein. »Sollen wir eine Fahndung einleiten?«

»Auf Basis der Aussage einer notorischen Lügnerin, die behauptet, seinen Wagen zur Tatzeit vor dem Haus gesehen zu haben? Das ist zu schwach.«

Es war wohl überflüssig, nach einem Durchsuchungsbeschluss für Streiters Haus zu fragen, folgerte Brander.

»Sprechen Sie mit den Leuten von der K7, die sollen die Augen offen halten. Aber keine offizielle Fahndung nach Streiter. Wenn Sie mir irgendetwas Handfestes an Beweisen liefern, bin ich sofort bei Ihnen, aber so … Nein, es gibt keinen Kakao! Ins Bett, hab ich … Noah, lass die Mil… Scheiße!«

Brander verzog schmerzhaft das Gesicht.

»Wir sprechen morgen weiter.« Sie legte auf.

»Ganz schön gestresst, unsere Frau Staatsanwältin. Die hat doch einen Mann. Kann der sich nicht mal um die Kinder kümmern?«

»Der vergnügt sich gerade auf La Palma mit seiner neuen Freundin.«

Brander sah erstaunt auf. »Na, du bist ja gut informiert.«

Peppi sog die Luft ein. »Marco hat's mir erzählt. Das bleibt aber unter uns, ist das klar?«

Brander drehte die Fingerspitzen vor seinem Mund. Seine Lippen waren verschlossen.

***

Es regnete, als Brander gegen dreiundzwanzig Uhr zu Hause ankam. Er sprintete von der Garage zur Haustür. Gelächter schallte ihm vom Wohnzimmer entgegen. Cecilia hatte Besuch von zwei Freundinnen. Er grüßte in die Runde und verzog sich gleich wieder. Er stieg die Treppen hinauf und klopfte an Nathalies Tür. Das Mädchen lag auf dem Bett und schaute eine Serie auf ihrem Laptop an.

Sie sollte samstagabends nicht allein in ihrem Zimmer hocken. Sie sollte ausgehen und Spaß haben, ging es ihm durch den Kopf. Aber seit sie sich von ihren zwielichtigen Freunden losgesagt hatte, hatte sie es noch nicht wieder geschafft, neue Freundschaften aufzubauen. Mit Ausnahme von Branders Neffen Julian, mit dem verstand sie sich gut. Vermutlich verband es sie, dass sie beide in jungen Jahren traumatische Erlebnisse gehabt hatten.

»Darf ich reinkommen?«

»Bist ja schon drin.« Nathalie stoppte den Film auf dem Laptop und richtete sich auf.

Er setzte sich neben sie. »Wie geht's?«

»Gut.« Sie warf ihm einen misstrauischen Blick zu. »Noch.«

»Ich bin nicht gekommen, um dir eine Standpauke zu halten, weil du …« Er unterbrach sich selbst, um zu verhindern, dass er ihr doch einen Vorwurf machte, weil sie nicht zu dem

Termin bei der Verkehrswacht erschienen war. »Warum magst du nicht zu der Befragung gehen, Nathalie?«

»Wozu? Ich hab den Unfall doch gar nicht gesehen.«

»Eine Frau ist gestorben, zwei Personen wurden verletzt. Meine Kollegen versuchen herauszufinden, wie es zu dem Unfall kam. Deine Aussage mag dir unbedeutend erscheinen, aber wenn man viele kleine Mosaiksteine zusammensetzt, kommt am Ende ein Bild heraus, und mit deinem Wissen kannst du helfen, dieses Bild zu vervollständigen.«

Sie rubbelte durch ihre kurzen Haare, sodass die dunklen Strähnen wild in alle Richtungen abstanden. »Ich will aber nicht, dass wieder jemand wegen mir ins Gefängnis muss. Nur weil ich irgendwas sage.«

»Wieso ›wieder‹?«

Sie sah ihn verständnislos an. »Damals. Weißt schon …«

Damals. Es schien Ewigkeiten her, dabei waren es nur ein paar Jahre. Sie hatten später kaum darüber gesprochen. Es hatte genug andere Probleme in Nathalies Leben gegeben.

»Niemand kommt ins Gefängnis, weil du etwas sagst. Jemand kommt ins Gefängnis, weil er oder sie etwas getan hat, was man nicht hätte tun sollen. Etwas, das gegen unsere Gesetze verstößt. Es ist nicht deine Schuld und nicht deine Verantwortung. Das war es damals nicht, und das ist es heute nicht.«

»Aber –«

»Kein Aber. Wenn man etwas tut, dann muss man dafür auch die Konsequenzen tragen.«

Nathalie schien noch nicht überzeugt. Er las den Zweifel in ihren blauen Augen.

»Willst du ein Beispiel? Pass auf: Eine junge Dame klaut eine Flasche Schnaps im Supermarkt. Das bekommt jemand mit. Derjenige geht zu dem Supermarktleiter und sagt ihm, dass die Dame … was soll's, nennen wir sie Nathalie, Schnaps geklaut hat. Nathalie bekommt Hausverbot.«

Sie stieß ihm mit dem Ellenbogen gegen den Oberarm. »Alter, Sozialstunden hab ich gekriegt.«

»War ja auch nicht dein erster Ladendiebstahl. Der Kern ist: Es ist nicht meine Schuld, dass du bestraft wurdest. Du hast etwas getan, das verboten war, und dafür musst du die Verantwortung übernehmen. Es ist aber für dich auch eine Chance, über dein Vergehen nachzudenken und beim nächsten Mal anders zu handeln.«

»Mich nicht erwischen zu lassen.«

Sie flachste, dennoch warf er ihr einen mahnenden Blick zu.

»Zu teilen?«, schlug sie vor.

»Ich leg dich gleich übers Knie.«

»Ey, du bist Bulle, durch und durch.«

Ja, das war er wohl. Sie grinste, ein vertrauensvolles Grinsen, weil sie wusste, dass sie sich diese kleine Stichelei bei ihm erlauben durfte. Diese Momente zeigten ihm, dass er damals mit Cecilia die richtige Entscheidung getroffen hatte. Allem Ärger zum Trotz, den dieses Mädchen ihnen beschert hatte.

Wie konnte er ihr jetzt helfen? Brander dachte an Polizeihauptmeister Amadeus Schätzle beim Polizeiposten Ammerbuch. Eigentlich hatte der Hobbyzauberer Anfang des Jahres in Pension gehen wollen, doch der Polizeiposten war chronisch unterbesetzt, und Schätzle hatte seine Dienstzeit um ein Jahr verlängert.

»Nathalie, ich mach dir einen Vorschlag. Ich spreche mit Amadeus und frage ihn, ob er deine Zeugenaussage aufnehmen kann. Dann musst du nicht nach Tübingen zur Dienststelle fahren, sondern gehst hier gemütlich rüber zum Polizeiposten. Amadeus kennst du noch, oder?«

Nathalie nickte.

Er streckte ihr seine Rechte entgegen. »Deal?«

Sie zögerte kurz, dann schlug sie ein. »Deal.«

Sonntag

Cecilia und Nathalie schlummerten in den Betten, als Brander sich am Sonntag in aller Frühe auf sein Fahrrad schwang. Auf den Entringer Straßen war das Leben noch nicht erwacht, lediglich ein Spaziergänger mit Hund kreuzte seinen Weg, als er die Hauptstraße überquerte. Er hatte mit Peppi verabredet, zu ihr nach Tübingen zu kommen, sodass sie gemeinsam zur Dienststelle nach Esslingen weiterfahren konnten.

Peppi saß mit ihrem Lebensgefährten beim Frühstück, als Brander klingelte. Ein stetiger Nieselregen hatte seine Tour durch das Ammertal begleitet. Er wechselte im Bad Radlerdress gegen Jeans und Longshirt und hängte seine nasse Kleidung zum Trocknen auf die Leine über der Badewanne. Als er zu Peppi und Marco Schmid in die Küche kam, telefonierte sie.

Schmid deutete auf den freien Platz, an dem eine Tasse Kaffee dampfend auf ihn wartete. Es roch anheimelnd nach einem gemütlichen Sonntagsfrühstück.

Peppi beendete das Gespräch. »Das war Frau Scholl.«

»Was wollte sie?« Brander schielte auf den Brötchenkorb. Sein Frühstück hatte aus einer Banane bestanden.

»Bedienen Sie sich.« Schmid war sein Blick nicht entgangen.

Brander griff zu. Die Weckle waren warm, als kämen sie direkt aus dem Ofen.

»Selbst gebacken«, erklärte Peppi.

Brander nickte seiner Kollegin anerkennend zu.

»Nicht von mir.« Sie deutete auf ihren Lebensgefährten.

Der Staatsanwalt besaß ungeahnte Fähigkeiten, stellte Brander fest.

»Frau Scholl macht sich Sorgen um ihren Arbeitgeber«, berichtete Peppi.

»Wieso das auf einmal?«

»Nachdem wir am Freitag den Durchsuchungsbeschluss

für den Server bekommen haben, hat sie mehrfach versucht, Streiter zu erreichen. Aber sie war ebenso erfolglos wie wir.«

»Hat sie nicht behauptet, das sei normal bei ihm? Dass er in einer Phase sei, in der er sich voll und ganz auf seine Arbeit konzentrieren muss?«

Peppi zuckte die Achseln. »Anscheinend hat auch diese Phase zeitliche Grenzen. Sie macht sich jedenfalls Sorgen.«

»Dann soll sie eine Vermisstenmeldung aufgeben.«

»Soweit ich weiß, ist Vinzenz Streiter volljährig«, mischte sich der Staatsanwalt ein. »Er kann seinen Aufenthaltsort frei bestimmen und ist niemandem Rechenschaft schuldig. Oder besteht die Gefahr, dass er sich in einer hilflosen Lage befindet? Braucht er Medikamente, die er zu Hause vergessen hat?«

»Nach den zwei Todesfällen letztes Wochenende hat Frau Scholl die Befürchtung, dass auch ihm etwas zugestoßen sein könnte«, erwiderte Peppi.

»Und warum denkt sie, dass ihm etwas zugestoßen sein könnte?«

»Wie ich gerade schon sagte: Weil er nicht auf ihre Nachrichten reagiert.«

»Das ist kein Grund«, befand Schmid. »Gibt es Hinweise auf eine konkrete Bedrohung?«

»Nö.«

»Vielleicht hat sich unser KI-Forscher ja längst auf die Fidschi-Inseln abgesetzt«, schlug Brander vor.

»Es kann sicher nicht schaden, wenn wir mit ihr reden. Ich habe sie gebeten, zu Streiters Haus zu kommen und dort auf uns zu warten. Da haben wir vielleicht auch Gelegenheit, uns ein wenig bei ihm umzusehen.«

Eine halbe Stunde später standen Brander und Peppi vor Streiters Haus in Pfrondorf. Alexandra Scholl öffnete ihnen die Tür. »Er ist nicht da.«

»Frau Scholl, ich hatte Sie gebeten, *vor* dem Haus auf uns zu warten.« Das Wort ›vor‹ betonte Peppi ärgerlich.

Wenigstens lag der Mann nicht lackiert in seinem Wohnzimmer, dachte Brander erleichtert.

»Bitte verzeihen Sie, aber ich war so beunruhigt.«

Brander musterte das Gesicht der Frau. Sie sah nicht so aus, als ob sie in der Nacht besonders viel Schlaf bekommen hätte. Dunkle Schatten lagen unter ihren Augen, die Linien um den Mund und auf der Stirn verscheuchten jeglichen Ausdruck von Frohsinn.

»Dürfen wir hereinkommen?«, bat Brander.

Scholl schob automatisch die Tür wieder etwas weiter zu. »Ich weiß nicht …«

»Sie machen sich Sorgen um Ihren Chef, richtig?«

»Ja.«

»Wenn wir helfen sollen, müssen Sie uns unterstützen. Vielleicht finden wir in Herrn Streiters Haus einen Hinweis auf seinen Verbleib«, versuchte Brander es mit Diplomatie.

Sie seufzte unschlüssig. Schließlich trat sie zurück und ließ sie herein.

»Sie haben Zutritt zu den geschäftlichen und seinen privaten Räumen?«, fragte Brander.

»Ja.«

»Dann schlage ich vor, dass wir einen kleinen Rundgang machen und schauen, ob wir einen Hinweis darauf finden, wo Ihr Chef sein könnte.«

»Durch alle Räume?«

»Wir müssen uns ein umfassendes Bild von der Lage machen, bevor wir weitere Schritte einleiten können.«

»Sie denken also auch, dass ihm etwas zugestoßen ist?« Streiters Assistentin sog bebend die Luft ein.

»Vielleicht finden wir eine ganz simple Erklärung für seine Nichterreichbarkeit.« Brander vermied mit Absicht das Wort »Verschwinden«. Die Frau schien ihm kurz vor einem Nervenzusammenbruch.

Scholl führte sie durch das Haus. Unter dem Dach befanden sich geräumige Schlaf- und Badezimmer. Das Bett war gemacht, das Bad sauber, Zahnbürste und Rasierzeug fehlten.

Im Erdgeschoss war ein Wohnraum mit offener Küche und großer Fensterfront. Die hellen Möbel und eine moderne Sofaecke waren so arrangiert, dass der Blick auf den Garten und die angrenzenden Streuobstwiesen frei war. Wissenschaftliche Fachzeitschriften lagen auf dem Couchtisch. Es war aufgeräumt und wirkte dennoch belebt.

Ebenfalls im Erdgeschoss befanden sich zwei Büroräume, ausgestattet mit Schreibtischen, Computern und Drucker. Teile der Räume waren mit beschichteten Wandverkleidungen versehen, auf die geschrieben werden konnte. Notizen und Grafiken, mit denen Brander nichts anfangen konnte, waren handschriftlich festgehalten. Das größere war Streiters Büro, im Nebenraum arbeitete Alexandra Scholl, zudem bot er einen zweiten Arbeitsplatz für die gelegentlich eingestellten Aushilfen. Im Keller gab es einen weiteren Raum, klimatisiert und ausgestattet mit einem größeren Computer – einem Server, wie Frau Scholl ihnen erklärte – und Aktenschränken. So wurde also an der Zukunft der künstlichen Intelligenz geforscht. Brander hätte es sich spektakulärer vorgestellt.

Sie waren wieder hinaufgegangen. Brander bat darum, noch einen Blick in die Garage werfen zu dürfen. Streiters Auto fehlte. Sie kehrten in das Wohnzimmer zurück und setzten sich um den Couchtisch.

»Wann haben Sie zuletzt mit Ihrem Chef gesprochen?«, fragte Brander.

»Das war am Donnerstag. Er war zuvor bei Ihnen gewesen und kam gegen neunzehn Uhr nach Hause, vielleicht ein paar Minuten früher. Die exakte Uhrzeit kann ich Ihnen leider nicht sagen. Aber ich war noch im Büro.«

»Arbeiten Sie immer so lange?«

»Diese Frage hilft Ihnen nicht bei der Suche nach Herrn Streiter.«

»Das kann man nie wissen.« Brander lächelte auffordernd.

»Ich vergesse manchmal die Zeit, wenn ich arbeite. Da kann es schon mal später werden.«

Immer noch vage, aber wenigstens eine Antwort. »Herr

Streiter sagte uns am Donnerstag, er hätte abends einen Termin. Wissen Sie, mit wem und wo?«

»Nein, davon weiß ich nichts.«

»Hat er einen Terminkalender?«

»Ja, auf seinem Computer, aber auf den habe ich keinen Zugriff.«

»Wie lange waren Sie am Donnerstagabend hier?«

»Ich bin um zwanzig Uhr gegangen. Er hat mir von Levin Goldmanns Tod berichtet.« Die Falten auf ihrer Stirn vertieften sich. »Er schien mir erschüttert. Es ist sehr tragisch, was mit Herrn Goldmann und Herrn Hägele geschehen ist.« Sie ließ ein kummervolles Seufzen erklingen. »Deswegen ist mir ja auch so bange ums Herz.«

»Danach haben Sie Herrn Streiter nicht mehr gesehen oder gesprochen?«

»Nein.«

»Und obwohl Sie es von ihm gewohnt sind, dass er manchmal einige Tage nicht erreichbar ist, kommt es Ihnen dieses Mal seltsam vor?«

»Nachdem Ihr Kollege sich am Freitagnachmittag mit dem Durchsuchungsbeschluss für unseren Datenserver bei mir gemeldet hatte, habe ich Herrn Streiter informiert. Ich habe ihm eine E-Mail geschrieben und eine Voicemail auf seinem Mobiltelefon hinterlassen. So ein Durchsuchungsbeschluss ist ein gravierender Eingriff. Normalerweise hätte er sich in so einem Fall umgehend bei mir gemeldet. Datenschutz hat bei uns oberste Priorität, und es sind äußerst persönliche Daten auf dem Server. Ich hoffe, Sie gehen entsprechend diskret damit um.«

»Das werden wir, Frau Scholl«, versicherte Brander. »Gibt es Verwandte oder Freunde, bei denen er sein könnte?«

»Seine Eltern leben in Murrhardt, aber ich glaube nicht, dass er dort ist.«

»Sie haben nicht mit den Eltern gesprochen?«

»Nein, zum einen wollte ich sie nicht beunruhigen.« Sie sah Brander sorgenvoll in die Augen. »Zum anderen hätte er doch auf meine Anrufe reagiert, wenn er dort wäre.«

Da war was dran. »Wir werden dennoch prüfen, ob er dort ist. Könnten Sie mir bitte eine Liste erstellen mit Namen und Kontaktdaten von Familie und Freunden?«

»Ich kann Ihnen die Telefonnummer seiner Eltern geben, aber ansonsten, befürchte ich, bin ich Ihnen keine große Hilfe. Herrn Streiters Privatleben geht mich nichts an. Ich kenne weder Namen, noch habe ich Kontaktdaten von seinen Freunden oder Bekannten.«

Vielleicht wussten die Eltern mehr, hoffte Brander. »Warum hat Herr Streiter Notker Hägele eine von Goldmanns Puppen gegeben?«

Sie sah erstaunt auf. »Davon höre ich heute zum ersten Mal.«

»Sie kennen Ihren Chef. Was würden Sie vermuten, warum er das getan hat?«

»Er wird sicher seine Gründe gehabt haben.«

»Mit Sicherheit«, stimmte Brander zu. »Aber welche?«

»Ich möchte nicht darüber spekulieren. Ich halte mich lieber an Wissen und Fakten.«

»Manchmal kann man aus Wissen und Fakten Rückschlüsse ziehen«, versuchte Brander, die Frau zu einer Antwort zu bewegen.

Kurz deutete sich ein Lächeln auf den Lippen von Alexandra Scholl an. Es ließ die sonst so beherrschte Fassade ein wenig aufbrechen. »Das stimmt, Herr Brander, da gleicht sich unsere Arbeit in gewisser Weise.«

Sie würde sich nicht zu einer Spekulation hinreißen lassen. War es Loyalität ihrem Arbeitgeber gegenüber? Hatte Sie Angst, etwas Falsches zu sagen?

»Notker Hägele wurde erpresst. Haben Sie davon gewusst?«

Wieder zeichnete sich Überraschung auf ihrem Gesicht ab. »Nein.«

»Herr Streiter hat nicht mit Ihnen darüber gesprochen?«

»Was hat Herr Streiter damit zu tun?«

»Es ist nicht gesagt, dass er etwas damit zu tun hat.«

»Das würde mich auch wundern. So etwas würde er niemals machen.«

Sie hielt so große Stücke auf ihren Chef, es war fast rührend. Brander fragte sich, was sie von den Plagiatsvorwürfen zu seiner Doktorarbeit hielt.

»Fällt Ihnen jemand ein, mit dem Herr Streiter in letzter Zeit Differenzen hatte?«, fragte Peppi.

Scholl versank einen Moment in Gedanken. Kleine Falten bildeten sich auf der Stirn. Schließlich richtete sie ihre Aufmerksamkeit auf Peppi: »Es gab vor ein paar Wochen einen – wie soll ich sagen? Einen kleinen Vorfall. Ich habe dem nicht viel beigemessen, und es ist eigentlich nichts passiert, aber unter den gegebenen Umständen …«

»Erzählen Sie uns bitte davon.«

»Ich sagte Ihnen bei unserem Gespräch am Freitag, dass Herr Streiter hin und wieder Aushilfskräfte einstellt, die uns bei der Datenauswertung unterstützen. In der Regel handelt es sich hierbei um studentische Hilfskräfte. Wir hatten im Sommer an der Universität eine Stelle ausgeschrieben für die Semesterferien. Eine junge Frau hat sich daraufhin beworben. Ihr Lebenslauf, ihre Qualifikationen und Referenzen klangen sehr vielversprechend. Herr Streiter hat sie zu einem Vorstellungsgespräch eingeladen. Das Gespräch verlief gut. Sie war eine recht aufgeweckte junge Dame, zeigte sich sehr interessiert und kompetent.« Die Informatikerin zögerte.

»Und?«, hakte Peppi nach.

»Nun, bevor wir jemanden einstellen, informieren wir uns über die Person. Wie ich schon sagte, arbeiten wir mit sehr sensiblen Daten und können nur vollkommen zuverlässige und vertrauenswürdige Personen beschäftigen. Daher schauen wir uns bei Bewerberinnen und Bewerbern, die in eine engere Auswahl kommen, auch deren Internetprofile an. Wir wollen wissen, wie sie mit ihren persönlichen Daten umgehen, und man kann anhand der Profile Rückschlüsse auf ihr Kommunikationsverhalten ziehen.«

So viel dazu, dass Alexandra Scholl nichts von Spekulationen hielt, dachte Brander still.

»Ich habe versucht, Informationen über die junge Dame

im Internet zu finden. Aber das gelang mir nicht. Das kam mir seltsam vor. Daher habe ich mit Hilfe ihres Bewerbungsfotos nach ihr gesucht. Und das Ergebnis bot uns eine Überraschung.«

»Welche?«, forderte Brander, um die künstliche dramatische Pause zu verkürzen.

»Die Dame hatte uns einen falschen Namen genannt: Anna Mayer. Tatsächlich heißt sie Amelie Matschukat. Ich habe herausgefunden, dass sie die Schwester von Solveig Matschukat ist. Und diese Dame ist Herrn Streiter bedauerlicherweise nur zu gut bekannt.«

***

Zwei Namen standen oben auf dem Whiteboard im Konferenzraum der Soko Wolfschlugen: Amelie Matschukat und Solveig Matschukat. Darunter, nebeneinander: Levin Goldmann, Notker Hägele, Vinzenz Streiter. Von Streiter und Goldmann gab es direkte Verbindungslinien zu den beiden Frauen. Brander sah in die Runde. Er hatte seinem Team die neuesten Informationen gegeben, jetzt blieb sein Blick bei Fabio hängen.

»Du hast mit Amelie Matschukat gesprochen. Ich will, dass du dir das Protokoll noch einmal vornimmst. Ruf dir genau in Erinnerung, wie sie auf welche Fragen reagiert hat. Wir müssen die Befragungen der Schwestern neu bewerten.« Er sah in die Runde. »Warum bewirbt sie sich unter falschem Namen bei Streiter?«

»Unter ihrem Klarnamen wäre sie wohl nicht zu einem Vorstellungsgespräch eingeladen worden«, erwiderte Stephan.

»Das ist mir schon klar, aber warum überhaupt?«

»Um die Räumlichkeiten auszuspionieren.« Cory war an diesem Vormittag ohne Hendrik von Tübingen nach Esslingen gekommen.

Brander nickte. »Was bedeuten könnte, dass Vinzenz Streiter das dritte Opfer in diesem Drama werden könnte.«

»Oder schon ist«, befürchtete Stephan.

»In dem Fall würde der Täter aber von seinem Schema abweichen«, gab Peppi zu bedenken.

»Eher: die Täterin«, korrigierte Brander. »Aber du hast recht: Die ersten beiden Opfer wurden in ihren eigenen vier Wänden getötet. In seinem Haus haben wir Streiter jedoch nicht gefunden. Fabio, hast du noch etwas herausgefunden? Hat er noch anderswo ein Haus oder eine Wohnung?«

»Bitte?« Der junge Kollege war mit seinen Gedanken offensichtlich gerade woanders gewesen.

Brander wiederholte seine Frage.

»Nach bisherigen Erkenntnissen besitzt er nur das Haus in Pfrondorf.«

»Miete?«

Fabio hob die Schultern. »Nicht dass ich wüsste …«

»Hast du das überprüft?«

»Ja, natürlich.«

Brander wandte sich der Tafel wieder zu. »Wo steckt der Kerl? Ahnt er, dass er das nächste Opfer sein könnte? Ist er deswegen untergetaucht?«

»Warum sollte er befürchten, das nächste Opfer zu sein?«, fragte Cory. »Wo ist das Motiv?«

»Die Puppen.« Brander schrieb »Dollies« mittig an den unteren Rand der Tafel, zog energisch drei Striche von den Männernamen zu dem Wort. »Der eine handelt damit, der andere forscht, der Dritte finanziert. Und die Schwestern«, er kreiste die Namen der beiden Frauen ein, »halten diese Puppen für frauenfeindlich, einen Rückschlag für die Emanzipation.«

Peppi blätterte durch ihre Notizen. »Aber Chantal Birk sagte aus, dass zur mutmaßlichen Tatzeit der Wagen von Vinzenz Streiter vor dem Haus ihres Freundes stand.«

»Dazu haben wir nur ihre Aussage.« Brander verschränkte die Arme vor der Brust. »Nach all den Lügen, die sie uns in den letzten Tagen aufgetischt hat, bin ich geneigt, diese Aussage ebenfalls als nicht besonders glaubwürdig einzustufen.«

»Aus welchem Grund hätte sie sich das ausdenken sollen?«

»Fragen wir sie, sie sitzt doch noch unten.«

»Ähm, nein«, erwiderte Peter Sänger. »Ihr Anwalt ist gestern Abend noch tätig geworden. Der Bereitschaftsrichter sah keine Notwendigkeit, bei der Faktenlage und der Geständigkeit der Beschuldigten im Hinblick auf die Erpressung U-Haft anzuordnen. Birk verfügt über keinerlei finanzielle Mittel. Es bestünde weder Flucht- noch Verdunklungsgefahr. Sie wurde heute früh um sieben Uhr dreißig aus dem Gewahrsam entlassen.«

Verdammt, da hatte er den Diensteifer des Anwalts unterschätzt, ärgerte Brander sich. »Dann holen wir sie wieder her. Laptop und Kundendaten sind bei Goldmann verschwunden. Wenn das ein feministischer Rachefeldzug werden soll, sind vermutlich auch die Kunden in Gefahr. Was ist mit den Einzelverbindungsnachweisen? Konntet ihr damit Kunden identifizieren?«

Die Frage war an Fabio gerichtet, aber Peter antwortete: »Ein paar Namen konnten wir herausfiltern. Die wohnen aber alle weiter weg, abgesehen von Paul Wengert. Was sollen wir machen? Die Kunden vor Emanzen mit rosa Sprühlack warnen?«

Der Kommentar erntete vereinzelte Lacher. Brander schüttelte den Kopf. Eine Warnung an die Kunden barg die Gefahr, dass einer von ihnen mit der Presse sprach, und das wäre ein gefundenes Fressen für die Boulevardblätter. Die würden ihnen die Bude einrennen, und die Staatsanwältin würde ihm den Kopf abreißen.

»Konzentrieren wir uns für den Moment auf die Schwestern Matschukat. Fabio, Peter, ihr übernehmt die Hintergrundrecherche. Ich will alles wissen, was ihr über die beiden herausfinden könnt. Amelie Matschukat hat sich bei Streiter unter falschem Namen beworben: Anna Mayer. Vielleicht hat sie die falsche Identität schon bei anderer Gelegenheit verwendet. Stephan, lass deine Kontakte zur K7 spielen. Wir müssen Streiter finden. Er ist vermutlich mit dem Auto unterwegs, vielleicht entdecken sie irgendwo seinen Wagen. Cory, kümmere du dich mit Hendrik um Notker Hägele. Gab es irgendwann einen Kontakt zwischen ihm und einer der beiden Frauen?« Brander blieb bei der Kollegin hängen. »Was ist eigentlich aus der Callboy-Sache geworden?«

»Noch kein Treffer«, antwortete Cory bedauernd. »Das Foto war zu schlecht. Die Jungs, mit denen ich bisher gesprochen habe, kennen ihn nicht oder haben ihn zumindest auf dem Foto nicht erkannt. Jens hat mir letzte Nacht neues Bildmaterial geschickt, vielleicht hilft uns das weiter.«

»Bleib weiter dran.« Branders Blick glitt suchend durch den Raum. Wo war der IT-Experte eigentlich?

»Was ist mit dem Kaffee?«

Brander sah überrascht zu Manfred Tropper, der die Frage gestellt hatte. »Was für Kaffee?«

»Beide Opfer haben vor ihrem Tod Kaffee getrunken, mutmaßlich mit dem Täter – oder der Täterin«, erinnerte Tropper an die Spurenlage. »Wieso hätte Levin Goldmann oder Notker Hägele mit Amelie oder Solveig Matschukat Kaffee trinken sollen?«

»Scheißfrage«, murrte Stephan Klein.

»Aber berechtigt«, pflichtete Peppi Tropper bei.

»Vielleicht unter dem Vorwand eines Friedensangebots?«, überlegte Fabio. »Amelie Matschukat ist eine sehr sympathische junge Frau, hässlich ist sie auch nicht. Ich kann mir gut vorstellen, dass sie leicht den einen oder anderen Mann um den Finger wickelt.«

»Ja, dich zuallererst«, erwiderte Peppi trocken.

»Was soll denn das jetzt?«

»Nix.«

»Nein, Frau Pachatourides!« Der sonst so umgängliche Italiener funkelte Peppi zornig an. »Du unterstellst mir vor versammelter Mannschaft, dass ich nicht sachlich arbeite. Was soll der Scheiß?«

Peppi hob beschwichtigend die Hände. »Es war ein Spaß. Entschuldige.«

Doch Fabio war in Rage. »Ihr Frauen wollt mit Respekt

behandelt werden, alles, was ihr tut und macht, soll honoriert und anerkannt werden. Verflucht noch eins, darf ich als Mann von einer Kollegin nicht den gleichen Respekt erwarten? Ich habe Amelie Matschukat mit aller beruflichen Professionalität befragt!«

»Fabio, niemand unterstellt dir, dass du das nicht getan hast«, bremste Brander den Kollegen. »Peppi hat sich entschuldigt, damit ist das Thema durch. Wir haben zwei ungeklärte Mordfälle, und ich will, dass ihr euch alle darauf konzentriert! Ihr wisst, was ihr zu tun habt. An die Arbeit.«

Fabio stampfte wutschnaubend als Erster aus dem Raum.

»Was is'n mit dem los?«, fragte Stephan verwundert.

»Hat 'nen schlechten Tag«, tat Peter den Ausbruch mit einem Schulterzucken ab.

Brander sah nachdenklich zur Tür. So eine Empfindlichkeit war nicht Fabios Art. Welchen Nerv hatte Peppi getroffen?

Brander machte einen Umweg zu den IT-Forensikern. Die Tür zu dem gemeinsamen Büro von Jens Schöne und Anita Stern war geschlossen. Er klopfte und drückte die Klinke herunter. Die Tür ließ sich nur einen Spaltbreit öffnen. Etwas raschelte über den Boden.

»Komm rein«, erklang Jens' Stimme.

Brander drückte die Tür auf. Der Kollege lag am Boden. »Jens!« Das Adrenalin schoss Brander in die Adern. Er kniete sich zu ihm.

»Alles gut«, wehrte der ab, als Brander instinktiv seinen Puls fühlen wollte.

»Warum liegst du dann auf dem Boden?«

»Rückenentspannung.«

Brander erhob sich aus der Hocke und ließ sich auf den nächstbesten Stuhl fallen. Er stieß die Luft aus den Lungen, um die Anspannung loszuwerden. Erst jetzt sah er die dünne Yogamatte, auf der der Kollege lag. »Willst du mich fertigmachen? Ich hab vor fünf Tagen unseren Chef reanimiert, und jetzt legst du dich hier auf den Boden!«

»Solltest du auch mal probieren. Flach auf den Rücken legen und tief in den Bauch atmen. Das entspannt.«

»Dafür hab ich keine Zeit. Warum warst du gerade nicht bei der Sitzung?«

Jens riss erschreckt die Augen auf. »Verdammt, ist die schon vorbei?« Er sah auf seine Armbanduhr. »Ups. Ich bin wohl bei der Rückenentspannung eingeschlafen.«

»Hast du die Nacht wieder durchgearbeitet?«

»Yep.« Er stöhnte auf, als er sich aufrichtete. »Der Boden ist zu hart für meine alten Knochen.«

»So alt bist du doch noch gar nicht.«

»Ich werde in zwei Wochen vierzig.«

»Im Ernst? Warum hab ich keine Einladung zur Feier bekommen?«, empörte sich Brander.

»Ich feiere nicht.«

Brander erinnerte sich an den jungen Mann, mit dem er vor Jahren in der Tübinger Kriminalinspektion 1 zusammengearbeitet hatte. Bei jedem Leichenfund war Jens schlecht geworden, und er hatte sich das Gespött der Kollegen anhören müssen. Da er schon damals ein Computerfreak gewesen war, hatte er eine Fortbildung zum IT-Forensiker gemacht. Dort war er genau richtig. Und jetzt wurde der Kerl schon vierzig.

Jens setzte sich an seinen Schreibtisch und erweckte mit einem Mausklick seinen PC zum Leben. Er sah blinzelnd auf den Monitor. »Ich muss mich kurz sortieren. Was habe ich für dich? … Genau, Hägeles Smartphone.«

»Was ist damit?«

»Wie schon vermutet: Es war keine Puppen-App darauf installiert.«

»Das heißt, Streiter setzt ihm eine Puppe ins Haus, die rund um die Uhr alles aufnimmt? Hat Hägele nichts von dieser Funktion gewusst?«

»Irgendjemand muss es gewusst haben, denn die Aufnahmen wurden ein- und ausgeschaltet. Es gibt keine siebentägige Nonstop-Videoaufnahme, es wurden nur einzelne Sequenzen auf Streiters Server gespeichert.«

»Vielleicht hat jemand die Sequenzen rausgeschnitten.«

»Theoretisch möglich«, stimmte Jens zu. »Praktisch: nein. Die Aufnahmefunktion wurde bewusst aktiviert, und zwar – und jetzt wird's interessant – von zwei verschiedenen Geräten.«

»Das heißt?«

»Zum einen wurde die Aufnahmefunktion der Puppe von einem Smartphone gesteuert. Vielleicht besitzt Hägele ein zweites Gerät, das wir bisher nicht gefunden haben, oder aber Streiter hat ihm ein Smartphone zur Verfügung gestellt, auf dem die App installiert war. Hägele war ja kein offizieller Kunde von ›Dollies‹.«

»Und das zweite Gerät?«

»Remote von irgendwo. Jemand hat über das Internet Zugriff auf die Aktivierung beziehungsweise Deaktivierung der Aufnahmefunktion.«

»Wer?«

»Das weiß ich nicht. Ein Hoch auf das sagenumwobene Darknet mit all seinen verschlüsselten Pfaden.«

»Hättest du mir das nicht schon früher sagen können? Vor drei Stunden habe ich mit Streiters Assistentin gesprochen.«

»Dann sprichst du halt noch mal mit ihr«, gab Jens ungerührt zurück. »Aber vielleicht waren es ja auch Goldmann und seine Freundin. Hat sie nicht gestern ausgesagt, dass sie manchmal Popcorn-Kino gemacht haben mit den Aufnahmen von den Kunden? Vielleicht haben die nicht irgendwelche alten Aufnahmen genommen, sondern sich live dazugeschaltet.«

Brander breitete seine Notizen vor sich auf seinem Schreibtisch aus. Wo sollte er anfangen? Die Befragung der Matschukat-Schwestern stand ganz oben auf der Prioritätenliste, aber er wollte vorher mehr Informationen über die Frauen haben. Reichte ihr Feminismus so weit, dass sie über Leichen gingen? Er erinnerte sich an die eifernde Rede von Solveig Matschukat. Da war sehr viel Wut durchgeklungen. Und das Arrangement der beiden Opfer konnte zu ihr als Täterin passen. Plakativ und auch entwürdigend.

Jens' Erkenntnisse hingegen hatten wieder jede Menge Fragen an Chantal Birk aufgeworfen. Dieses Mädel log ihm in einer Tour ins Gesicht und dachte auch noch, dass sie damit durchkam.

Oder schaltete Vinzenz Streiter sich heimlich bei den Kunden ein, um authentische Gesprächsmitschnitte zu bekommen? Was würde Alexandra Scholl dazu sagen, die doch so um den Datenschutz der Kunden besorgt war? Vielleicht galt ihre Sorge aber eher der Gefahr, dass sie die heimlichen Aufnahmen entdecken könnten. Wer spionierte wen mit welchen Hintergedanken aus? Und was davon hatte zu zwei Morden geführt?

Er zog seine Skizze aus der Schublade, betrachtete die Zeichnungen und die Verbindungslinien. Die Einzige, die eine direkte Verbindung zu Goldmann und Hägele hatte, war Chantal Birk. Und sie kannte Vinzenz Streiter. Ebenso kannte sie Amelie und Solveig Matschukat. War sie der verbindende Punkt? Brander kam ein Gedanke. Er griff zum Telefon und wählte die Mobilnummer der jungen Frau. Das Gespräch wurde auf den Anrufbeantworter umgeleitet. Er suchte die Nummer ihrer Mutter heraus und hatte sie kurz darauf am Apparat.

»Ich würde gern mit Ihrer Tochter sprechen.«

»Die isch net doa.«

»Wissen Sie, wo sie ist?«

»Noi, ond wenn i's wisst, i tät's Ihna ned sage.« Sie legte auf.

»Danke fürs Gespräch«, murmelte Brander verärgert. Er suchte die Protokolle von den Befragungen der Schwestern Matschukat heraus und begann, die Aussagen zu vergleichen.

»Seit wann versteht Fabio eigentlich keinen Spaß mehr?«

»Was?«

Peppis Frage hatte Brander aus seinen Gedanken gerissen. Die Kollegin saß ihm gegenüber an ihrem Schreibtisch und drehte einen Kuli zwischen den Fingern. »Ich wollte ihm doch nichts unterstellen.«

»Lass gut sein, Peppi.«

»Nee, kann ich nicht.«

»Wir haben Wichtigeres zu tun.«

»Ich kann so aber nicht arbeiten!« Sie ließ den Kuli auf ihren Schreibtisch fallen und stand auf.

»Was hast du vor?«

»Mit ihm reden.«

Brander stöhnte genervt auf. »Das machst du nicht. Du hast dich bei ihm entschuldigt, und das reicht! Setz dich wieder hin.«

»Aber –«

»Kein Aber! Ich will, dass du dich auf unsere Ermittlungen konzentrierst. Ist doch kein Kindergarten hier!«

Peppi sah ihn konsterniert an. »O-kay.«

»Okay – was?«

»Du lässt gerade ganz schön den Boss raushängen.«

»Ich bin der Boss.«

»Dann hast du eine Fürsorgepflicht deinen Mitarbeitern gegenüber.« Sie grinste scheinheilig.

Er hatte ohnehin mit Fabio reden wollen. Mit grimmiger Miene verließ er das Büro und suchte den jungen Kollegen auf.

Ein Wust an Notizen lag auf seinem Schreibtisch, aber Fabio wirkte dennoch wenig motiviert, als Brander das Büro betrat.

»Peter, kannst du uns bitte kurz allein lassen?«, bat Brander Fabios Bürokollegen.

»Wollte mir eh gerade Kaffee holen. Für euch auch?«

»Nein danke.«

Peter Sänger nahm seine Tasse und schloss die Tür hinter sich.

»Fabio, was ist los?«

»Nix.«

Kindergarten, dachte Brander erneut gereizt. Er mahnte sich innerlich zur Geduld. »Du bist doch sonst nicht so empfindlich. Peppi hat das vorhin nicht böse gemeint, und das hat auch niemand so verstanden.«

»Dann ist ja gut.«

Das kam wenig überzeugend. Brander warf einen Blick auf

Fabios Monitor. Er hatte das Gesprächsprotokoll von Amelie Matschukat geöffnet. »Und?«

»Ich tue das, was du uns aufgetragen hast: Ich bewerte das Gespräch mit der aktuellen Faktenlage noch einmal neu.« Fabio klang bockig.

Für so ein Theater fehlte Brander an diesem Tag die Diplomatie. »Fabio, reiß dich zusammen! Wir haben alle eine Sieben-Tage-Woche hinter uns.« Er wandte sich zur Tür.

»Vielleicht hatte Peppi recht.«

Brander fuhr herum. »Womit?«

»Ich fand sie sympathisch. Ich hätte sie härter rannehmen müssen bei der Befragung.«

»Red nicht so einen Quatsch. Das ist hier nicht Guantánamo.«

»Sie hatte ein schlechtes Gewissen. Ich hab's für Unsicherheit gehalten, aber die ist nicht zum ersten Mal von der Polizei befragt worden. Ich hab mich von ihr blenden lassen.«

»Inwiefern denkst du, dass sie ein schlechtes Gewissen hatte?«

»Ich hab sie nach den Mails an Goldmann gefragt und den Schmierereien an der Hauswand. Sie hat alles geleugnet, aber ihre Augen haben was anderes gesagt, ich hab's nur nicht gesehen. Die hat was damit zu tun. Und dann hat sie vielleicht auch etwas mit den beiden Morden zu tun.«

»Bist du sicher? Oder interpretierst du das jetzt nur in ihre Aussage, aufgrund der neuen Informationen, die wir über sie haben?«

Fabio strich sich die dunklen Haare aus der Stirn und zuckte ratlos die Achseln.

»Kümmere dich mit Peter um die Hintergrundrecherchen. Wir befragen die beiden noch einmal, und dann werden wir weitersehen.« Sein Gedanke kam Brander wieder in den Sinn. »Und prüf bitte auch, ob es außer diesen Wutmails noch eine andere Verbindung zwischen Chantal Birk und den Schwestern gibt.«

»Na, alles gut?«, begrüßte Peppi Brander, als er zurückkam.

»Alles bestens.« Sein Telefon zeigte ihm einen verpassten Anruf an.

»Das war Cory«, berichtete Peppi, bevor er die Rückruftaste betätigen konnte. »Sie hat unseren Loverboy gefunden. Firmiert unter dem Namen Juan und heißt im wirklichen Leben Johannes Thürauf, sechsundzwanzig Jahre jung, gebürtig aus Trochtelfingen, wohnt jetzt in Stuttgart und arbeitet für einen Reutlinger Escort-Service.«

»Don Juan aus Stuttgart«, wiederholte Brander. »Haben wir Kontaktdaten?«

»Ich habe sogar schon mit ihm gesprochen. Er kommt in einer Stunde zu uns.«

***

Johannes Thürauf war ein attraktiver Mann: sportliche Figur, gesunde Bräune, dunkle Haare, braune Augen, ein gepflegtes Admiralsbärtchen zierte sein Kinn. Er trug Jeans, dazu ein dunkel gemustertes T-Shirt mit V-Ausschnitt, darüber ein gestreiftes Sakko.

»Herr Thürauf, Sie kennen Herrn Notker Hägele?«, eröffnete Brander die Befragung, nachdem die Personalien geklärt waren.

Thürauf sog zischend die Luft zwischen den strahlend weißen Zähnen ein und sah Brander ratlos an. »Jetzt bringen Sie mich in Schwierigkeiten.«

»Warum?«

»Ich weiß nicht, ob ich Ihnen das sagen darf.«

»Wir sind die Polizei, Sie dürfen uns alles sagen.«

»So einfach ist das nicht. Ich arbeite für einen Escort-Service und habe eine Verschwiegenheitserklärung unterschrieben.«

»Dann war Herr Hägele einer Ihrer Kunden?«

Don Juan faltete die Hände über dem Kopf zusammen. »Oh, verdammt.«

»Darf ich das als ein Ja interpretieren?«

»Ich darf nicht über Kunden … Darf ich meinen Chef anrufen?«

»Soweit wir informiert sind, stehen Sie in keinem verwandtschaftlichen Verhältnis zu Herrn Hägele, und Sie sind weder sein Arzt noch sein Pfarrer, der dem Beichtgeheimnis unterliegt.«

»Nee, davon bin ich weit entfernt. Aber Datenschutz, Sie wissen schon. Warum … Worum geht's denn überhaupt?«

»Herr Hägele ist tot. Wir ermitteln in einem Tötungsdelikt.«

»Fuck!« Thürauf starrte Brander ungläubig an.

»Wie wäre es mit einem Tee?«, fragte Peppi, die Mitleid mit dem jungen Mann bekam.

»'n Schnaps wär mir lieber.«

»Damit können wir leider nicht dienen.« Sie lächelte mütterlich. »Espresso?«

»Danke, gern.«

Wenige Minuten später reichte Peppi ihm eine Tasse. »Sie kannten Herrn Hägele wohl ziemlich gut?«

»Er war ein Stammkunde.« Er sah zu Brander. »Ist jetzt eh egal, oder? Ich meine, wenn Notker tot ist … Wer hat ihn denn umgebracht? Und wie? Und warum? Fuck, der war echt nett. Waren das Einbrecher?«

»Wie kommen Sie darauf?«

»Er hatte Kohle. Hat er nicht raushängen lassen, aber war nicht zu übersehen.«

»Seit wann kannten Sie Herrn Hägele?«

»Das war irgendwann im Frühjahr letztes Jahr, da hatten wir unsere erste Verabredung.«

»Und seither war er Ihr Stammkunde?«

»Ja.«

»Wie oft haben Sie sich getroffen?«

»Einmal im Monat, jeden dritten Sonntag, war fest gebucht.«

Brander stutzte. Er sah auf den Kalender an der Wand. »Das heißt, Sie waren Sonntag vor einer Woche verabredet?«

»Theoretisch, ja.«

»Aber?«

»Er hat abgesagt.«

»Warum?«

Thürauf stieß vibrierend die Luft durch die Lippen. »Das weiß ich nicht. Mein Chef hat's mir vor zwei Wochen gesagt. Hat gefragt, ob was vorgefallen wäre, weil Notker alle Termine gecancelt hat.«

»Und war etwas vorgefallen?«

»Nein.«

»Haben Sie sich nicht über die Absage gewundert?«

»Ich hab gedacht, dass er jemanden gefunden hat. Hätte mich für ihn gefreut.« Sein Blick glitt sinnend zum Fenster. Ein makelloses Gesicht. »Notker war nicht der Typ, der ständig die Partner wechselt. Eigentlich hat er sich nach einer festen Beziehung gesehnt. Deswegen war es ihm wichtig, dass ich immer zu ihm komme. Ich glaube, andere Typen hatte er nicht. Er hat gern geredet, vorher, hinterher …«

»Worüber hat er mit Ihnen geredet?«, fragte Peppi.

»Über alles Mögliche. Er hat einen interessanten Job, kommt viel rum in der Welt. Und er wollte mich immer überreden, dass ich mit der Sexarbeit aufhöre und was Anständiges lerne.« Er grinste. »Aber mir macht die Arbeit Spaß, und ich mache dabei noch Menschen happy. Das ist doch die Hauptsache, oder?«

»Kennen Sie seine Haushälterin?«

»Die Polin? Hab ich mal gesehen, ja. Hatte meine Jacke bei ihm vergessen.«

»Wusste sie, wer Sie sind?«

Thürauf deutete ein Schmunzeln an. »Sie hat sich's wohl gedacht.«

»Und kam sie damit klar?«

»Ich hab sie nicht gefragt. Wir haben kaum drei Worte miteinander gesprochen. Und ehrlich gesagt, ist es mir egal. Ich steh zu dem, was ich tue. Was ist mit der? Ist die auch tot?«

»Nein.«

»Wann haben Sie Herrn Hägele zum letzten Mal gesehen?«, übernahm Brander wieder.

»Im August, wie gesagt: dritter Sonntag. Datum weiß ich nicht mehr.«

»Und war da irgendetwas anders als sonst?«

Don Juan schürzte grübelnd die Lippen. »Nö, oder … Na ja, er hatte diese abgefahrene Puppe.«

»Was für eine Puppe?«, stellte Brander sich dumm.

»Aus Silikon, lebensgroß. 'ne Hightech-Sexpuppe. Ich hab die mal ein bisschen ausprobiert, aber 'n echter Mensch ist mir lieber.«

»Wissen Sie, warum und von wem er die Puppe hatte?«

»Nee, so konkret nicht. Hätte 'n Bekannter ihm vorbeigebracht.« Er raufte sich durch die Haare, während er überlegte. »Wäre irgendwie so ein Forschungsprojekt. Lebensechte Puppen als Kommunikationspartner für Singles oder Kranke oder keine Ahnung für wen.«

»Hat Herr Hägele die Puppe bedient?«

»Bedient?« Thürauf grinste schief.

»Mit einer Fernbedienung, einer App auf dem Smartphone.«

»Keine Ahnung … oder doch. Er hat zwischendurch an seinem Laptop rumgedaddelt. Ich glaub, damit hat er sie schlafen gelegt, also ausgeschaltet. Die war dann jedenfalls still.«

»Nach diesem Treffen im August hatten Sie keinen Kontakt mehr zu Herrn Hägele?«

»Nein. Ist 'ne Firmenphilosophie: keine privaten Kontakte zu Kunden.«

»Herr Thürauf«, Brander rief ein Foto auf seinem Monitor auf und drehte den Bildschirm so, dass sein Gast das Bild sehen konnte, »das sind doch Sie, oder?«

Er riss die Augen auf. »Fuck! Was … woher …?«

»Sie wussten nichts von diesen Aufnahmen?«

»Woher denn?« Der junge Mann sah genauer hin. »Das ist Notker. Das ist bei ihm zu Hause. Wer hat das aufgenommen?«

»Herr Hägele hat mit Ihnen nicht über diese Aufnahmen gesprochen?«

»Ey, der hat Fotos gemacht? Das glaub ich jetzt nicht!«

»Nein, Herr Hägele hat die Aufnahmen nicht gemacht. Er wurde erpresst.«

»Fuck, nee! Ey, welches Schwein …?« Thürauf schnappte nach Luft. »Wie denn? Ich kapier hier gerade gar nichts mehr.«

»Als Sie das letzte Mal bei Herrn Hägele waren, war er im Besitz einer Silikonpuppe, sagten Sie gerade. War diese Puppe anwesend, während Sie mit Herrn Hägele zusammen waren?«

»Verflucht, ja. Die saß brav am Tisch und hat gespannt. Mann, der hat die doch ausgeschaltet. Echt, und die hat die Fotos gemacht?«

»Videos.«

»Nee! Die hat das gefilmt, die Sau?«

»Herr Thürauf, bitte mäßigen Sie sich ein wenig in Ihrer Ausdrucksweise«, bat Brander.

»Ja, toll, ist ja nicht Ihr Arsch auf dem Video! Kann ich das anzeigen? Ich will wissen, wer das gemacht hat. Wenn ich den Dreckskerl erwisch, den bring –« Er bremste sich, als ihm bewusst wurde, wem er gegenübersaß. Die Wut ließ das hübsche Gesicht nicht mehr ganz so makellos wirken.

»Natürlich können Sie das zur Anzeige bringen.« Brander drehte den Bildschirm wieder zu sich und schloss das Fenster mit dem Foto. »Kennen Sie einen Levin Goldmann?«

Thürauf deutete auf den Monitor. »War der das?«

»Er ist ebenfalls tot.«

»War kein Kunde von mir. Es sei denn, er hat einen falschen Namen angegeben, kommt auch manchmal vor.«

Brander suchte ein Foto des Opfers zu Lebzeiten heraus, drehte erneut den Monitor.

»Nee, kenn ich nicht.«

»Chantal Birk?«

»Auch 'ne Kundin?«

»Wie kommen Sie darauf?«

Thürauf wurde wieder zu Don Juan und lächelte verschmitzt. »Ich bedien beides.«

»Nein, ich vermute, Frau Birk kann sich Ihre Dienste nicht leisten.«

»Eine Chantal Maurer kenn ich, wohnt im Stuttgarter Westen. Aber sonst, nee.«

»Niedlich, der Junge«, stellte Peppi fest, nachdem Johannes Thürauf gegangen war. »So stelle ich mir deinen Becks in jungen Jahren vor.«

»Karsten ist nicht bi.«

»Da wäre ich mir an deiner Stelle nicht so sicher.« Peppi grinste süffisant.

»Woher willst ausgerechnet du das wissen?«

Peppis Grinsen verschwand. Bevor Brander nachhaken konnte, platzte Fabio herein.

»Ich hab da was entdeckt. Amelie Matschukat hat bis Mitte Juni dieses Jahres als Aushilfe in einem Kirchheimer Supermarkt gearbeitet. Und zwar in dem Supermarkt, in dem Goldmanns Vater Filialleiter ist.«

»Ach was?« Brander lehnte sich mit verschränkten Armen zurück. »Als Anna Mayer oder als Amelie?«

»Amelie.«

Das war doch kein Zufall. »Ich glaube, bevor wir uns die junge Dame zur Brust nehmen, sollten wir uns erst noch einmal mit Herrn Goldmann unterhalten.«

Hans-Joachim Goldmann war bei seiner geschiedenen Frau zu Besuch, als Brander versuchte, ihn zu erreichen. Er fuhr mit Peppi zu dem Elternpaar. Die Gesichter der beiden waren gezeichnet von der Trauer um ihren Sohn. Maria Goldmann schien seit ihrer ersten Begegnung vor nur sieben Tagen um Jahre gealtert. Sie hatte eine schwarze Häkelstola um ihre Schultern gelegt. Brander schickte sie mit Peppi in das Wohnzimmer, während er sich mit dem Vater an den Küchentisch setzte.

»Herr Goldmann, wir haben uns vor ein paar Tagen auf dem Hof Ihres Sohnes darüber unterhalten, dass vermutlich unbekannte Feministinnen Parolen dort an die Hauswand geschmiert hätten.«

Goldmann nickte.

»Könnte es sein, dass Sie vergessen haben, uns dazu noch etwas zu erzählen?«

Der Mann sah ihn aus glanzlosen Augen an. Bartstoppeln verteilten sich unregelmäßig über Kinn und Wangen. »Ich weiß nicht.«

»Der Name Amelie Matschukat ist Ihnen bekannt, oder nicht?«

Goldmann schluckte.

»Warum haben Sie uns nicht gesagt, dass die junge Frau bis Ende Juni dieses Jahres bei Ihnen gearbeitet hat?«

»Ich …« Er senkte den Blick, strich sich durch die lichten grauen Haare.

»Seit wann hat Frau Matschukat für Sie gearbeitet?«

»Sie kam im November letzten Jahres. Weihnachtszeit, da ist viel los. Durch die Grippewelle hatten wir Ausfälle.«

»Aber Sie haben Frau Matschukat über die Weihnachtszeit hinaus weiterbeschäftigt.«

»Ja, sie war eingearbeitet und zeitlich sehr flexibel, konnte schnell einspringen, wenn Not am Mann war.«

»Mitte Juni gab es den Vorfall mit den Schmierereien, und kurz darauf wurde Frau Matschukat entlassen.«

Goldmann sah Brander mit großen Augen an. »Ich konnte sie doch unmöglich weiter bei uns arbeiten lassen!«

»Offiziell konnte ihr nichts nachgewiesen werden.«

»Ja, aber …« Der Mann verstummte.

»Was – ›aber‹?«

»Sie war es doch.«

»Hat sie Ihnen das gesagt, oder woher wissen Sie das?«

Goldmanns Finger nestelten an der Häkeldecke auf dem Küchentisch.

»Herr Goldmann, Ihr Sohn ist tot!«

»Das weiß ich!« Goldmanns Augen glänzten feucht. »Aber das kann doch unmöglich diese Frau gewesen sein.«

»Was wissen Sie über Amelie Matschukat?«

»Sie hat ihn nicht umgebracht. Bitte, sie war das nicht!« Ein Flehen lag in seiner Stimme.

»Aber die Schmierereien waren von ihr?«

Die Finger arbeiteten unaufhörlich mit der Häkeldecke, während Goldmann endlich zu erzählen begann.

»Levin war Anfang des Jahres ein paarmal bei mir im Laden. Er brauchte Geld. Zum Jahresanfang sind immer so viele Gebühren fällig. Ich habe ihm gesagt, wenn er Geld brauche, könne er bei mir arbeiten. Wir haben uns gestritten, heftig gestritten. Ich hätte ihm ja geholfen, aber das mit diesen Puppen, das war doch keine anständige Arbeit. Ich wollte das nicht unterstützen.«

Er strich die Decke glatt, um sogleich wieder einen Zipfel zwischen die Finger zu nehmen. »Amelie … Frau Matschukat hat unseren Streit mitbekommen. Ich war so wütend. Ich musste einfach mit jemandem sprechen, und da habe ich ihr erzählt, mit was für einem Schwachsinn mein Sohn versucht, Geld zu verdienen. Ich wusste doch nicht, dass sie so eine ist!«

»Was ist sie denn für eine?«

»Ich weiß auch nicht. Eine Feministin, oder?«

Nachdem Brander nichts dazu sagte, fuhr er fort: »Sie hat eigentlich nur zugehört, hat sogar das eine oder andere Mal Partei für ihn ergriffen. Kurz darauf ging das mit den E-Mails los. Ich hab da aber keine Verbindung gezogen.«

»Wie ging es weiter?«

»Anfang Juni hatten wir Aktionsware im Angebot – Malerbedarf: Pinsel, Farbe, Maleranzüge … Sie hat davon etwas gekauft. Sie bekam Mitarbeiterrabatt, daher weiß ich das. Ich weiß noch, dass ich sie damals gefragt habe, ob sie renovieren wolle. So ähnlich, hat sie gesagt. Zwei Tage später waren diese Schmierereien an der Hauswand. Ich bin rausgefahren, hab mir das angesehen. Ich hätte es nicht hundertprozentig sagen können, aber ich war ziemlich sicher, dass es unsere Farbe war.«

»Und das haben Sie Ihrem Sohn nicht gesagt? Ganz zu schweigen von meinen Kollegen?« Brander rief sich die Akte in Erinnerung. Gab es eine Aussage dazu von Levin Goldmanns Vater? Nein, er hatte sich völlig ahnungslos gegeben.

»Ich habe Amelie zur Rede gestellt. Sie meinte nur, sie hätte mir damit einen Gefallen getan, weil ich gegen Levins Broterwerb wäre.«

»Das alles hätten Sie damals schon meinen Kollegen mitteilen müssen.«

»Es hätte Levin noch mehr von mir entfernt, wenn er gewusst hätte, dass er all den Ärger mir zu verdanken hatte, weil ich mit Amelie über ihn gesprochen habe.« Er suchte nach Verständnis in Branders Gesicht. »Und ich habe Amelie doch auch umgehend entlassen.«

Brander musterte den Mann vor sich. Nach diesem Geständnis hatten die Finger endlich Ruhe gefunden, lagen flach auf der Häkeldecke und warteten auf Absolution.

»Wenn Ihre Mitarbeiter Rabatt bekommen, gibt es sicherlich Aufzeichnungen über die Einkäufe, oder?«

»Ja, natürlich.«

»Ich will eine Aufstellung darüber, was genau Amelie Matschukat wann bei Ihnen eingekauft hat, und zwar lückenlos und so schnell wie möglich.«

Goldmann nickte.

»Haben Sie Frau Matschukat noch einmal gesehen oder gesprochen, nachdem Sie sie entlassen hatten?«

»Nein, sie war enttäuscht darüber, dass ich ihre Aktion nicht gutheißen konnte. Ich wäre auch nur einer, der scheinheilig daherschwätzen würde.« Hans-Joachim Goldmann seufzte schwer. »Aber Sie denken doch nicht, dass Amelie meinen Sohn umgebracht hat?«

»Das wissen wir nicht. Sie hätten uns diese Informationen schon viel früher geben müssen.«

***

Auf dem Rückweg zur Dienststelle rief Brander die Staatsanwältin an und berichtete ihr von den neuesten Entwicklungen. Dieses Mal störte kein Kindergeschrei ihr Gespräch.

»Haben wir irgendeinen Beweis? Irgendwelche handfesten Fakten, die dafürsprechen, dass Amelie Matschukat die Täterin ist?«, fragte Mertens, nachdem Brander geendet hatte. »Wir können nicht nur aufgrund von Hörensagen einen Haftbefehl gegen sie erlassen, zumal es sich dabei auch noch um die Aussage des Vaters des Getöteten handelt.«

Die Auflistung der Einkäufe würde Brander frühestens am nächsten Tag von Hans-Joachim Goldmann bekommen. Und selbst wenn damit bewiesen wäre, dass Amelie Matschukat in dessen Supermarkt einen Maleranzug gekauft hatte, konnten sie das vermutlich nicht direkt mit den Morden in Zusammenhang bringen.

»Das war nicht die Antwort, die Sie hören wollten, oder?«, fragte die Staatsanwältin, als Brander nichts erwiderte.

»Sie haben ja recht.«

Mertens lachte unfroh. »Das aus Ihrem Munde.«

Als ob er so ein Griesgram wäre!

»Gibt es eine Verbindung zwischen Matschukat und Hägele?«, fragte Mertens.

»Wir suchen danach.«

»Was ist mit Birk oder Streiter? Gegen die haben wir theoretisch genauso viele Verdachtsmomente. Und bei Streiter hätten wir zudem ein sehr starkes Motiv: das mögliche Ende seiner Forschungsarbeit, wenn Hägele mit der Erpressung an die Öffentlichkeit gegangen wäre. Sein Ansehen, seine gesamte Existenz standen auf dem Spiel. Und es geht doch immer entweder um Macht, um Geld oder um Liebe. Diese Motivation sehe ich bei der Matschukat nicht.«

»Wut, Hass«, ergänzte Brander die Liste.

»Wir brauchen Beweise, Herr Brander. DNA, einen Fingerabdruck, einen neutralen Zeugen. Irgendetwas. Wenn wir Anklage erheben wollen, muss unsere Beweisführung wasserdicht sein. Auch wenn die Presse nach Ergebnissen lechzt, wir dürfen keine voreiligen Schlüsse ziehen. Ich weiß, wovon ich spreche, Herr Brander. Und ich will so einen Fehler nicht noch einmal machen.«

Peppi, die das Gespräch über die Freisprechanlage mithörte, sah überrascht vom Fahrersitz zu Brander. Er ahnte, wovon die Staatsanwältin sprach. Stephan hatte ihm von Mertens' Vergangenheit erzählt, und Peppi hatte die Geschichte sicherlich über ihren Lebensgefährten erfahren. Ein unüberlegtes, zu schnelles Vorgehen, das einen Menschen das Leben und sie ihre Karriere gekostet hatte. So offen hatte die Staatsanwältin jedoch noch nie ihre Fehlbarkeit eingestanden.

»Es ist spät, machen Sie Feierabend. Wir besprechen morgen früh, wie wir weitermachen. In Ordnung?«

»Ja.« Brander sah auf die digitalen Ziffern des Autodisplays. Es war nach acht. Bis er zu Hause war, wäre der »Tatort« vorbei.

Die von der morgendlichen Tour nasse Radkleidung war getrocknet, als Brander sich in Peppis Badezimmer für den Heimweg umzog. Seine Gedanken kreisten noch immer um die Schwestern Matschukat. Zu zweit hätten sie die Morde sehr gut bewerkstelligen können. Das Argument der Staatsanwältin konnte er aber nicht von der Hand weisen. Streiter hatte ein starkes Motiv für die beiden Morde. Und seit mittlerweile drei Tagen war er nirgends erreichbar. War er tatsächlich untergetaucht?

Brander verabschiedete sich von seiner Kollegin und ließ das Rad die Schwabstraße ins Tübinger Zentrum hinunterrollen. Vor einem Dreivierteljahr war Peppi zu Schmid gezogen. Die Gegend um den Österberg besaß ein ganz anderes Flair als das Französische Viertel, in dem seine Kollegin zuvor gelebt hatte. Die alten, herrschaftlichen Villen – die meisten davon fest in der Hand von Verbindungen – stachen pittoresk zwischen den Wohnhäusern am Südhang hervor. Weithin sichtbar war der Österbergturm – der ehemalige Kaiser-Wilhelm-Turm –, dessen altes Gemäuer von modernen Funkmasten auf dem Dach verunstaltet wurde.

Branders Handy verkündete einen Anruf, als er gerade das Zentrum hinter sich gelassen hatte. Er hielt an und zog den Apparat hervor.

»Bist du noch bei der Arbeit?« Karsten Beckmann klang nicht sehr fröhlich.

»Gerade auf dem Heimweg.«

»Was dagegen, wenn ich auf einen Sprung zu euch komme?«

»Ich glaube, ich bin schneller bei dir.«

Wenige Minuten später saß er in Beckmanns Wohnzimmer. Auf dem Couchtisch standen Schälchen mit Oliven und Käsewürfeln. Das Whiskyglas war leer, aber nicht unbenutzt.

»Du solltest nicht allein trinken«, bemerkte Brander.

»Deswegen habe ich dich ja angerufen.« Beckmann nahm ein zweites Glas aus einer Vitrine. »Hast du schon gegessen?«

»Was man so essen nennt.« Brander steckte sich einen Käsewürfel in den Mund.

»Ich habe noch einen Rest Pizza.«

»Mach dir keine Umstände.«

Sein Kumpel verschwand dennoch in der Küche. Brander hob die Whiskyflasche vom Tisch. Fettercairn, ein Single Malt Scotch Whisky, gelagert im Pedro-Ximénez-Sherryfass. Der Kopf eines Einhorns mit langer Mähne prangte auf der edlen Flasche. Er zog den Korken mit einem wohltönenden Ploppen von der Flasche, ein fruchtiges Aroma strömte ihm in die Nase. Welche Frucht? Pfirsich? Ja, aber da war noch etwas anderes, das er nicht erkannte. Brander füllte die beiden Gläser und schnupperte noch einmal an dem Destillat. Birne?

»Hat mir Geli vom Duty-free-Shop mitgebracht.« Angelika Januschek war Beckmanns Nachbarin. Sie war mehr oder weniger alleinerziehend, da der Vater des Kindes die meiste Zeit im Ausland arbeitete. Beckmann half manchmal als Babysitter aus. Er stellte den Teller mit der aufgewärmten Pizzaecke vor Brander auf den Tisch und nahm sein Glas.

»Slàinthe mhath.«

»Slàinthe.«

Der Whisky lag cremig auf der Zunge, entfaltete ein komplexes Aroma von tropischen Früchten und eine karamellige Süße. Allein dafür hatte sich der Umweg gelohnt.

»Was ist das für eine Brennerei? Hab ich noch nichts von gehört.« Brander bediente sich an der Pizza.

»Liegt in den Highlands, ein Stück südwestlich von Aberdeen.« Beckmann ließ sich mit frustriertem Stöhnen gegen die Polster fallen und legte den Kopf in den Nacken.

»Was ist los, Becks?«

»Manu und ich hatten Zoff.« Er leerte sein Glas, stellte es zurück auf den Tisch und füllte es erneut.

»Wo ist er jetzt?«

»Da, wo er immer ist: bei der Arbeit. Jeden Abend hock ich hier allein. Seit Neuestem haben sie sogar montags Sonderproben angesetzt. Wir sehen uns kaum noch.« Beckmann griff nach seinem Glas.

»Der wievielte ist das?«

»Streit?«

»Whisky.«

»Der dritte oder vierte.« Beckmann prostete ihm zu. »Den brauch ich jetzt – warm und weich und süß und verheißungsvoll. Es ist gerade zu wenig Liebe in meinem Leben.«

Diese Diskrepanzen gingen schon eine ganze Weile zwischen den beiden. Ungewollt drängte sich die Erinnerung an das Gespräch mit Johannes Thürauf in Branders Gedanken: Eigentlich hat er sich nach einer festen Beziehung gesehnt. Egal ob homo- oder heterosexuell – die Probleme waren doch überall die gleichen.

»Hast du mal mit ihm darüber geredet?«

»Einmal? Es ist das Einzige, worüber wir noch reden.« Beckmanns Gesichtszüge wurden bitter. »Manchmal denk ich, es ginge mir besser ohne ihn.«

Der nächste Whisky verschwand in seiner Kehle. Brander schob die Flasche außer Reichweite seines Freundes.

»Was soll denn das jetzt?«

»Mach mal langsam, Becks.«

»Ich möchte mich aber betrinken.«

»Damit löst du das Problem nicht.«

Beckmann deutete ein Lächeln an. »Ich mag's, wenn du so dominant bist.«

»Ich weiß.« Brander grinste. Es konnte Beckmann noch so schlecht gehen, einen Spruch, um Brander aus der Reserve zu locken, hatte er immer parat.

Eine Weile saßen sie schweigend nebeneinander. Brander trank seinen Whisky und beobachtete die Fische in dem Aquarium, das an der Wand gegenüber stand. Unweigerlich machten sich wieder die Gedanken an seine Ermittlungen in ihm breit. Er stellte sein leeres Glas zurück auf den Tisch, überlegte, ob er sich noch ein Dram genehmigen sollte.

»Ich hätte noch einen Benromach im Angebot.«

Als Brander sich nicht abgeneigt zeigte, stand Beckmann auf und holte die Flasche aus seiner Vitrine. Nach dem Fettercairn bestach der fünfzehnjährige Single Malt mit einem sehr würzigen Aroma und einer dezenten Rauchnote. Brander genoss die Abwechslung. Das war ein Grund, warum er dieses Faible für den Getreidebrand hatte: Jeder Whisky war anders.

Während Brander das Glas in seinen Fingern drehte, fiel sein Blick auf Beckmanns Laptop, der auf dem Esstisch stand. »Du bist doch so ein Computerfreak.«

»Ich bin Webdesigner. Ich gestalte Internetauftritte für Firmen.«

»Da geht es um Kommunikation, oder?«

»Auch. Kommunikation, Information, aber eigentlich geht es um Werbung«, erwiderte Beckmann wenig interessiert. »Die Firmen wollen verkaufen.«

»Dazu sammeln die Firmen Daten von den Kunden, oder?«

»Ja, im Rahmen der gesetzlichen Möglichkeiten.«

»Hast du schon mal einen Kunden gehabt, der interaktive Silikonpuppen verkauft?«

»Nein.« Beckmann zog die Stirn in Falten. »Wir sprechen gerade nicht mehr von meinem Problem mit Manu, oder?«

»Nein, sorry.«

»Schon okay. Warum willst du wissen, womit ich mein Geld verdiene?«

»Ich versuche, eine Welt zu verstehen, die mir ziemlich fremd ist. Es geht um künstliche Intelligenz, Kommunikationsforschung.«

»Und was hat das mit Silikonpuppen zu tun?«

»Die sind interaktiv, man kann mit ihnen kommunizieren. Sie sind über das Internet mit einem Server verbunden, wenn ich das richtig verstanden habe. Ausgestattet mit Smartspeaker, in diesem Fall sogar inklusive Bildaufnahme.«

»Du machst mich neugierig.« Beckmann holte seinen Laptop und öffnete die Suchmaske. »Sprichst du von solchen Dingern?«

Auf der Website, die er ausgewählt hatte, erschienen Bilder von Puppen, die denen von »Dollies« ähnelten.

»Ja.«

»Und suchst du da eine für dich, oder denkst du, das wäre für mich eine Alternative?«

»Ich bin glücklich verheiratet.«

»Und ich bin schwul. Das sind ja nur Mädels.«

»Peppi meint, du wärst bi.«

»Pep…« Beckmann lachte überrascht auf. »Da ist wohl eher der Wunsch Vater des Gedankens.«

»Wie bitte?«

»Weißt doch, die Frauen stehen auf Typen wie mich, sexy und verständnisvoll.« Beckmann richtete seine Aufmerksamkeit wieder auf den Bildschirm. »Lass mal sehen, vielleicht kann man sich ja eine Puppe anfertigen lassen. Dann lasse ich mir eine machen, die aussieht wie du.«

»Komm nicht auf Ideen.«

»Du hast mit dem Thema angefangen.«

»Aber so habe ich das nicht gemeint.«

»Andi zwei Punkt null.« Beckmann lachte erneut auf. »Wo kann ich dich bestellen?«

Es tat Brander gut, seinen Freund wieder etwas fröhlicher zu sehen, auch wenn der Spaß auf seine Kosten ging.

Beckmann studierte die technischen Details. »Die funktionieren via WLAN. Und irgendwo sitzen die Jungs im Callcenter und haben ihren Spaß.«

»Man kann den Internetzugang ja abstellen.«

»Denkst du? Wie sicher ist das? Sind ja nicht nur diese Puppen. Dass diese Smartspeaker alles mitschneiden, ist ja mittlerweile bekannt. Aber es fängt schon beim Smartphone an oder beim Laptop, da kannst du auch nicht sicher sein, was so alles heimlich mitgeschnitten wird. Wir steuern auf eine totale Überwachungsgesellschaft zu. Wohl dem, der weiß, wie er seine Aktivitäten im Netz verschlüsselt.«

Fluch und Segen der digitalen Zukunft. Einerseits erleichterte sie das Leben enorm, andererseits wurde der Mensch mit Nutzung jeder digitalen Neuerung durchsichtiger, berechenbarer und damit manipulierbar – und erpressbar.

»Du gehst mit verschlüsseltem Browser ins Netz?«

»Nur, wenn ich mir eine Andi-Puppe bestelle.« Beckmann zwinkerte ihm wollüstig zu.

Brander deutete auf den Monitor. »Würdest du diese Puppen als frauenfeindlich einstufen?«

»Ihr Aussehen entspricht zumindest einem gewissen Klischee: Einer relativ simplen Hetero-Männer-Phantasie, würde ich mal behaupten, aber das kannst du besser beurteilen als ich.«

Nach klischeehaften Männerphantasien gestaltete Puppen. War das tatsächlich Trigger genug für zwei Feministinnen, um zwei Morde zu begehen?

Montag

Hans-Joachim Goldmann musste noch am Abend zuvor in seine Filiale gefahren sein. Als Brander am Montagmorgen ins Büro kam, hatte er eine E-Mail von ihm in seinem Postfach mit einer Auflistung von allem, was Amelie Matschukat während ihrer Aushilfstätigkeit in seinem Supermarkt gekauft hatte. Brander ging die Liste durch, und tatsächlich hatte sie im Juni zwei Maleranzüge, Pinsel sowie drei Tuben rote Abtönfarbe eingekauft. Allerdings keine rosa Lacke. Was nichts heißen musste. Es wäre sehr abgebrüht gewesen, die Sprühlacke bei Hans-Joachim Goldmann einzukaufen, um damit dessen Sohn einzusprühen.

»Die Sprüche an Levin Goldmanns Hauswand sind in roter Farbe geschrieben worden, oder?« Staatsanwältin Isabella Mertens war wie angekündigt zur morgendlichen Soko-Sitzung erschienen.

»Ja«, bestätigte Fabio.

»Wenn wir ihr auch nichts konkret nachweisen können, ließe sich damit zumindest ein möglicher Zusammenhang herstellen. Was ist mit ihrem Alibi für die Tatzeiten?«

»Die Schmierereien an der Hauswand? Da war sie angeblich mit ihrer Schwester im Schwarzwald wandern.«

»Ich meinte eigentlich, für die beiden Morde, Herr Esposito.«

»Auch da hat sie behauptet, an beiden Nachmittagen mit ihrer Schwester zusammen gewesen zu sein.«

»Was sagt die Schwester?« Mertens sah zu Brander.

»Gar nichts. Solveig Matschukat hat sich nicht zu der Frage geäußert.«

Mertens klopfte grübelnd mit den Fingern auf die Tischplatte. »Haben wir sonst noch was?«

Die Tür wurde geöffnet, und Manfred Tropper eilte herein. »'tschuldigung. Wir haben heute früh Berichte vom KTI bekommen mit weiteren Spurenauswertungen von DNA und Fingerabdrücken. Es gibt einen kleinen Lichtblick.«

»Raus damit«, forderte Brander.

»Wir haben an beiden Leichenfundorten eine DNA-Spur entdeckt, die von ein und derselben Person stammt. Wir können die Spur leider nicht unmittelbar mit der Tat in einen Zusammenhang bringen, aber zumindest hat sich diese Person in beiden Wohnungen aufgehalten.«

Brander ballte die Hand zur Faust. Es war nicht viel, aber vielleicht der entscheidende Hinweis. »Und wer ist diese Person?«

»Keine Ahnung, aber sie ist weiblich.«

Mertens und Brander tauschten einen Blick.

»Holen Sie die Matschukat her«, forderte die Staatsanwältin. »Die junge Dame nehmen wir uns jetzt gemeinsam zur Brust, und einen Beschluss für eine DNA-Entnahme bei den Schwestern besorge ich uns auch.«

Amelie Matschukat wohnte in einem Mehrfamilienhaus in Oberesslingen. Sie empfing Brander und Peppi in Jogginghose und Sweatshirt. Das Oberteil hatte sie anscheinend in aller Eile angezogen, bevor sie zur Tür kam – es war auf links gedreht. Sie blickte überrascht in die Gesichter der Kommissare.

»Haben wir Sie geweckt?«, fragte Peppi.

Sie strich sich durch die ungekämmten Haare. »Ja, war spät gestern.«

Brander zog einen Umschlag hervor. »Wir haben eine offizielle Vorladung für Sie. Sie müssen uns bitte zur Dienststelle begleiten.«

»Wieso Vorladung?« Sie rümpfte die Nase, als sie das Schreiben mit spitzen Fingern entgegennahm, als handele es sich um eine Scheibe vergammeltes Brot.

»Erneute Befragung in der Sache Levin Goldmann sowie eine DNA-Entnahme.«

Amelie Matschukat riss die Augen auf. »Wieso das denn?«

»Zur Klärung einiger Fragen sowie zum Spurenabgleich.«

»Jetzt sofort, oder was?«

»Ja.«

Sie stieß fassungslos die Luft aus den Lungen. »Darf ich mich wenigstens noch anziehen, bevor Sie mich abführen?«

»Sicher, meine Kollegin wird Sie begleiten.« Brander stellte eilig den Fuß vor, bevor sie die Tür zuschlagen konnte.

»Ich hab nix gemacht. Was soll der Scheiß?«

»Sie können auch gern so mitkommen, wie Sie sind.«

Sie murrte unwillig und zog die Tür weiter auf. »Kommen Sie rein.«

Während Peppi die junge Frau in ihr Schlafzimmer begleitete, ging Brander in das Wohnzimmer. Mehrere benutzte Gläser, eine Flasche Gin und Tonicwater standen auf dem Couchtisch. Eine Shisha lag neben einem aufgeklappten Laptop am Boden. Kissen und Decke auf dem Sofa deuteten an, dass die Bewohnerin dort kurz vor ihrem Eintreffen geruht hatte. Ein süßlicher Geruch waberte in der verbrauchten Luft.

Brander ging zum Fenster, um Sauerstoff in den Raum zu lassen. Auf dem Weg kam er nicht umhin, kurz auf den Laptop zu schauen, aber der Monitor war schwarz. Er kippte das Fenster an. Sein Blick fiel auf die Fensterbank, als die Stimmen der beiden Frauen im Flur erklangen.

»Ich will meine Anwältin anrufen. Ich sag nix ohne meine Anwältin.«

»Das ist in Ordnung, ändert aber nichts daran, dass wir Sie jetzt mitnehmen«, erwiderte Peppi ungerührt.

»Ich will aber nicht mitkommen.«

»Frau Matschukat, jetzt seien Sie nicht albern.«

Brander ging in den Flur und sah die junge Frau mit vor der Brust verschränkten Armen im Schneidersitz auf dem Fußboden sitzen. »Was soll das jetzt werden?«

»Ich komm nicht mit. Sie können mich nicht zwingen.«

»Ich kann Sie vorläufig festnehmen.«

»Wegen Sitzstreik in meiner eigenen Wohnung, oder was?«

»Wegen allgemeinen Verstoßes gegen das Betäubungsmittelgesetz, oder möchten Sie mir erzählen, in dem Tütchen auf Ihrer Fensterbank liegen kleine Smarties?«

***

»Die Pillen haben Sie mir untergejubelt«, behauptete Amelie Matschukat zwei Stunden später im Vernehmungszimmer der Esslinger Dienststelle. Sie war erkennungsdienstlich erfasst, und die DNA-Entnahme war ebenfalls durchgeführt worden.

»Dann bin ich mir sicher, dass wir keine Fingerabdrücke von Ihnen auf dem Tütchen finden und Sie nichts weiter zu befürchten haben«, erwiderte Isabella Mertens.

Amelie Matschukat sah zu ihrer Anwältin. »Das war Eigenbedarf«, wisperte sie ihr zu. Brander hörte es dennoch.

Die Anwältin räusperte sich verärgert. »Wenn du mir etwas sagen möchtest, dann bitte unter vier Augen.« Sie wandte sich der Staatsanwältin zu. »Was wird meiner Mandantin vorgeworfen?«

»In erster Linie geht es lediglich um eine Zeugenbefragung im Fall der Tötung von Levin Goldmann und Notker Hägele, da Frau Matschukat uns eine für diesen Fall relevante Information vorenthalten hat, die wir gern klären möchten«, antwortete Mertens. »Die Entdeckung illegaler Drogen in der Wohnung von Frau Matschukat konnte Kriminalhauptkommissar Andreas Brander jedoch nicht ignorieren. Wir führen zurzeit eine Wohnungsdurchsuchung durch. Frau Matschukats Schwester Solveig ist dabei anwesend. Je nachdem, was wir in der Wohnung finden, werden wir weitere Schritte einleiten.«

Die Anwältin sah zu ihrer Mandantin, die den Kopf schüttelte. Anscheinend hatte sie tatsächlich nur ein paar Pillen für ihr Privatvergnügen in ihrem Besitz, deutete Brander ihre Geste.

»Frau Matschukat, soweit uns bekannt ist, sind Sie mit keinem der beiden Todesopfer verwandt. Sofern Sie sich nicht selbst belasten, sind Sie zu einer ehrlichen Aussage verpflichtet«, fuhr Mertens fort. »Haben Sie das verstanden?«

»Ja.«

»Sie haben von Mitte November vergangenen Jahres bis Ende Juni dieses Jahres als Aushilfe in einem Supermarkt in Kirchheim unter Teck gearbeitet?«

»Ja.«

»Wer hat Sie eingestellt?«

»Was sollen die Fragen? Sie wissen das doch eh alles.«

»Das war nicht die Frage.«

»Herr Goldmann, Hans-Joachim Goldmann hat mich eingestellt.«

»Haben Sie sich mal über Privates mit ihm unterhalten?«

Sie zuckte die Achseln. »Weiß ich nicht mehr.«

»Ist es nicht so, dass Herr Goldmann mit Ihnen darüber gesprochen hat, dass er ein Problem mit der Berufstätigkeit seines Sohnes hat?«

»Kann mich nicht erinnern.«

»Soweit wir wissen, sind Sie mindestens einmal Zeugin eines Streits zwischen Herrn Goldmann und seinem Sohn geworden.«

»Kann mich nicht erinnern.«

»Herr Goldmann konnte sich sehr gut erinnern. Er sei sehr verärgert über seinen Sohn gewesen und habe sich, nachdem sein Sohn gegangen war, Ihnen gegenüber dazu geäußert. Sie hätten ihm sehr aufmerksam zugehört.«

»Will der mir jetzt den Mord an seinem Sohn in die Schuhe schieben, oder was?«

»Ende Juni wurde das Arbeitsverhältnis mit Ihnen beendet«, ignorierte Mertens die Frage. »Warum?«

»Ich hatte keinen Bock mehr.«

»Soweit ich weiß, wurden Sie entlassen.«

»Das hat er gemacht, damit ich beim Arbeitsamt keine Sperre krieg.« Amelie Matschukat grinste schmallippig.

»Frau Mertens, bei allem Respekt, aber wozu sollen diese Fragen dienen? Wenn Sie meine Mandantin irgendeiner Straftat beschuldigen, sind Sie verpflichtet, uns das zu sagen«, schaltete die Anwältin sich ein.

»Wir versuchen, Informationen abzugleichen, die wir im Laufe der Ermittlungen erhalten haben. Unter anderem geht es um die Differenzen zwischen Herrn Goldmann und seinem Sohn.«

Für diesen Hakenschlag zollte Brander der Staatsanwältin innerlich Respekt. Sie tanzten mit dieser Befragung auf sehr dünnem Eis.

»Der Goldmann bringt doch seinen Sohn nicht um«, erwiderte Amelie Matschukat.

»Immerhin gab es häufiger Streit zwischen den beiden.«

»Ja, schon, aber der Goldmann ist 'n Weichei. Der regt sich auf, und dann knickt der doch wieder ein.«

Isabella Mertens sah zu Brander, damit er fortfuhr. Den Wechsel hatten sie im Vorfeld besprochen.

»Sie kennen Dr. Vinzenz Streiter?«, fragte Brander.

Sie hob wortlos die Achseln. »Ist das ein Arzt?«

»Wissenschaftler.«

Sie schürzte die Lippen, als könnte sie sich nicht an den Mann erinnern.

»Ich helfe Ihrem Gedächtnis auf die Sprünge: Vor knapp sechs Monaten gab es einen Vorfall mit Ihrer Schwester. Sie hat Herrn Streiter bei einer Veranstaltung mit verfaultem Gemüse beworfen.«

Ein Grinsen zuckte über Amelies Gesicht. Sie senkte hastig den Kopf und presste die Lippen fest zusammen.

»Sie erinnern sich an den Vorfall?«

»Nein.«

»Aber Sie erinnern sich daran, dass Sie sich im Juli bei ihm beworben haben?«

Sie hob den Blick wieder, das Grinsen war verschwunden. »Nein.«

»Frau Matschukat, Juli, das ist noch nicht so lange her.«

Sie schob stur das Kinn vor. »Kann mir doch nicht jede Bewerbung merken, die ich verschicke. Ich mach immer mal wieder irgendwelche Aushilfsjobs. Vom Bloggen kann ich nicht leben. Und nachdem ich beim Goldmann weg war, brauchte ich einen neuen Job. Keine Ahnung, wo ich mich überall beworben hab.«

»Herr Streiter erhielt eine Bewerbung von Ihnen. Allerdings haben Sie bei der Bewerbung einen falschen Namen angegeben.«

»Wer behauptet das?«

»Aufgrund Ihrer Bewerbung hat man Sie zu einem Vorstellungsgespräch eingeladen, wodurch Sie sich Zutritt zu seinem Haus verschafft haben. Warum? Was wollten Sie dort?«

»Wer behauptet das?«, wiederholte Amelie.

»Wir haben Zeugen.«

»Kann gar nicht sein.«

Schwang da Unsicherheit in der Stimme mit?

»Gibt es irgendwelche Beweise für diese Bewerbung und das Vorstellungsgespräch?«, fragte die Anwältin.

»Das Bewerbungsschreiben, Zeugnisse –«

»Okay, stopp. Das ist keine Zeugenbefragung, was Sie machen, das ist eine Beschuldigtenvernehmung«, unterbrach ihn Matschukats Anwältin.

»Wieso beschuldigt …? Ich hab doch niemanden umgebracht!«

»Amelie, du sagst jetzt gar nichts mehr.«

»Aber ich hab doch ni–«

»Halt die Klappe.« Die Anwältin warf einen strengen Blick auf Brander und wandte sich dann mit ernster Miene ihrer Mandantin zu. »Gefälschte Zeugnisse – das ist kein Kavaliersdelikt, so etwas nennt man Urkundenfälschung.«

»Aber –«

»Klappe halten. Ich muss jetzt erst einmal ganz genau in Erfahrung bringen, was man dir vorwirft.«

»Wir beenden an dieser Stelle die Zeugenbefragung in der Sache Goldmann/Hägele«, erwiderte die Staatsanwältin. »Bezüglich des allgemeinen Verstoßes gegen das Betäubungsmittelgesetz sowie der mutmaßlichen Urkundenfälschung werden wir Ermittlungen einleiten. Frau Matschukat, Sie hören von uns.«

»Verdammt!« Isabella Mertens schlug so hart mit der Hand auf den Tisch, dass ihre Kaffeetasse überschwappte. »Wir hätten sie hierbehalten sollen.«

Brander stand auf und holte ein Papiertuch, um die Pfütze aufzuwischen, bevor sie die Tischkante erreichte. »Mit welcher Begründung?«

»Dringender Tatverdacht in beiden Tötungsdelikten.«

»Uns fehlt der Bezug zu Notker Hägele.« Zudem hatte die Durchsuchung von Amelie Matschukats Wohnung weder weitere Drogen noch irgendwelche Maleranzüge, Abtönfarben oder Lacke zutage gefördert.

Mertens schnaufte genervt. »Wann bekommen wir den DNA-Abgleich?«

»Mit etwas Glück noch im Laufe des Tages. Freddy hat den Kollegen vom KTI ein bisschen Feuer unterm Hintern gemacht«, wusste Peppi.

Die Staatsanwältin rieb sich über die Stirn. »Wir brauchen noch eine DNA-Entnahme von Solveig Matschukat.«

»Ist bereits beim KTI.« Peppi war fleißig gewesen, während Brander mit der Staatsanwältin Amelie Matschukat vernommen hatte.

»Was ist mit den Bewerbungsunterlagen unter dem Namen Anna Mayer?«

»Frau Scholl sagte uns, dass die Daten gelöscht wurden, nachdem sich herausgestellt hatte, wer die Bewerberin tatsächlich ist. Herr Streiter hätte keinen Wert auf eine Anzeige samt Gerichtsverhandlung gelegt«, erwiderte Peppi.

Mertens sah Brander mit großen Augen an. »Haben Sie nicht gerade in der Befragung behauptet, es würde Zeugnisse geben?«

»Nun ja … ich hab da wohl was verwechselt.«

»Oh, Herr Brander!«, stöhnte Mertens resigniert auf. »Dann haben wir also nur die Aussage von Streiters Mitarbeiterin. Das können wir vergessen!«

»Vielleicht finden unsere IT-Forensiker die Bewerbung auf Matschukats Laptop.«

»Mit welcher Begründung wollen Sie denn ihren Laptop beschlagnahmen? Herr Brander, Datenschutz!«

»Manchmal hab ich das Gefühl, wir sind die einzigen Deppen, die sich daran halten«, murrte Peppi.

»Selbst wenn wir gefälschte Zeugnisse auf ihrem Rechner finden würden, benötigen wir immer noch einen Beweis, dass sie diese Dokumente tatsächlich offiziell als Bewerbung verschickt hat.« Mertens stand auf und zog ihren Mantel an. »Treiben Sie mir den Streiter auf. Der soll die Aussage seiner Mitarbeiterin bestätigen. Und die sollen schauen, ob sie nicht noch irgendwo etwas von der Bewerbung finden. Irgendeine Mail, die noch nicht gelöscht wurde, was weiß ich. Irgendwas!«

»Der hat doch bestimmt Überwachungskameras an seinem Haus«, überlegte Peppi. »Vielleicht haben wir Glück und es gibt noch Aufnahmen vom Juli.«

»Optimistin«, kommentierte Brander skeptisch.

»Ohne richterlichen Beschluss wird die Scholl uns allerdings keine Aufnahmen anschauen lassen.«

»Ich kümmere mich darum. Ich weiß zwar nicht, wie ich das begründen soll, aber, ach …« Mertens hob die Hand zum Gruß und rauschte davon.

»Wie machen wir zwei weiter?«, fragte Peppi.

»Komm mit.« Brander stand auf und ging in den Soko-Raum. Vor dem Whiteboard, auf das er am Tag zuvor die Namen notiert hatte, blieb er stehen.

»Gehen wir unsere Probanden noch mal durch. Verdächtige Nummer eins sind im Moment Amelie Matschukat und ihre Schwester. Motiv: massive Ablehnung von Goldmanns Geschäften und Streiters Forschung.«

»Da haben wir wieder das Problem Hägele. Wo ist die Verbindung?«

»Er war Streiters Finanzier und damit mittelbar von Goldmann. Und beide Frauen haben offensichtlich kein gutes Alibi für die Tatzeiten.« Brander trat einen Schritt zurück. »Wer ist unsere Nummer zwei?«

»Streiter.«

»Warum nicht die Birk?«

Peppi hob die Schultern. »Die halte ich nicht für fähig, so eine Tat zu planen.«

»Denk an die weibliche DNA.«

»Was ist dann mit Liliana Jaszczak oder Alexandra Scholl?«

Brander starrte grübelnd auf das Board. »Lass uns mal ein bisschen rumspinnen. Nehmen wir an, die Jaszczak wusste, dass Hägele sie als Erbin für sein Vermögen eingesetzt hat. Dann kriegt sie mit, dass er erpresst wird – mutmaßlich von Levin Goldmann.«

»Wie soll sie das erfahren haben?«

»Das müssen wir noch herausfinden.«

Peppi nahm ihre Brille ab und putzte die Gläser am Saum ihrer Bluse, während sie seinen Faden weiterspann: »Notker Hägele erhält diese Erpressermails. Wen hättest du an seiner Stelle als Erstes in Verdacht? Jemanden, der ohnehin einen etwas zweifelhaften Lebenswandel führt, oder? Der erste Verdacht wäre doch sicher auf Johannes Thürauf gefallen.«

»Aber Hägele hat Streiter verdächtigt.«

»Das eine schließt das andere nicht aus. Vielleicht hat Thürauf die Erpressung abgestritten, und erst dann ist Hägele auf die Puppe und Streiter gekommen.«

»Dafür, dass er von der Erpressung gewusst haben soll, war Don Juan aber ziemlich überrascht, als wir ihm das Foto gezeigt haben«, erinnerte Brander sie an Thüraufs Reaktion.

»Ein Callboy täuscht seinen Kunden Interesse und Zuneigung vor. Denkst du nicht, der kann auch mal den überraschten und empörten Jungen spielen?«

Da war was dran.

»Thürauf und die Jaszczak sind sich schon einmal begegnet, das haben sie nicht geleugnet«, fuhr Peppi fort. »Beide stehen in einem gewissen Abhängigkeitsverhältnis zu Hägele.«

Brander nahm ein Blatt und schrieb die drei Namen darauf. »Also angenommen, Hägele verdächtigt Thürauf der Erpressung. Der war es nicht, läuft nun aber Gefahr, einen guten Kunden und womöglich seinen Ruf und damit seinen Job zu verlieren. Thürauf hat Jaszczak kennengelernt – sie ist nicht viel älter als er und eine attraktive Frau, vielleicht fanden die beiden sich sympathisch und hatten doch mehr Kontakt, als sie zugeben. Thürauf erzählt ihr von der Erpressung. Das wiederum lässt die Jaszczak um ihr reiches Erbe fürchten. Sie findet heraus, dass die Aufnahmen mit Hilfe der Puppe gemacht wurden.«

»Das hätte sie aber zu Streiter geführt«, gab Peppi zu bedenken.

Und wieder waren sie in einer Sackgasse gelandet. Wie hätten Liliana Jaszczak oder Johannes Thürauf auf Goldmann als mutmaßlichen Erpresser kommen können?

»Wir brauchen verdammt noch mal den Streiter. Er ist der Dreh- und Angelpunkt dieser ganzen Geschichte.«

»Nicht zu vergessen, dass Chantal Birk ausgesagt hat, dass sie ihn an dem Samstag, als ihr Freund starb, auf dem Hof gesehen hat«, erinnerte sich Peppi. »Was er selbst uns nicht verraten hat.«

»Wir haben ihm weder einen Tatzeitpunkt genannt noch ihn nach seinem Aufenthaltsort zur Tatzeit gefragt.« Weil Birk es nicht für nötig gehalten hatte, ihnen diese wichtige Information beizeiten mitzuteilen, dachte Brander verärgert. »Warum also hätte er uns erzählen sollen, dass er an dem Samstag bei Goldmann war?«

»Er hat aber auch nicht gefragt, wann es passiert ist, oder?«

Brander nickte. »Er hat eigentlich gar nichts zu Goldmanns Tod gefragt.«

»Darüber sollten wir vielleicht noch mal nachdenken.«

Brander hatte das Gefühl, dass der Knoten in seinem Kopf sich immer fester zusammenzog. Er strich sich mit kräftigem Druck über die Schläfen. »Irgendwie scheint uns hier jeder ständig in die Tasche zu lügen.«

»Das ist ja keine neue Erfahrung für uns, oder?« Peppi lächelte milde.

Brander starrte ratlos auf die Namen an der Wand. Er hätte sich gern mit seinem Inspektionsleiter ausgetauscht. Käpten Huc besaß eine Gabe, Knoten zu entwirren und den einen losen Faden herauszuziehen, der die Ermittlungen vorantrieb.

Aber ihn konnte er jetzt unmöglich mit seinen Ermittlungen belasten. Dennoch sollte er seinem Chef endlich einen Besuch abstatten. Jeden Tag schob er es aufs Neue vor sich her. Vielleicht sollte er es jetzt gleich als Erstes tun.

Sie kehrten in ihr Büro zurück. Brander nahm seine Jacke vom Haken, als sein Telefon klingelte.

»Cory, was gibt's?«

»Wir haben eine Zeugin, die Chantal Birk am Sonntagabend vor einer Woche vor Notker Hägeles Haus gesehen hat.«

Brander streifte den Jackenärmel wieder ab und setzte sich an seinen Schreibtisch. »Was für eine Zeugin? Woher kennt sie Frau Birk? Und wieso meldet sie sich erst jetzt?«

»Punkt eins: Sie ist eine Nachbarin von Notker Hägele, wohnt zwei Häuser weiter schräg gegenüber auf der anderen Straßenseite.«

Dann hatte sie vermutlich gute Sicht auf Hägeles Haus.

»Punkt zwei: Sie kennt Chantal Birk nicht. Sie sagte, ein pinkfarbener Kleinwagen hätte vor dem Haus geparkt, und sie hat eine junge Frau den Weg von der Haustür zur Straße zu diesem Kleinwagen gehen sehen. Ich habe ihr ein Foto von Birk gezeigt. Ganz sicher war sie sich nicht, weil es schon dämmrig war, aber der Beschreibung nach könnte sie es gewesen sein. Es wäre ihr gar nicht aufgefallen, wenn der Wagen nicht so eine auffällige Farbe gehabt hätte.«

»Konnte sie eine Uhrzeit nennen?«

»Ja, ziemlich genau sogar. Es war halb acht. Zu der Zeit ist sie aus ihrem eigenen Haus gekommen und zu ihrem Wagen gegangen, der unter einem Carport stand. Das bringt mich zu Punkt drei: Sie ist zu ihrer Tochter gefahren und war dort bis gestern. Daher hat sie erst gestern Abend bei ihrer Rückkehr erfahren, was in ihrer Nachbarschaft passiert ist. Die Erinnerung kam ihr heute im Laufe des Tages, und sie hat sich bei uns gemeldet.«

Brander ließ sich die Informationen durch den Kopf gehen. »Kann man so blöd sein?«

»Wie meinst du das?«

»Na, jemanden umbringen und dabei mit so einem auffälligen Wagen inklusive Schriftzug mit Webadresse vor dem Haus des Opfers parken?«

»Bei der Erpressungsgeschichte hat sie auch nicht gerade mit einer besonders intelligenten Vorgehensweise geglänzt«, gab Cory zu bedenken.

Aber das war doch nun wirklich an Dummheit nicht zu überbieten. Oder war das der Trick an der Sache? Sich völlig dusselig anstellen, sodass ihr niemand zwei so kaltblütige Morde zutraute?

***

Brander suchte Peter Sänger und Fabio Esposito in ihrem Büro auf. »Als Chantal Birk aus dem Gewahrsam entlassen wurde, wurde ihr doch sicher mit auf den Weg gegeben, dass Sie sich zu unserer Verfügung halten und erreichbar bleiben soll, oder?«

»Standardprozess, klar«, erwiderte Peter.

»Ich habe gestern versucht, sie telefonisch zu erreichen, ich habe es gerade eben versucht. Ich erreiche sie nicht.«

»Vielleicht ist sie bei der Arbeit«, schlug Fabio vor.

»Auch da habe ich angerufen. Nach der Aktion letzten Samstag hat ihre Chefin sie bis auf Weiteres aus dem Dienstplan genommen. Sie hat ihr dazu bereits am Samstagabend telefonisch auf ihrem Smartphone eine Nachricht hinterlassen.«

Fabio griff zum Telefon und rief Jennifer Enzlin an. Aber auch die Freundin wusste nicht, wo Chantal war. »Sie haben sich seit Freitag nicht mehr gesehen.«

Brander fluchte. »Erst taucht der Streiter ab, jetzt die Birk. Wen sollen wir denn noch alles suchen?«

Sein Blick wanderte zum Fenster. Grauer Himmel, passend zu seiner Laune. »Ich fahr zu ihren Eltern. Vielleicht ist sie da und lässt sich verleugnen. Wer von euch will mit?«

Fabio sprang als Erster auf.

Brander klingelte bei einer der unteren Wohnungen, um sich Zutritt zum Treppenhaus zu verschaffen. Nach dem letzten Telefonat mit Chantals Mutter befürchtete er, dass Astrid Birk ihn sonst gar nicht erst hereinlassen würde. Er erklärte dem Mieter, er habe sich vertan, und stieg mit Fabio die Treppen zu der Wohnung hinauf.

»Stell du dich da mal hin.« Brander schob Fabio vor den Türspion und klopfte. Wenn Astrid Birk durch das Guckloch den smarten Italiener sah, würde sie ihn sicherlich für einen Bekannten ihrer Tochter halten. Branders Rechnung ging auf. Die Frau öffnete die Tür, und Brander lächelte sie freundlich an.

Sein Lächeln wurde nicht erwidert. »Sie scho wied'r!«

Ihre Augen waren nicht so glasig wie bei ihrer letzten Begegnung. Vielleicht hatte er sie in einem nüchternen Moment erwischt. Bevor sie die Tür zuschlagen konnte, hatte Brander seinen Fuß bereits dagegengestellt. »Frau Birk, bitte, wir haben nur ein paar Fragen.«

»Die Chantal is ned doa.«

»Wir möchten mit Ihnen reden.«

»I sai nix.«

»Frau Birk, wann haben Sie Ihre Tochter zum letzten Mal gesehen?«

»Samschdaag. Da isch die zum Schaffe gange, und denn hen Sie die Chantal verhaftet. Die hed nix doa!«

»Sie wurde Sonntag früh bereits wieder aus dem Gewahrsam entlassen. Ist sie nicht zu Ihnen gekommen?«

»I hen se ned g'sehn.«

»Was is'n los?«, tönte ein kräftiger Bass aus dem Wohnungsinneren.

»Die Bolizei, die wellet die Chantal wied'r verhafte.«

»Nein, das wollen wir nicht, Frau Birk. Wir möchten lediglich mit Ihrer Tochter sprechen, und dass wir sie seit zwei Tagen nicht erreichen, macht uns ein wenig Sorge.«

»Die kommt schon nicht um.« Die Tür wurde geöffnet, und ein Titan mit Rauschebart erschien hinter der Frau.

»Herr Birk?«

»Andersen, Sven Andersen.« Er streckte Brander eine große Pranke über die Schulter der Frau entgegen.

»Sie sind der Vater von Chantal?«

»Eher so was wie 'n Stiefvater.« Er gab seiner Lebensgefährtin einen Klaps auf den Po. »Jetzt lass die Leut mal rein.«

Er ließ die Beamten in den dämmrigen Flur. Die Kisten mit dem Leergut waren durch eine neue Kiste mit vollen Bierflaschen ersetzt worden. Die Luft war stickig und rauchgeschwängert.

Andersen führte sie in ein kleines Wohnzimmer, das mit einem wuchtigen Sofa und einem überdimensionierten Flachbildschirm mehr als ausgefüllt war. Brander hatte den Blick aufmerksam schweifen lassen. Vom Flur gingen drei weitere Türen ab, eine stand offen und führte in die Küche, in die sich Mama Birk geflüchtet hatte, wo sie vorgab, mit Hausarbeit beschäftigt zu sein. Eine weitere Tür zierte ein WC-Schild, die dritte war verschlossen. Brander vermutete das Schlafzimmer dahinter.

»Chantal ist nicht bei Ihnen?«, hakte Brander erneut nach.

Andersen ließ den massigen Arm durch den Raum kreisen. »Nee, aber schauen Sie sich gern um.«

Brander gab Fabio mit einem Kopfnicken zu verstehen, dass er kurz in die anderen Räume schauen sollte. Der Hausherr hatte es ja großzügig erlaubt.

»Frau Birk sagte, sie hat ihre Tochter am Samstag zuletzt gesehen.«

»Ich bin gestern Abend erst zurückgekommen. Ich arbeite auf Montage. Hab das Mädle schon eine ganze Weile nicht mehr gesehen.« Er fletschte grinsend die Zähne, als Fabio sich wieder zu ihnen gesellte. »Na, hat mein Schätzle nicht gelogen, was?«

»Haben Sie auch einen Keller?«, fragte Brander.

Das Grinsen verzog sich zu einer Grimasse. »Ja.«

»Würden Sie uns den bitte zeigen?«

»Ts«, gab Andersen achselzuckend von sich. »Klar.« Er

schritt ihnen wieder voran, nahm im Flur einen Schlüssel von einem Bord. »Schätzle, wir sind gleich wieder da.«

Sie stiegen die Treppen hinunter, gelangten in einen Korridor mit aneinandergereihten Holzverschlägen. Andersen steckte den Schlüssel in ein Schloss, das mehr Attrappe zu sein schien, als dass es tatsächlich seinen Zweck erfüllte.

»Ich glaub nicht, dass die Chantal sich in einer der Kisten versteckt. Die ist zwar klein, aber so klein auch nich.« Der Titan stieß die Holztür schwungvoll auf.

Fabio ließ den Blick über die Kartons schweifen. »Darf ich?«

»Nur zu.« Auf Andersens Gesicht lag wieder ein amüsiertes Grinsen, als Fabio einen Karton mit Weihnachtskugeln öffnete. »Merken Sie sich, wie Sie die Schachteln rausnehmen, sonst kriegen Sie die nie wieder rein.«

Fabio stellte die Kiste zurück, nahm eine zweite. Brander beobachtete es mit gemischten Gefühlen. Sie hatten keinen Durchsuchungsbeschluss.

»Die jungen Eifrigen, was?« Andersen zwinkerte Brander kumpelhaft zu.

»Haben Sie hier unten eventuell noch alte Unterlagen von Chantal gelagert, Tagebücher oder Ähnliches, was uns weiterhelfen könnte, sie zu finden?«, versuchte Brander, ihre Suchaktion zu begründen.

Der Mann hob die massigen Schultern. »Das weiß ich nicht, is nicht mein Revier.«

»Wann haben Sie Chantal zuletzt gesehen?«

»Irgendwann vor drei Wochen, bevor ich auf Montage bin.«

»Frau Birk hat Ihnen gesagt, was passiert ist?«

»Dass der Levin tot ist, ja. Is traurig. War 'n netter Junge.«

Einen besonders betrübten Eindruck machte Andersen allerdings nicht. »Wie war die Beziehung zwischen den beiden?«, fragte Brander.

»Mal so, mal so. Die zwei waren ständig klamm. Mit diesem Puppending von dem Levin, da verdienste ja nix, und die Chantal is halt wie alle Weiber: shoppen und feiern ... Ich hätt den Jungen mit auf Montage genommen, da hätt er gut Geld verdienen können, aber das Hemdchen wär mir ja nach ’nem halben Tag zusammengebrochen.«

»Sie sagten, Sie sind ihr Stiefvater«, meldete sich Fabio aus dem Kabuff.

»Nee, eigentlich nicht. Ich wohn halt mit der Astrid zusammen.«

»Was ist mit ihrem leiblichen Vater? Könnte sie dort sein?«

Andersen stieß ein abfälliges Schnaufen aus. »Nee, selbst wenn sie wüsste, wo der is, glaub ich’s nicht.«

Brander horchte auf. »Soweit ich weiß, ist er offiziell hier wohnhaft gemeldet.«

Fabio nickte bestätigend.

»Ich hab den Penner schon vor ’n paar Jahren vor die Tür gesetzt. Hab mitgekriegt, dass er die Astrid geschlagen hat. So was guck ich mir nicht lange an.«

Brander fragte sich, ob der Mann bereits vorher oder erst hinterher ein Verhältnis mit Birks Ehefrau begonnen hatte. »Und wo ist Herr Birk hin?«

Andersen zuckte desinteressiert die Achseln. »Am Anfang hat er bei irgendwelchen Kumpels gepennt. Hat wohl gehofft, dass die Astrid ihn zurücknimmt. Keine Ahnung, wo der jetzt lebt. Vermutlich pennt der unter irgendeiner Brücke. Interessiert mich aber auch ’nen Scheißdreck.«

»Versuch herauszufinden, wo der Vater von Chantal Birk steckt«, beauftragte Brander Fabio, als sie wieder zurück in der Dienststelle waren. Im Flur vor seinem Büro traf er Jens Schöne.

»Zu dir wollte ich gerade.«

»Wo warst du heute Morgen?«

»Cyber Valley.« Jens grinste von einem Ohr zum anderen.

Brander erinnerte sich, dass Hendrik von einem Termin am Montagvormittag gesprochen hatte. Er ließ den Kollegen vor sich ins Büro treten. »Und?«

»Es war megainteressant. Der Professor hat uns den Campus gezeigt und uns durch die Labore geführt. Darf ich dir Apollo vorstellen?« Jens hielt ihm das Display seines Handys hin, auf dem ihm ein bleicher, knopfäugiger Roboter entgegenblickte.

»Zeig mal«, bat Peppi, die das Gespräch von ihrem Schreibtisch aus mitgehört hatte. Jens gewährte auch ihr einen Blick auf sein Smartphone.

»Der ist ja niedlich.«

»Und der kann Becher stapeln.«

»Ach was?« Die Kollegin tat beeindruckt.

»Das kommt dir simpel vor, aber für einen Roboter ist das eine richtige Herausforderung. Du bringst ihm ruckzuck bei, die kompliziertesten Rechnungen auszuführen, aber wenn es um so simple Dinge wie anthropomorphische Bewegungen geht, dann ist das eine riesige Herausforderung.«

»Anthro… was?«

»Anthropomorphisch – menschliche Bewegungen oder zumindest Bewegungen, die nah an den menschlichen dran sind. Einfaches Beispiel: Ich gebe dir ein Glas Wasser, du nimmst es entgegen, ohne groß drüber nachzudenken, wie du deinen Arm ausstrecken und wie fest du zugreifen musst. Aber der Roboter muss genau berechnen, in welcher Höhe und in welchem Winkel du ihm das Glas reichst, damit er nicht ins Leere greift. Und er muss erkennen, dass der Gegenstand aus Glas ist, er darf also nicht zu fest zudrücken, wenn er es annimmt. Wenn das Glas gefüllt ist, sollte er natürlich auch nichts verschütten. Und hier, schau.« Jens scrollte durch die Bildergalerie auf seinem Smartphone und hielt es Peppi wieder hin.

»Was ist das jetzt wieder?«

»Ein Tischtennis-Roboter. Also, eigentlich nur ein Arm, der einen Schläger hält. Der Arm muss auf unvorhersehbare Bewegungen reagieren. Jeder Ball kommt anders: Geschwindigkeit, Druck, Winkel variieren bei jedem Schlag, und das muss alles blitzschnell berechnet werden. Für uns trivial, für einen Roboter hartes Training.«

»Was hat das alles mit unserem Fall zu tun?«, fragte Brander.

»Ähm … nichts.«

Brander hob ungeduldig die Handflächen. »Verflucht noch eins, Jens, ich hab euch nicht auf einen Betriebsausflug geschickt!«

»Man wird doch wohl noch mal Spaß bei der Arbeit haben dürfen.«

»Nur, wenn uns das weiterbringt. Habt ihr bei eurer Tour durch Cyber Valley diesen Herrn Fischer auch zu Streiter befragt?«

Jens steckte sein Smartphone in die Tasche. »Fischer und Streiter haben in Göttingen zeitgleich promoviert, allerdings unterschiedliche Schwerpunkte. Fischer hat keinen Hehl daraus gemacht, dass er die Arbeit seines Kollegen nicht besonders schätzt. Er sagte, mit Worten sei Streiter gut, er wäre vermutlich ein guter Fachjournalist geworden, aber bei der Forschung sei er zu ungeduldig und agiere zu vorschnell. Nach Streiters Rückkehr aus den Staaten hat er versucht, bei Cyber Valley unterzukommen, wurde aber abgelehnt.«

»Warum?«

»Hinter vorgehaltener Hand munkelt man, es sei an seinem zweifelhaften Ruf gescheitert, aber offizieller Grund war wohl, dass sein Forschungsgebiet nicht passte. In Tübingen arbeiten sie aktuell schwerpunktmäßig an haptischer Intelligenz, Nanorobotik.« Als Jens Branders faltige Stirn sah, ergänzte er: »Ich habe es gerade erklärt: Simulierung menschlicher Bewegungen.«

Das half ihnen bei den Ermittlungen kein Stück weiter.

»Er kannte auch Alexandra Scholl«, fuhr Jens fort. »Eine Frau mit Potenzial. Sie hätte nach dem Studium promovieren können, verließ aber die Uni nach ihrem Abschluss.«

»Warum hat sie nicht promoviert?«, fragte Brander.

»Prüfungsangst. Wenn mehr als drei Leute vor ihr sitzen und Fragen stellen, kriegt sie 'nen Blackout.«

»Gut, dass wir bei der Befragung nur zu zweit waren«, bemerkte Peppi.

»Fischer meinte übrigens, dass Streiters Eltern ein Ferienhaus am Bodensee haben, irgendwo bei Friedrichshafen, zumindest hätten sie das früher mal gehabt, als er und Streiter noch in Göttingen arbeiteten. Eine Adresse konnte er uns leider nicht nennen. Hendrik geht dem nach. Er nimmt Kontakt zu den Kollegen vor Ort auf, vielleicht finden die unseren Wissenschaftler dort.«

»Na, dann war euer Ausflug ja nicht ausschließlich persönliches Vergnügen.«

»Noch so ein Spruch, und ich bewerb mich da.«

»Wage es nicht! Wir brauchen dich hier.«

»Jetzt wieder so.«

Brander legte flehend die Handflächen aneinander. »Lieber Jens, verzeih mir meine Ungeduld.«

»Ich verbuche das Ganze als externe Fortbildung.« Jens trollte sich zurück zu seinen Computern.

Ein Ferienhaus am Bodensee. Brander war gespannt, welche Ausflüchte der Wissenschaftler hätte, wenn die Kollegen ihn dort aufspürten.

»Du hättest ihn nicht gleich so anfahren müssen, Andi«, kritisierte Peppi. »Jens reißt sich hier, auf gut Deutsch gesagt, den Arsch für uns auf. Er ist einer der besten ITler, die wir haben.«

»Du hast doch nur ein schlechtes Gewissen, weil du ihn als Computerfuzzi bezeichnet hast«, verteidigte Brander sich. Aber Peppi hatte recht. Wurde er jetzt auch schon so unleidig wie die Mertens, wenn er unter Druck stand?

»Bevor deine Laune besser wird«, fuhr Peppi nicht ohne Sarkasmus fort: »Freddy war vorhin hier. Wir haben das Ergebnis vom KTI. Weder die DNA von Amelie noch von Solveig Matschukat stimmt mit der DNA aus Goldmanns und Hägeles Wohnung überein.«

»Schade.«

»Muss nicht bedeuten, dass sie es nicht waren. Freddy hat gesagt, dass sie die gefundene DNA nicht direkt mit der Tat in einen Zusammenhang bringen können.«

»Was ist mit Chantal Birk? Haben wir ihre DNA überprüft?«

»Falsche Frage. Fangen wir damit an: Haben wir von ihr eine DNA-Probe?«

Brander rutschte ein Fluch über die Lippen. Er hätte sich von Astrid Birk die Zahnbürste, einen Kamm oder sonst einen Spurenträger von Chantal geben lassen sollen. Zu wenig Schlaf. Er war am Abend zuvor zu lange bei Karsten geblieben. Heute würde er zeitig zu Bett gehen, nahm er sich vor.

»Lass uns zum Goldmann'schen Hof fahren. Vielleicht finden wir Fräulein Birk dort.« Oder zumindest ihre DNA.

Ein Kleinwagen mit Esslinger Kennzeichen parkte auf dem Hof, als Brander und Peppi am frühen Abend in Wolfschlugen ankamen.

»Papa Goldmann ist das nicht«, stellte Peppi fest.

Chantal Birks pinkfarbenes rollendes Kosmetikstudio war es zu Branders Bedauern auch nicht. »Dann schauen wir mal, wem wir dieses Mal eine Verwarnung aussprechen müssen.«

Sie waren kaum ausgestiegen, als sich die klapprige Scheunentür öffnete. Eine in Schwarz gekleidete Frau kam heraus, Gummistiefel an den Füßen, einen Eierkarton in der Hand: Maria Goldmann.

»Oh, Sie sind es«, begrüßte sie die beiden Beamten.

Brander fragte sich, ob sie jemand anderen erwartet hatte. Vielleicht ihren Ex-Mann. »Haben Sie die Hühner versorgt?«, fragte er.

»Ja.«

»Waren Sie auch im Haus?« Sie gingen ihr rasch über den Hof entgegen, während Maria Goldmann das Scheunentor mit einem rostigen Riegel verschloss.

»Das ist doch noch versiegelt.« Sie wandte sich zu ihnen um. »Wann geben Sie es wieder frei?«

»Das kann ich noch nicht sagen, aber wir geben Ihnen Bescheid.«

»Ich muss mir was mit den Hühnern überlegen. Hajo unterstützt mich zwar, aber wir können doch nicht jeden Tag hier rausfahren.«

»Sie könnten vielleicht bei den Nachbarhöfen anfragen, ob jemand die Hühner versorgen kann«, schlug Peppi vor.

Die Frau schüttelte den Kopf. »Das will ich nicht. Nicht nach dem, was hier passiert ist.« Sie seufzte hilflos. »Ich weiß gar nicht, was ich mit dem Hof machen soll. Er gehört meiner Familie seit Generationen. Mein Großvater hat die Scheune gebaut. Sie hat zwei Kriege überstanden. Sie ist in die Jahre gekommen, aber sie steht noch. Da ist so viel alter Krams drin, man müsste da unbedingt aufräumen.«

Maria Goldmann lächelte traurig. »Das Haus ist nicht ganz so alt. Meine Eltern mussten nach dem Zweiten Weltkrieg vieles reparieren und zum Teil wieder neu aufbauen.«

Zumindest Fenster und Türen sollten bei Gelegenheit modernisiert werden, dachte Brander bei sich. Neue Dämmung von Dach und Wänden war sicherlich auch notwendig.

»An einem Tag will ich alles verkaufen, und am nächsten Tag überlege ich, wieder zurückzuziehen, um bei Levin zu sein.«

»Was ist mit Chantal Birk?«, fragte Peppi.

»Was soll mit ihr sein?«

»Sie hat mit Ihrem Sohn zusammengelebt.«

»Ja, das schon, aber Levin ist tot. Sobald Sie uns erlauben, wieder ins Haus zu gehen, werde ich Chantal bitten, ihre Sachen abzuholen.«

Das klang nicht danach, als ob Maria Goldmann ihre Schwiegertochter in spe arg ins Herz geschlossen hatte.

»Haben Sie mit Chantal in letzter Zeit gesprochen?«, fragte Brander.

»Nein.« Ein Hauch Bitterkeit schwang in der Stimme mit. »Sie hätte wenigstens mal anrufen können, oder? Sie hat ihn immerhin gefunden. Sie war die Letzte, die ihn gesehen hat, und ich habe so viele Fragen.« Sie presste die Hand auf Mund und Nase, um ein Schluchzen zu unterdrücken. »Ich träume von ihm. Er ruft mich, ich laufe durch das Haus und suche ihn, und dann … dann steht er vor mir, und die Farbe läuft an ihm herunter … und ich sehe sein Gesicht nicht …«

Sie sog bebend die Luft ein. Peppi strich ihr fürsorglich über den Arm.

Maria Goldmann suchte in ihrer Jacke nach einem Taschentuch und tupfte sich über die Augen. »Wer tut so etwas? Ich verstehe das einfach nicht.«

»Frau Goldmann, Sie sollten mit jemandem reden.« Peppi zog ein Visitenkartenetui aus der Tasche und reichte ihr die Karte einer Opferhilfe. »Rufen Sie da an. Die können Ihnen helfen, das alles zu verarbeiten.«

Die Frau nahm das Kärtchen. »Entschuldigen Sie.«

»Sie müssen sich nicht entschuldigen. Sie machen gerade eine schwere Zeit durch. Wir können Sie nach Hause bringen, wenn Sie möchten.«

»Nein … danke, es geht schon.« Sie putzte sich die Nase und straffte die Schultern, um ihre Fassung wiederzugewinnen.

»Frau Goldmann, wie gut kennen Sie Chantal Birk?«, fragte Brander.

»Wie man die Freundin seines Sohnes halt so kennt. Sie ist freundlich, aber sie kommt aus einfachen Verhältnissen, und das merkt man leider manchmal nur allzu deutlich.«

»Inwiefern?«

»Ihre Ausdrucksweise, ihre Unzuverlässigkeit, ihre Illusionen …« Sie blickte etwas schuldbewusst drein, weil sie so schlecht von der Frau sprach. »Na ja, was Illusionen angeht, stand Levin ihr in nichts nach. Silikonpuppen als Partnerersatz, das ist doch völlig unmöglich. In dem Punkt waren Hajo und ich uns mal einig. Schuld daran bin natürlich ich. Herr Goldmann hat ja alles richtig gemacht.«

»Wenn Ihr Sohn Streit mit seiner Freundin hatte, waren das verbale Auseinandersetzungen, oder gab es auch mal Handgreiflichkeiten?«

Maria Goldmann zog die Augenbrauen zusammen und starrte Brander finster an. »Levin hätte Chantal niemals etwas getan! Hat sie das etwa behauptet?«

»Nein, das hat sie nicht. Aber manchmal kochen ja die

Emotionen hoch. Vielleicht ist Frau Birk mal die Hand ausgerutscht?«

Der Ärger wich einem erstaunten Gesichtsausdruck. »Sie konnte schon sehr aufbrausend sein, aber nein, das hätte Levin sich nicht gefallen lassen. Der Hof gehört mir, unserer Familie. Er hätte sie jederzeit rausschmeißen können.«

Das hatte er zuletzt anscheinend auch getan.

Sie wandte das Gesicht zu der Scheune, vor der sie noch immer standen, und schlang die Arme um sich, als wäre ihr plötzlich kalt. »Es ist seltsam, aber ich habe das Gefühl, dass jemand hier war. Ich weiß auch nicht …« Sie sah wieder zu Brander und Peppi, lächelte unsicher. »Aber ich höre auch nachts Levins Stimme, die nach mir ruft. Ich bin wohl im Moment ein wenig aus dem Gleichgewicht.«

Sie senkte den Blick auf ihre Hand mit dem Eierkarton. »Brauchen Sie Eier? Die habe ich gerade eingesammelt. Die Hühner leben weiter, als wäre nichts geschehen.«

Brander und Peppi sahen der Frau hinterher, die in ihr Auto stieg und langsam vom Hof fuhr.

»Was denkst du? Bildet sie sich das nur ein, oder war tatsächlich jemand hier?«, fragte Peppi.

»Es kann sicher nichts schaden, wenn wir uns mal ein bisschen umsehen.«

Brander machte sich an dem rostigen Riegel zu schaffen, um die Scheune zu öffnen, als sein Diensthandy klingelte.

»Andreas, mein Freund, schon auf dem Heimweg?«, schallte ihm Stephans Stimme entgegen.

»Schön wär's. Wir sind in Wolfschlugen, warum?«

»Bewegt euch mal ganz schnell zurück ins Quartier. Hier kam gerade 'ne Nachricht von den Kollegen aus Friedrichshafen. Wie's ausschaut, haben wir Leiche Nummer drei.«

***

Die Fotos, die KHK Irene Haller von der Kriminalpolizeidirektion Friedrichshafen ihm zugeschickt hatte, ließen keinen

Raum für Zweifel. Derselbe Täter hatte erneut zugeschlagen. Das Opfer war am späten Vormittag in einem Ferienhaus in Langenargen bei Kressbronn aufgefunden worden. Wieder war es ein Mann, wieder war das Opfer rosa lackiert, und wieder war es post mortem marionettenähnlich im Wohnzimmer arrangiert worden.

Brander klickte durch die Bilder auf seinem Monitor. Er hatte die Freisprechanlage seines Telefons eingeschaltet, sodass Peppi und Stephan mithören konnten, die Staatsanwältin und Hendrik hatte er per Konferenzschaltung zu dem Gespräch zugeschaltet. »Konnte das Opfer schon identifiziert werden?«, fragte er.

»Wir haben Papiere und ein Smartphone im Wohnzimmer gefunden, demnach könnte es sich um Vinzenz Streiter handeln, wohnhaft in Tübingen«, sagte Haller. »Ob er es tatsächlich ist, lässt sich gegenwärtig nicht hundertprozentig sagen: Die Körpergröße kommt hin, aber alles andere … Sie sehen ja selbst.«

Brander fluchte. Hätten sie den Tod des Mannes verhindern können? Die Ermittlungen gingen einfach zu langsam voran.

»Seit wann ist er tot?«

»Der Arzt vermutet, ein bis zwei Tage, aber wir sollten lieber die Obduktion abwarten.«

»Frau Haller, für diesen Fall herrscht absolute Nachrichtensperre«, meldete sich Mertens zu Wort. »Geben Sie das bitte an Ihre Kollegen weiter.«

»Das wird nicht einfach. Unser Einsatz ist ja nicht von der Öffentlichkeit unbeobachtet geblieben.«

»Es dürfen keine Details über die Auffindesituation und die Todesursache nach außen dringen«, erklärte die Staatsanwältin mit Nachdruck. »Wir haben drei äußerst bizarre Tötungsdelikte innerhalb kürzester Zeit, alle nach demselben Muster. Wenn das an die Öffentlichkeit gerät, rennt uns die Presse die Bude ein. Und Sie können sich vielleicht denken, was das für Folgen für unsere Ermittlungen haben wird.«

»Haben Sie schon einen Täter im Visier?«

»Wir verfolgen zurzeit mehrere Spuren«, erklärte Brander vage. »Ich schicke morgen zwei von meinen Leuten zu Ihnen, sodass wir unsere Ermittlungen aufeinander abstimmen können.«

»Wenn der Tote tatsächlich Vinzenz Streiter ist, gehört das Haus seinem Vater. Eigentümer ist ein Viktor Alois Streiter aus Murrhardt.«

»Haben Sie ihn schon informiert?«

»Wir haben die Leiche erst vor ein paar Stunden entdeckt, nachdem die Anfrage Ihres Kollegen bezüglich des Ferienhauses kam.«

»Ich informiere die Murrhardter Kollegen«, meldete sich Hendrik zu Wort. »Falls das Opfer nicht Viktor Streiters Sohn ist, kann er uns hoffentlich sagen, an wen er das Ferienhaus in den letzten Tagen vermietet hat.«

»Mach das«, stimmte Brander zu, obwohl er sich sicher war, dass es sich bei dem Toten um Vinzenz Streiter handelte.

»Wie halten wir es mit der Identifizierung?«, fragte Haller. »Der Leichnam ist nicht besonders hübsch anzusehen und Viktor Streiter schon ziemlich betagt. Soweit ich das bisher übersehe, gibt es auch keine anderen nahen Angehörigen und keine Ehefrau. Wenn Sie Vergleichsmaterial hätten, könnten wir die Identifizierung vielleicht mit einem Gebissabgleich oder einer DNA-Analyse vornehmen.«

»Ich kümmere mich darum.« Brander rieb sich über den kahlen Schädel. »Gab es Einbruchspuren?«

»Nein. Die Fenster und Türen waren unbeschädigt. Kein Hinweis auf ein gewaltsames Eindringen. Kein Hinweis auf einen Kampf zwischen Täter und Opfer. Es war bemerkenswert aufgeräumt in dem Haus.«

»War Geschirr in der Spülmaschine?«

»Ja, aber das war sauber.«

Exakt dasselbe Muster wie bei Goldmann und Hägele. »Wurde etwas gestohlen?«

»Soweit wir das im Moment überblicken, nein. An Wertgegenständen schien der Täter nicht interessiert zu sein. Wie gesagt, Brieftasche und Smartphone hat er nicht mitgenommen.«

»Haben Sie in dem Ferienhaus Puppen entdeckt?«

»Puppen? Warten Sie …«

Sie hörten Irene Haller im Hintergrund mit Maus und Tastatur arbeiten. »Auf dem Sofa saßen zwei, in einem der Schlafzimmer war auch eine. Die auf dem Sofa müssten Sie auf einem der Fotos vom Leichenfundort im Hintergrund sehen können.«

Brander klickte sich durch die Bilder.

»Stopp«, bremste Peppi ihn. Sie deutete auf eine Sofaecke. »Das sind Biedermeierpuppen. Nein, die haben wir nicht gemeint. Es geht um lebensgroße Silikonpuppen.«

»Lebensgroß? Nein, damit können wir nicht dienen. Was ist damit?«

»Erklärt die Kollegin Ihnen morgen«, erwiderte Brander. »Haben Sie die Anrufe auf dem Smartphone gecheckt?«

»Ja, es gab mehrere Anrufe von einer Alexandra Scholl. Sie hat Nachrichten hinterlassen, da geht es um irgendeine Datenschutzangelegenheit für einen Server.«

»Das hat mit unseren Ermittlungen zu tun. Haben Sie Frau Scholl informiert?«

»Nein, wir wollten uns erst mit Ihnen absprechen und sichergehen, dass der Tote tatsächlich Vinzenz Streiter ist.«

»Frau Scholl übernehmen wir. Gab es weitere Anrufe?«

»Ja, ein paar Anrufe von Ihnen mit der Bitte um Rückruf und zwei Anrufe mit unterdrückter Nummer, die wir nicht zuordnen können. Der Anrufer hat keine Nachricht hinterlassen.«

»Wann waren die?«

»Einmal Freitagmittag und dann noch mal am späten Samstagnachmittag.«

»Ausgehende Anrufe?«

»Keine.«

»Was ist mit SMS, WhatsApp, anderen Messenger-Diensten?«

»WhatsApp hat er anscheinend nicht genutzt. SMS Fehlanzeige. Er hat Threema installiert, aber da waren keine Nachrichten gespeichert.«

Der Kommunikationsforscher hing wohl eher am gesprochenen denn am geschriebenen Wort, dachte Brander. Oder jemand hatte sich die Arbeit gemacht und sämtliche Chatnachrichten gelöscht.

»Ich müsste jetzt los. Wir konnten die Obduktion noch für heute ansetzen.«

Nachtschicht in der Rechtsmedizin. Da hatte die Friedrichshafener Kollegin Druck gemacht.

Sie beendeten das Telefonat, auch Hendrik verabschiedete sich. Mertens blieb in der Leitung.

Stephan stupste Peppi grinsend in die Seite. »Na, Persephone, machen wir zwei morgen einen Ausflug ans Schwäbische Meer?«

Brander schüttelte den Kopf. »Nein, Freddy fährt mit Peppi.«

Der Kollege von der Kriminaltechnik kannte die ersten beiden Leichenfundorte am besten.

»Drei Leichen in acht Tagen. Wo soll das hinführen?«, ließ sich die Stimme der Staatsanwältin aus dem Lautsprecher des Telefons vernehmen. »Wenn das tatsächlich ein feministischer Feldzug ist, steht uns noch einiges bevor. Wir brauchen dringend die Kundendaten.«

»Ich bin nicht sicher, ob es tatsächlich um die Kunden geht.« Brander starrte müde auf das Foto der dritten Leiche auf seinem Monitor. Es war mittlerweile nach zehn, und der Schlafmangel der letzten Tage legte sich lähmend auf sein Hirn. »Was ist mit Chantal Birk?«

»Unsere dummdreiste Erpresserin?«, fragte Mertens ungläubig.

»Sie gibt zu, zum mutmaßlichen Tatzeitpunkt auf dem Hof gewesen zu sein. Eine Zeugin hat ihren Wagen am Tattag vor Hägeles Haus gesehen. Peppi, check das morgen in Friedrichshafen: Die sollen in der Umgebung des Ferienhauses nach einem pinken Kleinwagen fragen. Und, Frau Mertens, ich benötige eine Genehmigung für die Handyortung von Chantal Birk.«

»Herr Brander, sie hat uns in den letzten Tagen einige Märchen aufgetischt, okay«, gab die Staatsanwältin zu. »Aber denken Sie wirklich, das Mädchen ist in der Lage, drei so durchdachte Morde zu begehen?«

»Man sollte sein Gegenüber niemals unterschätzen«, gab Stephan zu bedenken.

»Herr Klein, Sie *über*schätzen da gerade jemanden.«

»Kann auch sein.« Der Hüne zwinkerte den Kollegen zu. Es war klar, dass er nicht Chantal Birk gemeint hatte.

»Es gibt eine direkte Verbindung von Frau Birk zu allen drei Opfern«, erinnerte Brander die Staatsanwältin. »Sonntag früh wird sie aus dem Gewahrsam entlassen und taucht umgehend unter, und heute finden wir Vinzenz Streiter tot in dem Ferienhaus seiner Eltern. Es wäre fahrlässig, nicht zu prüfen, ob es einen Zusammenhang gibt. Ich benötige die Genehmigung für die Handyortung inklusive Funkzellenauswertung der letzten Tage.«

***

Brander war mit Mühe in einen unruhigen Dämmerschlaf gefallen, aus dem er sogleich wieder hochschreckte. Er meinte, das Zuschlagen einer Tür gehört zu haben. Das Echo hallte in seinem Kopf nach. Vielleicht hatte er auch nur geträumt. Drei Tote in acht Tagen – wie sollte er da in einen erholsamen Schlaf finden? Die Leiche mit der verlaufenen Farbe hatte sich in seinen Traum geschlichen. Er hatte das Traumbild, das Maria Goldmann ihnen beschrieben hatte, zu sehr verinnerlicht.

Auf dem Flur erklangen Schritte. Jemand ging ins Bad. Wenig später hörte er die Toilettenspülung. Hatte Nathalie schon wieder einen Bereitschaftseinsatz gehabt? Aber er hätte doch gehört, wenn sie das Haus verlassen hätte. Er warf einen

Blick auf seinen Wecker. Kurz vor eins. Nein, sie konnte nicht fort gewesen sein. Er lag kaum länger als eine halbe Stunde im Bett. Er zog sachte seine Bettdecke zurück und schlich aus dem Schlafzimmer.

Ein Lichtschein schimmerte unter der Tür von Nathalies Zimmer in den dunklen Flur. Er klopfte leise und öffnete die Tür. Nathalie lag im Bett, die Hände hinter dem Kopf verschränkt, und starrte an die Decke. Sie hatte ein Tuch über die Nachttischlampe gelegt, sodass nur ein gedämmtes Licht den Raum erhellte.

»Entspricht das den Brandschutzvorschriften?«, fragte er.

»Sind LEDs, die werden nicht so heiß.«

»Und warum liegst du hier im Dämmerlicht, statt zu schlafen?«

»Weiß auch nicht.« Sie sah zu ihm. »Ich hab heute meine Aussage gemacht.«

Brander lächelte. »Das ist gut.«

»Mhm.«

Sie schien noch immer an der Richtigkeit ihres Tuns zu zweifeln. Er ging ins Zimmer und setzte sich zu ihr auf die Bettkante. »Es war richtig und wichtig. So etwas gehört zu deinem Job als Feuerwehrfrau dazu.«

»Aber ich mach das doch nur ehrenamtlich.«

»Das macht keinen Unterschied. Was hat die Fahrerin dir denn so Wichtiges anvertraut, dass du befürchtest, es könnte ernsthafte Folgen für sie haben?«

Nathalie seufzte abgrundtief. »Die beiden haben sich gestritten, sie hat die Kurve übersehen. Es tat ihr alles so leid. Und jetzt ist ihre Freundin tot.«

»Aber das ist nicht deine Schuld, Nathalie. Du warst da, um zu helfen.«

»Und jetzt bring ich sie in den Knast.«

»Das ist Unsinn. Ich habe es dir doch erklärt.«

»Trotzdem«, kam es trotzig zurück. »Ich will nicht noch mal vor irgendeinem Scheißgericht aussagen.«

»Wenn du weiterhin bei der freiwilligen Feuerwehr mitmachen möchtest, könnte das aber irgendwann noch einmal passieren.«

»Dann hör ich auf.«

»Nathi.«

»Ich war so scheiße nervös heute vor dem Termin. Ey, meine Hände, die haben voll gezittert.« Sie hielt die Hände vor sein Gesicht und zeigte ihm, wie heftig sie gezittert hatte. »Ich war kurz davor, bei den Bullen vorbeizugehen und mir im Penny 'ne Flasche Schnaps zu kaufen und Mut anzutrinken.«

»Aber du hast es nicht getan, oder?«

»Kannst 'nen Test machen.«

»Ich glaube dir auch so.«

»Warum hab ich so eine Scheißangst, Andi? Weißte, manchmal, da gibt's Tage, da bin ich voll happy, da denk ich, ich hab mein Leben voll im Griff und alles ist gut. Aber wenn ich dann irgendwie Druck krieg, da würde ich am liebsten alles hinschmeißen und mich einfach nur noch besaufen.«

Es war die Art von Problembewältigung, die sie seit frühester Kindheit kannte. Ihre Mutter betrank sich, um ihren Kummer zu vergessen. Nathalie hatte es ihr nachgemacht. Er nahm ihre Hand zwischen seine. Ihre Finger waren kalt. Wie oft hatte er in den letzten Jahren nachts an ihrem Bett gesessen und ihr Mut zugeredet? Und wie oft hatte er ihren Kopf über einen Eimer gehalten und darauf geachtet, dass sie nicht an ihrem Erbrochenen erstickte?

»In diesen schweren Momenten musst du kämpfen, Nathalie. Und das hast du heute wunderbar gemacht.«

»Andi, bin ich 'n Alki?« Er sah ihre blauen Augen ängstlich auf sich gerichtet. »Ich will nicht so werden wie meine Mutter.«

»Du bist sicherlich vorbelastet«, erwiderte er ehrlich. »Aber du hast dich diesem Problem gestellt, und das ist ein ganz wichtiger Schritt. Und du bist nicht allein. Wenn du Angst hast oder Druck oder einfach nur einen schwachen Moment, dann komm zu uns. Ceci und ich, wir sind für dich da, wir helfen dir.« Er drückte sanft ihre Hand.

Sie zog mit der freien Hand den orangefarbenen Plüschelefanten, den Brander ihr vor Jahren geschenkt hatte, auf ihre Brust und spielte nachdenklich mit den Ohren des Stofftiers. »Ich will auch so stark sein wie du. Du bist dir in allem immer so sicher.«

Diese sanfte, unsichere Seite in ihr rührte ihn. Sie hatte in ihrem jungen Leben viel zu schnell erwachsen werden müssen. »So ist's auch nicht. Ich habe auch Momente, in denen ich an mir zweifle oder mir alles zu viel wird.«

»Echt?« Sie hob skeptisch die Augenbrauen. »Und was machst du dann?«

»Kommt drauf an. Meistens geh ich joggen oder Rad fahren, um meine Gedanken zu sortieren. Und wenn das nicht hilft, rede ich mit Ceci, manchmal mit Becks. Oder ich telefoniere mit meinem Papa.«

Das entlockte Nathalie ein Lächeln.

»Du kriegst das in den Griff, da bin ich mir ganz sicher. Und was ich so gehört habe, bist du eine verdammt gute Feuerwehrfrau. Es wäre schade, wenn du das aufgibst.«

Sie dachte wieder eine Weile nach, dann richtete sie ihren Blick entschlossen auf Brander. »Andi, dann will ich, dass ihr das Alkoholverbot hier im Haus aufgebt.«

»Wieso das?«

»Wenn ich das mit dem Druck wirklich in den Griff kriegen soll, dann muss ich lernen, mich vom Alkohol fernzuhalten, auch wenn er in greifbarer Nähe ist.«

»Ich hab keine Sorge, dass du den Alkohol trinken würdest. Vielleicht erinnerst du dich daran, dass du alle meine teuren Whiskys mal kurzerhand in den Ausguss gekippt hast? Das kann ich mir auf Dauer nicht leisten.«

Seither gab es nur noch eine, maximal zwei Flaschen Whisky im Hause Brander – sicher verwahrt im Waffentresor neben seiner Dienstwaffe –, und getrunken wurde er ausschließlich draußen vor dem Haus.

»Du musst dir ja nicht gleich wieder eine ganze Armada Flaschen ins Regal stellen.«

»Lass uns am Wochenende mit Ceci in Ruhe darüber sprechen.« Er war sich nicht sicher, ob Nathalie tatsächlich schon für diesen Schritt bereit war. »Aber jetzt solltest du langsam schlafen. Du musst morgen wieder früh raus.«

»Du auch.«

Daran wollte er lieber nicht denken. Brander ging in die Hocke und tastete die Fläche unter dem Bett ab.

»Was suchst du?«

»Ich wollte nur sichergehen, dass du wirklich nicht einkaufen warst.«

»Boah, ey, dein Vertrauen ehrt mich.«

Er richtete sich wieder auf und drückte ihr grinsend einen Kuss auf die Stirn. »Gute Nacht, meine kleine Feuerwehrfrau.«

Dienstag

Brander hatte sich in aller Frühe mit Corinna Tritschler verabredet, um mit ihr zu Alexandra Scholl zu fahren. Er traf die Kollegin in der Tübinger Dienststelle und rief Streiters Assistentin in ihrem Büro in Pfrondorf an. Sie schien überrascht, als sie wenig später neben Brander statt Peppi die große, rothaarige Cory sah. Nach ihrem unvermeidlichen Zögern ließ sie die Beamten ins Haus.

Die Informatikerin schritt ihnen voran in ihr Büro. »Haben Sie etwas von Herrn Streiter gehört? Ich mache mir mittlerweile ernsthafte Sorgen. Überhaupt nicht auf meine Anrufe zu reagieren entspricht nicht seinem Naturell. Er weiß, dass ich ihn niemals wegen einer Lappalie stören würde.«

Sie war im Raum stehen geblieben. Es war ihr anzusehen, dass sie in der vorangegangenen Nacht wieder kaum geschlafen hatte. Die Schatten unter ihren Augen waren noch dunkler geworden, und sie wirkte vor Sorge erschöpft. Brander fragte sich, wie nahe sie ihrem Chef wirklich stand. Immerhin arbeiteten die beiden seit mehreren Jahren in einer doch sehr privaten Umgebung ziemlich eng miteinander.

»Vielleicht setzen wir uns erst einmal«, schlug Cory vor.

Scholls Blick schnellte Unheil ahnend zu ihr. »Warum?«

»Die Eltern von Herrn Streiter besitzen ein Ferienhaus am Bodensee, wussten Sie davon?«, fragte Brander.

»Davon hat er nie erzählt.« Sie verschränkte die Finger vor ihrem Körper ineinander. »Ist er dort?«

»Das ist noch nicht geklärt.«

»Was bedeutet das?« Die Fingerknöchel traten weiß hervor.

»In dem Ferienhaus wurde eine Person aufgefunden. Wir konnten sie noch nicht identifizieren und bräuchten Verglei–«

»Oh Gott, nein!« Scholls Knie gaben nach. Cory griff ihr eilig unter die Arme und schob sie behutsam auf einen Stuhl. Sie war erblasst, ihr Kinn zitterte. »Nicht Vinz… nicht auch noch er.« Sie sah mit tränenverschleiertem Blick zu Brander auf.

»Es ist noch nicht sicher. Aber es spricht leider einiges dafür.«

»Oh Gott.« Sie konnte die Tränen nicht länger zurückhalten. »Aber warum denn? Warum Vinzenz?«

Er entdeckte auf einem Sideboard einen Wasserkocher, ging durch den Raum und öffnete den Deckel.

»Was haben Sie vor?«

»Ich koche Ihnen einen Tee. Wo bekomme ich Wasser?«

Sie schniefte. »Nehmen Sie bitte das Wasser aus der Kanne. Es ist gefiltert.«

Brander entdeckte das Gefäß und machte sich an die Zubereitung. Die Auswahl des passenden Tees stellte ihn vor ein Problem. »Wacher Geist«, »Positive Energie«, »Stressfrei und entspannt« oder doch ein klassischer »English Breakfast«? Er entschied sich für Letzteren. Ein kräftiger Schwarztee hatte schon manchen Geist wiederbelebt.

»Wir müssen in Herrn Streiters private Wohnräume«, erklärte Brander, nachdem Alexandra Scholl ein paar Schlucke Tee getrunken hatte. Er hatte sich einen Besucherstuhl herangeholt und saß ihr gegenüber. »Wir benötigen Vergleichsmaterial für eine DNA-Probe, um zu prüfen, ob es sich bei dem Mann tatsächlich um ihn handelt.«

Scholl nickte stumm. Die Tränen waren versiegt. Sie hielt die Tasse zwischen den Händen umklammert. Ihre Fingernägel zierte ein dunkelblauer Lack, der zum Teil abgeblättert war. Ein kleines Aufbegehren gegen ihre ansonsten eher konservative Erscheinung.

»Frau Scholl, gibt es am oder im Haus Überwachungskameras?«, fragte Cory. Sie stand am Fenster, das den Blick auf die Streuobstwiesen freigab.

»Ja, am Eingang und hinten zum Garten befinden sich Kameras.«

»Werden die Aufnahmen gespeichert?«

»Warum möchten Sie das wissen?«

»Anhand der Aufnahmen ließe sich vielleicht rekonstruieren, wann Herr Streiter zuletzt das Haus verlassen hat und ob er vorher noch Besuch hatte.«

Sie nippte an ihrer Tasse. »Die Aufnahmen laufen vierundzwanzig Stunden, jeweils von zwölf Uhr Mittag bis zum nächsten Mittag, dann startet die nächste Aufnahme. Die Datenträger werden im täglichen Wechsel überschrieben.«

Das ergab ein Zeitfenster von maximal achtundvierzig Stunden und würde ihnen nicht helfen.

»Und wenn er verreist?«, hakte Brander nach. »Falls in der Zeit etwas geschieht, benötigt er doch die Aufnahmen.«

»Ja, da haben Sie recht«, stimmte Scholl ihm zu. »Dann werden die Aufnahmen natürlich nicht so schnell überschrieben.«

»Haben Sie Zugriff auf diese Aufnahmen?«

»Ja.«

»Können Sie bitte prüfen, ob Aufzeichnungen von letzter Woche Donnerstag und Freitag vorhanden sind?«

»Ja.« Sie stellte die Tasse ab und drehte sich zu ihrem Computer.

Brander beobachtete, wie sie ihr Passwort eingab und mit flinken Fingern immer wieder neue Fenster öffnete, Kommandos und erneut Passwörter eingab, hier klickte, da klickte und sich Listen auf ihrem Monitor anzeigen ließ. Bei der Arbeit am PC war sie in ihrem Element. Schließlich wandte sie sich ihm wieder zu.

»Es tut mir leid. Er hatte den Abwesenheitsmodus nicht aktiviert.«

Das war zumindest ein Hinweis darauf, dass Streiter anscheinend nicht vorgehabt hatte, länger fortzubleiben. Mit wem hatte er sich an dem Donnerstagabend getroffen? War er hinterher wieder nach Hause gekommen? War er entführt worden? Es fuchste Brander, dass er nicht intensiver nach dem Wissenschaftler gesucht hatte.

»Er hat Ihnen nicht gesagt, mit wem er sich am Donnerstagabend treffen wollte?«

»Nein. Er ist mir keine Rechenschaft über seine Termine schuldig. Ich bin zwar seine Assistentin, aber das betrifft nur unsere Arbeit. Wenn er private Verabredungen hatte, hat er nicht mit mir darüber gesprochen. Lediglich wenn er längere Zeit aushäusig war und sicherstellen wollte, dass die Systeme überwacht werden, hat er mich informiert und gebeten, das zu übernehmen.«

»So wie an dem Wochenende vor acht Tagen.«

»Ja.«

»Und Sie wissen nicht, wo er an dem Wochenende war?«

»Nein.« Sie zupfte verlegen an ihrem Ohrläppchen. »Aber ich vermute, er war in Rom. Bitte denken Sie nicht, dass ich in seinen Unterlagen herumgeschnüffelt habe. Ich war in Sorge … Ich habe auf seinem Schreibtisch nachgesehen, ob ich einen Hinweis finde, wo er sein könnte. Eine Notiz vielleicht. Und da lag ein Beleg von einem Restaurant an der Piazza Navona. Das Datum war von dem Samstag, als dieser fürchterliche Mord geschehen ist. Er hat dort nachmittags einen Cappucci…« Der Rest ging in einem Schluchzen unter. Sie suchte eilig ein Taschentuch.

»War er allein dort?«

»Das weiß ich nicht.«

»War auf der Rechnung ein Cappuccino aufgeführt oder mehrere?«

»Es waren zwei.«

Brander sah nachdenklich durch die Zwischentür in das Büro von Scholls Arbeitgeber. Wenn Streiter an dem Wochenende in Rom gewesen war, konnte Chantal Birk unmöglich samstagnachmittags seinen Wagen vor Levin Goldmanns Haus gesehen haben.

Das Soko-Team hatte sich am Mittag im Besprechungsraum zusammengefunden. Peppi und Tropper waren mit den Friedrichshafener Kollegen per Telefonkonferenz zugeschaltet. Jens Schöne fehlte. Sie hatten die Genehmigung für die Funkzellenauswertung von Chantal Birks Handy bekommen, und

Brander hatte die IT-Forensiker gebeten, das umgehend in Angriff zu nehmen.

Nachdem Brander von dem Besuch bei Alexandra Scholl berichtet hatte, übergab er das Wort an Peppi.

»Wir können zweifelsfrei davon ausgehen, dass der Tote Vinzenz Streiter ist«, hallte ihre Stimme aus dem Lautsprecher in den Raum. »Die Obduktion wurde gestern Nacht noch durchgeführt, und nachdem man die Farbe entfernt hatte, war seine Identität klar. Wir haben den Leichnam heute Morgen kurz gesehen, sodass ich das bestätigen konnte. Wir waren mit Kollegin Haller in Streiters Ferienhaus. Insgesamt ist die Vorgehensweise ähnlich wie in unseren beiden Fällen, allerdings gibt es ein paar bemerkenswerte Abweichungen.«

»Welche?«

»Wir haben eine Änderung in der Vorgehensweise. Das Opfer wurde dieses Mal nicht betäubt und anschließend erstickt, sondern vergiftet.«

»Wisst ihr schon, womit?«

»Freddy, dein Part«, übergab Peppi an Tropper.

»Aller Wahrscheinlichkeit nach wurde unser Opfer mit Natriumsilicofluorid vergiftet. Auch bekannt als ›Schwabentod‹.«

»›Schwabentod‹?«, echote Brander.

»Du hast richtig gehört. Es handelt sich um ein Insektizid, das um das Ende des 19. bis ins frühe 20. Jahrhundert im Kampf gegen Kakerlaken verwendet wurde. War übrigens zur damaligen Zeit auch beliebt bei Selbstmördern, da es relativ schnell wirkt. Je nach Dosierung ist der Todeskampf nicht zu lang, drei bis vier Stunden vielleicht, allerdings dennoch qualvoll. Es beginnt mit Erbrechen, hinzu kommen Durchfall und heftige Krämpfe, Bewusstlosigkeit, Exitus.«

»Aber das hat er doch nicht freiwillig geschluckt.«

»Das ist nicht anzunehmen. Es handelt sich um ein farbloses bis weißliches Pulver, fatalerweise geschmacks- und geruchsneutral, damals war man noch nicht so weit, den Giften Bitter- und Farbstoffe zuzufügen. Wie er es zu sich genommen hat, ist schwer zu sagen, weil er stark erbrochen hat. Vielleicht als Zucker im Kaffee.«

»Wie habt ihr so schnell herausgefunden, womit er vergiftet wurde?«, wunderte sich Cory. »Sonst brauchen die Mediziner doch immer ewig, um den Wirkstoff zu identifizieren.«

»Das stimmt allerdings, die wenigsten Gifte hinterlassen spezifische Befunde, um den Wirkstoff schnell und eindeutig bestimmen zu können. Aber da kam uns mal wieder die Dummheit des Täters und die Gründlichkeit der Kollegen zu Hilfe: In der Mülltonne des Nachbarn wurde ein beschriftetes Döschen gefunden. Es enthielt Reste des Pulvers. Es laufen noch einige Analysen, aber die Rechtsmediziner sind ziemlich sicher, dass es der Wirkstoff war.«

»Und der Nachbar ist nicht unser Mörder?«, fragte Brander.

»Eher unwahrscheinlich«, meldete sich Irene Haller zu Wort. »Er hat fortgeschrittene MS, geht an Krücken. Ich glaube nicht, dass er die Kraft hätte, so eine Tat zu begehen. Wir überprüfen das natürlich trotzdem.«

»Wie kommt man an so ein altes Insektizid?«

»Das Rätsel konnten wir auf die Schnelle nicht lösen«, erwiderte Tropper. »Und leider war der Täter dann doch so schlau, seine Fingerabdrücke von der Dose zu wischen.«

»Wenn es ein Mittel gegen Kakerlaken ist, warum heißt das Zeug dann ›Schwabentod‹?«, fragte Fabio.

»Das ist historisch bedingt, geht zurück auf das Mittelalter, in der Zeit hat sich die Schabe in Europa ausgebreitet. Ebenso gab es zu der Zeit zahlreiche Eroberungskriege, bei denen auch die Schwaben unterwegs waren. Und leider hat sich der Schwabe seinerzeit nicht immer überall gut benommen«, dozierte Tropper. »Wann, wie, wo genau, kann ich dir nicht sagen, aber irgendwann setzte sich in manchen Regionen der Begriff ›Schwabenkäfer‹ für die Schabe durch. Da man diese Viecher nicht in seinem Haus haben wollte, wurden Mittel dagegen entwickelt. Es gab ein arsenhaltiges Pulver, das unter dem Namen ›Schwabenpulver‹ firmierte. Und dann kam das auf Natriumfluorid basierende Insektizid, welches den Namen

›Schwabentod‹ erhielt. In der Form ist es heute im Handel natürlich nicht mehr erhältlich.«

»Bemerkenswert ist, dass es kein sanfter Tod war«, meldete sich Peppi wieder zu Wort. »Das ist eine gravierende Änderung in der Handlungsweise des Täters. Da war Wut im Spiel, Zorn, Hass. Der Täter muss Streiter das Zeug untergejubelt haben und bei ihm geblieben sein. Er muss seinen Todeskampf miterlebt haben. Ansonsten hätte Streiter ja sicher früher oder später den Notarzt gerufen.«

»Die Wohnung war zudem picobello geputzt, als wir dort eintrafen«, ergänzte Kommissarin Haller. »Bad und Küche waren blitzsauber.«

Nur mit dem Müll hatte der Täter geschlampt, überlegte Brander. Steckte eine Absicht dahinter? Wollte er den Verdacht in eine bestimmte Richtung lenken? In welche? »Könnte es sein, dass der Leichnam erst nach seinem Tod dorthin gebracht wurde?«, fragte er.

»Unwahrscheinlich«, erwiderte Haller. »Es gibt keine Anzeichen dafür, dass er post mortem transportiert worden wäre. Vermutlich hat der Täter ihn lediglich vom Schlafzimmer ins Wohnzimmer gezogen, dort mit der Farbe eingesprüht und in die Position gebracht, in der wir ihn gefunden haben.«

Brander starrte grübelnd auf seine Notizen, die er sich während der Sitzung gemacht hatte. »Warum dieser Wechsel in der Vorgehensweise? Warum Gift?«

»Vielleicht wollte er den Kick erhöhen«, schlug Haller vor.

»Oder wir haben einen Nachahmer.« Bei dem Gedanken zwickte es Brander unangenehm im Magen. »Wann ist er gestorben?«

»Laut Rechtsmedizin Samstagabend zwischen zwanzig und vierundzwanzig Uhr«, antwortete Peppi.

»Und die Nachbarn haben nichts mitbekommen? Wenn er abends gestorben ist, muss der Täter bis in die Nacht dort gewerkelt haben. Er hat den Leichnam eingesprüht, er hat geputzt. Das macht man nicht im Dunkeln. Da muss doch zumindest jemand Licht gesehen haben.«

»Die Anwohnerbefragung läuft noch«, erklärte Haller. »Aber hexen können wir nicht. Das Haus wurde erst vor Kurzem modernisiert, neue Fenster, neue Dämmung, zudem frei stehend und von einem Garten umgeben. Vielleicht hat jemand Licht im Haus gesehen, aber was drinnen vor sich ging, ist von der Straße aus nicht ohne Weiteres einzusehen. Da muss man ganz genau hinschauen. Und wenn der Täter die Jalousien heruntergezogen hatte, könnte man höchstens einen Lichtschimmer ahnen.«

Wer konnte gewusst haben, dass Streiter im Ferienhaus seines Vaters war? Brander wandte sich an seine Tübinger Kollegin. »Cory, fahr bitte mit Hendrik noch mal zu Streiters Haus in Pfrondorf. Vielleicht findet ihr da einen Hinweis, ob er mit jemandem in Langenargen verabredet –«

Die Tür wurde aufgerissen. Jens Schöne eilte herein. »Chantal Birks Auto wurde gefunden. Es steht auf dem P0 am Flughafen.«

***

Der Parkplatz P0 lag am südlichen Ende des Stuttgarter Flughafens. Brander hatte ein Team zur Spurensicherung hingeschickt. Der Wagen würde abgeschleppt und zur Untersuchung nach Esslingen gebracht werden. Fabio und Peter sollten die Videoaufzeichnungen der Überwachungskameras des Parkplatzes sicherstellen und anhand der Passagierlisten prüfen, ob Chantal Birk in den letzten zwei Tagen Stuttgart mit einem Flugzeug verlassen hatte.

Brander stärkte sich derweil mit Stephan Klein und Jens Schöne bei Leberkäsweckle und Kaffee im Pausenraum.

»Warum taucht das Mädel unter?«, nuschelte Stephan kauend. »Sie kann's doch nicht gewesen sein.«

Samstagnacht hatte Chantal Birk in Polizeigewahrsam verbracht. Ein besseres Alibi für die Tat konnte sie nicht haben.

»Vergiss die Abweichung bei der Tat nicht«, erwiderte Brander. »Für die ersten beiden Morde hat sie kein Alibi. Sie hatte

Streit mit ihrem Freund, so heftig, dass er sie rausgeschmissen hat, und Hägele drohte mit einer Anzeige, statt zu zahlen.«

»Ach, komm, Andreas, hatten wir uns nicht drauf geeinigt, dass das Mädel nie und nimmer die Nerven hat, zwei so kaltblütige Morde zu begehen?«

»Vielleicht hat sie uns mit ihrer naiven Art was vorgespielt. Man sieht den Menschen ja nur vor den Kopf. Ich meine, würdest du unserem Computerspezialisten hier zutrauen, dass er einen Tandemsprung aus dem Flugzeug macht?«

Jens sah Brander entsetzt an. »Deswegen feiere ich meinen Geburtstag nicht, weil ich auf solche dämlichen Geschenke gut verzichten kann.«

»Du hast Geburtstag?«, fragte Stephan.

»Nächste Woche Samstag.«

»Er wird vierzig«, ergänzte Brander.

»Ah, mit vierzig wird der Schwab gescheit.« Stephan grinste Brander verschwörerisch an.

»Kommt nicht auf blöde Ideen. Das ist verschwendetes Geld.«

»Wenn man samstags Geburtstag hat, muss man feiern«, forderte Stephan.

»Tut mir leid, aber da werde ich im Flieger nach Kopenhagen sitzen, den ich erst verlasse, wenn er sicher in Dänemark gelandet ist.«

»Na, dann sieh mal zu, dass wir den Fall bis dahin gelöst haben.« Brander knüllte seine Serviette zusammen. Da war noch immer dieses ungute Gefühl. Hunger konnte das Magengrummeln nicht mehr sein. »Seit Freitag haben wir versucht, Streiter zu erreichen. Er hat weder auf unsere Anrufe noch auf die seiner Assistentin reagiert. Wer wusste, wo er zu finden ist, wenn nicht einmal seine engste Mitarbeiterin das Ferienhaus von Streiters Eltern kannte?«

»Und woher hat unser Täter das alte Gift?«, fragte Stephan. »Manfred hat gesagt, das Zeug gibt's heute nicht mehr im Handel.«

Aber Tropper hatte noch mehr gesagt: ein altes Gift, das

Anfang des 20. Jahrhunderts zur Schabenbekämpfung verwendet wurde. Ihm kam eine Idee.

»Stephan, lass uns noch mal zu Goldmanns Hof fahren.«

Blauer Himmel blitzte zwischen grauen Wolken hervor, als Brander den Dienstwagen in Wolfschlugen abstellte. Der Herbst begann mild. Dieses Mal stand weder das Auto von Papa noch von Mama Goldmann im Hof. Aber jemand musste am Morgen da gewesen sein, um die Hühner aus dem Stall zu lassen, die pickend um das Haus herumspazierten.

»Und jetzt?«, fragte Stephan.

»Jetzt schauen wir uns in der Scheune mal um.« Brander deutete auf das windschiefe Bauwerk. »Maria Goldmann sagte gestern, als wir sie auf dem Hof trafen, dass sie das Gefühl hat, jemand wäre auf dem Hof gewesen.«

»Und der hat die Zehnerpackung Schwabengift in der Scheune gefunden?«

»›Schwabentod‹«, korrigierte Brander.

Stephan schürzte grübelnd die Lippen. »Levins Vater war doch hier.«

»Und wer weiß, wer noch.« Brander ging zu dem Tor, das einen Spaltbreit offen stand, und schob es weiter auf. Ein Geruchspotpourri aus modrigem Holz, feuchtem Stroh, Staub und Hühnermist stach ihm in die Nase. Er suchte in dem dämmrigen Schuppen nach einem Lichtschalter. Flackernd sprangen zwei Leuchtstoffröhren an. Ein Huhn gackerte empört über die plötzliche Helligkeit.

Linker Hand war der Verschlag für das Federvieh, dahinter eine Stellfläche für einen Traktor samt Hänger. Beides war, der Schmutzschicht und den Spinnweben nach zu urteilen, viele Jahre nicht mehr bewegt worden. Eine ausgetretene Holzleiter führte hinauf zum Heuschober. Rechts von Brander stapelte sich in drei Boxen, die vor langer Zeit als Schweinekoben gedient haben mochten, allerlei Gerümpel.

»Wir brauchen Schutzkleidung«, überlegte Brander.

»Wegen dem bisschen Dreck?«

»Damit die KTler uns im Falle eines Fundes nicht den Kopf abreißen, weil wir überall unsere Spuren verstreut haben. Außerdem gibt es hier sicherlich Mäuse. Schon mal was vom Hantavirus gehört?«

Stephan hob anerkennend den Zeigefinger. »Guter Mann. Haben wir was im Auto?«

»Das hoffe ich doch.«

Mit weißem Anzug inklusive Mundschutz kehrten sie wenig später zurück. Brander ließ den Blick über das Gerümpel gleiten: altes Brennholz, Mistgabeln, Rechen, Blecheimer, Benzinkanister, Ölkannen, ein Holzkarren, eingestaubte Flaschen, Kartoffelstiegen, kaputte Stühle, ein Teppich. Branders Blick blieb an dem Teppich hängen. Eine Schleifspur deutete an, dass dort etwas über den staubigen Boden geschoben worden war. Sie zogen Stühle und Teppich auseinander. Ein Pappkarton kam zum Vorschein. Brander zog ihn heraus.

»Und den haben unsere Spurensicherer nicht entdeckt?«, fragte Stephan verblüfft.

»Ich bin mir ziemlich sicher, dass der Karton erst später hier versteckt wurde.« Zwischen Maleranzug und Abdeckplane, die in die Pappkiste gestopft worden waren, lagen zahlreiche gebrauchte Farbdosen – allesamt mit verschiedenfarbigen rosa Deckeln.

»Fragt sich nur, von wem?«

»Ja.« Brander verschränkte die Arme vor der Brust und betrachtete grübelnd den alten Plunder. Am Ende der letzten Box hing halblebig ein gebogenes Regalbrett, auf dem Ölkännchen und diverse Dosen aneinandergereiht standen, dazwischen lagen verrostete Mause- und Rattenfallen. Er wies mit einer Kopfbewegung in die Richtung. »Würde mich nicht wundern, wenn wir da einige alte Mittelchen zur Ungezieferbekämpfung finden.«

»Mhm«, brummte Klein nachdenklich nickend.

Eine Weile standen sie schweigend nebeneinander in der Scheune.

»Stephan, ich weiß nicht, wie es dir geht, aber –« Ein Huhn, das von draußen hereinstolzierte, gackerte Brander lautstark dazwischen. Er verscheuchte es mit einer Handbewegung.

»Aber?«, fragte Stephan.

»Aber ich habe das Gefühl, dass jemand versucht, Chantal Birk ganz böse reinzureiten.«

»Wer hat dir noch gleich den Tipp gegeben, dass jemand hier gewesen sei?«

»Goldmanns Mutter.« Brander zog skeptisch die Stirn in Falten. »Aber die bringt doch ihren Sohn nicht um. Schon gar nicht auf diese Art und Weise.«

Stephan deutete auf den Karton. »Das Zeug da muss nicht der Lack sein, mit dem Levin eingesprüht wurde. Aber wenn die Maria oder der Hans-Joachim die Chantal für die Mörderin ihres Sohnes halten, wollten sie uns vielleicht ein bisschen helfen.«

»Und um dem Ganzen mehr Glaubwürdigkeit zu verleihen, bringen sie Vinzenz Streiter mit einem Gift aus der Scheune ihres Großvaters um?« Brander schüttelte den Kopf. »Ich weiß nicht.«

»Das ist unser Problem, Andreas. Wir wissen zu wenig. Und ganz ehrlich: So langsam mach ich mir ein bisschen Sorgen um die kleine Chantal.«

Bitte keine vierte lackierte Leiche, schickte Brander ein Stoßgebet gen Himmel.

***

»Chantal Birk saß in keinem der Flieger, die seit Sonntag früh von Stuttgart abgeflogen sind«, berichtete Fabio, als Brander mit Stephan wieder zurück in der Dienststelle war. Sie hatten sich im Soko-Raum zu einer Besprechung eingefunden. »Die Auswertung der Überwachungskameras läuft. Handyortung war bisher erfolglos.«

»Warum parkt sie ihren Wagen am Flughafen, wenn sie nicht wegfliegen will?« Die Sorge zwickte Brander von Neuem unangenehm in den Magen. Hätten sie das Mädchen doch irgendwie in Untersuchungshaft setzen können, da wäre sie sicher aufgehoben gewesen. Jetzt war sie seit mehr als zwei Tagen verschwunden. Wie groß war die Wahrscheinlichkeit, dass sie noch lebte?

Für den Tatzeitpunkt der Tötung Streiters hatte sie ein Alibi, was nicht vollkommen ausschloss, dass sie die anderen beiden Morde begangen hatte. Aber wo war ihr Motiv? Brander studierte die Namen, die im Laufe der letzten Woche den Weg auf die Übersichtstafel gefunden hatten. »Wer könnte ein Interesse daran haben, Chantal Birk die Taten in die Schuhe zu schieben?«

»Wenn du Maria so strikt ausschließt, was ist mit ihrem Ex?«, fragte Stephan.

»Ich schließe niemanden aus.« Branders Blick glitt suchend durch den Raum. »Haben wir Hans-Joachim Goldmanns Alibis für die Tatzeiten überprüft?«

»An dem Samstag, als sein Sohn getötet wurde, war er von zwölf bis circa siebzehn Uhr in seinem Supermarkt«, antwortete Fabio. »Für Sonntag hat er kein Alibi. Er war morgens im Gottesdienst, den Rest des Tages allein zu Hause.«

Hans-Joachim Goldmann. Der Vater, der sich nicht besonders gut mit seinem Sohn verstanden hatte. Aber wo war der Bezug zu Hägele und Streiter? Brander strich sich grübelnd über das stoppelige Kinn.

»Da wären noch unsere Feministinnen«, überlegte Stephan. »Immerhin hat nicht nur Levin, sondern auch Chantal von den beiden Wutmails bekommen.«

»Woher hätten die Schwestern von dem Ferienhaus wissen sollen?«

»Die haben den Streiter ausspioniert«, vermutete Fabio. »Ich erinnere nur an Amelie Matschukat, die sich unter falschem Namen bei ihm beworben hat.«

Brander trat an das Whiteboard und zog eine Linie. An den Anfang setzte er ein Kreuz und schrieb »Pfrondorf« darüber. »Starten wir am Donnerstagabend. Streiter fährt nach dem Gespräch mit uns in sein Haus nach Pfrondorf. Seine Assistentin hat uns bestätigt, dass sie ihn dort noch gesehen hat. Sie hat gegen acht Uhr das Haus verlassen. Uns hat Streiter gesagt, er habe am Abend einen Termin, was nicht unbedingt stimmen muss. Alexandra Scholl wusste von keiner Verabredung. Ob er an dem Donnerstagabend noch mal das Haus verlassen hat, ist unklar. Fakt ist: Am nächsten Morgen war er nicht mehr da. Die Leiche wurde nicht über längere Strecken transportiert, was bedeutet, dass er mutmaßlich am Samstag schon in dem Ferienhaus war.«

»Ist er freiwillig nach Langenargen gefahren, oder hat ihn jemand dorthin gebracht?«, fragte Fabio.

Brander nahm sein Handy und wählte die Nummer seiner Kollegin. »Peppi, hatte Streiter Gepäck bei sich?«

»Ähm, warte.«

Brander hörte sie mit Tropper sprechen.

»Ja, die Kollegen haben eine Aktentasche und einen Trolley gefunden. Und … Bitte? … Warte mal …« Im Hintergrund erklang die Stimme von Kommissarin Haller.

»Irene sagt gerade, dass die Aussage einer Nachbarin vorliegt, nach der er anscheinend Donnerstagnacht angekommen sei. Sie hat ihn gesehen, als er mit dem Wagen auf die Einfahrt fuhr.«

»War er allein?«

»Vermutlich, sie hat nur ihn aussteigen sehen.«

»Gibt es Aussagen, dass er in den letzten Tagen von irgendwem Besuch bekommen habe?«

»Bis jetzt noch nicht. Aber es wurden noch nicht alle Anwohner angetroffen. Einige arbeiten unter der Woche auswärts, sodass die Häuser dort zum Teil nur am Wochenende von den Eigentümern genutzt werden.«

»Haltet uns auf dem Laufenden.«

»Ich geb's an Irene weiter. Freddy und ich wollen uns demnächst auf den Heimweg machen.«

»Okay, wir sehen uns morgen.« Brander legte auf. Er nahm einen roten Marker und setzte ein zweites Kreuz und das Wort »Langenargen« auf seine Linie, wenige Zentimeter entfernt von dem ersten Kreuz. »Donnerstagnacht fährt Streiter in das Ferienhaus seiner Eltern. Er hat Gepäck bei sich, also hat er anscheinend geplant, zumindest ein paar Tage dort zu bleiben. Warum? Um in Ruhe zu arbeiten? Oder befürchtet er, dass er das nächste Opfer sein könnte, und will sich dort verstecken?«

Brander betrachtete das Whiteboard. Da war ein Gedanke in seinem Kopf, den er nicht zu fassen bekam. Eine Ungereimtheit. Er brauchte Ruhe, um nachzudenken.

»Wenn er arbeiten wollte, müsste er doch einen Laptop dabeigehabt haben, oder?«, fragte Peter.

Brander wählte erneut Peppis Nummer und erfuhr, dass die Kollegen keinen Computer im Haus gefunden hatten. »Was übrigens die nächste Übereinstimmung zu den vorangegangenen Taten ist«, schickte sie noch hinterher.

»Der Laptop könnte auch noch bei ihm zu Hause sein«, überlegte Brander. Er rief Cory an. »Wart ihr schon in Streiters Haus?«

»Nein.«

»Warum nicht?«

»Weil wir ohne Schlüssel nicht reinkommen. In Pfrondorf war Frau Scholl nicht mehr anzutreffen, und telefonisch habe ich sie bisher nicht erreicht.«

»Hat noch jemand anders einen Schlüssel?«

»Die Häfler haben sicher den Hausschlüssel von Streiter.«

Friedrichshafen war leider auch nicht gerade um die Ecke. »Ruf Peppi an und sag ihr, dass sie den Schlüssel mitbringen sollen.«

Brander legte auf. Dieser Fall war verhext. Da arbeiteten die Leute an digitaler Kommunikation, es gab Smartphones und Messengerdienste, und immer, wenn es darauf ankam, war niemand zu erreichen. Wo steckte die Scholl jetzt schon wieder? Saß sie weinend in ihrem Kämmerlein und trauerte um ihren Arbeitgeber? Ein unangenehmer Gedanke durchfuhr ihn: Hatte der Täter – oder die Täterin – Streiters Mitarbeiterin auch ins Visier genommen? Wer blieb übrig? Chantal Birk, die zumindest für eine Tat ein Alibi hatte, und die Schwestern Matschukat. Er wandte sich seinen Kollegen wieder zu. »Fabio, was ist mit Chantal Birks leiblichem Vater?«

»Aufenthaltsort unbekannt, vermutlich obdachlos in Stuttgart. Ich warte noch auf Bestätigung. Er hat mal als Maurer gearbeitet, im selben Trupp wie der neue Lebensgefährte von Astrid Birk, hat den Job aber aufgrund seines Alkoholproblems verloren.«

»Fabio, Peter, konzentriert euch auf Chantal Birk, versucht herauszufinden, ob sie noch andere Freunde hat, bei denen sie untergekommen sein könnte. Nehmt die Enzlin noch mal ins Gebet.«

»Was ist mit Maria und Hans-Joachim?«, fragte Stephan. »Fühlen wir den beiden auch noch mal auf den Zahn?«

»Bestell sie ein und frag sie, ob sie etwas von den Lacken in der Scheune wissen. Und wenn du das erledigt hast, dann statten wir den Schwestern Matschukat einen Besuch ab.«

Während Brander auf Stephan wartete, nahm er sich die Gesprächsprotokolle erneut vor, in der Hoffnung, einen Hinweis auf Chantal Birks Verbleib zu finden. Wo steckte sie? War ihr Erpressungsversuch der Trigger, der all die Taten ausgelöst hatte? Aber alle Beteiligten waren tot. Zumindest die männlichen. Er sah zu dem leeren Schreibtisch auf der anderen Seite. Peppi fehlte ihm. Er brauchte jemanden, um sich auszutauschen.

»Levins Mutter ist noch bei der Arbeit, kommt nicht vor halb neun. Hans-Joachim hab ich nicht erreicht.« Stephan stand in der Bürotür. »Dann locken wir jetzt mal die Suffragetten aus der Deckung.«

Brander sah den Haudegen verdutzt an. »Woher kennst du denn dieses Wort?«

»Weißt doch, Andreas, ich bin immer für eine Überraschung gut.«

Dem konnte Brander zu seinem Leidwesen nicht widersprechen. »Die Suffragetten waren aber eine Frauenbewegung in England.«

»Jetzt werd mal nicht kleinlich.«

Brander überließ Stephan den Fahrersitz.

»Wohin zuerst?«

»Solveig Matschukat«, entschied Brander. »Die wohnt in Zell.«

Sie quälten sich durch den abendlichen Berufsverkehr und erreichten den eingemeindeten Ort im Osten von Esslingen. Stephan bog von der Hauptstraße ab und folgte der steil ansteigenden Straße. Häuser mit kleinen Vorgärten drängten sich eng aneinander. Die schmalen Straßen waren zugeparkt. Die Anwohner hätten eine schöne Aussicht haben können, allerdings fiel der Blick als Erstes auf die hohen Schornsteine des Blockheizkraftwerkes, die im dämmrigen Licht längliche Rauchschwaden in die Luft stießen.

Die ins Navi eingegebene Adresse führte sie zu einem Mehrfamilienhaus, doch auf ihr Klingeln wurde ihnen nicht geöffnet. Sie wollten schon unverrichteter Dinge wieder gehen, als eine Stimme von der Straße erklang.

»Wollen Sie zu mir?« Solveig Matschukat stieg von ihrem E-Bike und nahm den Helm ab.

»Ja«, erwiderte Brander.

»Sportlich, sportlich«, kommentierte Stephan ihre Ankunft.

Sie trug einen Anzug, am Knöchel hatte sie die Hosenbeine mit einem Leuchtband fixiert, damit der Stoff nicht zwischen Ritzel und Kette kam. Trotz E-Bike-Antrieb war sie bei dem Anstieg ins Schwitzen gekommen. Ihre Wangen schimmerten rosig von der kühlen Luft, und sie wirkte zugänglicher als bei ihrer Befragung in der Dienststelle.

»Geht's um Amelie?«

»Auch«, erwiderte Brander. »Vielleicht könnten wir drinnen weitersprechen?«

Sie nickte und reichte ihm einen Schlüsselbund. »Machen Sie mir bitte die Tür auf?«

Sie schob das Rad durch den Flur zur Kellertreppe.

»Soll ich Ihnen helfen?«

Sie zögerte einen Moment, dann hielt sie Brander den Lenker hin. »Klar.«

Er schleppte das Fahrrad die Stufen hinunter. Verflucht, so ein E-Bike war ganz schön schwer.

»Unten links«, erklärte Matschukat, die ihm gefolgt war.

»Und das schleppen Sie jeden Tag rauf und runter?«

»Besser, als wenn es mir geklaut wird. Außerdem hält es fit.«

Das glaubte Brander gern. Zur Belohnung bot die junge Frau ihnen etwas zu trinken an, als sie in ihrer Wohnung in der mittleren Etage waren. Im Gegensatz zu ihrer jüngeren Schwester war Solveig ein sehr ordentlicher Mensch. Kein benutztes Geschirr stand auf dem Couchtisch, die Kissen waren akkurat mit Handkantenknick auf dem Sofa arrangiert. Die Blumen auf der Fensterbank strahlten in satten, gesunden Farben. Weder Shisha noch Tütchen mit fragwürdigem Inhalt lagen achtlos herum.

»Ich hoffe, die Sache mit den Tabletten hat für Amelie keine Folgen. Normalerweise nimmt sie so etwas nicht.«

»Das tun sie nie.« Brander saß mit Stephan auf einem bequemen grauen Sofa, während Solveig sich ihnen gegenüber auf einen stoffbezogenen Hocker gesetzt hatte. »Frau Matschukat, wann hatten Sie zuletzt Kontakt zu Vinzenz Streiter?«

»Jetzt kommen Sie mit der alten Geschichte.« Ihre Lockerheit verflog augenblicklich.

»Nach der öffentlichen Attacke damals hatten Sie keinen Kontakt mehr zu ihm?«

»Attacke! Es waren ein paar Tomaten, und eine hat versehentlich seinen Anzug getroffen.«

»Versehentlich?«

»Ich wollte eigentlich sein Gesicht treffen.«

Es war erstaunlich, wie schnell diese Frau von freundlich auf aggressiv umschaltete. Ihr Blick hatte sich deutlich verfinstert.

»Was haben Sie gegen Herrn Streiter?«

»Schauen Sie sich seine Forschungsmethoden an. Kommunikation mit Sexpuppen! Ich kann Ihnen das Problem gern noch einmal erklären.«

»Danke, nicht nötig«, wehrte Brander ab. »Wie sind Sie auf seine Forschungsmethoden gekommen?«

Solveig Matschukat stöhnte genervt auf. »Das wissen Sie doch längst. Amelie hat für Levin Goldmanns Vater gearbeitet, und der hat ihr von dem tollen Online-Shop seines Sohnes erzählt.«

»Aber nicht von Herrn Streiter.«

»Da geht man mal auf die Website von ›Dollies‹ und sieht, dass es besonders günstige Angebote gibt, wenn der Freier bereit ist, bei einem Forschungsprojekt mitzuwirken. Herauszufinden, wer dahintersteckt, war wirklich nicht schwer.«

Die Puppenkäufer als »Freier« zu betrachten war eine recht einseitige Perspektive. Paul Wengert hätte Brander spontan nicht als Freier bezeichnet.

»Und wie sind Sie auf Notker Hägele gestoßen?«

»Nach dem haben Sie mich schon beim letzten Mal gefragt. Wer soll das sein?«

»Jetzt verscheißer uns mal nicht«, knurrte Stephan.

»Ich verscheißere niemanden. Ich kenne keinen Notker Hägele.«

»Warum hat sich Ihre Schwester unter falschem Namen bei Herrn Streiter beworben?«, fragte Brander.

»Hat sie nicht.«

»Uns liegen andere Aussagen vor.«

»Dann hat sich der Herr Streiter das ausgedacht.«

»Warum sollte er das tun?«

»Keine Ahnung. Vielleicht will er uns eins reinwürgen, weil ich damals mit einer Verwarnung davongekommen bin. Ist ja jetzt eine tolle Gelegenheit.«

»Was ist mit Chantal?«, fragte Stephan.

»Was soll mit ihr sein?«

»Die habt ihr doch auch auf 'm Kieker.«

Brander warf Stephan einen mahnenden Blick zu.

Solveig Matschukat zuckte mit den Achseln. »Die ist einfach eine von denen, die es nicht kapieren.«

»Die was nicht kapieren?«, hakte Stephan nach.

Die junge Frau stöhnte genervt auf. »Da hab ich jetzt echt keinen Bock drauf. Was sollen diese Fragen?«

»Hier geht es nicht um Bockhaben, hier geht es um eine Mordermittlung«, erwiderte Stephan barsch. »Und ich frage mich, warum du gleich so zumachst, wenn du nix zu verbergen hast.«

»Weil ihr Scheißbullen einem immer gleich was anhängen wollt.«

Stephan sah mit gespieltem Empören zu Brander. »Andreas, hat sie uns gerade Scheißbullen genannt?«

»Lass gut sein«, versuchte Brander, die Wogen zu glätten.

Doch Solveig Matschukats Schläfen hatten sich bereits tiefrot verfärbt. »Das ist so eine typische Nummer, was Sie hier abziehen! Erst provozieren und dann gleich mit Anzeige drohen.«

Brander verfluchte den Kollegen. »Frau Matschukat, niemand droh–«

»Nee, es reicht! Raus!« Sie sprang auf und funkelte ihn zornig an.

Das hatte Stephan ja wunderbar hingekriegt. Brander erhob sich. »Frau Matschukat, wir benötigen Ihre Aussage. Auch wenn Sie jetzt nicht mit uns reden möchten, Sie werden eine offizielle Vorladung zur Vernehmung bekommen.«

»Ich freu mich drauf.«

An der Wohnungstür blieb Brander noch einmal stehen. »Wissen Sie etwas über den Verbleib von Chantal Birk?«

»Auf Wiedersehen.«

»Verflucht noch eins, Stephan, was sollte das?«, donnerte Brander los, sobald sie im Auto saßen. Die Wut pulsierte heiß in seinen Adern.

»Pass auf, mein Freund, auf die nette Tour kommst du bei so einer nicht weiter. Die musst du aus der Reserve locken.«

Brander schnaufte grimmig. »Da du es offensichtlich nicht bemerkt hast: Ich habe ihr Fragen gestellt, und sie hat sie beantwortet. Und dann kommst du und gibst ihr auf so platte

Art und Weise zu verstehen, dass wir sie verdächtigen. Verdammt noch mal, Solveig Matschukat ist kein Hells Angel! Im Übrigen müssen wir es ihr sagen, wenn wir sie als Tatverdächtige befragen. Verfahrensfehler, schon mal was davon gehört?«

»Uns rennt die Zeit davon, Andreas! Je länger wir rumpalavern, desto größer ist die Wahrscheinlichkeit, dass wir Chantal nicht mehr lebend finden.«

»Soll ich dir verraten, was jetzt passiert?« Brander deutete auf die Fenster, hinter denen sich Solveig Matschukats Wohnung verbarg. »Als Erstes wird sie ihre Schwester warnen, damit sie uns nicht die Tür öffnet und nicht mit uns redet. Dann wird sie ihre Anwältin anrufen und über unseren Besuch informieren, und zu guter Letzt kriegt unser Chef eine Beschwerde auf den Tisch, dass wir beide uns ihr gegenüber nicht korrekt verhalten hätten. Meinst du, damit hilfst du Chantal Birk auch nur ein Stück weiter?«

Brander hatte nicht die Ruhe, im Auto zu sitzen. Er stieg wieder aus, sog die kühle Abendluft tief in seine Lungen. Er stampfte ein paar Schritte auf dem Gehweg vor dem Haus auf und ab, kehrte zum Wagen zurück. Er blieb stehen, den Blick auf Solveig Matschukats Wohnung gerichtet. Sein Puls senkte sich nur langsam wieder auf ein normales Level.

Stephan ließ das Seitenfenster herunter. »Steig ein, Andreas. Fabio hat angerufen.«

Die Haustür wurde geöffnet. In der Dämmerung hätte Brander Solveig Matschukat fast nicht erkannt. Sie hatte die Businesskleidung gegen Jeans und Mantel getauscht. Sie stockte, als sie ihn am Straßenrand stehen sah, behielt aber nach kurzem Zögern ihren Kurs bei.

»Andreas!«, drängte Stephan.

»Warte einen Moment.« Brander ging ihr entgegen. »Wollen Sie einen Spaziergang machen?«

»Sicher nicht mit Ihnen.« Der Ärger spiegelte sich noch immer in ihren Gesichtszügen wider.

»Das dachte ich mir schon.«

Sie blieb dennoch vor ihm stehen. »Was Ihr Kollege da vorhin angedeutet hat … Was ist mit Chantal?«

»Dazu kann ich Ihnen nichts sagen.«

»Aber Sie suchen nach ihr.«

Brander schwieg.

Solveig Matschukat seufzte unschlüssig. »Okay, es mag sein, dass Amelie in Hans-Joachim Goldmanns Supermarkt Farbe eingekauft hat. Vermutlich wird das Herr Goldmann mit Kassenbelegen beweisen können. Vielleicht hat Amelie damit ein paar Sprüche an das Haus seines Sohnes geschmiert. Ich sage nicht, dass sie es war. Aber sie hat ihn nicht umgebracht! Und ebenso wenig hat sie sich unter falschem Namen bei Herrn Streiter um einen Studentenjob beworben. Das ist völliger Schwachsinn. Sie mögen uns für ideologisch halten, und vielleicht sind unsere Wege manchmal etwas grenzwertig, aber wir bringen niemanden um! Weder Levin Goldmann noch sonst irgendjemanden.«

Grußlos stolzierte sie an ihm vorbei, den Weg hinunter zu der nahen Bushaltestelle. Brander sah ihr nachdenklich hinterher. Waren ihre Worte ehrlich gewesen, oder hatte sie ihn vom Fenster aus beobachtet und sich diesen Auftritt sorgfältig zurechtgelegt? Er stieg in den Wagen.

»Ich wette, sie fährt zu ihrer Schwester«, mutmaßte Stephan.

»Ja, vermutlich.« Brander legte den Sicherheitsgurt an. »Was wollte Fabio?«

»Jennifer Enzlin ist bei ihm. Sie will eine Aussage machen.«

Man müsste an zwei Orten gleichzeitig sein können. Brander wog Solveigs Worte in seinem Kopf hin und her, während sie zurück zur Dienststelle fuhren. Er versuchte, sich an das Gespräch mit Amelie zu erinnern. Wie hatte sie reagiert, als er sie mit der Bewerbung unter falschem Namen konfrontiert hatte? *Wer behauptet das?*, hatte sie gefragt. Behauptet, nicht gesagt. Es mochte Wortklauberei sein.

»Nur mal so angenommen«, überlegte Brander laut, »Solveig Matschukat hat gerade die Wahrheit gesagt und Amelie hat sich tatsächlich nicht unter falschem Namen bei Streiter beworben, was würde das bedeuten?«

»Dass die Alexandra dir ein Märchen erzählt hat.«

»Genau.«

»Warum sollte sie das machen?«

»Aus Rache für die Tomatenattacke«, griff Brander Matschukats Gedanken auf.

»Hast du keinen besseren Grund?«

»Doch.«

Stephan warf ihm einen fragenden Blick zu.

»Um uns auf eine falsche Fährte zu locken. Alexandra Scholl kannte alle drei Opfer.«

»Und was soll die Alexandra für ein Motiv haben?« Stephan fuhr in die Tiefgarage unter der Dienststelle. »Die hat 'nen guten Job, der ihr offensichtlich gefällt, und sie verehrt ihren Boss. Warum sollte sie den vergiften?«

»Das weiß ich nicht.«

»Ich finde es wesentlich plausibler, dass unsere feministischen Freiheitskämpferinnen uns einen vom Pferd erzählen.«

»Es war ja nur so ein Gedanke.« Sie hatten die erste Etage erreicht. Brander hielt Stephan die Tür auf.

»Wir sollten die Schwestern observieren.«

Brander nickte zustimmend. »Fragt sich nur, wie wir das gestemmt kriegen.« Observierungen waren personalintensiv, und alle Soko-Mitglieder leisteten seit dem ersten Leichenfund bereits Doppelschichten.

»Ich krieg gleich Besuch von der Maria, aber danach kannste mich einplanen.«

Sie hatten Branders Büro erreicht. »Vergiss nicht, Frau Goldmann auf deine zurückhaltende Art zu fragen, ob sie das Malerzeug in der Scheune versteckt hat.«

»Hör ich da Kritik an meiner Arbeitsweise?«

»Du hast gute Ohren.«

Stephan war stehen geblieben und musterte Brander mit faltiger Stirn. »Darf ich dich auch mal kritisieren?«

»Nur zu.«

»Warum schaust du nicht mal bei Hans vorbei? Der liegt schon fast 'ne Woche in der Klinik.«

Der Hieb kam unerwartet. Brander brauchte einen Atemzug, um sich wieder zu fangen. »Du siehst doch selbst, was hier los ist.«

»Mhm.« Der Hüne schien noch etwas sagen zu wollen, sah aber stattdessen nur auf seine Armbanduhr. »Ich muss dann mal.«

***

Stephans Bemerkung hatte Brander wie ein Boxhieb mitten in den Solarplexus getroffen. Statt sich direkt bei Fabio zu melden, trat er in seinem Büro ans Fenster. Die Aussicht ging in den Innenhof. Der Platz samt Raucherhütte war verwaist.

Stephan hatte recht. Sein Besuch war überfällig. Hatte das nagende Gefühl, das er schon seit Tagen hatte, gar nichts mit seinem Fall zu tun? War es einfach nur das schlechte Gewissen? Er sah auf die Uhr. Es war nach acht, die Besuchszeiten im Krankenhaus waren sicherlich längst vorbei. Außerdem wurde er hier gebraucht. Drei tote Männer und eine verschwundene Frau, das hatte Priorität. Käpten Huc würde das verstehen.

Brander ging zu Fabios Büro. Eine junge Frau saß bei ihm und seinem Kollegen. Sie hatte glattes blondes Haar und war für Branders Geschmack zu stark geschminkt: pudriges Make-up, dunkle Wimperntusche, zartrosa Rouge auf den Wangen. Es erinnerte ihn unangenehm an die makellosen Gesichter der Silikonpuppen.

»Jennifer Enzlin, Chantal Birks Freundin«, stellte Fabio sie vor. »Frau Enzlin hat eine Aussage gemacht. Ich habe sie gebeten zu warten, weil du vielleicht gern noch mit ihr sprechen würdest.«

Brander reichte ihr seine Rechte. Ihre Hand war kalt und feucht. Sie war nervös. Er hatte das Gefühl, einem schlaffen Waschlappen die Hand zu geben. »Worum geht es?«

Fabio wollte zu einer Antwort ansetzen, aber Brander deutete mit einem diskreten Kopfschütteln an, dass er die Antwort von Jennifer Enzlin hören wollte.

»Ihr Kollege hat mich nach Chantal gefragt, und ich … ich mache mir Sorgen.«

»Warum?«

»Ich hab versucht, sie zu erreichen. Hab ihr WhatsApps geschickt. Und dann hab ich diese Nachricht bekommen.« Sie reichte Brander ihr Smartphone.

»Mach dir keine Sorgen. Es geht mir gut. Bussi, C.«, las Brander. Die Nachricht war am Morgen um vier Uhr dreiundvierzig verschickt worden. Er wandte sich der jungen Frau wieder zu. »Und?«

»Das hat sie nicht geschrieben.«

»Wie kommen Sie darauf?«

»So schreibt Chantal nicht. Sie schreibt immer alles klein und keine Satzzeichen, und die Worte … Das kann nicht von ihr sein. Sie können den Chat anschauen. Dann sehen Sie es.«

Brander scrollte durch die Nachrichten. Es stimmte. Zu der schlechten Orthografie kamen inflationär benutzte Emojis, die in der letzten Nachricht nur dürftig eingesetzt worden waren.

»Wann haben Sie Ihre Freundin zuletzt gesehen?«

Jennifer Enzlin schluckte. »Gestern Mittag, bevor ich zur Arbeit bin. Ich hatte Spätschicht.«

»Gestern?« Brander verschränkte die Arme vor der Brust und wartete auf eine Erklärung.

Die junge Frau sah betreten zu Fabio. »Chantal hatte mich gebeten, niemandem zu sagen, dass sie bei mir war.«

»Und das schließt ein, dass Sie die Polizei belügen?«, fragte Brander.

»Ich wollte das ja nicht, aber Chantal hat Schiss gehabt, dass Sie sie wieder verhaften. Deswegen ist sie nicht zu ihrer Mutter, sondern zu mir.«

»Frau Enzlin, könnte es nicht vielleicht sein, dass Ihre Freundin noch immer bei Ihnen zu Hause auf dem Sofa sitzt und fröhlich Netflix schaut, während wir seit Tagen nach ihr suchen?«

»Nein! Ich hab sie gestern zum letzten Mal gesehen. Ich schwör. Es tut mir ja leid. Ich wollte nicht lügen. Echt. Chantal hatte einfach so ’nen Schiss. Und jetzt ist sie verschwunden, und ich krieg so eine komische WhatsApp.«

»Haben Sie Frau Birks Wagen zum Flughafen gefahren?«

»Wieso Flughafen?«

»Weil wir da ihren Wagen gefunden haben.«

»Aber die wollte doch zum Hof.«

»Das wissen Sie also auch?« In Brander stieg erneut Ärger auf. »Was wollte sie dort? Die Hühner aus dem Stall lassen?«

»Nein, die hat so einen seltsamen Anruf bekommen …«

»Wann?«

»Gestern, so gegen eins vielleicht.«

»Und worum ging es bei dem Anruf?«

»Ich weiß nicht. Um die Puppen oder so … Ich hätte sie ja begleitet, aber ich musste doch zur Arbeit.«

»Und dann ist Frau Birk da halt allein hingefahren – um sich mit wem auch immer zu treffen?«

»Ja.«

Brander faltete die Hände ineinander und atmete tief durch, um die junge Frau nicht laut brüllend in den Senkel zu stellen. »Sind Sie eigentlich noch bei Trost?«, fragte er mit aller Ruhe, die er aufbringen konnte.

»Wieso?«

So naiv konnte man doch nicht sein! »Ihre Freundin und deren Lebensgefährte sind in den vergangenen Monaten mehrfach per Mail bedroht worden. Es wurden Parolen an das Haus geschmiert. Levin Goldmann wurde dort ermordet. Und dann erhält Ihre Freundin einen *seltsamen* Anruf, und weder Sie noch Frau Birk halten es für nötig, uns zu informieren? Besser noch: Stattdessen lügen Sie uns an, obwohl Sie genau wussten, wo Ihre Freundin ist!«

»Das mit dem Mord … das ist so … Ich kann mir das gar nicht vorstellen.« Jennifer Enzlin nagte betreten an ihrer Unterlippe. »Denken Sie, dass ihr etwas passiert ist?«

»Ganz ehrlich, Frau Enzlin? Ich frage mich, ob ich Ihre

Geschichte überhaupt glauben soll.« Aber trotz aller Zweifel konnte er ihre Aussage nicht ignorieren. »Ich brauche Ihr Handy.«

Brander suchte Jens Schöne in seinem Büro auf. Der IT-Forensiker war ein Nachtarbeiter, und so saß er auch an diesem Abend noch an seinem Schreibtisch.

»Ich brauche deine Hilfe.« Brander berichtete ihm von dem Gespräch mit Jennifer Enzlin und reichte ihm das Smartphone. »Kannst du herausfinden, von wo die Nachricht verschickt wurde?«

Jens nahm den Apparat. »Von Chantal Birks Smartphone.«

»Ja, aber wo genau war sie zu dieser Zeit? In Esslingen bei ihrer Freundin, auf dem Hof in Wolfschlugen …«

»Ihren aktuellen Standort finden wir zwar nicht.« Jens wandte sich seinem Rechner zu und durchforstete seine Dateien. »Aber das letzte Signal kam tatsächlich heute früh gegen fünf, und da war sie irgendwo am Stuttgarter Flughafen. Vermutlich hat sie zu der Zeit den Wagen abgestellt, die Nachricht verschickt und das Smartphone dann ausgeschaltet, es hat sich jedenfalls seither nicht mehr in einem neuen Funknetz angemeldet.«

»Was bedeutet das alles? Sie bekommt einen Anruf, sagt ihrer Freundin, sie fährt zum Hof, und dann finden wir ihr Auto am Flughafen. Wer hat sie angerufen?«

»Wann kam der Anruf?«

»Gestern Mittag.«

Jens durchsuchte wieder seine Dateien. »Rufnummer unterdrückt. War klar, oder?«

»Es muss jemand gewesen sein, den sie kennt.« Es gab nur eine Person, die Brander in den Sinn kam. Er wählte von Jens' Apparat Stephans Nummer. »Ist Frau Goldmann noch bei dir?«

»Ja.«

»Frag sie bitte, wo sie gestern zwischen ein und fünf Uhr nachmittags war.«

Brander musste sich einen Moment gedulden, bis der Kollege wieder am Apparat war. »Sie ist Sonntag am späten Abend mit dem Auto zu ihrem Freund nach Heidelberg gefahren und kam gestern Nachmittag zurück. Gegen vier Uhr war sie wieder zu Hause. Um fünf ist sie zum Hof gefahren, um die Hühner zu versorgen.«

»Überprüf das, bitte.«

Brander warf einen Blick auf Jens' Monitore. »Was machst du gerade?«

»Video gucken.«

»Und ich hatte fast ein schlechtes Gewissen, dass du so lange arbeitest.«

»Könntest du mal aufhören, meine Arbeit als Freizeitvergnügen abzuwerten?«, empörte sich Jens.

»Entschuldige. Aber du gibst mir immer so gute Vorlagen. Zeigst Bilder von niedlichen Robotern, erzählst mir, dass du Video guckst …«

»Siehst du irgendwo Bier und Chips?« Jens deutete auf seinen Schreibtisch, auf dem Tastatur, Maus, Telefon und zwei Monitore standen, daneben eine Kiste mit Kabeln und Steckern. »Wir durchforsten seit Tagen die Daten auf Streiters Server. Hast du eine Ahnung, wie viele tausend Dateien darauf sind?«

»Was ist mit der hochgelobten künstlichen Intelligenz? Kann die dir nicht helfen?«

»Wenn's so einfach wäre. Wir wissen ja nicht mal, wonach wir suchen.«

»Einem dreifachen Mörder.«

»Sehr witzig.« Jens zog die Finger durch die blonden Haare. »Interessant ist vielleicht, was wir *nicht* gefunden haben. Wir haben uns auf Danas Aufnahmen konzentriert.«

»Wer ist Dana?«

»Die Puppe, die der Streiter an Hägele ausgeliehen hatte. Wir haben Videoaufnahmen, die mit Hilfe der Puppe von ihm gemacht wurden, auf Streiters Server gefunden, aber keine kompromittierenden Aufnahmen von Hägele und Thürauf, die gab's anscheinend nur auf Chantal Birks Laptop.«

»Die Birk hat doch behauptet, sie hätten die Videos auf Streiters Server angesehen«, erinnerte sich Brander.

Jens schüttelte den Kopf. »Kann nicht sein. Die müssen die Aufnahmefunktion selbst aktiviert und heimlich Aufnahmen gemacht haben.«

Konnte man dieser Frau denn nicht ein einziges Wort glauben?, ärgerte Brander sich. »Für so gewieft hätte ich unsere Kosmetikfachfrau gar nicht gehalten.«

»Ich vermute eher, dass ihr Freund das alles auf ihrem Rechner eingerichtet hat. Der hat ja laut ihrer Aussage ihren Laptop gewartet. Wer schlussendlich die Aufnahme aktiviert hat …« Jens hob unwissend die Hände. »Wir haben ein paar gelöschte Videos von dem Laptop wiederherstellen können. Anita hat dir den Link zu dem Ordner geschickt, wo sie abgelegt sind. Manches muss ganz lustig gewesen sein. Anita hat ein paarmal gelacht.«

Brander verkniff sich einen despektierlichen Kommentar.

»Puppe Dana war übrigens nicht unter den sechs Ladys, die ihr bei Goldmann gefunden habt«, ergänzte Jens.

In Vinzenz Streiters Haus hatte Brander auch keine Puppe gesehen. »Ob die Birk noch jemanden erpresst hat?«

»Der große Unbekannte, der jetzt Rache übt?«

»Ja, vielleicht.«

»Und der hat die Puppe gekidnappt?«

»Oder er hat sie gar nicht zurückgegeben.« Brander streckte sich, um die aufkommende Müdigkeit zu vertreiben. »Schau doch mal, ob du über Birks Laptop die Puppe findest. Vielleicht hilft uns das weiter.«

Brander kehrte in sein Büro zurück und suchte die Videodateien, die Anita Stern für ihn abgelegt hatte. Eine Aufnahme war bei der Puppeninspektion entstanden, sie zeigte Levin Goldmann bei der Arbeit. Ein fröhlicher junger Mann. Er wusste anscheinend, dass er aufgenommen wurde, und winkte grinsend in die Kamera. Hatte er diese geheime Hintertür für die Puppen programmiert? Warum? Um sich unbemerkt Zugang in fremde Lebensbereiche zu verschaffen? Aus Spaß? Voyeurismus?

Ein zweites Video zeigte einen Mann um die dreißig im Jogginganzug, der vor seiner Puppe verschiedene Parodien von Politikern und Schauspielern aufführte. Die Darbietungen waren teilweise gar nicht schlecht.

Brander startete die nächste Aufnahme und sah sich verblüfft Alexandra Scholl gegenüber. Sie saß in Streiters Haus an ihrem Computer. Die Puppe musste an dem Schreibtisch für die Aushilfe sitzen, überlegte er, das Gesicht in Richtung Scholls Schreibtisch gerichtet. Sie filmte das Profil der Frau.

»Na, du kleines, dummes Ding, konntest bei Herrn Hägele noch nicht so brillieren, was?« Die Informatikerin bedachte die Puppe mit einem flüchtigen Seitenblick. »Nimm es nicht persönlich. Aus dir machen wir auch noch ein helles Köpfchen. Vinzenz und ich werden deine Kommunikationsfähigkeiten ausbauen, sodass du jeden Turing-Test mit Bravour bestehen wirst. Die Mensch-Maschine-Kommunikation in Perfektion. Unsere Forschung wird die Entwicklung der künstlichen Intelligenz elementar voranbringen. Es wird ein Meilenstein in der digitalen Revolution.«

Was war denn jetzt schon wieder ein Turing-Test? Brander pausierte den Mitschnitt und suchte im Internet. Der Test ging auf den Informatiker Alan Turing zurück, der ihn Anfang der 1950er entwickelte, las er. Es ging darum, dass ein Prüfer bei einem Dialog nicht unterscheiden konnte, ob er mit einer Maschine oder einem Menschen kommunizierte. Unwillkürlich erinnerte sich Brander an Streiters seltsamen Anrufbeantworter.

Er ließ die Aufnahme weiterlaufen. Scholl lächelte versonnen vor sich hin, während sie auf ihrer Tastatur tippte. »Vinzenz ist ein großartiger Wissenschaftler. Ich bewundere seine Arbeit, seine Zielstrebigkeit, sein Know-how, seine Kreativität. Wir ergänzen uns einfach perfekt.« Sie wandte sich der Puppe wieder zu. »Kindchen, spar dir diesen infantilen Blick. Mein Fokus liegt auf der Forschung.« Sie senkte den Blick auf ihre

Hände. »Na gut, er hat auch schöne Hände. Schöne, zarte Hände.«

Sie kicherte verlegen, dann stoppte die Aufnahme.

Brander starrte grübelnd auf seinen Bildschirm. Irgendetwas störte ihn. Die Puppe, mit der Alexandra Scholl sprach, war Dana, denn die hatte Streiter an Hägele gegeben. Und diese Aufnahme hatten die IT-Forensiker auf Birks Laptop gefunden. Streiters Assistentin ging offensichtlich davon aus, dass die Puppe inaktiv war, sonst hätte sie sicher nicht so offen über ihre Bewunderung für ihren Chef gesprochen. Er startete das Video erneut, lauschte Wort für Wort dem kurzen Monolog. Irgendetwas stimmte nicht. Er rief sich die letzten Gespräche mit der Assistentin in Erinnerung. Und dann wusste er, was ihn irritierte.

Um sich zu vergewissern, dass er sich nicht irrte, rief er Peppi an.

»Du bist immer noch im Büro? Es ist bald zehn«, begrüßte die Kollegin ihn. Sie war offensichtlich inzwischen wieder zu Hause.

»Du warst doch am Sonntag bei dem Gespräch mit Alexandra Scholl dabei.«

»Um es mit ihren Worten zu sagen: Ich war zugegen, ja.«

Sein Diensthandy klingelte. Jens. Den konnte er gleich zurückrufen.

»Was hat sie gesagt, als ich sie gefragt habe, warum Streiter eine von Goldmanns Puppen an Hägele gegeben hat?«

»Och, Andi, du kannst fragen. Was hat sie gesagt? Dass sie nicht weiß, warum.«

Das war nicht, was Brander hören wollte. »Waren das exakt ihre Worte? Peppi, konzentrier dich. Es ist wichtig.«

»Andi, ich bin seit vier Uhr morgens auf den Beinen.« Die Kollegin schnaufte müde ins Telefon.

»Was genau hat sie gesagt?«

»Andreas!«, schallte es über den Flur.

Herrgott, konnte man nicht eine Minute in Ruhe telefonieren?

Stephan erschien in der Tür. »Bist ja doch –«

Brander hob bremsend die Hand, als Peppi parallel zu sprechen begann: »›Davon höre ich heute zum ersten Mal.‹ Ich glaube, das war ihre erste Reaktion.«

»Ich hab's doch gewusst!« Er schlug mit der Hand auf den Schreibtisch. »Die Scholl –«

»Mach Schluss«, forderte Stephan. »Du sollst zu Jens kommen, subito.«

»Warum?«

Stephan hob die Schultern.

»Was ist denn da bei euch los?«, fragte Peppi.

»Erklär ich dir später.« Brander legte auf und eilte mit Stephan zum Büro des Kollegen.

»Wurde auch Zeit.« Jens zeigte mit der Linken auf seinen Monitor. »Schau selbst.«

Auf dem Bildschirm lief ein Video. Chantal Birk saß auf einem Stuhl, die Hände im Schoß verschränkt, die Schminke in ihrem Gesicht war tränenverschmiert. Sie redete, aber ihre Stimme war nicht zu hören. Hinter ihr war unscharf eine Küchenzeile zu erkennen.

»Was ist das?«, fragte Brander.

»Ein Livemitschnitt von Dana. Ich habe die Backdoor gefunden. Nicht auf dem Laptop, sondern auf Goldmanns Smartphone«, erklärte Jens. »Wollte es testen – und dann das.« Wieder deutete er auf den Bildschirm. »Aber ich krieg den Ton nicht rein.«

»Wo ist sie?«

»Das versuche ich gerade herauszufinden.« Jens hatte zahlreiche Kommandofenster auf seinem zweiten Monitor geöffnet.

Brander konzentrierte sich auf den Stummfilm. »Sie ist nicht allein«, stellte er fest. »Ihr Blick wandert zwischen zwei Punkten hin und her.«

»Die Maria kann's nicht sein. Die hab ich gerade erst nach Hause geschickt«, stellte Stephan fest. »Wo sitzt die denn da? Das ist 'ne Küche, oder?«

»Ja, scheint so.«

»Amelie?«

»Nein, die hat nur eine Küchenzeile ohne Tisch und Stühle.«

»Dann Solveig.«

Die Küche hatten sie nicht gesehen. »Kann man das nicht schärfer stellen?«

»Ich kann nicht an allen Fronten gleichzeitig kämpfen«, ächzte Jens.

Brander durchsuchte seine Taschen. »Hat mal jemand ein Handy?«

Stephan zog seines hervor.

»Mach ein Foto von dem Video und schick es an Peppi.« Brander wählte von Jens' Telefon den Festnetzanschluss der Kollegin.

»Was ist jetzt –«

»Stephan schickt dir gerade ein Foto aufs Handy«, unterbrach Brander sie. »Schau mal drauf. Chantal Birk sitzt in einer Küche. Ist das Streiters Küche?«

»Momentchen. Wo ist meine Brille …?«, murmelte sie.

Brander beobachtete das Geschehen in dem Videomitschnitt. Die junge Frau weinte jetzt heftiger.

»Nein, das ist nicht Streiters Küche. Der hat moderne, glatte weiße Schränke. Das ist eher Country-Style.«

»Goldmanns Hof«, fiel es Brander ein.

»Gut möglich«, bestätigte Peppi.

»Sie ist auf dem Hof, und sie ist nicht allein.«

»Oh, verflucht. Ich komm rüber.«

»Pep–«

Aber die Kollegin hatte bereits aufgelegt. Brander starrte grübelnd auf Jens' Bildschirm. Warum saß Chantal Birk weinend mit einer von Goldmanns Puppen in ihrer Küche? Wer war bei ihr?

»Man sollte Lippen lesen können.« Stephan steckte sein Handy wieder ein.

»Wir brauchen das SEK«, überlegte Brander.

»Bis wir die aufgeklärt haben, sind wir schneller selbst vor Ort und haben da aufgeräumt.«

Eine Hand kam ins Bild und schob einen Becher über den Tisch. Chantal Birk schüttelte den Kopf. Himmel, was befand sich in dem Becher?

»Okay, wir fahren hin«, entschied Brander. »Alle verfügbaren Leute nach Wolfschlugen. Keine Signalfahrt. Wir treffen uns an der Zufahrt außer Sichtweite des Hofes. SEK informieren wir zusätzlich, Ambulanz und Notarzt sollen hinkommen.«

Brander wandte sich an Jens. »Versuch, den Ton zu aktivieren, damit wir wissen, was da los ist. Wir bleiben über Funk in Kontakt.«

***

Mehrere Einsatzwagen standen vor der Wegbiegung zum Hof. Die letzten Meter waren sie ohne Licht den dunklen Landwirtschaftsweg entlanggefahren. Der Himmel war bedeckt, Regen hatte eingesetzt. Brander hoffte, dass die Dunkelheit ausreichend Schutz bot und die Personen im Haus die Unruhe nicht bemerkt hatten. Er wies ein paar Kollegen von der Schutzpolizei an, die Umgebung weiträumig abzusperren. Dann scharrte er sein Team um sich.

»Wie viele Eingänge hat das Haus?«, fragte Stephan.

»Haupteingang über den Hof. Es wird schwer sein, ihn unbemerkt zu erreichen. Aber für die Haustür haben wir einen Schlüssel«, erklärte Brander. »Dann gibt es eine Tür nach hinten raus auf eine Terrasse. Große Fensterfront, aber von der Küche aus nicht einsehbar.«

»Kellertüren?«

»Ja, aber wenn ich mich richtig erinnere, kommt man nur von draußen in den Keller. Keine Verbindungstür zum Haus.«

Jens' Stimme erklang in Branders Ohr. »Ich habe Ton. Mindestens zwei Personen. Eine davon Frau Birk. Die andere, die ich nicht sehe, redet gerade, ist sehr undeutlich, vermutlich weiblich.«

»Können noch mehr Personen im Haus sein?«

»Keine Ahnung. Raummikro. Wenn jemand außerhalb der Reichweite ist, höre ich ihn nicht.«

Ein Wagen rollte den Weg entlang, wurde aber von den Kollegen der Schutzpolizei angehalten. Kurz darauf stand Peppi bei ihnen. »Wie gehen wir vor?«

Brander mutmaßte flüchtig, dass Peppi gegen sämtliche Geschwindigkeitsbeschränkungen verstoßen hatte. »Zieh mal deine Schutzweste richtig an.«

»Die Birk stammelt gerade ein Geständnis«, sprach Jens ihm ins Ohr.

Was ging da drinnen vor sich?

»Siehst du irgendwelche Waffen?«

»Ich sehe nur die Birk. Die Puppe kann leider nur in eine Richtung gucken.«

Brander sah wieder die Hand vor seinem inneren Augen, die einen Becher über den Tisch schob. Sie mussten handeln.

»Stephan, du sicherst mit ein paar Leuten die Rückseite des Hauses. Peter übernimmt mit den Kollegen die Seiten. Fabio, du weist das SEK ein, die müssten jeden Augenblick hier sein. Peppi, du kommst mit mir. Wir gehen rein.«

Sie schlichen im Schutz der Bäume zu dem Hof. Auf halber Strecke stieß Peppi Brander an. »Das ist doch der Wagen von Hajo Goldmann.«

Das Auto stand nahe der Scheune, halb verdeckt von einem zweiten, fremden Wagen.

»Jens, hast du nicht gesagt, die zweite Person ist weiblich?«, zischte Brander in sein Mikro.

»Ich vermute es.«

»Ist da noch eine dritte Person?«

»Das weiß ich nicht. Ich habe bisher nur zwei Stimmen gehört.«

Brander blickte unschlüssig auf das Haus. Wo war Goldmann?

»Was machen wir?«, fragte Peppi.

»Die Birk trinkt«, berichtete Jens.

Verflucht, sie konnten nicht länger warten.

Sie verteilten sich. Brander und Peppi pressten sich dicht an der Scheunenwand entlang. Kurz vor deren Ende schaltete sich ein Strahler ein und erhellte die Umgebung. Bewegungsmelder. Im selben Augenblick hämmerte jemand von innen gegen die Scheunentür. Brander zuckte zusammen.

»Hilfe! Hallo? Hilfe!«

Ein Blitz erhellte in der Ferne den nächtlichen Himmel. Das Donnergrollen ließ auf sich warten.

»Ihr solltet euch beeilen«, forderte Jens. »Birk lallt schon. Ich weiß nicht, was in dem Becher war.«

Der Regen kroch Brander kalt in den Nacken. Er sah zum Haus. Einige, aber nicht alle Rollläden waren heruntergelassen. »Zurück«, wisperte er. »Wir gehen über die Rückseite und kriechen unter den Fenstern vorbei nach vorn.«

Dreimal erstrahlten die Lichter auf dem Hof, bis sie vor der Haustür standen. Das Siegel war zerrissen. Peppi hielt die Waffe in Bereitschaft, während Brander versuchte, möglichst geräuschlos den Schlüssel ins Schloss zu stecken und herumzudrehen. Es klackte. Er schob die Tür ein Stück auf. Die Scharniere quietschten. Niemals kämen sie unbemerkt ins Haus.

»Jens, sind sie noch in der Küche?«, wisperte Brander ins Funkmikro.

»Die reden gerade nicht, und ich sehe nur Chantal.«

Brander stieß die Tür mit dem Fuß auf. »Frau Birk?«

Im Haus blieb alles still.

»Frau Birk, hier ist Kriminalhauptkommissar Andreas Brander. Wir wissen, dass Sie im Haus sind. Kommen Sie zu uns raus.« Branders Herzschlag dröhnte in seinen Ohren, während er ins Innere lauschte. Drinnen regte sich nichts.

»Jens?«, flüsterte er wieder ins Mikro.

»Tut sich nichts. Scheint, als ob sie etwas gehört hätte.«

»Ja, mich.« Brander lauerte um die Ecke. Ein Lichtstrahl schimmerte aus der Küche, ließ das Geweih an der Wand im Flur Schatten werfen. »Frau Birk? Haben Sie mich verstanden? Ich will, dass Sie zu uns in den Hof kommen.«

»Kommen Sie herein, Herr Brander.« Es war nicht die Stimme von Chantal Birk. »Frau Birk möchte ein Geständnis ablegen.«

Brander sah zu Peppi. Sie nickte ihm zu und brachte die Waffe in Anschlag, um ihm Rückendeckung zu geben. So oft übten sie diese Szenarien, dennoch beschleunigte sich sein Puls.

»Wo sind Sie?« Brander betrat den schummrigen Flur. Hier gab es nicht viel, was ihm Deckung bot.

»In der Küche.«

Er arbeitete sich langsam vor, erreichte den Türrahmen. Er lugte in die Küche. Erhaschte einen kurzen Blick auf Birk. Sie saß erstarrt am anderen Ende des Raumes, die Puppe saß vor ihr. Alexandra Scholl stand mit dem Rücken zur Tür. Sie hielt eine Pistole in der Hand.

»Frau Scholl, legen Sie die Waffe auf den Boden«, forderte Brander.

»Es ist nur eine Schreckschusspistole.«

»Legen Sie die Waffe auf den Boden!«

»Kommen Sie herein. Frau Birk hat gerade ein Geständnis abgelegt.« Scholl richtete die Pistole auf die junge Frau.

Brander behielt sie im Visier und betrat den Raum. Aus den Augenwinkeln sah er Peppi durch den Flur schleichen.

»Bitte, ich …«, stammelte Chantal Birk.

»Es war ihre Gier!«, zischte Scholl. »Ihre Gier hat unser Forschungsprojekt in Verruf gebracht. Ihre Gier hat drei Männer das Leben gekostet. Sie hat gestanden. Ich habe es gefilmt.«

»Legen Sie die Waffe auf den Boden«, forderte Brander erneut.

Chantal Birk verdrehte die Augen.

»Was haben Sie ihr gegeben?« Er trat einen Schritt näher.

Alexandra Scholl senkte die Waffe. »Sie kommen zu spät.«

Birk rutschte vom Stuhl. Brander sprang im Reflex zu ihr. Scholl lief aus dem Zimmer.

»Sie ist bewaffnet!«, schrie Brander in den Flur.

Er hörte Gerangel. Eine Scheibe ging zu Bruch. Als Brander

an der Tür war, hatte Peppi die Frau zu Boden gebracht. Sie legte ihr Handschließen an. »Frau Scholl, Sie sind vorläufig festgenommen.«

Stephan stürmte zu ihnen. »Alles okay?«

»Bei mir schon.« Peppi sah zu ihm auf. »Aber du blutest im Gesicht.«

Brander forderte über Funk Notarzt und Sanitäter. Die Kollegen füllten den Flur. »Fabio, Peter, schaut mal in die Scheune. Goldmann ist da drinnen eingesperrt.«

Mittwoch

Branders Augen brannten. Er hatte nur wenige Stunden in einen komatösen Schlaf gefunden. Sein Schädel brummte. Zu Kaffee und Frühstücksweckle genehmigte er sich eine Schmerztablette. Er hätte gern mehr Zeit gehabt, um die Ereignisse der letzten vierundzwanzig Stunden zu verarbeiten. Aber er konnte die Vernehmung von Alexandra Scholl nicht zu weit hinauszögern und wollte vorher mit Chantal Birk sprechen. Um acht Uhr stand Peppi vor seiner Tür, um ihn abzuholen.

Chantal Birk lag im Esslinger Klinikum. Sie suchten sich vom Parkhaus ihren Weg durch das Klinik-Labyrinth zu ihrem Zimmer. Die Nacht hatte sie zur Überwachung auf der Intensivstation verbracht, am frühen Morgen war sie auf die Station verlegt worden. Ein blasses Gesicht blickte ihnen erschöpft entgegen, als sie ins Zimmer kamen.

»Guten Morgen, Frau Birk.« Brander trat an das Bett heran. »Wie geht es Ihnen?«

»Beschissen«, wisperte die junge Frau heiser. Die Strapazen der letzten Tage mit abschließender Magenspülung hatten sich auf ihre Stimmbänder gelegt. Die Untersuchungen hatten ergeben, dass Alexandra Scholl ihr glücklicherweise kein altes Schabengift verabreicht hatte. In dem Becher Saft, der auf dem Küchentisch gestanden hatte, war jedoch eine hohe Konzentration K.-o.-Tropfen festgestellt worden.

»Wir wollen Sie nicht lange stören, aber ich muss Ihnen dringend ein paar Fragen stellen.«

Ihre Augen füllten sich mit Tränen. »Ich habe niemanden umgebra…« Der Rest ging in einem heiseren Husten unter. »Mir tut alles weh.«

»Wir versuchen, es kurz zu machen«, versprach Brander. »Wir konzentrieren uns auf das Nötigste, okay?«

Sie deutete ein Nicken an.

»Sie haben am Montagmittag einen Anruf bekommen. Wer hat Sie angerufen?«

»Woher –«

»Ihre Freundin war bei uns. Bitte beantworten Sie nur meine Frage, dann haben Sie es schneller geschafft.«

»Frau Scholl.«

»Frau Scholl wollte sich mit Ihnen auf dem Hof Ihres Freundes treffen?«

»Nein. Sie sagte, Herr Streiter will mich sprechen, wegen der Puppen«, berichtete Birk stockend. »Wir müssten besprechen, wie es weitergeht. Ob ich zu ihm kommen könnte.«

Brander musste sich sehr konzentrieren, um ihr Wispern zu verstehen.

»Sie sind zu Herrn Streiter nach Pfrondorf gefahren?«

»Ja.«

»War Herr Streiter da?«, fragte Brander, obwohl er die Antwort kannte. Er wollte prüfen, ob Birk die Wahrheit sagte.

»Das weiß ich nicht. Die Tür zu seinem Büro war zu. Frau Scholl sagte, ich müsse warten. Sie bot mir Tee an. Dann ist mir ganz komisch geworden. Als ich aufgewacht bin, lag ich auf einer Liege in einem Keller oder so was. Mir war saukalt.«

»Wissen Sie, wie lange Sie bewusstlos waren?«

»Nein.«

»Was haben Sie dann gemacht?«

»Ich hab an die Tür geklopft und gerufen. Aber es kam niemand. Da war was zu essen und zu trinken auf einem Tisch. Ich hab das genommen. Ich hatte fürchterlichen Durst. Und dann bin ich wieder eingeschlafen.«

»War der Keller auf dem Hof in Wolfschlugen?«

»Nein.«

Alexandra Scholl wohnte in einem Mehrfamilienhaus in Holzgerlingen, da hatte sie die Frau sicher nicht in einen Keller gesperrt. Er würde Cory und Hendrik bitten, sich den Keller in Streiters Haus genau anzusehen. Verdammt, er war am Dienstagmorgen in dem Haus gewesen. Da hatte Scholl Chantal Birk bereits in ihrer Gewalt. Er hatte nichts bemerkt.

Die Anspannung der Informatikerin hatte er für Sorge um ihren Arbeitgeber gehalten und für Erschütterung über seinen Tod.

»Was passierte dann?«

»Ich war so benommen, hab geschlafen. Irgendwann kam Frau Scholl. Sie sagte, Herr Streiter sei tot und wir müssten sofort verschwinden. Ich konnte gar nicht denken.« Sie räusperte sich unter Schmerzen.

Peppi reichte ihr das Wasserglas vom Nachttisch. Sie trank in kleinen Schlucken.

»Sie hat mich gestützt, und wir sind in das Auto gestiegen.«

»War das Ihr Auto?«

»Nein. Ich glaube, es gehörte Frau Scholl. Ich war dann wieder weg, und dann waren wir auf Levins Hof. Hajos Auto stand da. Ich hab ihn rufen hören. Er war wütend. Alles war so dumpf. Es war wie in einem Alptraum.«

Das passte zu dem, was sie bisher wussten. Hans-Joachim Goldmann hatte noch in der Nacht eine Aussage gemacht. Er war am Abend zuvor zum Hof gefahren, um die Hühner für die Nacht einzusperren. Er hatte einen Wagen kommen hören, als er in der Scheune war, und gedacht, es wäre seine Ex-Frau. Dann hatte jemand das Tor zugeschoben und verriegelt. Als Brander mit seinen Leuten dort eintraf, parkte Scholls Wagen neben Goldmanns.

»Die Scholl zog mich zum Haus. Ich hab gesagt, dass wir da nicht reindürfen, aber sie ist einfach rein. Und in der Küche saß Dana.«

Brander fragte sich, wann Scholl die Puppe dorthin gebracht hatte.

»Ich musste mich an den Tisch setzen. Dann hatte sie plötzlich die Waffe in der Hand und sagte, ich soll ein Geständnis ablegen und sagen, dass ich mit der Schuld nicht mehr leben könnte. Ich hab das gar nicht verstanden.« Sie blickte Brander flehend an. »Sie hat mich gezwungen. Ich hatte solche Angst.«

»Wir wissen, dass Sie zu dem Geständnis gezwungen wurden«, sagte Brander. Vermutlich hatte Scholl vortäuschen wollen, dass Chantal Birk sich nach ihrem Geständnis das Leben genommen habe. Sie hatte via normale Aufnahmefunktion der Puppe lediglich die Sequenz mit Birks Geständnis mitgeschnitten. Da Jens jedoch parallel über die modifizierte App auf Levin Goldmanns Smartphone die Übertragung auf Chantal Birks Laptop gestartet hatte, gab es auch Aufzeichnungen von allem, was vor und nach dem erzwungenen Geständnis geschehen war.

»Frau Birk, Sie haben uns gesagt, Sie hätten die Aufnahmen von Herrn Hägele über Herrn Streiters Server abgerufen, auf dem die offiziell freigegebenen Aufnahmen gespeichert werden. Das stimmte nicht.«

Sie wich seinem Blick aus.

»Sie haben die Aufnahmen von Herrn Hägele, die Sie für die Erpressung verwendet haben, heimlich eigenhändig gemacht.«

»Das war nur Spaß«, murmelte sie.

»Eine Erpressung ist kein Spaß«, erwiderte Brander streng. »Am Sonntagabend vor anderthalb Wochen wurde Ihr Wagen vor dem Haus von Notker Hägele gesehen. Was wollten Sie dort?«

»Mich entschuldigen.« Tränen liefen ihr über die Wangen. »Ich wollte, dass alles wieder gut wird. Aber er hat nicht aufgemacht.«

Weil er da bereits tot war.

»Frau Birk, Sie haben uns in den letzten Tagen so viele Lügen aufgetischt.« Brander sah der Frau eindringlich in die Augen. »Stimmt das, was Sie uns jetzt erzählt haben?«

Sie nickte schuldbewusst.

»Vor Gericht werden Sie sicher unter Eid aussagen müssen. Meineid steht unter Strafe.«

»Muss ich ins Gefängnis?«

Vermutlich nicht, überlegte Brander. Notker Hägele würde keine Strafanzeige wegen der Erpressung mehr stellen können, und es gab keine Angehörigen, die es für ihn tun würden. Ob Thürauf auf einer Anzeige bestehen würde, konnte er nicht einschätzen. »Haben Sie noch andere Menschen zu erpressen versucht?«

»Nein.« Sie umklammerte schniefend das Glas mit den Händen. »Ich wünschte, sie hätte mich umgebracht. Ich bin schuld, dass Levin tot ist.«

Brander sah in das vom Weinen verquollene Gesicht. Sechsundzwanzig Jahre jung. Sie hatte ihr Leben noch vor sich. Aber durch ihr unbedachtes Vorgehen hatte sie eine mörderische Lawine ins Rollen gebracht.

»In der ihrer Haut möchte ich nicht stecken.« Peppi stieß hörbar die Luft aus, als sie wieder im Flur standen.

»Kannst du nach einer Schwester suchen, die nach ihr schaut?«, bat Brander.

»Und du?«

»Ich hab noch was zu erledigen.« Er sah auf seine Uhr. »Wir treffen uns in einer halben Stunde am Auto.«

Peppi lächelte ihn aufmunternd an. »Grüß ihn von uns.«

Brander musste zweimal fragen, um das Zimmer von Hans Ulrich Clewer zu finden. Er atmete tief durch, bevor er an die Tür klopfte und nach dem »Herein« das Krankenzimmer betrat.

Clewer hatte das Kopfteil seines Bettes erhöht, die Tageszeitung lag auf seinem Schoß. Er trug einen blau-weiß gestreiften Pyjama und wirkte zu Branders Überraschung sehr munter und gar nicht von Schwäche und Schmerz gezeichnet.

»Herr Brander.« Ein erfreutes Lächeln zeichnete sich auf dem wettergegerbten Gesicht seines Vorgesetzten ab.

»Ich … ähm …« Er sah auf seine leeren Hände. »Der Besuch ist spontan, ich hab die Blumen vergessen.«

»Das kann ich verschmerzen. Stehen Sie da nicht rum.« Clewer deutete auf einen Stuhl an der Seite seines Bettes. »Ich habe eine Menge verpasst, wie ich gehört habe.«

Die Stimme seines Vorgesetzten war noch nicht wieder ganz so kräftig, wie Brander es von ihm gewohnt war, aber seine Direktheit hatte er nicht eingebüßt. Brander setzte sich auf den angebotenen Platz. Er musste nun zu seinem Chef aufsehen, was sein Wohlgefühl nicht steigerte.

»Es tut mir leid, ich hätte schon früher vorbeischauen sollen …«

»Passt schon«, winkte Clewer ab. »So hatte ich zumindest die Chance, wieder einigermaßen vorzeigbar zu sein. Außerdem hab ich ja meinen Spitzel im Team. Stephan war heute Nacht noch hier, zur Freude meines Bettnachbarn. Er hat mir in den schillerndsten Farben von Frau Pachatourides' heldenhaftem Einsatz erzählt.«

Stephan hatte durch die Scheibe beobachtet, wie Alexandra Scholl bei ihrem Fluchtversuch gegen Peppi geprallt war. Aus Sorge um die Kollegin hatte er kurzerhand die Scheibe der Terrassentür mit einem Gartenstuhl eingeschlagen und sich beim Eintreten an den scharfen Kanten im Gesicht und an der Hand verletzt. Um sicherzugehen, dass keine Glassplitter in der Haut steckten, hatte er nach dem Einsatz in der Klinik den Notdienst in Anspruch genommen.

Clewer deutete auf das leere Bett seines Zimmergenossen. »Er ist gerade zur Untersuchung. Wir können also frei reden. Stephan sagte, die Mitarbeiterin von diesem Wissenschaftler war es?«

»Höchstwahrscheinlich. Wir müssen sie noch vernehmen.« Brander berichtete von seinen Überlegungen.

»Klingt plausibel.« Clewer verzog bedauernd das Gesicht. »Das wäre ein Fall ganz nach meiner Fasson gewesen.«

»Sie haben mir gefehlt«, erklärte Brander aufrichtig.

Gemeinsam wären sie Alexandra Scholl vielleicht schon früher auf die Schliche gekommen, und vielleicht hätten sie Streiters Tod sogar verhindern können. Es war müßig, darüber nachzudenken.

»Ich soll noch vom gesamten Team grüßen«, lenkte Brander das Gespräch in eine andere Richtung. »Wir freuen uns, wenn Sie bald wieder im Einsatz sind.«

»Na, ein bisschen müssen Sie noch für mich die Stellung halten. Frau Clewer besteht darauf, dass ich eine Reha mache.

Und da ich mich nicht aufregen soll, füge ich mich in ihr eisernes Regiment.« Clewer mimte den unterdrückten Mann.

»Cecilia wäre genauso«, erwiderte Brander schmunzelnd. Sie schauten sich in stiller Verbundenheit in die Augen, ein kurzer vertrauter Moment.

»Herr Brander, ich denke, nach dem, was geschehen ist, können wir so langsam mal zum Du übergehen. Was meinen Sie?«

»Ähm …« Mit dem Angebot hatte sein Chef ihn überrumpelt. »Ja …«

»Gut. Mach den Fall wasserdicht, Andreas. Und ich will deinen persönlichen Bericht, zeitnah, bitte. Da habe ich einen Herzinfarkt überlebt, und jetzt sterbe ich hier vor Langeweile.«

Käpten Huc würde lernen müssen, etwas kürzerzutreten. Brander schaute auf seine Armbanduhr. »Apropos … ich muss leider los. Die Vernehmung.« Er erhob sich und reichte seinem Chef die Hand. »Gute Besserung.«

Clewer nahm seine Rechte mit festem Druck. Sein Blick wurde ungewohnt sanft. »Du hast mir das Leben gerettet. Ich danke dir.«

Brander spürte einen Kloß im Hals und räusperte sich. »Alle haben –«

»Andreas, nimm meinen Dank einfach an.«

***

Die Kinder von Isabella Mertens waren krank, erfuhr Brander von Fabio, als er in die Dienststelle kam. Er würde die Vernehmung von Alexandra Scholl ohne sie machen müssen.

»Da muss das Tübinger Dreamteam wieder ran, was?«, wandte er sich an Peppi.

»Vielleicht solltest du eher Jens hinzunehmen.«

»Den holen wir dazu, falls es zu technisch wird. Sonst fangen die gleich an zu fachsimpeln, und ich verstehe nichts.«

»Es liegen weitere Ergebnisse des KTI vor«, setzte Fabio

seine Berichterstattung fort. »Die Lacke, die ihr auf Goldmanns Hof gefunden habt, passen zu den Farben, die bei Streiter verwendet worden sind. An dem Maleranzug konnte DNA gesichert werden. Abgleich steht noch aus. Freddy meint aber, dass der Anzug nicht getragen worden ist und es eine fingierte Spur sein könnte.«

»Was ist mit der übereinstimmenden DNA, die bei Goldmann und Hägele gefunden wurde? Haben wir schon einen Abgleich mit der DNA von Alexandra Scholl?«

»Wo denkst du hin? Die haben das Material heute Nacht erst bekommen.«

Es wäre zu schön gewesen. »Sobald da was kommt, gib mir Bescheid.« Brander wählte Hendriks Nummer. »Chantal Birk wurde vermutlich einige Stunden im Keller von Streiters Haus festgehalten. Überprüf das bitte.«

Alexandra Scholl saß ihnen allein im Vernehmungszimmer gegenüber. Sie hatte auf einen Rechtsbeistand verzichtet. Noch immer waren ihre Augen von dunklen Schatten umrandet, aber sie wirkte, trotz der vorangegangenen Tage und der Übernachtung in der Gewahrsamszelle, in keiner Weise verunsichert.

»Frau Scholl, Sie wissen, weshalb Sie festgenommen wurden und dass Sie als Beschuldigte das Recht haben, die Aussage zu verweigern. Möchten Sie sich dennoch zur Sache äußern?«, begann Brander, nachdem die Formalitäten erledigt waren.

»Ihre Anschuldigungen sind absurd.«

Die Frau, die Brander gegenübersaß, schien sich nicht der geringsten Schuld bewusst zu sein.

»Beginnen wir mit der Freiheitsberaubung von Chantal Birk und Hans-Joachim Goldmann sowie der versuchten Tötung von Chantal Birk. Wir haben ein medizinisches Gutachten, das belegt, dass Frau Birk K.-o.-Tropfen in hoher Dosis verabreicht worden sind. Sie haben Frau Birk am Montagnachmittag mit einem Anruf nach Pfrondorf zum Haus Ihres Arbeitgebers Vinzenz Streiter gelockt. Dort wurde Frau Birk betäubt und mutmaßlich mehrere Stunden in einem Keller festgehalten. Gestern Abend haben Sie unter Vorhalten einer Schreckschusspistole, die Frau Birk nicht als solche identifizieren konnte, ein falsches Geständnis von ihr erzwungen.«

»Das Geständnis ist nicht falsch!«

»Frau Birk sagt, sie hat niemanden getötet.«

»Sie lügt! Sie war es!«

Scholl sagte es mit so einer Überzeugung, dass Brander kurz der Gedanke kam, ob er sich von Chantal Birk erneut hatte täuschen lassen. »Woher hatten Sie die K.-o.-Tropfen?«

Die Antwort war ein störrisches Kopfschütteln.

»Warum musste Herr Streiter sterben?« Brander musterte die Frau aufmerksam. Ihr Arbeitgeber war ihre Achillesferse. Sie hatte ihn verehrt.

»Fragen Sie Frau Birk. Sie hat die Taten gestanden.«

»In Ihrer Wohnung wurden die Laptops aller drei Opfer gefunden. Wie sind sie in Ihren Besitz gekommen?«

»Sie lagen in der Scheune.«

»In welcher Scheune?«

»Auf dem Hof in Wolfschlugen.«

Was war denn das jetzt für eine Geschichte? »Was hat Sie veranlasst, in der Scheune von Herrn Goldmann nach den Laptops zu suchen?«

Brander meinte, ein Zögern zu spüren. »Ich habe nicht gesucht. Frau Birk hat es mir gesagt.«

»Wann?«

»Am Montag.«

»Und da kam Ihnen nicht der Gedanke, uns zu informieren?«

»Die Ereignisse haben sich bedauerlicherweise überschlagen. Aber Sie haben doch das Geständnis von Frau Birk. Ich habe es aufgenommen.«

»Ja, die Aufnahme haben wir gesichert.«

»Gut.« Alexandra Scholl lehnte sich zufrieden zurück und verschränkte die Arme vor der Brust.

»Ich fasse mal zusammen: Sie haben Frau Birk am Montagnachmittag in Ihre Gewalt gebracht. Frau Birk hat Ihnen daraufhin gesagt, dass in der Scheune in Wolfschlugen die Laptops der Opfer versteckt sind. Sie sind dorthin gefahren und haben die Laptops an sich genommen. Am nächsten Tag war ich morgens bei Ihnen, und Sie haben das mit keinem Wort erwähnt. Am Abend sind Sie mit Frau Birk zu Goldmanns Hof gefahren, und Frau Birk hat alle drei Morde gestanden. Ist diese Abfolge der Ereignisse korrekt?«

Die Frau nickte.

Brander fixierte ihr Gesicht. »Frau Birk kann Vinzenz Streiter nicht getötet haben. Denn sie befand sich zur mutmaßlichen Tatzeit in polizeilichem Gewahrsam.«

Diese Auskunft irritierte Alexandra Scholl, das konnte sie nicht verbergen. Sie sah Brander mit hochgezogenen Augenbrauen fragend an. »Wer war es denn dann?«

Brander hatte die Vernehmung unterbrochen. Sie hatten sich Kaffee geholt und saßen mit den Kollegen im Pausenraum.

»Ist sie tatsächlich überrascht, dass Birk es nicht gewesen ist?«, fragte Peppi.

Fabio riss eine Packung Schokokekse auf und schob sie in die Mitte des Tisches. »Die Vorgehensweise bei Streiter war eine andere. Was ist mit der Theorie des Nachahmers? Birk tötet Goldmann und Hägele – warum auch immer –, und bei Streiter war ein Trittbrettfahrer am Werk?«

»Und wer?« Peppi nahm sich einen Keks.

»Maria oder Hans-Joachim Goldmann«, tippte Stephan.

»Motiv?«

»Rache. Vielleicht geben die Eltern Vinzenz die Schuld an der Ermordung ihres Sohnes.«

»Kannten sie ihn überhaupt?«

Brander rührte nachdenklich in seinem Kaffee. »Sie manipuliert uns.«

»Wer jetzt?«

»Der Streiter hat doch ein sehr modernes Auto, oder?«, überging Brander Stephans Frage.

»Yep, fünfer BMW«, wusste Fabio.

»Wir brauchen die Auswertung der GPS-Daten von seinem

Wagen für den Samstag, als Levin Goldmann ermordet wurde, und zwar pronto.«

»Der Auftrag geht wohl an mich.« Fabio stand auf.

»Nein, Stephan, übernimm du das. Fabio, du sprichst mit Amelie Matschukat.« Brander hoffte, dass der junge Italiener bei den Schwestern besser im Kurs stand als er oder Stephan. »Ich will wissen, ob sie sich wirklich nicht bei Streiter unter falschem Namen beworben hat. Klär sie noch mal darüber auf, was es gegebenenfalls bedeutet, vor Gericht einen Meineid zu leisten.«

»Okay.«

»Fabio, warte ... Was ist eigentlich mit der Auswertung der Videoüberwachung vom Flughafen?«

»Peter ist dran.«

»Er soll sich ranhalten. Ich will wissen, wer Birks Wagen dort abgestellt hat.«

»Und wir führen die Vernehmung fort?«, fragte Peppi.

»Nein, erst spreche ich mit Irene Haller.«

Branders Smartphone hatte andere Pläne. Jens rief an.

»Vernehmung beendet?«

»Unterbrochen.«

»Ich hab was für dich.«

Brander erschrak, als er in Jens' Büro kam und in das völlig übermüdete Gesicht des IT-Kollegen sah. »Du siehst fürchterlich aus. Wann hast du das letzte Mal geschlafen?«

»Ich habe Zugriff auf Streiters Laptop.« Jens öffnete eine Datei. »Vinzenz Streiter hat ein Videotagebuch geführt. Das ist sein letzter Eintrag. Aufgenommen vergangenen Freitag, neun Uhr dreiundvierzig.«

Vinzenz Streiter saß auf einem Sofa, leicht vorgebeugt, die Ellenbogen auf die Oberschenkel gestützt, und sah besorgt in die Kamera. Es musste in der Ferienwohnung in Langenargen sein, vermutete Brander. Streiter seufzte, bewegte sich einige Male unschlüssig vor und zurück, bis er endlich zu reden begann.

»Meine gesamte Forschung ist ruiniert. Mein Lebenswerk.« Der Blick wanderte zur Seite, dann zurück zur Kamera. »Ich hielt mich immer für einen guten Menschenkenner. Aber in Levin Goldmann und seiner unsäglichen Lebensgefährtin habe ich mich gründlich geirrt.«

Wieder folgten unruhige Bewegungen. Streiter war in Aufruhr. »Ich muss meine Gedanken sortieren. Rekonstruktion, Analyse, Essenz.« Er seufzte erneut, stand auf und verschwand aus dem Sichtfeld der Kamera. Wenig später kehrte er wieder zurück, blickte ihnen mit zusammengezogenen Augenbrauen vom Monitor entgegen – sorgenvoll und konzentriert. Brander fragte sich, ob er diesen Ausdruck kurz zuvor vor einem Spiegel geübt hatte.

»Mein langjähriger Sponsor Notker Hägele wurde erpresst. Jemand hat heimlich sehr intime Aufnahmen von ihm gemacht. Notker hielt mich für den Erpresser. Er hat mir sämtliche finanzielle Unterstützung gekündigt«, berichtete Streiter sachlich, als halte er ein Referat. »Ich habe herausgefunden, dass Levin Goldmann die Aufnahmefunktion der Puppen manipuliert hat, die wir für unsere Forschungszwecke nutzen. Auch bei der Puppe, die ich Notker vor einigen Wochen gegeben hatte. Dabei wollte ich Notker lediglich veranschaulichen, wie unsere Datenerhebung funktioniert, um sein Vertrauen in meine Arbeit zu stärken.«

Die Melodie eines Smartphones, das vor Streiter auf dem Couchtisch lag, erklang. Er sah auf das Display, drückte das Gespräch weg.

»Notker drohte mit Klage. Selbst wenn ich hätte klarstellen können, dass ich es nicht gewesen bin, so hat mich die Erfahrung gelehrt, dass Verleumdungen nie vollkommen aus der Welt geschaffen werden können. Eine öffentliche Klageerhebung wegen angeblich unseriös erhobener Daten und daraus resultierender Erpressung hätte meine Reputation unheilbar zerstört.«

Er verschränkte die Finger, tippte sich gegen die Lippen, senkte die Hände wieder. »Ich habe Levin zur Rede gestellt.

Er bestritt die Erpressung. Letzte Woche Freitag rief er mich an. Er wisse, wer der Erpresser sei, und versprach, es in Ordnung zu bringen. Seither habe ich nichts mehr von ihm gehört.«

Er zog die Stirn in Falten. Auch diese Mimik wirkte sorgfältig einstudiert. »Gestern hat mich die Polizei einbestellt. Ich habe erfahren, dass nicht nur Notker tot ist, sondern auch Levin.« Er seufzte ratlos. »Wie hat diese Situation nur derart eskalieren können?«

Eine Weile blickte er schweigend in die Kamera, um dann mit dramatischem Timbre zu erklären: »Zwei Menschen sind tot. Und ich weiß, wer es getan hat.«

Hätte er sich doch nur gleich bei Brander gemeldet.

***

Es war Nachmittag, als Brander mit Peppi die Vernehmung von Alexandra Scholl fortführte. Er hatte auf die Ergebnisse der Kollegen gewartet, um sicherzugehen, dass Streiters Videotagebuch keine Inszenierung war. Der Himmel hatte sich zugezogen, und sie mussten das Licht einschalten, um nicht im Halbdunkel voreinander zu sitzen.

»Frau Scholl, Sie kannten das Ferienhaus in Langenargen, in dem Herr Streiter häufig seine Wochenenden verbrachte.«

Brander hatte Irene Haller gebeten, Alexandra Scholls Bild in der Nachbarschaft zu zeigen. Ein Nachbar hatte sie wenige Wochen vor Streiters Tod dort gesehen. Wenn man wusste, wonach man suchen musste, dann bekam man auch die richtigen Antworten.

»Er zieht sich dorthin zurück, um in Ruhe nachzudenken. Ich durfte es Ihnen nicht sagen.«

»Wir wissen, worüber er nachgedacht hat.« Brander klappte einen Laptop auf. Er startete die Videosequenz und drehte den Monitor zu Alexandra Scholl. Ihre Gesichtszüge konnten sich nicht entscheiden, liebevoll oder enttäuscht auf das Antlitz ihres verehrten Arbeitgebers zu schauen.

Zum Ende seines Videoeintrags blickte Streiter ihr kummervoll entgegen. »Ich habe mit Alexandra über die Erpressung gesprochen. Ich musste es ihr sagen, schließlich ging es auch um ihre Existenz und ihre Reputation. Wie hätte ich ahnen können, dass die Situation derart eskalieren würde?« Die Ungläubigkeit auf Streiters Gesicht wirkte nicht gekünstelt.

»Als ich gestern von der Polizei kam, berichtete ich ihr, dass auch Levin umgebracht worden ist. Sie sagte, nun wäre unser Problem gelöst. Nach sorgfältigem Abwägen wäre sie zu dem Entschluss gekommen, dass es keinen anderen Weg geben konnte. Sie hätte es für uns getan. Für unsere Forschung. Sie sagte es mit solch einer berechnenden Distanz, dass es mich verstörte.«

Es folgte eine Pause, in der Streiter abwägend sein Smartphone in der Hand hielt. »Mit diesem Wissen, mit dieser Schuld kann ich nicht leben. Sie muss sich stellen. Das habe ich ihr gesagt. Ich werde ihr bis Montag Zeit geben, ihre Entscheidung zu treffen. Dann werde ich es der Polizei melden müssen.«

Die Enttäuschung überwog in Alexandra Scholls Miene. Nachdem Brander den Laptop zugeklappt hatte, wanderte ihr Blick unruhig im Raum umher. Sie suchte einen Ausweg. Schließlich fokussierte sie sich wieder auf Brander. »Frau Birk hat mich gezwungen, es zu tun.«

Wie hätte die junge Frau die Informatikerin zwingen sollen, drei Morde zu begehen? Die heimlichen Aufnahmen von der Puppe fielen Brander ein. Gab es andere – kompromittierendere – Aufnahmen von Alexandra Scholl? »Das müssen Sie mir erklären«, bat er.

Scholl saß mit aufrechtem Rücken vor ihnen, legte die Hände lose verschränkt auf die Tischplatte. »Weder Vinzenz noch ich waren über diese geheimen Aufnahmen informiert. Wir hätten das niemals genehmigt. Unsere Forschungsarbeit basiert auf seriöser Datenerhebung.«

»Sie hätten Anzeige erstatten können.«

»Das hätte uns nicht geholfen. Sie haben es doch gehört.

Unser Ruf wäre ruiniert gewesen. Und hier geht es um die Zukunft der künstlichen Intelligenz! Es geht um essenzielle, zukunftsweisende Forschung. Die Menschen müssen Vertrauen zur künstlichen Intelligenz gewinnen. Das kann nicht gelingen, wenn sie sich durch die KI bedroht fühlen. KI muss positiv wahrgenommen werden. Als Unterstützung, als verlässlicher Partner. Nicht ich bin die Täterin. Frau Birk hat das alles zu verantworten. Sie hat unser Vertrauen und das Vertrauen unserer Probanden aus niederen Gründen unentschuldbar missbraucht.«

»Dennoch töteten Sie zunächst Levin Goldmann.«

»Levin traf eine ebenso große Schuld wie seine Freundin. Hätte er die unerlaubte Aufnahmefunktion nicht eingerichtet, hätte es diese Erpressung niemals gegeben.«

»Und welche Schuld traf Herrn Hägele?«, fragte Brander.

»Sie haben es doch gehört: Er wollte uns anzeigen! Auch wenn er es jetzt nicht getan hätte, bestand die Gefahr, dass er vielleicht zu einem späteren Zeitpunkt mit diesen falschen Anschuldigungen an die Öffentlichkeit gehen und unsere Forschung damit in Verruf bringen würde. Frau Birk hat ihn ausgewählt. Ihre unbedachte Erpressung hat mich gezwungen zu handeln. Und es war die einzige sichere Lösung, ich hatte keine andere Wahl.«

Brander sah der Frau nachdenklich in die Augen. War ihre mangelnde Schuldeinsicht eine Art Selbstschutz, um die ungeheuerlichen Taten, die sie begangen hatte, vor sich zu rechtfertigen? Er würde mit Isabella Mertens sprechen müssen, damit ein psychologisches Gutachten erstellt würde.

»Wie sind Sie vorgegangen?«, fragte Peppi.

»Ich habe mich mit den Herren verabredet, um mit ihnen zu reden. Wir haben Kaffee getrunken. Ich habe sie betäubt und anschließend erstickt. Dies schien mir die humanste Methode zu sein.«

»Warum haben Sie die Leichen mit Lack eingesprüht? Wozu diese Inszenierung?«, fragte Brander. Es war nicht nur der psychisch belastende Aspekt, den diese Verbrechen mit sich brachten, sondern auch der körperliche. Die Frau war nicht unbedingt zierlich, aber es musste für sie dennoch ein enormer Kraftakt gewesen sein.

»Sie haben den Hinweis nicht verstanden?« Enttäuschung schwang in Scholls Stimme mit.

»Ehrlich gesagt, nein.«

»Es ging um die Puppen. Der gedankenlose und respektlose Umgang mit ihnen. Es war sogar ein Hinweis in doppelter Hinsicht: Rosa ist die bevorzugte Farbe von Chantal Birk. Ist Ihnen das nicht aufgefallen?«

Peppi hatte so etwas mal angedeutet. Aber das musste er Alexandra Scholl nicht auf die Nase binden. Es würde sie womöglich noch mehr in ihrem Handeln bestätigen. Brander musterte ihr konzentriertes Gesicht. Diese Frau war skrupellos und berechnend. Wahrscheinlich steckte eher ein ganz pragmatischer Grund hinter der Lackierung. Das Ersticken eines Menschen konnte Spuren hinterlassen: Abdrücke, Hautschuppen, Haare, die Rückschlüsse auf den Täter zuließen. Vielleicht wollte sie einfach möglichst wenig verwertbare Spuren hinterlassen. Vielleicht war es auch eine Machtdemonstration gegenüber ihren Opfern. Das würden das Gericht und die Psychologen klären müssen.

Die Farbe hatte die Ermittlungen auf jeden Fall in eine falsche Richtung lenken sollen. Und es war nicht die einzige Finte. Die Bewerbung unter falschem Namen von Amelie Matschukat hatte es nie gegeben. Wenn nicht schon auf dem Bewerbungsfoto, spätestens bei einem Vorstellungsgespräch hätte Vinzenz Streiter sie erkannt. Sie war ihm bei der Gerichtsverhandlung gegen ihre Schwester begegnet. Amelie Matschukat hatte eine Aussage machen müssen. Die Information hatte Brander von Fabio bekommen. Scholl hatte damit von Birk ablenken und Zeit gewinnen wollen, um das Geständnis zu erzwingen, vermutete Brander. Aus demselben Grund hatte sie wahrscheinlich auch Birks Auto am Flughafen geparkt. Peter hatte ihr Gesicht auf einer der Überwachungsvideos entdeckt, als sie am frühen Dienstagmorgen vom Parkplatz zur S-Bahn-Station ging. Bei dem Gedanken fiel Brander ein, dass Birk Streiters Auto auf Goldmanns Hof gesehen hatte.

»Warum sind Sie mit Herrn Streiters Wagen zu Levin Goldmann gefahren?«

»Wie kommen Sie darauf?«

»Der Wagen wurde an dem Samstagnachmittag, als Herr Goldmann starb, auf seinem Hof gesehen.«

»Ach ja?« Sie hob die Augenbrauen.

»Die Auswertung der GPS-Daten wird das belegen. Wollten Sie Ihren Chef belasten?«

»Nein. Ich musste kurzfristig umdisponieren. Ich hatte einen engen Zeitplan. Es musste alles getan sein, bevor Frau Birk am Samstag von der Arbeit kam. Herr Streiter hatte mich gebeten, ihn am Samstag zum Flughafen zu fahren. Und vom Flughafen nach Wolfschlugen war es nicht mehr weit. Es wäre unsinnig gewesen, wenn ich erst wieder zurück nach Pfrondorf gefahren wäre, um die Autos zu tauschen.«

Wie pragmatisch, dachte Brander zynisch. Die Klimaaktivisten wären begeistert.

»Woher wussten Sie, dass Frau Birk am Samstag bei der Arbeit war?«, fragte Peppi.

»Ich habe in dem Drogeriemarkt angerufen und mich nach ihrem Schichtplan erkundigt.«

»Und den hat man Ihnen einfach so mitgeteilt?«

»Ja, unmöglich, oder? Den Datenschutz sollte man dort unbedingt einmal überprüfen.« Tatsächlich zeichnete sich Missbilligung auf dem Gesicht der Informatikerin ab.

»Eines verstehe ich nicht«, übernahm Brander wieder. »Wenn Sie das alles für Ihre Forschung getan haben, warum haben Sie dann Ihren Arbeitgeber getötet?«

Scholl hatte während der Vernehmung fast regungslos aufrecht am Tisch gesessen. Jetzt lösten sich ihre Finger aus der Verschränkung. Anspannung legte sich auf ihr Gesicht. Eine Antwort bekam er nicht.

»Warum haben Sie bei ihm Gift verwendet? Es war ein qualvoller Tod«, legte Brander nach.

Zum ersten Mal seit Beginn der Vernehmung schien Alexandra Scholl leicht aus der Fassung zu geraten. »Er hat mich sehr enttäuscht.« Sie bemühte sich, ihre beherrschte Fassade aufrechtzuerhalten, aber ihre Stimme zitterte. »Ich habe versucht, es ihm zu erklären. Doch er hörte nicht zu. Er ging einfach, und er ignorierte meine Anrufe. Also fuhr ich nach Langenargen.«

»Wann?«

»Am Samstag. Er beharrte darauf, dass ich mich stellen müsse. Er geriet ganz außer sich, sagte, ich sei besessen, verrückt.« In ihren Blick legte sich tiefe Betroffenheit. »Das sind Worte, die man wählt, wenn man etwas nicht versteht. Ich bin nicht verrückt.«

»Frau Scholl«, erwiderte Brander streng. »Sie hatten das Gift und die Farbe bei sich, als Sie zu ihm nach Langenargen gefahren sind. Erzählen Sie mir nicht, dass Sie aus einer spontanen Emotion heraus gehandelt haben.«

»Nun, Sie haben recht.« Ihre Miene wurde kühl. »Ich neige nicht zu spontanen Handlungen.«

»Warum haben Sie mich am Sonntagmorgen angerufen und uns vorgespielt, dass Sie sich um Ihren Chef sorgen?«, fragte Peppi.

»Ich habe mich um Vinzenz gesorgt.«

»Nein, Frau Scholl«, widersprach Brander. »Es war ein bewusstes Täuschungsmanöver. Herr Streiter war zu dem Zeitpunkt bereits tot. Sie haben ihn am Tag zuvor umgebracht.«

»Frau Birk hat das zu verantworten.« Alexandra Scholl sank zurück gegen die Stuhllehne, ließ die Arme fallen und senkte den Blick auf die Hände in ihrem Schoß. »Ich mag Maschinen lieber als Menschen. Sie enttäuschen einen nicht. Auf Menschen ist kein Verlass.«

Epilog

Strahlend blauer Himmel und Temperaturen im zweistelligen Bereich ließen eher an Frühling denken als an den Beginn des Herbstes. Es war der zweite Freitag im Oktober. Die Festnahme von Alexandra Scholl lag mittlerweile neun Tage zurück. Sie saß in Untersuchungshaft und wartete auf ihren Gerichtstermin.

Die IT-Forensiker hatten weitere belastende Daten auf Scholls Computer sichern können. Scholl hatte sich eingehend über verschiedene Tötungsmethoden informiert. Jens gelang es, einen Browserverlauf aufzudecken, der belegte, dass sie im Darknet bei einem niederländischen Anbieter eine größere Menge GBL gekauft hatte. Ohne den unermüdlichen Einsatz des IT-Spezialisten hätten sie den Fall sicher nicht so schnell lösen können. Dennoch waren drei Menschen gestorben.

Brander schloss die Datei auf seinem Monitor. Es war halb zwölf. Alle weiteren Protokolle und E-Mails mussten sich bis zum Montag gedulden. »Kommst du, Peppi?«

Sie holten in der Kaffeeküche den Sekt, den Brander am Tag zuvor in der lokalen Sektkellerei erworben hatte, aus dem Kühlschrank und gingen zum Treppenhaus.

»Das hab ich jetzt aber auch selbst vermasselt. Da schmeißt du 'ne Runde Schampus, und ich muss fahren.« Peppi zog eine Schmolllippe, während sie neben ihm die Treppe in die dritte Etage hinaufging. Sie wusste, dass Brander beim Autofahren auf Einhaltung der Null-Promille-Grenze bestand.

»Ist nur Sekt«, erwiderte Brander. »Aber ich steh eh nicht auf das Prickelwasser. Du gibst mir deine Autoschlüssel, und ich trinke O-Saft und fahre dich nachher nach Hause.«

Auf den Vorschlag ging Peppi erfreut ein.

Sie erreichten den großen Versammlungsraum – das »Casino« –, den Brander für sein Team reserviert hatte. Ein paar

Kollegen der Soko Wolfschlugen waren dabei, die Tische zu arrangieren. Auch Hendrik und Cory waren aus Tübingen gekommen. Brander und Peppi verteilten Sekt und Orangensaft. Die bestellte Pizza wurde pünktlich geliefert. Nachdem alle mit Getränken versorgt waren und einen Platz gefunden hatten, ergriff Brander das Wort.

»Liebe Kolleginnen, liebe Kollegen, schön, dass ihr alle gekommen seid.« Ging es noch förmlicher? Brander zog innerlich eine Grimasse. Er war nicht der Typ, lange Reden zu schwingen. »Ich soll euch herzliche Grüße von Käpten Huc ausrichten. Es geht ihm gut, er freut sich darauf, nach der Reha wieder mitzumischen. Er und auch ich möchten euch für euren Einsatz in den letzten Wochen danken. Käpten Hucs Ausfall musste kompensiert werden. Ihr habt eine Menge Überstunden geleistet, jeder hat seinen Teil dazu beigetragen, dass wir diesen Fall erfolgreich abschließen konnten. Ich danke euch, dass ihr alle mitgezogen habt. Ich will gar nicht lange schwafeln: Ihr seid die Besten.«

Fingerknöchel klopften auf die Tische.

»Können wir dich als Redner für die nächste Weihnachtsfeier anwerben?«, fragte Peter. »Dann kommen wir vielleicht schneller zum Essen.«

Der Vorschlag wurde mit zustimmendem Gejohle aufgenommen.

»Ich bin noch nicht fertig«, erwiderte Brander. Er wandte sich dem Kollegen von der IT-Forensik zu, der schräg gegenüber neben Peppi saß. »Lieber Jens, dir gebührt ein besonderer Dank. Du hast dir einige Nächte um die Ohren geschlagen, um uns Hinweise und Beweise zu liefern. Danke dafür. Und«, Brander lächelte hintergründig, »du weigerst dich zwar, deinen vierzigsten Geburtstag zu feiern, aber wir wollen trotzdem mit dir auf deinen letzten Tag als Neununddreißigjähriger anstoßen. Wir hoffen, dass du uns treu bleibst und dich nicht von LKA, BKA oder Cyber Valley abwerben lässt.«

»Interpol hat auch schon angeklopft«, flachste Jens.

»Dachte ich mir schon.« Brander nickte Peppi zu, die einen

Umschlag aus ihrer Tasche zog. »Ohne Geburtstagsgeschenk kommst du uns natürlich nicht davon.«

Jens hob abwehrend die Hände. »Ey, Leute, ich springe nirgendwo raus oder runter!«

»Musst du auch nicht«, beruhigte Brander den Kollegen. »Uns ist zu Ohren gekommen, dass du neuerdings Yoga betreibst.«

Jens' Schläfen verfärbten sich rot. »Wegen meinem Rücken.«

»Dann wird dir unser Geschenk guttun.« Mehr verriet Brander nicht.

Jens öffnete den Umschlag, den Peppi ihm feierlich überreicht hatte.

»Ihr seid ja bekloppt«, entfuhr es Jens. Er sah in die Runde. »Danke, Leute.«

Brander hob sein Glas mit Orangensaft. Sie prosteten sich zu, die Pizza wurde verteilt. Der offizielle Teil war geschafft. Brander entspannte sich und genoss die ausgelassene Stimmung. Eine erfolgreich abgeschlossene Ermittlung und ein Team, in dem die Chemie stimmte – was brauchte es mehr? Er hatte sogar Isabella Mertens eingeladen, die hatte sich jedoch bei ihren Kindern angesteckt und lag mit Fieber im Bett.

Brander hatte gerade das zweite Stück Pizza auf seinen Teller geladen, als sein Handy klingelte. Manuel. Brander nahm verwundert das Gespräch entgegen. Er hörte Beckmanns Freund schluchzen. Stirnrunzelnd stand er auf, um sich etwas Privatsphäre zu verschaffen. »Was ist los?«

Manuels Anruf hatte Brander die Stimmung verdorben. Er hatte das Essen irgendwie hinter sich gebracht, ohne die anderen mit runterzuziehen, und war froh, als er Peppi zu Hause absetzen und auf sein Fahrrad steigen konnte. Er radelte in die Katharinenstraße. Als niemand auf sein Klingeln an der Haustür reagierte, wählte er Beckmanns Handynummer. Keine Reaktion. Brander klingelte bei der Nachbarin. Angelika Januschek öffnete ihm verwundert.

»Entschuldigen Sie, ich wollte zu Karsten. Ist er bei Ihnen?«

»Nein, allerdings …« Sie deutete auf die gegenüberliegende Tür. »Da hat's vorhin ordentlich gekracht.«

Brander nickte wissend und klopfte hart gegen die Tür. »Ich bin's, Andi, mach auf, oder ich hol den Schlüsseldienst.«

»Ich habe einen Ersatzschlüssel«, bot Angelika Januschek an, aber da wurde die Tür bereits geöffnet.

Beckmann sah zum Gotterbarmen aus. Sein Blick glitt flüchtig an Brander vorbei. »Sorry, Angie, wegen dem Lärm vorhin.«

»Jetzt ist die Polizei ja da und sorgt für Ruhe und Ordnung. Lass mich mal rein.« Brander schob seinen Freund zurück und trat in die Wohnung.

»Was willst du hier?«

»Manuel hat mich angerufen und mir gesagt, dass er sich von dir getrennt hat«, erwiderte Brander. »Er wollte nicht, dass du heute Abend allein bist.«

»Wie rührend.« Beckmann raufte sich die dunklen Haare. »Gehen wir ins Wohnzimmer?«

Auf dem Couchtisch stand eine Flasche Ardbeg Uigeadail, ein kräftiger, torfiger Islay-Whisky in Fassstärke.

»Die Flasche ist noch zu.« Beckmann hatte Branders kritisches Stirnrunzeln bemerkt.

»Willst du reden?«

»Es gibt nichts zu reden. Er fühlt sich eingeengt. Die Sicherheit, die ihm das Leben mit mir gibt, blockiere seine Kreativität, und er hat ein Engagement in Wien angenommen und hat keinen Bock auf eine Fernbeziehung.« Beckmann strich sich wieder durch die Haare. »Ich übrigens auch nicht.«

Damit war wohl alles geschwätzt. Brander dachte an die letzten Wochen, die vielen Diskrepanzen zwischen den beiden Männern. Wenn Manuel ein Engagement in einer anderen Stadt hatte, musste er sich darum beworben haben, und das nicht erst gestern. Allerdings ganz offensichtlich, ohne seinem Lebensgefährten etwas davon zu sagen. Diese Erkenntnis enttäuschte Brander. Er hatte Manuel gemocht.

»Es tut mir leid, Becks.«

»Trinkst du ein Glas mit?«

Es war noch nicht einmal sechs Uhr abends. »Ich ruf kurz Ceci an, damit sie weiß, wo ich bin.«

Es blieb nicht bei dem einen Glas. Sie sahen gemeinsam einen Actionfilm, irgendwann löste der Alkohol Beckmanns Zunge, und er redete sich seinen Kummer von der Seele.

»Du bist 'n verdammt guter Zuhörer, weißt du das?« Er wischte sich eine Träne aus dem Augenwinkel.

»Deswegen bin ich so gut in meinem Job.«

»Sag du mir noch mal, ich wäre selbstgefällig.«

Brander grinste. »Bist du doch.«

Auch Beckmann gelang ein schwaches Lächeln. »Habt ihr euren Puppenmörder gefasst, oder behindere ich eure Ermittlungen, wenn du mir den ganzen Abend zuhören musst?«

»Es war kein Puppenmörder, aber ja, der Fall ist abgeschlossen.«

Beckmanns Blick wanderte zu seinem Laptop, der auf dem Esstisch stand. »Vielleicht bestell ich mir doch so eine Andi-Puppe. Die hintergeht einen wenigstens nicht.«

Alexandra Scholls Worte hallten in Branders Kopf wider. »Komm mir jetzt nicht damit, dass dir künstliche Wesen lieber sind als reale Menschen.«

»Keine Sorge, keine Puppe könnte dir je das Wasser reichen.« Beckmann ließ sich zur Seite sinken und lehnte seinen Kopf an Branders Schulter. »Ich beneide Ceci.«

»Behauptest du nicht immer, ich sei nicht dein Typ?«

»Vielleicht muss ich mein Beuteschema ändern.«

»Versuch's doch mal mit 'ner Frau.«

Beckmann richtete sich entrüstet auf. »Andi, nur weil mich ein Kerl enttäuscht, werd ich nicht gleich hetero.«

»Sorry, hätt ja sein können, dass du vielleicht doch –«

Beckmann stutzte, dann erinnerte er sich. »Da hat Peppi dir echt einen Floh ins Ohr gesetzt.«

»Und wie kommt sie darauf?«

»Frag sie.«

»Aber du hast doch letztens so was angedeutet …«

»Von mir erfährst du nichts.« Branders Neugierde unbefriedigt zu lassen ließ Beckmann für den Moment seinen Kummer vergessen. Ein Hauch des für ihn so typischen spöttischen Lächelns legte sich auf sein Gesicht. »Noch einen Whisky?«

Folgende Whiskys begleiteten Kommissar Brander bei seinem neunten Fall:

Highland-Park – Loyalty of the Wolf
Single Malt Scotch Whisky
Alter: 14 Jahre, 42,3 % vol.
Highland Park, Kirkwall/Orkney (Islands)

Feller Valerie Amarone Cask
Single Malt Whisky
Ohne Altersangabe, 46 % vol.
Brennerei Feller, Dietenheim-Regglisweiler (Schwäbischer Whisky)

Fettercairn
Single Malt Scotch Whisky
Alter: 12 Jahre, 40 % vol.
The Fettercairn Distillery, Kincardineshire (Highlands)

Benromach
Single Malt Scotch Whisky
Alter: 15 Jahre, 43 % vol.
Benromach Distillery, Forres/Moray (Speyside)

Ardbeg Uigeadail
Single Malt Scotch Whisky
Ohne Altersangabe, 54,2 % vol.
Ardbeg Distillery, Port Ellen/Argyll (Islay)

Whisky ist ein Genussmittel.
Bitte trinken Sie verantwortungsvoll.

Ein herzliches Dankeschön!

Der Schlusspunkt ist gesetzt, und mir bleibt nur, all jenen Menschen zu danken, die mir wieder großartig helfend und beratend zur Seite standen. Von ganzem Herzen danke ich den Kriminalhauptkommissaren Claus-Dieter Sitter von der Kripo Esslingen und Josef Hönes von der Polizeidirektion Reutlingen, Oberstaatsanwalt a. D. Robert Bechthold sowie Dr. Frank Wehner vom Institut für gerichtliche Medizin der Universität Tübingen. Es ist für mich ein großes Geschenk, dass Sie alle mir immer mit Rat und Expertenwissen zur Seite stehen – etwaige Abweichungen von der realen Ermittlungsarbeit gehen auf mein Konto.

Ich danke Valerie Calaghan von Cyber Valley Tübingen für einen spannenden Rundgang und interessante Einblicke in die Arbeit des Instituts. Und ich danke der Uni Tübingen für das Studium Generale mit einem Schwerpunktsemester »KI« – es kam genau zum richtigen Zeitpunkt! Ebenso danke ich Dr. Christel Steinmetz, dem Team des Emons Verlags und meiner Lektorin Hilla Czinczoll für die gute Zusammenarbeit.

Ein herzlicher Dank an all diejenigen, die mich seit Jahren bei meiner schriftstellerischen Arbeit begleiten, unterstützen und inspirieren und die ich hier namentlich einzeln gar nicht alle aufzählen kann.

Ein Dank aus tiefstem Herzen an meinen Mann Frank, der mich seit »Irrwege« mit Andreas Brander und seinem Team teilen muss. Danke für deinen Rückhalt, fürs An-mich-Glauben und dass du nie böse bist, wenn wir einen Ausflug machen, der sich dann als Recherchetour entpuppt. Der nächste Ausflug ist schon geplant …

SYBILLE BAECKER
Eisblume
SCHWABEN KRIMI
emons:

Sybille Baecker
SIEBENMÜHLENTAL
Broschur, 368 Seiten
ISBN 978-3-7408-0498-5

Constantin Dreyer hat alles: eine lukrative Firma, eine treusorgende Ehefrau, eine hübsche Geliebte und eine Fluglizenz. Er wäre sorgenfrei – wäre er nicht tot, hinabgestürzt von einem Viadukt im Siebenmühlental. War es Suizid oder Mord? Diese Frage führt Kommissar Brander und das Team der Kripo Esslingen auf den Flugplatz, an dem Dreyer als Fluglehrer tätig war. Dort hat Brander eine Begegnung, die ihn in seine Vergangenheit katapultiert. Und plötzlich überschlagen sich die Ereignisse …

www.emons-verlag.de